Reinhard Bottländer

Mord im Sumpf

Originalausgabe – Erstdruck

Dieses Buch ist meinem Freund
Karl Werner Broska
in Nordfriesland gewidmet.

Ich danke Gerlinde Thomas
für ihre freundliche Unterstützung.

Reinhard Bottländer

Mord im Sumpf

Revier-Krimi aus Bochum

Schardt Verlag Oldenburg

Bibliographische Information der Deutschen Bibliothek:

Die Deutsche Bibliothek verzeichnet diese Publikation in *Der Deutschen Nationalbibliografie*; detaillierte bibliographische Daten sind im Internet über http://dnb.ddb.de abrufbar.

1. Auflage 2007

Schardt Verlag
Uhlhornsweg 99a
26129 Oldenburg
Tel.: 0441-21779287
Fax: 0441-21779286
Email: schardtverlag@t-online.de
Herstellung: Fuldaer Verlagsanstalt

ISBN 3-89841-299-7
ISBN 978-3-89841-299-5

Jede Seele ist ihren eigenen Taten ausgeliefert.
Der Koran

Tief sind der Seele Abgründe
Sie sind des Bösen Kind
Sie bleiben uns verborgen
Wie Worte, gesagt in den Wind
Ungenannt

Sie aber lauern auf ihr eigen Blut
und stellen sich selbst nach dem Leben.
Die Sprüche Salomos, 1,18

1

Es war ein wunderbarer, lauwarmer Septemberabend. Fast den ganzen Sommer über hatte es geregnet. An manchen Tagen war es sogar so kalt gewesen, daß man sich mit einer dünnen Strickjacke gegen die Kälte wappnen mußte. Es war ein Sommer, wie es schon so viele gegeben hatte hier im Westen. Besonders schlimm war das für die Kinder, die in ihren Sommerferien zu Hause bleiben mußten und kaum die Sonne zu Gesicht bekommen hatten. Dafür entschädigte nun der September alle Freunde des Sommers. Schon einige Tage lang war das Wetter einfach wunderbar gewesen, nicht zu heiß, ständig um die dreiundzwanzig Grad, trocken und sehr sonnig. Und auch diesem schönen Abend war ein wunderbarer Tag vorausgegangen.

Torben Hoffmann legte zärtlich seinen Arm um Britta Köhlers Schulter und zog sie dabei einmal kurz zu sich heran. Britta sah ihn von der Seite an und lächelte glücklich zu ihm hoch. Torben war über einsachtzig groß, einen ganzen Kopf größer als sie, und trotz seiner zweiundfünfzig Jahre immer noch von athletischer Gestalt. Er aß mäßig und nicht zu fett, trank nur gelegentlich Alkohol und war auch nicht unsportlich. Nur das Rauchen hatte er sich bisher nicht abgewöhnen können, obwohl er schon seit längerer Zeit immer wieder mal einen schwachen Versuch gemacht hatte, damit aufzuhören. Doch er war nicht konsequent genug. Irgendwie war das Rauchen für ihn auch zu einem Ritual in verschiedenen Situationen des Lebens geworden: nach dem Frühstück, beim Kartenspiel, in schwierigen Situationen oder auch nach der Liebe, so wie jetzt. Er blieb kurz stehen, nahm noch einmal einen tiefen Zug aus seiner Zigarette und warf sie dann auf den unbefestigten Weg.

„Paß nur auf, daß es keinen Brand gibt", sagte Britta. „Wir sind hier in einem Wald."

Hoffmann lächelte. „Keine Angst", sagte er und trat die Glut sorgfältig aus. Dann gab er ihr einen zärtlichen Kuß auf die Lippen.

„Es war wunderbar mit dir", hauchte sie, legte ihre Arme um seinen Hals, stellte sich ein wenig auf die Fußspitzen, und ihre Zunge suchte die seine für einen langen, innigen Kuß.

Britta Köhler war etwas mehr als halb so alt wie er. Er hatte gar nicht glauben können, daß er diese junge Frau für sich erobern könnte, als er sie zum ersten Mal sah. Doch irgendwie war da ein Feuer zwischen ihnen. Er hatte es trotz des großen Altersunterschiedes versucht, und es hatte geklappt. Seit über einem halben Jahr waren sie nun schon zusammen.

Sie ist fabelhaft, dachte Torben Hoffmann, eine absolute Spitzenfrau, eine glatte Zwölf auf der Richterskala.

Er streichelte ihr zärtlich über das Gesicht.

In der Liebe war sie heute unübertrefflich gewesen, da war er sich ganz sicher. Noch nie zuvor hatte er eine so hingebungsvolle Frau erlebt wie heute abend. Die Liebe in der freien Natur hatte eben ihren eigenen Reiz und hatte Britta Köhler noch einmal ganz besonders entflammt.

Sie schlenderten langsam weiter. Sie legte ihren Kopf an seine Schulter und klammerte sich an seinem Arm fest, ihre Gedanken drangen in die beginnende Dunkelheit.

„Wie lange hast du noch Zeit?" unterbrach er die zärtliche Stille.

„Mußt du das jetzt fragen?" sagte sie ein wenig ärgerlich.

„Entschuldige, ich wollte nur nicht, daß du in Schwierigkeiten kommst."

„Mein Mann kommt erst heute nacht zurück. Sein Flugzeug landet um viertel vor elf. Bis er ausgecheckt hat und mit dem Auto zu Hause ist, vergehen mindestens noch zwei Stunden. Vor ein Uhr in der Nacht wird er nicht zu Hause sein."

„Dann können wir ja noch etwas zusammenbleiben."

Wieder legte er seinen Arm um sie, und gemeinsam schlenderten sie den schmalen Trampelpfad weiter entlang.

Die Dunkelheit war noch nicht völlig hereingebrochen, als sie den kleinen Wald verließen. Die Dämmerung ließ die Landschaft ein wenig schemenhaft und geheimnisvoll erscheinen. Vor zwei Tagen war Vollmond gewesen. Nun nahm die helle Scheibe am Himmel langsam wieder ab, doch sie war immer noch hell genug, um den Feldweg und die Umgebung hinreichend auszuleuchten. Man konnte die Bäume und Buschgruppen am Wegesrand erkennen und sogar das hohe Schilfgras in der Senke vor ihnen. Dahinter malten sich die Bäume und Sträucher auf dem Hang der gegenüberliegenden Seite ab. Sogar die großen stählernen Masten für die elektrischen Überlandleitungen waren in der Ferne noch zu erkennen.

Ihr Abendspaziergang führte nach Gerthe, wo Britta Köhler zu Hause war. Dazu mußten sie weiter das Naturschutzgebiet durchqueren. Hier war die Möglichkeit, um diese Zeit auf andere Menschen zu treffen, relativ gering. Und Torben Hoffmann kannte sich hier bestens aus. Als kleines Kind hatte er hier oft mit seinen Freunden gespielt. Er kannte jeden Baum und jeden Strauch. Der schmale Weg aus dem Wald hinaus führte quer durch das Sumpfgebiet zur anderen Seite.

„Hoffentlich sinken wir im Sumpf nicht ein“, sagte Britta ein wenig besorgt.

Torben lachte. „Keine Angst, der Weg ist trocken. Ich bin gestern noch mit dem Fahrrad hier langgefahren.“

„Mit dem Fahrrad? Quer durch das Sumpfgebiet?“

Torben nickte. „Das war gar kein Problem.“ Er nahm Britta an die Hand. „Keine Sorge“, sagte er, „du kannst mir ruhig vertrauen.“

Sie schlenderten weiter. Das Buschwerk an der linken Seite wurde immer lichter.

Zuerst hörten sie die furchtbaren Geräusche, denn die hohen Sträucher versperrten ihnen noch die Sicht. Doch nach wenigen Schritten sahen sie, was im milden Mondlicht einige Meter vor ihnen an Grausamkeit geschah. Entsetzen lähmte sie für einen langen Augenblick. Dann schrie Torben Hoffmann: „Hey, was machst du da! Na warte, du Schwein, dich kriege ich!“

Er rannte los, auf den Schatten zu, der aus seiner gebeugten Haltung hochkam, für einen Moment wie erstarrt wirkte, sich nun schnell bewegte und dann in Richtung Sumpf loslief.

„Torben, sei vorsichtig! Bleib stehen! Ich glaub, der hat was in der Hand“, wollte Britta rufen, doch das Entsetzen lähmte ihre Stimme, ließ nur ein heiseres Flüstern zu. Voller Angst sah sie Torben nach, der voller Wut in die Nacht hineinstürmte.

Was sollte sie tun? Hilflos sah sich Britta um. Hier war nichts, wo sie Hilfe holen konnte. Eine riesige Angst überfiel sie, als sie Torben in die Nacht hinein nachlief.

Der schmale Trampelpfad führte zum Bach hinab, der hier durch den Sumpf floß und in der Bevölkerung als Ölbach bekannt war. Vor Jahren sahen dieser Bach und sein Ufer noch pechschwarz aus, weil hier Abwasser von der weiter entfernten Zeche entlanggeflossen war und auf seinem Weg Kohlenschlamm mitgeschwemmt und am Ufer abgelagert hatte. Doch jetzt, fast vierzig Jahre nach der Schließung der Zeche, war dieser Bach wieder in sein ursprüngliches Aussehen zurückgekehrt, und um ihn herum war ein wunderbares Naturschutzgebiet entstanden, das vielen Tieren und Pflanzen eine sichere Heimat bot.

Britta rannte hinter Torben her. Das Schilf war hier mannshoch. Sie konnte nichts erkennen. Nur Geräusche von den vor ihr laufenden Personen waren hin und wieder zu hören. Und einmal hörte sie Torben schreien: „Bleib stehen!“

Der Weg war trocken und fest, wie Torben es gesagt hatte. Nach einigen Metern führte ein schmaler Steg über den Bach. Britta blieb stehen und holte kräftig Luft. Vorsichtig ging sie auf die andere Seite. Dahinter führte der Weg etwa zwanzig Meter weiter durch das hohe Röhricht. Voller Angst eilte sie hinter Torben her. Doch von ihm war nichts mehr zu sehen und zu hören. In diesem Moment wurde ihr die tiefe Stille bewußt, die nun über der Landschaft lag. Überhaupt schien die Natur den Atem anzuhalten. Nur wenige Meter noch, dann war sie aus dem Schilfgürtel heraus.

Weil sich der Bach irgendwo im Sumpfgebiet geteilt hatte, mußte sie noch eine schmale Betonbrücke überqueren, die über einen zweiten Arm des Baches gebaut worden war. Damit die Natur nicht durch Reiter gestört wurde, hatte man hier eine Sperre aus Stahlrohren errichtet und nur einen schmalen Durchgang für Menschen gelassen. Direkt hinter der Sperre ging es einen leichten Hang hoch. Das Schilf war gewichen. Rechts und links des Trampelpfades wuchsen wieder Bäume und Sträucher. Vor ihr war ein Feld mit Senfpflanzen. Man konnte im milden Mondlicht schemenhaft die gekreuzten Eisenstäbe des Hochspannungsmastes erkennen, der hier mitten auf dem Feld stand.

Oben am Hang führte sowohl nach links als auch nach rechts ein schmaler staubiger Weg um das große Feld herum. Britta war für einen Moment ratlos. Dann hörte sie von links entfernte Geräusche. Langsam und vorsichtig ging sie in diese Richtung. Dabei rief sie zaghaft: „Torben, bist du da?"

Sie blieb stehen. Die Geräusche vor ihr wurden lauter.

„Torben?"

Die Angst schnürte ihr die Kehle zu. Vorsichtig bewegte sie sich immer näher heran. Nach wie vor befanden sich linksseitig das Naturschutzgebiet mit Bäumen, dichten Sträuchern und dem dahinterliegenden größeren Sumpfgebiet, und rechts erstreckte sich das große freie Feld. Dann konnte sie endlich im Mondlicht erkennen, was sich vor ihr abspielte.

Ein mörderischer Kampf war dort entbrannt. Das begriff Britta sofort. Sie hörte das Stöhnen der Kämpfer und die dumpfen Schläge. Sie hörte ihr Keuchen und immer wieder einzelne Schmerzensschreie. Sie sah vor sich die Schatten im Mondlicht hin und her wanken, sich auf und ab bewegen. Dann hörte sie dieses fürchterliche klatschende Geräusch. Und sie wußte, ohne es zu sehen, daß in diesem Moment ein Gegenstand in einen Körper eingedrungen war. Dann erfolgte das Geräusch erneut und dann noch einmal. Die Bewegungen der Schatten hatten sich verändert, sie waren langsam geworden, ja, fast zum Stehen gekommen. Ein Schatten war zusammengesunken, während der andere sich davor zu voller Größe aufbaute. Die Schreie verstummten, gingen in ein Stöhnen über. Dann sah sie, wie im Mondlicht eine Hand hochging. Und in dieser Hand war ein langer spitzer Gegenstand. Sie sah wie der Schatten ausholte. Dann fuhr die Hand mit aller Wucht herab, und erneut war dieses fürchterliche Geräusch zu hören. Der kleinere Schatten sank nun ganz in sich zusammen. Gebannt starrte Britta auf die stehende Gestalt, und sie begriff, daß das nicht Torben war.

Im selben Augenblick war ihr klar, daß sie um ihr Leben bangen mußte. Sie wollte schreien, doch kein Ton drang aus ihrem Mund.

„Hilfe, Hilfe", keuchte sie heiser.

Die Angst schnürte ihr die Kehle zu. Die Knie wurden weich. Sie war für einen Moment bewegungslos. Entsetzt starrte sie in die Dunkelheit. Dann bewegte sich der Schatten vor ihr. Mit einem Mal veränderte sich alles. Die Lähmung war weg.

Weg, nur weg hier! schoß es ihr durch den Kopf. Sie rannte los, zurück, den Feldweg entlang.

Zu spät erkannte sie die Stelle, wo der Pfad vom Feld zur Betonbrücke hinabführte und von dem aus man in den Schilfgürtel gelangte. Dabei bot das Schilf ihr die größte Chance, einem Verfolger zu entkommen. Hier hätte sie sich gut verstecken können. Doch es war zu spät. Sie hatte den Pfad verpaßt.

Weiter geradeaus. Da vorn war ein kleiner Wald. Vielleicht konnte sie sich dort in Sicherheit bringen. Sie rannte so schnell sie konnte.

Sie stolperte, fiel hin, ihre Strickjacke, die sie sich lose um ihre Hüften gebunden hatte, fiel in den Staub. Sie rappelte sich wieder hoch, rannte weiter. Ihr Atem keuchte, Nadelstiche waren in der Brust. Schweiß rann über ihre Stirn.

Weg! Weg! Schneller! Schneller!

Sie knickte um. Ein stechender Schmerz zuckte durch ihren Fuß. Doch die Angst überwand den Schmerz. Sie rappelte sich hoch, rannte weiter, sah sich kurz um.

Wo war der Verfolger?

Wie Schatten huschten die Bäume zu ihrer Rechten an ihr vorbei, Bäume und Sträucher, die den Weg vom Ölbach trennten, der hier durch die Landschaft floß.

Weiter! Weiter! Nur weg hier, hämmerte es in ihrem Kopf. Schneller! Schneller! Weg hier! Nur weg!

Wieder stolperte sie, fiel über eine Wurzel. Der Schmerz in ihrem Fuß wurde rasend. Tränen traten ihr in die Augen. Mit aller Kraft zwang sie sich hoch, humpelte weiter, taumelte voran, ihr verletztes Bein nachziehend. Ihr Atem keuchte, doch dieses Geräusch war nicht mehr das einzige, was sie wahrnahm. Sie hörte Schritte, ein Laufen, weiter weg noch, doch es kam immer näher, wurde immer lauter. Irre Angstlaute kamen über ihre Lippen wie ein Pfeifen, Hecheln, und dazwischen Schmerzenslaute. Schweißtropfen rannen ihr über das Gesicht, die Haare hingen wirr in die Stirn. Sie sah sich kurz um. Nun war der Schatten da, nicht mehr weit hinter ihr, kam immer näher, wurde immer größer. Schon hörte sie das Keuchen des Verfolgers. Sie hetzte weiter, schneller, unsicherer. Sie hielt ihr verletztes Bein und stürzte erneut. Mit einem lauten Aufschrei fiel sie zu Boden, rollte auf die Seite und auf den Rücken. Sie war müde, kraftlos, völlig ausgelaugt, nicht mehr fähig, sich zu bewegen.

Und plötzlich war er da. Der Schatten hatte sie eingeholt. Mit offenem Mund und weit aufgerissenen Augen sah sie nach oben. Die dunkle Gestalt stand vor ihr, nach vorn gebeugt, unwirklich monströs wirkend und bedrohlich. Sie hörte den schweren Atem, das Keuchen ihres Verfolgers. Auch er brauchte eine Pause. Dann richtete er sich zur vollen Größe auf, und sie sah, wie sich der rechte Arm hob. Schützend riß sie ihre Arme hoch.

„Nein“, schluchzte sie. „Nein, bitte nicht.“

Dann bohrte sich etwas in ihren Körper, mitten hinein. Der Stoß, dem ein wahnsinniges Brennen folgte, ließ ihren Oberkörper ein wenig nach oben schnellen und nahm ihr den Atem. Als sie nach hinten zurückfiel wich aller Schmerz aus ihrem Körper. Noch bevor ihr Kopf auf dem Boden aufschlug, erfaßte sie die ewige Nacht.

2

Der Anruf bei der Polizeiinspektion Ost ging nachmittags um halb fünf ein.

Der Wachhabende war gerade dabei, sein Käsebrot zu essen, als das Telephon ging. Ein Hobby-Vogelkundler hatte in einem dichten Schilfgebiet direkt an der Stadtgrenze eine männliche Leiche gefunden. Sofort hatte der Wachhabende eine Funkstreife losgeschickt. Dabei hatte er darauf geachtet, die Meldung und die Anweisungen nicht über das 4-Meter-Funkband durchzugeben, sondern im 2-Meter-Bereich zu bleiben. Hier war die Gefahr, daß andere mithörten, viel geringer. Der erfahrene Beamte wußte, daß gerade auch die Presse diese Funksprüche rund um die Uhr abhörte. Und eines durfte auf gar keinen Fall passieren, daß die Reporter von Funk und Fernsehen eher am Tatort waren als die Polizei. Dann war es um die Sicherung der Tatortspuren schlecht bestellt.

Es dauerte lange, bis von dem eingesetzten Wagen eine Funkmeldung kam.

„Wir haben lange gebraucht, um den Tatort zu finden. Der Tote liegt im Schilf, direkt an der Behördengrenze, aber noch auf unserem Gebiet. Wir sind örtlich zuständig. Die Mordkommission muß herauskommen. Die Kollegen sollen von der Straße Auf dem Norrenberge aus in die Stempke fahren, immer lang durch und sich dabei links halten. Sie kommen zu einem kleinen Wald. Rechts vor diesem Wald befindet sich ein großes Feld. Hier erwarte ich sie und führe sie dann zum Tatort."

„Verstanden."

Der Wachhabende stand auf und meldete dem Dienstgruppenleiter, der im Nebenzimmer saß, was er von der eingesetzten Funkstreife erfahren hatte.

„Ich fahre mit zwei Kollegen raus", sagte der DGL und setzte sich die Uniformmütze auf. „Wir sichern so lange den Tatort bis eine Mordkommission da ist. Ruf du bei der ZKB an."

Während die drei Polizeibeamten die Wache verließen, hängte sich der Wachhabende erneut ans Telephon und rief bei der Zentralen Kriminalitätsbekämpfung im Polizeipräsidium an, damit von dort aus eine Mordkommission eingesetzt wurde.

Ken Bergmann rutschte tiefer in den Sessel vor dem Fernseher und legte beide gekreuzten Beine auf den Wohnzimmertisch. Dann nahm er einen kräftigen Schluck aus der Bierflasche, die er neben dem Sessel stehen hatte, und schaute zu, wie Richter Alexander Hold im Fernsehen mal wieder souverän einen Gerichtsprozeß führte. Ken Bergmann mochte besonders die Sprüche, die der Richter stets seiner Urteilsbegründung anzuhängen pflegte. Doch diesmal bekam er sie nicht mit. Seine kleine Tochter Ginger kam um den Sessel geflitzt, warf ihren Oberkörper auf seine Oberschenkel, schwang ihr rechtes Bein hoch, und schon saß sie auf seinen Beinen.

„Komm, Papa, wir spielen wieder Pferd", forderte sie aufgeregt.

„Och, Ginger, Papa ist doch gerade erst von der Arbeit nach Hause gekommen. Ich habe gegessen, und jetzt möchte ich mich ein wenig ausruhen. Laß uns später Pferd spielen, ja?"

Die Kleine schüttelte den Kopf. „Nein, jetzt", beharrte sie auf ihrem Wunsch.

In diesem Moment betrat Katharina das Zimmer.

„Muß das sein, daß du deine Füße auf den Tisch legst? Du bist ja ein schönes Vorbild für unsere Kinder. Ich versuche, ihnen Ordnung beizubringen, und du machst so was."

Ken Bergmann sah seine Frau mit saurem Gesicht an. „Schon gut, schon gut“, brummte er und nahm seine Füße herunter. „Ich kann ja auch nichts dafür, daß ich einssechsundsiebzig bin.“

Katharina war für einen Moment verblüfft.

„Ich hab sie ja nicht nackt auf den Tisch gelegt“, schob Ken als Entschuldigung nach. „Meine Socken sind sauber. Die habe ich vorhin erst angezogen.“

„Das ist doch egal. Füße gehören nicht auf den Tisch, ob mit oder ohne Socken.“

Katharina kam langsam in Fahrt. Schon wollte Ken eine Grundsatzdiskussion über Lebensqualität, Gestaltung von eigener Freiheit und Gemütlichkeit anfangen, doch dann besann er sich schnell eines Besseren. Letztendlich würde er gegen seine Frau sowieso nicht ankommen. Katharina war hartnäckig und nicht zu überzeugen, wenn sie sich im Recht glaubte. Da hatte er keine Chance. Also ließ er es lieber sein. Er beruhigte sich damit, daß das in vielen Ehen so war. Er hatte es ja oft genug schon miterlebt. Frauen waren in solchen Dingen im allgemeinen bissiger und unnachgiebiger als Männer. Und außerdem hatte er sich ja auch schon gefügt.

Das Telephon klingelte.

„Das ist bestimmt Tante Lisa“, sagte die kleine Ginger und lief zum Telephon. Doch nach wenigen Augenblicken rief sie: „Papa, das ist für dich.“

Ken Bergmann erhob sich mühsam aus dem Sessel, schlurfte zum Telephon und sagte nur: „Ja?“

„Die Einsatzleitstelle, Müller. Die MK3 wird eingesetzt. Ich soll Sie benachrichtigen.“

„Was ist denn passiert?“

„In der Stempke wurde eine Leiche gefunden. Genaues weiß man noch nicht. Die Kollegen der Schutzpolizei sind draußen und sichern vorläufig den Tatort.“

„Okay, ich komme sofort.“ Ken Bergmann legte langsam den Hörer auf. „Scheiße!“ fluchte er. Dann zog er sich Schuhe und Jacke an.

Das Schilf war mehr als mannshoch und bedeckte eine sehr große Fläche. Zwischen dem Rohr standen vereinzelt ein paar Bäume. Libellen schwirrten in großer Zahl durch die Luft, doch noch viel größer war die Zahl der Mücken und Fliegen. Auch auf dem sumpfigen Boden war alles lebendig. Käfer, Würmer, Frösche und andere Sumpfbewohner huschten durch das Röhricht.

Der Fundort der Leiche war weiträumig mit rotweißem Polizeiband abgesperrt worden.

Als Ken Bergmann den Tatort erreichte, waren schon zwei Mitglieder der MK3 am Ort. In Begleitung eines Beamten näherte er sich vorsichtig dem Fundort.

Der Tote lag auf dem Bauch. Die Bekleidung und auch die freiliegenden Körperteile waren total verschmiert. Blut, Schlamm und Pflanzenteile ließen nicht erkennen, was für ein Mensch da lag.

Ken warf nur einen kurzen Blick auf die Leiche und prägte sich die Situation ein. Dann zog er sich vorsichtig zurück, um Platz für die Beamten der Spurensicherung zu machen. Es gab Spuren, die man sofort sichern mußte, weil sie sonst verflogen, zum Beispiel das Feststellen der Körpertemperatur des Toten beim Auffinden und die Umgebungstemperatur. Sie halfen bei der Feststellung der Todeszeit. Die Leiche selbst würde man später näher in Augenschein nehmen. Zunächst war es wichtig, Täterspuren am Tatort zu finden und zu vermeiden, daß man selbst versehentlich falsche Spuren legte.

Nach und nach trafen auch die anderen Mitglieder der MK3 ein. Ken Bergmann teilte sie auf und schickte sie los, in der nahegelegenen Umgebung nach Zeugen zu suchen, die eventuell etwas von der Tat mitbekommen hatten.

Die für Spurensuche und Spurensicherung zuständigen Beamten begannen unverzüglich und mit Akribie, ihre Arbeit auszuführen. Sie wußten ganz genau, was jetzt bei der Spurensuche versäumt wurde, würde später nie wiedergutzumachen sein.

Sie hatten weiße Schutzanzüge an, um am Tatort möglichst keine eigenen Spuren zu hinterlassen. Während einer den Tatort photo- und videographierte, rief ein anderer, der mit dem Skizzieren und Vermessen beschäftigt war: „Ich möchte von allen Beamten, die bei der Leiche waren, genau wissen, auf welchem Weg sie zu der Leiche gegangen sind und wo ihr Rückweg war. Auch der Zeuge, der die Leiche gefunden hat, soll herkommen und mir zeigen, wie er gegangen ist, damit wir diese Spuren aussondern können.“

Ken Bergmann begab sich ebenfalls zu den Beamten der Spurensicherung.

„Denkt bitte daran, daß ihr vom Tatort auch Boden-, Wasser- und Pflanzenproben nehmt. Und vergeßt unsere tierischen Helfer nicht.“

Ken meinte damit die Jagd auf Maden, Fliegen und Käfer am Leichenfundort. Der Entwicklungsstand der Larven und Puppen dieser Tiere gaben, wie die Temperaturfeststellung am Opfer, einen ziemlich genauen Hinweis auf den Todeszeitpunkt.

„Ist der total bescheuert?“ fauchte Rolf Korn, einer der Spurensucher, nachdem Ken wieder weggegangen war. „Will der uns erzählen, wie wir unseren Job zu machen haben? Ich glaub, mein Schwein pfeift. Ich mache das seit zwanzig Jahren. Der spinnt wohl.“

Der Beamte steckte zwischen den niedergedrückten Stengeln des Schilfrohres eine numerierte Spurentafel in den Sumpf. Hier waren einige kleine Blutflecken und verwischtes Blut zu erkennen.

„Vielleicht hat er es ja gar nicht so gemeint“, lenkte ein anderer ein.

„Quatsch! Der soll sich um seinen eigenen Kram kümmern.“

„Das ist sein Kram. Er ist schließlich der Leiter der MK3. Und wenn er meint, noch einmal auf eine Sache besonders hinweisen zu müssen, dann kann er das tun.“

„Alles Quatsch“, knurrte Rolf Korn. „Blödsinn! Der sollte lieber darauf vertrauen, daß wir unsere Arbeit richtig machen.“

„Der Ken Bergmann ist eigentlich ganz in Ordnung“, sagte Lutz Schreiner, der hinzugekommen war. Auch er gehörte zur Spurensicherungsgruppe. „Das hier ist sein erster Mordeinsatz als neuer Leiter der MK3. Da will er alles richtig machen und keine Fehler zulassen. Das kann man doch verstehen.“

„Ja, aber nicht so. Wir sind doch keine Anfänger.“

„Das weiß ich, und das weiß er auch. Der hat das nicht so gemeint. Ich war mit ihm ein Jahr auf der Kriminalwache. Da lernt man die Kollegen richtig kennen. Jeden Tag der erste Angriff an Tatorten, vom Hühnerdiebstahl bis zum Tötungsdelikt, und dazu noch die Fahndung nach gesuchten Personen. Ich sage euch, da lernst du Kollegen kennen. Da erfährst du, wer Mut hat, wer über Fingerspitzengefühl verfügt, wer was kann. Ken Bergmann gehört zu den besten, die ich bisher erlebt habe.“

„Aha?“ Die beiden anderen sahen ihn spöttisch an. „Und was zeichnet ihn so besonders aus?“

„Eine ganze Menge. Ruhe, Gelassenheit, selbst in den heikelsten Situationen, ein gutes Einfühlungs- und Urteilsvermögen, Zuverlässigkeit, Hilfsbereitschaft, aber auch Mut und Entschlossenheit. Er ist verständnisvoll, aber auch knallhart und hartnäckig wie ein Terrier, wenn es um die Sache geht."

„Wenn du jetzt noch sagst, daß er hin und wieder eine Gloriole um den Kopf hat, dann ist das der erste Engel bei der Polizei."

Alle lachten.

„Natürlich hat er auch Schwächen", fuhr Lutz Schreiner unbeeindruckt fort. „Und er macht natürlich auch mal Fehler, wie wir alle. Er ist manchmal ungeduldig, explosiv und auch hin und wieder im Dienst zu weichherzig. Das muß man über ihn auch sagen. Aber er hat auch eine besondere Art, Menschen für sich zu gewinnen."

„Davon habe ich aber nichts gemerkt. Da würde ich eher das Gegenteil behaupten", sagte Rolf Korn.

„Ist aber so. Irgendwie kommt er bei vielen gut an. Er hat eine sympathische Ausstrahlung. Fragt mal die Leute aus der MK3. Die sind begeistert von ihm. Vor zwei Monaten war die MK3 als Raubkommission eingesetzt worden. Der bewaffnete Banküberfall in Höntrop, erinnert ihr euch noch daran?"

„Na klar."

„Das war sein erster Einsatz als MK-Leiter. Er hat ihn mit seinen Leuten souverän gemeistert. Er kann sein Team mitreißen und begeistern. Das Problem ist ja nicht, die Kollegen zu motivieren. Bei jedem Kapitaldelikt ist die Motivation bei allen am Anfang ja sowieso sehr hoch. Wenn nicht, ist derjenige bei der Polizei fehl am Platze. Die Kunst ist es, diese Motivation und Einsatzbereitschaft über Tage oder gar Wochen hochzuhalten und die Kollegen immer neu anzufeuern und zu begeistern, ihnen zu vertrauen und sie machen zu lassen. Und das hat Ken Bergmann drauf. Seitdem nennt man ihn den Klinsmann der MK. Und das ist ganz gewiß nicht abwertend gemeint."

„Der Klinsmann der MK? Wer hat sich denn den Blödsinn ausgedacht?"

Lutz Schreiners Blick wurde schärfer. „Weißt du, was eine Metapher ist?"

Rolf Korn wurde kleinlaut. „Ja, ja, schon gut", brummte er. „Wir haben also jetzt auch einen Klinsi in unseren Reihen."

„Warum nicht? Es bezeichnet seinen Führungsstil ziemlich genau. Außerdem hat er auf seine Art so manchen Ganoven rumgekriegt und zum Sprechen gebracht, wo andere sich die Zähne ausgebissen haben."

Rolf Korn verzog sein Gesicht, atmete einmal tief durch, schaute kurz nach oben, brummte nur noch etwas Unverständliches über „keine Zeit mehr“ und „weitermachen“ und begann dann mit der Suche nach anderen Täterspuren.

Ken Bergmann war inzwischen auf festen Boden zurückgetreten.

„Was sind das für Leute da hinten?“ fragte er einen der hier stehenden Schutzpolizisten.

„Spaziergänger, Neugierige. Wir haben ihnen gesagt, daß sie nicht näherkommen dürfen.“

Ken nickte nur. Er wandte sich einem Beamten seiner Mordkommission zu. Dieser war dabei, in einem Notizblock seitenweise Stichworte zu notieren. Es war Malte Petersen, der für den später zu schreibenden Tatortbefundbericht zuständig war, ein Bericht, in dem die detaillierte Beschreibung des Tatortes, der Fundort und der Zustand der Leiche beim Auffinden, Zeit, Ort, Wetterlage, Zeugen, Spuren und vieles mehr festgehalten wurde. Dieser Bericht war die Grundlage der weiteren Ermittlungen.

„Der Tote wäre nie gefunden worden“, sagte Petersen, „wenn nicht zufällig dieser Vogelkundler hier herumgegeistert wäre.“

„Wo ist der Mann überhaupt?“ fragte Ken.

„Er sitzt im Streifenwagen. Die Kollegen notieren gerade seine Aussage. Overberg heißt der Mann.“

„Wie alt ist er?“

„Ich schätze mal so um die sechzig.“

Ken Bergmann nickte. „Und was sagt er?“

Petersen kratzte sich mit dem Kugelschreiber am Kopf. Ein Käfer zwängte sich durch seine dunklen Haare, in die sich schon viele graue Strähnen breitgemacht hatten.

„Er ist Hobbyornithologe. Mehrere Male in der Woche streift er durch das Naturschutzgebiet und beobachtet mit einem Fernglas die verschiedenen heimischen Vogelarten, die hier eine Bleibe gefunden haben. Er registriert ihre Anzahl, ihre Lebensweise und ...“

„Schon gut“, unterbrach ihn Ken. „Wie kam es zum Fund der Leiche?“

„Overberg hatte eine seltene Vogelart entdeckt und wollte Photos machen. Als er sich dem Schilfgebiet an dieser Stelle näherte, fiel ihm die breite Spur von niedergedrücktem Schilfrohr auf. Er folgte dieser Spur und fand dann die Leiche im Schilf."

„So wie es aussieht, ist der Fundort nicht der Tatort. Bestenfalls können wir hier von einem erweiterten Tatort sprechen. Vermutlich wurde der Tote hier ins Schilf geschleppt, um ihn zu verstecken. So sieht es jedenfalls aus. Ich glaube nicht, daß er am Fundort getötet wurde. Noch ist es hell genug. Vielleicht haben wir Glück, und ein Hubschrauber ist in der Nähe. Die sollen Luftaufnahmen vom Tatort machen. Von oben sieht man oft mehr als von hier unten. Und man kann sehr gut Spuren im Schilf und im Gras erkennen. Vielleicht hat der Täter ja auch etwas verloren."

„Okay, ich kümmere mich sofort darum", sagte Petersen.

„Ach ja, und noch etwas", sagte Ken. „Fordere einen Beleuchtungswagen an. Wir brauchen hier eine Menge sehr guter Scheinwerfer, wenn die Dunkelheit hereingebrochen ist. Und ein Diensthundführer soll auch herkommen. Vielleicht kann der Hund uns bei der Suche nach Spuren helfen."

„Alles klar. Ich werde das alles veranlassen", sagte Petersen. „Soll auch schon ein Bestatter verständigt werden?"

„Ja, aber er soll sich nur bereithalten. Ich glaube, es wird noch einige Zeit vergehen, bis wir ihn hier brauchen. Ach, und noch etwas. Ich möchte noch wissen, welcher Staatsanwalt herauskommt."

Petersen nickte nur. Dann ging er zu dem weit vom Tatort entfernt abgestellten Dienstwagen, denn es war nicht möglich, mit einem Fahrzeug nahe an den Fundort der Leiche heranzukommen.

Auf dem Weg dorthin kamen ihm bereits die ersten Fernsehreporter entgegen. Ken Bergmann beobachtete dies mit großem Unbehagen. Ab jetzt kam Unruhe in die Arbeit. Die Beamten fühlten sich beobachtet und bedrängt. Und eine Gefahr für die Spurensicherung war auch nicht auszuschließen. Aber die Politik der Polizeiführung war Imageverbesserung. Mit der Presse wollte es sich keiner, der Innenminister, Polizeipräsidenten und wer sonst noch etwas zu sagen hatte, verderben. Sie waren als Politiker auch auf eine gute Presse angewiesen. Schließlich wollten sie ja in ihren Ämtern bleiben.

Ken Bergmann konnte sich einen leisen Fluch nicht verkneifen. Dabei überlegte er angestrengt, wie er den Reportern entkommen konnte. Er war der MK-Leiter, ihn würden sie befragen, er mußte Rede und Antwort stehen, auch für Fragen, die noch gar nicht beantwortet werden konnten und mit denen man ihn bedrängen würde. Petersen, genau, Petersen war ein ruhiger und besonnener Mann. Vielleicht konnte der ja den Pressepart übernehmen, überlegte er. Doch im Innersten wußte er, daß er den Reportern nicht entgehen konnte. Mit einem Seufzer zog er sein Handy aus der Tasche und wählte die Nummer von zu Hause. Katharina mußte wissen, daß er vielleicht in dieser Nacht nicht nach Hause kommen konnte.

Spät am Abend hatte es plötzlich angefangen zu regnen. Vorsichtshalber hatte Ken Bergmann sich den aktuellen Wetterbericht von der Wetterstation in Essen durchgeben lassen. Deshalb überraschte die Beamten der Regen nicht. Sie hatten sich so gut es ging dagegen gewappnet und alle bisher gefundenen wichtigen Spurenträger am Tatort durch Abdeckplanen gesichert. Schlecht war nur, daß der Polizeihubschrauber nicht schnell genug anfliegen konnte. Als er schließlich über der Stempke kreiste, war es schon zu dunkel geworden, um Spuren in der Landschaft zu erkennen und einige Aufnahmen aus der Luft zu machen. Die aufziehenden Regenwolken hatten die Dunkelheit beschleunigt.

Johann Jablonski, der zuständige Staatsanwalt für Kapitaldelikte, war inzwischen auch am Tatort eingetroffen. Obwohl er den Kragen seiner Jacke hochgeschlagen hatte, rann ihm der Regen von den Haaren in den Nacken. „Verdammtes Sauwetter“, sagte er, als er Ken Bergmann begrüßte und sich unter seinen Regenschirm drängte. Der Regen hatte zugenommen und strichelte quer durch das Scheinwerferlicht.

Ken Bergmann hatte Jablonski mit wenigen Sätzen in den Stand der bisherigen Ermittlungen eingewiesen. „Ich hoffe, Sie haben wasserfeste Schuhe an. Wir sind hier soweit fertig, daß wir nun den Toten bergen können. Da wollen Sie doch bestimmt dabei sein.“

Der Staatsanwalt nickte nur.

„Wir werden den Hubschrauber morgen, wenn es richtig hell ist, erneut über die Stempke fliegen lassen. Vielleicht haben wir ja Glück, daß man von oben auch morgen noch etwas erkennen kann“, sagte Ken auf dem Weg zur Leiche.

„Wenn der Regen nicht alle Spuren vernichtet“, wandte Jablonski skeptisch ein.

Der Strahl eines großen Scheinwerfers war auf die Leiche im Schilf gerichtet. Zwar war es noch nicht völlig dunkel, doch die Beamten wollten nichts übersehen. Erneut photo- und videographierten sie den Tatort.

Dabei erhielten sie unerwünschte Hilfe, denn auch die Pressevertreter hielten ihre hochauflösenden Kameras und Photoapparate auf den Toten im Sumpf. Doch andererseits konnten auch diese Aufnahmen für die weiteren Ermittlungen möglicherweise hilfreich sein.

Zwei Beamte der Spurensicherung beugten sich hinab und drehten den Toten im Schilf auf den Rücken. Ken Bergmann fühlte sich wie in einem Gruselfilm, als er die Leiche betrachtete. Das Gesicht war naß und dunkelrot bis lila verfärbt, ebenso der sichtbare Körper. Überall waren Hämatome. Eine klaffende Schnittwunde zog sich quer über die rechte Gesichtshälfte. Die Augen waren zugequollen, Sekret lief aus der Nase. Überall klebte Dreck und Pflanzenreste, von den nassen Haaren bis zu den Füßen. Die Kleidung war zerrissen und gelöchert. Deutlich konnte man da, wo Teile der Brust und des Bauches zu sehen waren, tiefe Einstiche im Körper erkennen.

Für Ken Bergmann war sofort klar: Als der Mann hier abgelegt wurde, war er noch nicht oder gerade erst tot. Sonst hätte sich das Blut nicht an den tiefsten Stellen, dem Gesicht, Brust und Bauch gesammelt.

Die Beamten der Spurensicherung begannen mit der vorläufigen Untersuchung der Leiche. Sie überprüften, ob die Schädeldecke noch fest war, ob alle Körperöffnungen frei waren, ob Knochenbrüche vorlagen, wie der Zustand der Augen war. Alle diese Untersuchungen waren wichtig, weil sie nicht nur eventuelle Hinweise auf die Tatbegehung geben konnten, sondern weil sie auch von vornherein einige Tatbegehungsweisen ausschlossen.

„Wir sind fertig. Die Leiche kann jetzt abgeholt werden“, sagte einer der beiden.

Kurz darauf kamen drei Männer zu dem Toten. Zwei trugen einen Zinksarg, der dritte war der Inhaber des Bestattungsunternehmens.

Ken Bergmann klärte den Bestatter kurz auf, daß die Leiche beschlagnahmt und ins Leichenschauhaus des Hauptfriedhofes zu bringen sei. Es dauerte nur wenige Minuten, bis der Tote in den Zinksarg verfrachtet war.

„Laßt bitte den Scheinwerfer an. Wir überprüfen noch kurz den Liegeplatz“, rief einer der Spurensicherer. „Es könnte ja sein, daß noch etwas unter der Leiche gelegen hat und nun im Schilf liegt.“

„Alles klar!“ rief der Beleuchter.

Ken Bergmann und Staatsanwalt Johann Jablonski folgten dem Sarg. Kurz darauf waren sie von vielen Reportern umringt.

„Können Sie schon etwas sagen?“

„War es Mord oder Selbstmord?“

„Weiß man was über den Grund der Tat?“

„Haben Sie schon einen Verdacht?“

„Wer ist der Täter?“

„Ist das Opfer männlich oder weiblich?“

„Wie starb das Opfer?“

Von allen Seiten prasselten die Fragen auf die beiden Männer ein.

Johann Jablonski hob beide Hände. „Eins nach dem anderen, meine Damen und Herren. Mein Name ist Jablonski. Ich bin der zuständige Staatsanwalt. Über die Tat und den Täter und vor allem über ein Tatmotiv können wir zum jetzigen Zeitpunkt noch nichts sagen. Morgen um vierzehn Uhr findet eine Pressekonferenz im Großen Sitzungssaal im Polizeipräsidium statt. Dann können wir ihnen vielleicht schon etwas Genaueres sagen.“

Ken Bergmann sah den Staatsanwalt zunächst verblüfft, dann zornig an. Was fällt diesem Idioten ein, einfach eine Pressekonferenz anzuberaumen, ohne vorher Rücksprache genommen zu haben, schoß es ihm durch den Kopf. Auch wenn er der Herr des Ermittlungsverfahrens ist, hat er sich an Spielregeln zu halten. Das werden wir unter vier Augen noch gründlich klären. So geht es nicht!

Die Pressevertreter ließen sich nicht abweisen. „Irgend etwas müssen Sie uns doch schon sagen können“, forderten sie.

„Herr Bergmann hier neben mir ist der Leiter der Mordkommission. Vielleicht kann er Ihnen weiterhelfen.“

Ken Bergmann sah ihn kurz mit unbewegtem Gesicht an. Jetzt ist dir Großkotz wohl die Luft ausgegangen, was? ging es ihm durch den Kopf. Er war stinksauer. Mühsam riß er sich zusammen. Die Leute um ihn herum machten auch nur ihren Job. Und der hieß, Neues bringen, Nachrichten verkaufen, schnell sein. Fakten, Fakten, Fakten, sofort fiel ihm dieser Werbeslogan des *Focus* ein. Nun gut, sie sollten Fakten bekommen.

Ken Bergmann räusperte sich. „Also, meine Damen und Herren, viel kann ich Ihnen zur Zeit nicht sagen. Heute nachmittag um halb fünf ging bei der Polizeiinspektion Ost ein Anruf ein. Ein Hobbyornithologe hatte in diesem Schilfgebiet eine Leiche gefunden.“

Er erzählte, was er bisher von der Tat wußte und welche Maßnahme die Polizei bislang getroffen hatte. Fleißig notierten die Reporter alles, was ihnen wichtig erschien und stellten Zwischenfragen, die er redlich zu beantworten bemüht war.

„Tja, meine Damen und Herren, das ist der Stand der bisherigen Ermittlungen. Vielleicht können wir Ihnen morgen bei der Pressekonferenz etwas mehr sagen.“ Und mit einem leicht ironischen Seitenhieb fügte er hinzu: „Und jetzt entschuldigen Sie mich bitte. Ich muß für weitere Neuigkeiten sorgen.“

Die Pressevertreter eilten davon. Der Mordfall sollte in der Spätausgabe der Nachrichten gesendet werden und morgen früh in der Zeitung stehen.

„Das haben Sie prima gemacht“, sagte der Staatsanwalt. „Die sind erst mal zufriedengestellt.“

„Finden Sie?“ Ken Bergmann sah ihn an. „Was hat Sie auf die Idee gebracht, für morgen nachmittag eine Pressekonferenz anzukündigen?“

„Zeit gewinnen. Ich wollte uns nur die Presse vom Hals halten. Warum? Haben Sie etwas dagegen?“

„Grundsätzlich nicht, wenn das vorher sauber abgesprochen ist.“

„Ach, kommen Sie, Bergmann.“ Jablonski gab ihm einen leichten Stoß in die Seite. „Ich sehe doch, daß Sie stinksauer sind. Wir trinken einen darauf, wenn wir hier fertig sind, okay? Vielleicht haben wir morgen nachmittag ja doch Neues zu berichten. Und wenn nicht, dann können wir es auch nicht ändern.“

„Mit dem Trinken wird es wohl nichts. Wenn wir hier fertig sind, kann man bestenfalls noch in einer Nachtbar ein Schluck nehmen. Und das wird keiner von uns wollen. Dazu sind wir viel zu kaputt, und die Zeit ist auch zu knapp.“

„Kommen Sie mal mit, ich zeig Ihnen mal was.“ Jablonski führte Ken zu seinem Wagen. „Wissen Sie, ich habe schon mit so vielen Mordkommissionen gearbeitet, ich weiß, was da auch wichtig ist.“ Er öffnete die Heckklappe. „Na, was sagen Sie?“ Im Wagen stand ein Bierkasten.

„Ich denke, irgendwann heute nacht, wenn alles, was heute nötig war, erledigt ist, dann werden wir uns in aller Ruhe eine Flasche Bier auf der Dienststelle gönnen. Und glauben Sie mir, ich werde zur Furie, wenn uns einer diesen Schluck nach unserer Arbeit mißgönnt.“

So wie Jablonski das gesagt hatte, war für Ken Bergmann klar, daß jedes seiner Worte auch genau so gemeint war. Na, der scheint ja doch ein Guter zu sein, dachte er.

Im Licht der Scheinwerfer des Leukw, wie der Beleuchtungswagen von den Beamten genannt wurde, wurden die letzten bisher gefundenen Spuren gesichert.

Wie Ken Bergmann vermutet hatte, war der gesamte Tatort viel größer, als er sich zunächst dargestellt hatte. Sie hatten die Spuren bis zu dem unbefestigten Feldweg zurückverfolgen können. Obwohl ihnen klar war, daß sie den gesamten Umfang des Tatortes immer noch nicht erfaßt hatten, mußten sie doch aufgeben. Die Scheinwerfer reichten nicht aus, um Zusammenhänge von Abweichungen in der Landschaft mit der Tat zu erkennen. Spätestens wo Gras oder Büsche waren, war eine geordnete Suche nach weiteren Tatortspuren nicht mehr möglich. Deshalb brach Ken Bergmann die Arbeit ab und verwies sie auf den nächsten Morgen. Dann würde eine neue Mannschaft von Beamten des Erkennungsdienstes nach weiteren Spuren, die mit der Tat in einem Zusammenhang gebracht werden konnten, suchen und sichern.

Ken Bergmann ging zu Alfred Müller, seinem Stellvertreter. Der stand neben einem Beamten der Tatortgruppe und sah zu, wie dieser gerade vorsichtig eine Abdeckplane aus Plastik anhob, mit der eine Fußspur auf dem Feldweg geschützt war.

„Ich will nur hoffen, daß der Abguß was wird. Der Boden war schon sehr feucht. Und durch den Regen ist er noch feuchter geworden", sagte der Spurensucher vom Erkennungsdienst. Vorsichtig legte er die Plane zurück. „Der muß noch etwas austrocknen. Aber ich konnte die Spur schon mal ausmessen. Der Spurenleger dürfte Schuhgröße 45 haben."

Alfred Müller klopfte ihm aufmunternd auf die Schulter.

Ken Bergmann kannte Alfred Müller schon lange. Sie waren einige Jahre zusammen im Kriminalkommissariat 11, kurz KK 11 genannt, gewesen, wo sie mit Ermittlungen in Todesfällen und mit schweren Verletzungs- und Gefährdungsdelikten zu tun hatten.

„Hast du einen Überblick darüber, welche Spuren wir bisher gefunden haben?"

„Nicht ganz. Wir haben einige Fuß- und Blutspuren und ein Tempotaschentuch gesichert. Dann haben wir noch ein stabiles, halbzölliges, verzinktes Eisenrohr gefunden, mit einem Durchmesser von etwa zweieinhalb Zentimetern und etwa einen Meter lang. An dem Rohr waren Blutanhaftungen. Möglicherweise hat der Täter mit dem Rohr zugeschlagen."

„Wenn das Rohr vom Täter ist."

„Davon gehe ich aus. Das Rohr hat an beiden Enden ein außenliegendes Gewinde. Es dürfte das Teilstück einer Rohrleitung sein."

„Einer Rohrleitung? Vielleicht ist der Täter Klempner?" mutmaßte Ken Bergmann.

„Schon möglich. Aber an so ein Rohr kann jeder kommen. Ich wette, daß es das in jedem Baumarkt zu kaufen gibt."

„War ja auch nur ein Scherz, das mit dem Klempner. Aber etwas anderes. Kannst du morgen früh die neue Mannschaft der Spurensicherung in die Arbeit einführen? Ich möchte nämlich, daß am Tatort ein nahtloser Übergang gegeben ist."

„Klar."

„Ich danke dir. Morgen früh will ich erst mal eine Bestandsaufnahme machen. Du weißt ja, der erste kriminalistische Grundsatz gilt nach wie vor: Ruhe bewahren und Überblick gewinnen."

Alfred Müller lachte. „So ist es", sagte er.

„Jablonski hat für vierzehn Uhr eine Pressekonferenz angesetzt. Ich will zusehen, daß ich die Presse dann auch mit etwas Neuem füttern kann."

Alfred Müller nickte. „Schläfst du heute nacht im PP?"

„Nein, ich wohne ja nicht weit weg vom Präsidium. Selbst wenn es sehr spät wird, lohnt es sich für mich, zu Hause zu übernachten. Und du?"

„Ich habe für solche Fälle immer eine zusammenfaltbare Liege in meinem Büro stehen. Da hab ich meine Ruhe."

3

„Verdammt, da kommt man morgens um drei Uhr nach Hause und findet immer noch keinen Parkplatz vor der Haustür", schimpfte Ken Bergmann. Langsam fuhr er die Straße ab, bis er etwa hundert Meter weiter eine Lücke für sein Auto fand.

Als er zu Hause angekommen war, schloß er vorsichtig die Türen auf. Auf keinen Fall wollte er Katharina und seine Kinder wecken. In der Küche stand ein schön garnierter Teller mit verschieden belegten Broten und mit kleinen Salathappen, daneben eine Thermoskanne mit Kaffee. Doch er hatte weder Hunger noch Durst. In aller Eile zog er sich aus und stellte den Wecker. Als er sich vorsichtig neben Katharina ins Bett schlich, fiel ihm besonders die wohlige Wärme auf. Er drehte sich auf die Seite, legte seinen Arm um Katharinas weichen Bauch, und schon war er eingeschlafen.

Als der Wecker klingelte, war er sofort hellwach. Etwas mehr als drei Stunden hatte er geschlafen. Doch das hatte ausgereicht, um all seine Kräfte neu zu sammeln. Er wunderte sich nicht, wie topfit er war. Er kannte das von früheren Arbeiten in der Mordkommission. Alle Beamten, die in diesem Team arbeiteten, waren hochmotiviert. Das war immer so gewesen, in allen Fällen. Es lag wohl in der Natur der Sache. Ein Mord war geschehen, und es galt, den Täter so schnell wie möglich zu ermitteln. Ken Bergmann erinnerte sich, daß er in einem Fall mit insgesamt zwanzig Stunden Schlaf in einer ganzen Woche ausgekommen war. Teilweise hatte man rund um die Uhr gearbeitet. Nachdem der Fall dann gelöst war, hatte er fast zwei Tage durchgeschlafen. Die hohe Motivation war die Basis für diese außergewöhnliche körperliche und geistige Leistung. Als er aus dem Bad kam, stand Katharina in der Küche.

„Was machst du denn schon hier?“ fragte er. „Du kannst doch noch schlafen.“

„In einer halben Stunde muß ich sowieso aufstehen und die Kinder für die Schule fertigmachen. Ich habe frischen Kaffee aufgesetzt.“

Tatsächlich begann die Kaffeemaschine zu blubbern.

„Ich hätte doch den Kaffee aus der Thermosflasche nehmen können.“

Katharina sah ihn kopfschüttelnd an. „Der schmeckt doch nicht mehr. Der ist doch bestimmt schon kalt.“

Ken Bergmann nahm einen kleinen Schluck davon. „Du hast recht. Der schmeckt wie eingeschlafene Füße.“ Er goß die Kanne in der Spüle aus. „Aber die Brote, die du mir gestern abend gemacht hast, die kann man doch noch essen.“

„Na gut, wenn sie dir schmecken.“

Ken Bergmann nahm eine Schnitte. Sie schmeckte ihm.

„Warum setzt du dich nicht? Ich stelle dir alles auf den Tisch“, sagte Katharina.

„Ich bin zu unruhig zum Sitzen.“ Er legte sein angebissenes Brot zur Seite. „Ich schau mal nach, ob die Zeitung schon da ist.“

Kurz darauf war er wieder in der Wohnung. Auf der Seite *Aus dem Westen* war ein großer Artikel mit Photos über den Mordfall.

MORD! RAUBÜBERFALL AUF SPAZIERGÄNGER? war er überschrieben.

„Die Presse spekuliert schon wieder“, sagte er, als er sich an den Tisch setzte, den Artikel durchlas und dabei immer wieder hastig an dem heißen Kaffee schlürfte.

„Was ist denn genau passiert?“ fragte Katharina.

Mit wenigen Worten erzählte Ken von dem Mord im Sumpf. „Du kannst das Ganze ja hier in der Zeitung noch mal nachlesen.“

Katharina beugte sich über seine Schulter.

„Auf dem einen Photo bist du ja.“

„Ja, leider.“

„Wieso leider? Ich finde das gut.“

Ken Bergmann schwieg.

„Gab es gestern etwas Besonderes?“ fragte er schließlich.

„Eigentlich nicht.“

„Eigentlich? Also gab es doch etwas.“

Katharina druckste herum. „Ich will dich damit nicht belasten. Du hast ja zur Zeit genug um die Ohren.“

„Quatsch, raus damit. Was ist los?“

„Dana hat Schwierigkeiten in der Schule. Sie hat sich auf dem Schulhof mit einem Mädchen gezankt. Dann sind andere Mädchen dazu gekommen und haben sie hin- und hergeschubst, an den Haaren gezogen und auch geschlagen.“

„Geschlagen?“ fragte Ken Bergmann entsetzt.

„Ja, aber es ist ihr nicht viel passiert. Sie hat nur Angst, heute zur Schule zu gehen. Deshalb gehe ich mit ihr hin und werde auch mit den Lehrern reden.“

„Meine Tochter wird geschlagen, und da sagst du, es ist nicht viel passiert. Sie hat Angst, in die Schule zu gehen. Da ist nicht viel passiert?“

„Reg dich nicht auf. Es waren nur ein, zwei Schläge auf den Rükken, die sie abbekommen hat.“

„Auf jeden Fall reichte es ja, um sie so in Angst zu versetzen, daß sie nicht mehr zur Schule gehen will. Verdammt, muß denn so was gerade jetzt passieren, wo ich mich nicht darum kümmern kann."

„Vielleicht ist das gut so. Ich werde diese Sache regeln", sagte Katharina mit Bestimmtheit. „Kümmere du dich nicht darum. Ich ärgere mich jetzt schon, daß ich dir das überhaupt gesagt habe und dich damit von deinem Mordfall ablenke."

Ken Bergmann stand auf und legte die Zeitung zur Seite. „Mordfall hin, Mordfall her, was mit meiner Familie passiert, kommt an erster Stelle. Wenn ich nach Hause komme, möchte ich von dir wissen, wie die Sache ausgegangen ist, vor allem, wie meine Tochter vor den anderen Mädchen geschützt wird."

„Mach ich", sagte Katharina.

Er gab ihr einen leichten Kuß auf die Wange. „Ich muß los. Bis irgendwann später."

Das erste, was Ken Bergmann an diesem Tag überraschte, war der dichte Nebel, der sich plötzlich in den frühen Morgenstunden über das Land gelegt hatte. Er mußte erst mal einen Moment darüber nachdenken, wo er seinen Pkw abgestellt hatte. Dann suchte er sich seinen Weg durch den Dunst.

Hoffentlich verzieht sich diese Brühe im Laufe des Tages. Sonst wird es mit einem erneuten Flug des Hubschraubers über die Stempke wieder nichts, dachte er, als er in sein Auto einstieg. Dann hatte er selbst alle Mühe, durch den dichten Nebel zu kommen.

Als er die Räume der Mordkommission gleich neben der Einsatzleitstelle betrat, waren einige Kollegen schon da. Auch Annemarie Haber-Kielmann. Sie hatte bereits die Kaffeemaschine angestellt und war dabei, Tassen und Teller auf den Tisch zu stellen. Langsam verbreitete sich der aromatische Kaffeeduft im Zimmer.

„Morgen, Haki. Hm, das riecht ja herrlich", sagte Ken Bergmann, als er seiner Kollegin die Hand gab. Ken haßte diese Doppelnamen, ob mit oder ohne Bindestrich. Und weil ihm der Vorname seiner Kollegin auch zu lang war, hatte er einfach die ersten beiden Buchstaben ihres Familiennamens vereinigt und sie Haki genannt. Annemarie Haber-Kielmann war zunächst gar nicht einverstanden damit. Aber alle Versuche, diesen Namen wieder loszuwerden, fruchteten nicht. Er verbreitete sich wie ein Lauffeuer im Präsidium. Und er hatte den Vorteil, daß er

Verwechslungen ausschloß, denn eine weitere Kriminalbeamtin hieß ebenfalls Annemarie. Nun war eindeutig klar, wer gemeint war. Inzwischen hatte sie sich aber auch an diesen Spitznamen gewöhnt und nahm ihn mit Gelassenheit hin.

„Hallo Ken."

Ken Bergmann begrüßte auch die drei anderen Kollegen, die um den Tisch herumsaßen. Vor ihnen lagen die verschiedensten Zeitungen auf dem Tisch.

MORD IM SUMPF titelte eine Tageszeitung. Und im größten Boulevardblatt der Republik stand auf Seite drei BLUTTAT IM SCHILF.

Ken Bergmann setzte sich.

„Im Fernsehen hat man gestern abend schon darüber berichtet und im Radio auch, hat mir meine Frau am Telephon erzählt", sagte Roger Hein.

„Das spricht für eine gute und schnelle Presse. Apropos Presse. Wir sollten von allen Sendungen Kopien anfordern. Überhaupt sollten wir die Presse bitten, uns ihr Material zur Verfügung zu stellen. Je mehr Photos und Filme wir vom Tatort haben, desto besser. Selektieren können wir dann immer noch. Übernimmst du das, Roger?"

„Ja."

„Hat sich schon der Erkennungsdienst gemeldet?"

„Bisher nicht."

„Bei dieser Suppe da draußen können die sowieso nichts machen. Man sieht ja kaum seine Hand vor den Augen", sagte Bernd Schott.

„Das ist wahr. Falls es da draußen noch Spuren gibt, sind die Chancen, sie zu finden und zu sichern, sehr schlecht geworden", sagte David Wakaba. David Wakaba war dunkelhäutig. Sein Vater war Afrikaner. Er war als Medizinstudent an die Ruhr-Universität gekommen, wo er seine Mutter, eine Deutsche, kennen- und liebengelernt hatte. Seine Eltern besaßen jetzt eine eigene Praxis für Allgemeinmedizin.

Ken Bergmann nickte.

„Aber Alfred Müller ist trotzdem zum ED gegangen. Er will mit einem der Kollegen zur Leichenhalle fahren und Photos von dem Toten machen", fuhr Bernd Schott fort. „Er meinte, es wäre gut, wenn du schon jetzt bei der Pressekonferenz Photos vom Gesicht der Leiche an die Presseleute verteilen könntest. So können wir vielleicht schneller erfahren, wer der Tote überhaupt ist."

„Na prima." Ken Bergmann wußte, daß Alfred als alter Ermittler in Todesfällen dafür sorgen würde, daß das Gesicht der Leiche so präpariert wird, daß es einerseits keinen Schock beim Betrachter des Bildes hervorrufen und andererseits für eine Identifizierung reichen würde.

„Es kommt noch besser. Alfred will sich mit der Gerichtsmedizin absprechen und auch bei der Obduktion dabei sein."

„Dann braucht ihr ja kein Pinnchenziehen zu machen, wer von euch dabei ist. Oder hätte sich einer von euch freiwillig dafür gemeldet?"

Haki rümpfte die Nase. „Nicht so gerne", sagte sie und stellte ihm eine frische Tasse Kaffee hin.

Die anderen schwiegen.

Ken Bergmann wußte aus Erfahrung, daß die meisten Kriminalbeamten ungern einer Obduktion beiwohnten. Doch es war Vorschrift. Deshalb wurden oft ganz junge Beamte, die gerade erst ihr Studium beendet hatten, für diese Aufgabe eingeteilt. Es war ja auch nicht gerade angenehm zu sehen, wie ein Mensch fast wie ein Schlachtschwein auseinandergeschnitten wird. Dabei war die Körperöffnung für die meisten noch nicht mal das Schlimmste. Auch die Entnahme der einzelnen Organe, von denen Proben entnommen wurden, verkrafteten sie noch gut. Äußerst unangenehm wurde es aber, wenn die Kopfschwarte ringsum aufgeschnitten und nach vorn über das Gesicht gezogen wurde, so daß die Schädeldecke freilag. Spätestens wenn der Pathologe dann anfing, mit der dünnen Kreissäge die Schädeldecke zu lösen und abzunehmen, um das Gehirn zu untersuchen, war es bei empfindlichen Gemütern vorbei. Dann begann bei einigen das große Kotzen. Manche waren aber auch so abgebrüht und aßen ihr Wurstbrot bei der Obduktion. Die Gemüter der Menschen sind eben manchmal sehr unterschiedlich, überlegte Ken Bergmann. Er selbst war eine Art Mittelding. Er war auch nicht gerade froh gewesen, wenn er zu einer Obduktion mußte, aber es hatte ihn auch nicht umgehauen. Das einzige, was ihn wirklich bedrückte, war die Obduktion selbst. Keine Frage, sie war für die Klärung von Todesfällen ungeheuer wichtig. Das war ihm bewußt. Doch auf ihn wirkte sie auch irgendwie zutiefst respektlos. Dem Toten wurde keine Menschenwürde mehr entgegengebracht. Er wurde wirklich wie ein Stück Holz behandelt. Und dagegen sträubte sich vieles in ihm.

Das Telephon klingelte und unterbrach seine Gedanken. Haki hatte abgenommen. „Du möchtest, sobald es dir möglich ist, zum Polizeipräsidenten kommen“, sagte sie zu Ken. „Er möchte aus erster Hand wissen, wie es um den Mord im Sumpf steht.“

Ken Bergmann nickte, blickte auf seine Uhr und nahm schnell einen Schluck aus der Kaffeetasse. „Okay! Halb acht. Ich muß zur Frühbesprechung. Ihr könnt hierbleiben. Ich sage euch später, was es Neues gibt. Gibt es von euch noch etwas, was ich wissen müßte?“

Die anderen schüttelten den Kopf.

„Gut, dann an die Arbeit“, sagte er. „David, du schreibst bitte für heute mittag eine Pressemitteilung, die wir auch als Handzettel und Plakate nutzen können. Überschrift: Die Kriminalpolizei bittet um Ihre Mithilfe. Du weißt ja, worauf es ankommt. Ganz kurzer Hinweis auf die Tat, und daß sich Zeugen, die etwas Ungewöhnliches bemerkt haben, an uns wenden sollen. Und weise bitte in dem Bericht besonders darauf hin, daß der Täter vermutlich am Körper und im Gesicht verletzt sein dürfte und auch blutige und stark verschmutzte Kleidung anhatte. Vielleicht ist das ja irgend jemandem aufgefallen.“

Ken Bergmann wandte sich Bernd Schott zu.

„Du nimmst bitte Verbindung zu den Kollegen in den Nachbarbehörden auf. Ich glaube, in diesem Fall ist es sehr wichtig, daß wir engen Kontakt mit ihnen halten. Ansonsten werden wir die Zeit nutzen und zunächst mal alles, was wir bisher wissen und gemacht haben, schriftlich fixieren. Um halb zwei treffen wir uns hier wieder. Bevor ich der Presse Rede und Antwort stehe, möchte ich auf dem neuesten Stand der Ermittlungen sein.“

Der große Sitzungssaal im Polizeipräsidium war voll. Kameras und Mikrophone waren nach vorn gerichtet. Überall hasteten Menschen umher und verlegten noch Kabel. Die Reporter der schreibenden Zunft hatten um den großen ovalen Tisch Platz genommen, der fast durch die ganze Länge des Saales ging. Rechts und links vom Tisch waren zusätzlich noch Stuhlreihen aufgestellt.

An den mit dunklem Holz vertäfelten Wänden waren die Porträts von allen Bundespräsidenten aufgehängt. Das war der einzige Schmuck in diesem sonst sehr nüchtern eingerichteten Raum. Trübes Licht drang durch die Fensterreihe an der linken Wand.

Am Kopfende des großen Tisches hatten Ken Bergmann und Staatsanwalt Jablonski Platz genommen. Neben ihnen saßen noch der Pressesprecher des Polizeipräsidenten und ein Beamter der Spurensicherung.

Der Pressesprecher begann mit der Einführung und verwies dann bei den Details auf Bergmann und Jablonski.

„Weder die getötete Person noch das Motiv für diesen Mord noch der genaue Tathergang sind uns bisher bekannt. Im Moment kann alles Mögliche vermutet werden“, erklärte Ken Bergmann auf eine ihm gestellte Frage. „Leider haben wir auch viel Pech, denn das schlechte Wetter beeinträchtigt sehr die Spurensuche im Sumpf.“

Der Beamte der Spurensicherung gab an dieser Stelle einen kurzen Kommentar über die Schwierigkeiten ab und erwähnte auch, daß wegen der schweren Verkehrsunfälle im Nebel kein Hubschrauber zu bekommen sei.

„Die Leiche befindet sich inzwischen in der Gerichtsmedizin. Die Obduktion soll heute nachmittag erfolgen“, sagte Jablonski. „Vielleicht gibt es dann noch ein paar Hinweise, denn das Opfer wies verschiedene Verletzungen auf, die aber noch genauer untersucht werden müssen.“

„Ist die Identität des Toten inzwischen geklärt?“ fragte ein Reporter.

„Nein. Wir sind gerade dabei, zunächst alle Vermißtenfälle aus unserem Bereich mit dem Opfer zu vergleichen“, sagte Ken Bergmann. „Zur Zeit sind Ermittlungsteams von uns ausgerückt, um in den nächstgelegenen Häusern und Anwesen nach Zeugen zu suchen. Eine Pressemeldung mit der Bitte um Hinweise aus der Bevölkerung ist auch vorbereitet. In diesem Zusammenhang möchten wir Sie bitten, das Photo des Getöteten zu veröffentlichen. Die Tat geschah hier im Grenzbereich von drei Städten. Sie würden uns sehr helfen, wenn Sie Ihren Bericht überörtlich erscheinen lassen könnten, damit von dort vielleicht auch Hinweise auf Opfer und Täter kommen. Uns ist die Veröffentlichung des Opferphotos in Ihren Medien sehr wichtig. Sie würden damit einen erheblichen Beitrag bei der Aufklärung dieser abscheulichen Tat leisten. Vielen Dank.“

Der Beamte der Spurensicherung verteilte das Photo des Ermordeten an die Pressevertreter.

„Sie müssen sich doch einen Tathergang vorstellen. Wie sieht der aus?“ kam von einem Reporter die Frage.

„Nun, sicher machen wir uns auch eine Vorstellung davon, was passiert sein könnte. Aber das sind nur Vermutungen aufgrund der bisherigen Beweislage. Vielleicht war alles auch ganz anders“, sagte Bergmann.

Der Reporter blieb hartnäckig. „Was vermuten Sie denn?“

„Nun, wie es aussieht, trafen sich Täter und Opfer auf dem Feldweg direkt am Ölbachtal. Vermutlich kam es hier zu einem Kampf, davon zeugen die Verletzungen im Gesicht und am Körper des Opfers. Möglicherweise hat der Täter bei dem Kampf eine bisher noch unbekannte Stichwaffe benutzt. Davon zeugen ebenfalls Spuren am Opfer. Der Täter schleppte dann sein Opfer in das mannshohe Schilf, vermutlich, um die Tat zu verdecken. Und fast wäre es ihm ja auch gelungen. Der Tote wäre wohl nie gefunden worden, wenn nicht zufällig ein Vogelkundler dort einen besonderen Vogel entdeckt hätte."

„Kann es sein, daß sich Täter und Opfer kannten? Vielleicht haben sie sich verabredet, am Tatort etwas zu machen, wo es dann zu einem tödlichen Streit wurde?" fragte eine sehr junge Journalistin.

„Was meinen Sie?" fragte Bergmann nach.

„Ich meine, daß sie sich trafen, um vielleicht Rauschgift gegen Geld zu tauschen. Sie wurden sich nicht einig, und es kam zu dem tödlichen Kampf."

„Das ist durchaus möglich. Allerdings gibt es dafür nicht den geringsten Beweis."

„Das Opfer könnte ja auch ein Spaziergänger gewesen sein, der vom Täter ausgeraubt werden sollte. Und dann gab es den Kampf", rief ein anderer in die Runde.

„Auch das ist möglich. Aber auch dafür gibt es bisher nicht den geringsten Hinweis. Jedenfalls hatte das Opfer noch sein Portemonnaie in der hinteren Hosentasche. Und etwas Geld war da auch drin."

„Was tut die Polizei denn jetzt eigentlich, um Spaziergänger zu schützen?" fragte ein anderer. „Es könnte doch sein, daß der Täter erneut zuschlägt."

„Kann man überhaupt noch sicher durch die Stempke gehen?" hörte man einen anderen Rufer.

„Leider hat man vor längerer Zeit die Reiterstaffel abgeschafft. Sonst hätten wir verstärkt Polizeireiter in der Stempke Patrouille reiten lassen. Wir werden aber dafür sorgen, daß die Spaziergänger auf andere Weise geschützt werden."

„Wie denn?"

„Wieso wurde die Reiterstaffel abgeschafft?"

„Ja, berittene Polizei gab es doch zu allen Zeiten. Warum jetzt nicht mehr?"

Die Fragen wurden lauter, drängender.

„Soweit ich weiß, hat man die Reiterstaffel aus finanziellen Gründen aufgelöst und weil man der Meinung ist, daß Polizeireiter heute nicht mehr effektiv sind."

„Wie soll man das verstehen?"

„Dazu kann unser Pressesprecher vielleicht eher etwas sagen", gab Ken Bergmann die Frage weiter.

„Es geht zu viel Zeit für Pferdepflege, Leder- und Geschirrpflege, Putzarbeiten und Training der Pferde drauf. Die tatsächliche Einsatzzeit ist zu kurz, und die Notwendigkeit, Pferde einzusetzen, ist zu selten. Vieles kann man mit anderen Mitteln schneller, billiger und effizienter machen", gab der Pressesprecher zur Antwort.

„Zum Beispiel?"

„Mit Motorrädern, Mofas oder Fahrrädern."

„Den Demonstranten oder besoffenen Fußballfan, der vor einem Polizisten auf einem Fahrrad Angst hat, den möchte ich sehen!" rief einer.

Allgemeines Gelächter brandete auf.

„Wir alle hier vorne haben diese Entscheidung nicht getroffen", sagte Ken Bergmann, „sondern die Landesregierung und das Innenministerium. Für diese Sache sind wir der falsche Ansprechpartner. Wir werden auf jeden Fall die Sicherheit in der Stempke im Auge haben und alles tun, daß sich so ein Fall dort nicht wiederholt."

„Mit Polizisten auf Fahrrädern?"

Wieder ertönte vereinzeltes Gelächter.

„Vielleicht. Warum nicht? Aber auch mit Kradfahrern und Streifenwagen, soweit sie dort einsetzbar sind."

„Ich habe noch eine Frage zu dem Opfer. Hat man sonst noch was in den Taschen des Ermordeten gefunden?"

„Ja, einen Schlüsselbund. Mehr nicht. Keine Personalpapiere, keine Telephonnummern, nichts, was ihn auf Anhieb identifizieren könnte."

„Vielleicht war das ja gar kein Mord. Vielleicht war auch alles umgekehrt. Vielleicht hat das Opfer den Täter angegriffen. Und dieser hat sich nur gewehrt und dann das Opfer im Schilf versteckt, weil er Angst hatte, als Mörder gesucht zu werden, obwohl es Notwehr war. So was soll ja schon mal vorgekommen sein."

„Selbstverständlich ist auch das möglich. Ich versichere Ihnen, meine Damen und Herren, daß wir uns all diese Gedanken auch schon gemacht und über den Tathergang und das Motiv hin und her und kreuz und quer nachgedacht haben. Und Sie können mir glauben, daß uns noch eine ganze Reihe anderer Möglichkeiten eingefallen sind. Am Ende sind das aber alles nur Spekulationen. Wir wissen einfach noch nicht genug über Täter, Opfer und Motiv."

„Wann erwarten Sie die nächsten Ergebnisse?"

„Spätestens nach der Obduktion. Dann wissen wir hoffentlich, wie der Mann getötet wurde. Und vielleicht finden wir noch Täterspuren."

„Hoffen Sie auf Fingerabdrücke?"

„Nicht nur. Wahrscheinlich hat der Täter bei dem Kampf auch Blut verloren. Oder wir finden Haare von ihm. Bei einem Kampf wird auch gekratzt, ob bewußt oder unbewußt. Dann sammeln sich Hautpartikel unter den Fingernägeln. Finden wir also Körperflüssigkeit oder Haut oder Haare vom Täter, können wir eine DNA-Analyse machen und seine genetische Formel ermitteln. Das ist genauso gut wie ein Fingerabdruck. Vielleicht finden wir auch Stoffreste oder Flusen von seiner Bekleidung. Dann können wir ihnen vielleicht schon bei der nächsten Pressekonferenz sagen, welchen Pullover der Täter anhatte. Sie sehen, die Leiche hält vielleicht noch so manches Beweisstück für uns bereit."

Mit Feuereifer notierten die meisten der Reporter, was sie soeben gehört hatten. Das war eine willkommene Verschnaufpause für Ken Bergmann.

„Ab jetzt arbeiten wir unter der Namen MK Sumpf und beziehen unseren Standort im Amtshaus in Gerthe, weil wir dort näher dran sind", fügte er zum Ende der Pressekonferenz hinzu. „Ich schlage vor, daß Sie uns Ihre Telephonnummern hinterlassen. Ich verspreche Ihnen, daß wir Sie unverzüglich verständigen werden, wenn sich neue interessante Fakten in diesem Mordfall ergeben."

Diese Ankündigung erzeugte ein zustimmendes Gemurmel. Ken Bergmann beantwortete noch ein paar Rückfragen, dann war die Pressekonferenz beendet.

„Die Pressevertreter waren doch sehr nett und hilfsbereit. Ohne sie würden wir es viel schwerer haben, an Informationen zu dem Toten zu kommen", sagte Jablonski auf dem Flur.

„Ja, da haben Sie wohl recht. Vielleicht hat man mir in der Vergangenheit zu viel Schlechtes über die Presse eingebleut. Vielleicht sollte ich meine Meinung wirklich einmal überdenken. Aber eines sollten wir auf jeden Fall tun, nämlich das gestörte Sicherheitsgefühl der Leute im

Auge behalten und tatsächlich die Stempke regelmäßig bestreifen lassen."

„Darum werde ich mich kümmern", sagte der Polizeisprecher.

4

Maria Landers hatte mit großer Aufmerksamkeit die Radio- und Fernsehberichte verfolgt und auch die Zeitungsberichte über den Mord gelesen. „Wer hätte gedacht, daß in der Stempke ein Mord passiert", sagte sie in Richtung Wohnungsflur und legte die Zeitung auf den Wohnzimmertisch.

Kurt Landers stand halb im Wohnungsflur, halb in der dort befindlichen Abstellkammer. Er unterbrach seinen Versuch, in den rechten Reitstiefel zu kommen. Die Wohnzimmertür stand zwar offen, er konnte Maria aber nicht sehen. Deshalb rief er in ihre Richtung: „Morde können überall passieren. Sogar hier in unserem Dorf gab es vor vielen Jahren einen Mord an einem jungen Mädchen. Erinnerst du dich?"

„Ja, ich weiß, eine furchtbare Sache."

Auch der erneute Versuch, in den Stiefel zu kommen, mißlang. „Und dann die beiden Morde an den jugendlichen Mädchen", rief er. „Vor ungefähr fünf Jahren der Mord in Westerfilde und vor mehr als zehn Jahren der Mord im Jungferntal. Das alles ist ja auch nicht so lange her. Der Mord im Jungferntal ist bis heute noch nicht aufgeklärt."

„Wer weiß, ob der jemals geklärt wird. Je mehr Zeit vergeht, desto schwieriger wird es."

„Das stimmt."

Kurt Landers nahm alle seine Kräfte zusammen und zog nochmals kräftig an dem Hilfshaken, der durch eine Öse am oberen Schaft der Stiefel gezogen wurde. Mit diesem Haken konnte man den Stiefel hochziehen, mußte aber gleichzeitig den Fuß nach unten in den Stiefel hineindrücken. Durch Ziehen und Drücken gelang es ihm schließlich, in den Stiefel zu kommen. Diese Aktion hatte ihm glatt den Schweiß auf die Stirn getrieben. „Demnächst reite ich nur noch mit Stiefeletten und Chaps", rief er keuchend zum Wohnzimmer.

„Vielleicht solltest du ganz einfach nur etwas abnehmen."

„Ach, Quatsch. Ich habe doch nicht an den Füßen zugenommen."

„Aber bestimmt an der Wade.“

Kurt Landers murmelte etwas Undeutliches vor sich hin und begann den linken Stiefel anzuziehen. Das war zwar auch nicht ganz einfach, ging aber wesentlich besser als beim rechten.

„Und mach keine Experimente“, rief Maria.

„Was für Experimente?“

„Du weißt genau, was ich meine. Ich kenne dich. Du willst bestimmt wieder durch die Stempke reiten und auch zum Fundort der Leiche.“

„Na und? Ich reite öfter durch die Stempke. Soll ich das jetzt sein lassen, nur weil dort jemand ermordet worden ist?“

„Du weißt, daß man das nicht will. Es gibt weit und breit keine Möglichkeit, von hier auf die andere Seite des Ölbaches zu kommen, es sei denn, man ist so verrückt wie du und unternimmt sehr gewagte Versuche.“

Kurt Landers antwortete nicht. Er zog seine lange Jacke über und öffnete die Haustür. „Bis später.“

„Denk an das Pferd“, hörte er Maria noch hinter sich herrufen. „Brecht euch nicht die Knochen!“

Hinter ihm fiel die Haustür zu.

Der Mord vor drei Tagen in der Stempke hatte nicht nur die Bevölkerung im Bochumer Norden beunruhigt, sondern war auch Gesprächsthema in den angrenzenden Vororten von Dortmund und Castrop-Rauxel. Auch im Reiterverein Dortmund-West wurde darüber geredet. Kurt Landers beteiligte sich nicht daran. Er grüßte kurz die kleine Gruppe, die unter dem Vordach der neuen Reithalle stand und heftig miteinander diskutierte, und ging weiter zur alten Reithalle, an der ein Stalltrakt für sieben Pferde angebaut worden war. Er holte sein Pferd aus der Box. Um diese Zeit war er allein in der Stallgasse. Er putzte seine Stute, dann sattelte und trenste er sie. Die Stute war nicht mehr die Jüngste und wehrte sich, wenn er den Sattelgurt gleich zu fest anzog. Also ging er mit ihr einige Runden über den Hof. Dabei entspannte sich das Pferd. Zwischendurch blieb er immer wieder stehen und zog den Gurt um ein Loch nach. Auf diese Weise erreichte er, daß der Sattelgurt schließlich so fest um den Körper des Pferdes gebunden war, daß er unbesorgt aufsteigen konnte.

„So, mein Mädchen, dann wollen wir uns mal wieder ein schönes Stück dieser Welt ansehen“, sagte er, tätschelte dabei leicht den Hals des Pferdes und ritt los.

Er verließ das Gelände des Reitervereins. Kurz vor dem Hundeplatz bog er nach links zum Feld ab. Hier hatte die Stadt Dortmund einen schmalen Reitweg zugelassen. Kurt Landers ritt öfter hierher. Er war einer der wenigen Reiter, die sich ausgiebig im freien Gelände bewegten. Die meisten ritten lieber in den Hallen oder auf den hervorragend präparierten Reitplätzen des Vereins. Jeder Ausritt mit seiner Stute hatte fast immer den gleichen Ritus. Vom Verein bis hierher ritt er im Schritt, dann wurde leicht angetrabt, und danach ging es ab im Galopp. Die Stute brauchte das. Sie liebte es, sich an der frischen Luft mal richtig langmachen zu dürfen. Das einzige, worauf Kurt Landers besonders achten mußte, war die sehr dichte Buschreihe zur Rechten. Wenn da plötzlich ein Fasan hochflog oder ein Kaninchen aus den Sträuchern sprintete, dann mußte man als Reiter gewappnet sein und seine Beine am Pferd haben, sonst konnte es schnell passieren, daß man auf dem Acker landete.

Die Stute wurde schon unruhig. Sie wußte genau, daß sie gleich loslaufen durfte. Kurt Landers hatte etwas Mühe, sie zu halten. Seit zwei Tagen war sie nicht mehr richtig bewegt worden. Eine halbe Stunde longieren oder eine Stunde in der Halle frei laufen lassen, war zu wenig. Unruhig tänzelte das Pferd auf dem Reitweg. Kurt Landers nahm noch einmal die Gegend auf, korrigierte seinen Sitz und gab dann die Zügel frei. Die Stute galoppierte aus dem Stand los. Kurt Landers drückte sich aus dem Sattel hoch und beugte sich nach vorn. Im sogenannten leichten Sitz galoppierte er den Reitweg entlang. Es war herrlich, die schöne Natur zu sehen, den Wind im Gesicht zu spüren, mit dem Pferd über die Landschaft zu preschen. Der keuchende Atem und die flatternde Mähne vor sich, die schwingenden Bewegungen des Pferdes und das Knirschen des Sattelleders unter sich, einfach die Symbiose mit dem Pferd, das war es, was einen Hauch von absoluter Freiheit in seiner Seele erzeugte. Reiten war nicht nur Sport, Reiten war auch Therapie. Sobald man auf dem Pferd sitzt und reitet, ist alles, was einen bedrückt, was einen traurig macht, was schmerzlich ist, wie weggeblasen. Der enge Kontakt zum Pferd, die Konzentration auf das Reiten, verdrängt alles. Das ging nicht nur ihm so, das war bei sehr vielen Menschen ähnlich. Und wenn man dann fertig war, sah die Welt meist schon wieder ein wenig heller aus. Ja, es war was dran an dem Spruch: Alles Glück dieser Erde liegt auf dem Rücken der Pferde.

Kurt Landers trieb sein Pferd nicht an. Er ließ es auslaufen. Nach einigen hundert Metern wurde die Stute langsamer. Im leichten Trab erreichten sie einen Durchgang zwischen den sehr dichten, hochgewachsenen Büschen. Hier brachte Kurt Landers sein Pferd in den Schritt. Sie wandten sich nach rechts und ritten am Naturschutzgebiet entlang, das sich links von ihnen befand. Kurt Landers empfand stets große Freude, wenn er hier vorbeikam. Er liebte diese urwüchsige Natur, die Bäume und Sträucher und ganz besonders das große Schilfgebiet. Es war ein wahrer Schatz.

Der Reitweg war nach dem gestrigen Regen wieder gut abgetrocknet. Doch hier, zwischen den Bäumen und Sträuchern, war noch viel Matsch. Vorsichtig ritt er einen kleinen Hang hinab und durch einen kleinen Tümpel. Hier galt es, besonders vorsichtig zu sein, denn in dem Matsch und im Wasser lagen Steine und abgebrochene Aststücke. Da konnte sich sein Pferd schnell eine Verletzung an den Hufen oder an den Fesseln zuziehen.

Nach wenigen Metern überquerte er eine kleine Brücke, die über einen Bach führte. Er hielt sich links, ritt weiter am Rand des Schilfgebietes entlang. Zu seiner Rechten war nun ein Feld, das aber noch nicht gepflügt worden war. Reste von abgeschnittenen Getreidehalmen ragten aus dem Boden.

Vor ihm lag der Kalkteichhügel. Ein Kranz von Bäumen und Sträuchern bedeckte seine Flanken. Hier hatte sich Kurt Landers einen geheimen Weg gesucht, um auf den Hügel zu gelangen.

Vor ein paar Jahren wäre das nicht nötig gewesen. Da gab es von der Brücke aus, die er gerade erst überquert hatte, einen kleinen schmalen Pfad durch das Sumpfgebiet. Jahrelang hatte sich niemand daran gestört. Ohne Schwierigkeiten konnte man auf die andere Seite des Ölbaches gelangen und dort weiterreiten. Aber irgendwann meinte jemand, daß das schädlich für die Natur sein könnte, und man sperrte diesen schmalen Übergang durch Baumstämme ab. In der Zeit danach wucherte alles zu, so daß es einen Weg nach drüben nicht mehr gab. Für Kurt Landers aber doch. Er war hier großgeworden. Von Kindheit an kannte er sich aus. Er hatte gesucht und einen neuen Weg hinüber auf die Bochumer Seite gefunden. Allerdings war es nicht so einfach, ihn auf einem Pferd zu bestreiten.

Kurt Landers hielt es sowieso für völlig idiotisch, daß man den Übergang gesperrt hatte. Angeblich war das Argument dafür, daß die Pferde die Ruhe der Natur stören würden. Das war der größte Quatsch. Erstens paßte ein Pferd in die Natur, anders als motorisierte Zweiräder, die gelegentlich auch über die Feldwege fuhren und das Wild aufschreckten. Bei Pferden war das längst nicht so. Man konnte oft sehr dicht an Hasen und anderen Tiere vorbeireiten, ohne daß sie erschreckt davoneilten. Zweitens war hier, wenn überhaupt, nur ein winziger Teil des Naturschutzgebietes betroffen und das auch nur für eine sehr kurze Zeit, nämlich etwa für fünf Minuten, dann war man aus dem Schilfgebiet heraus. Und kein Reiter würde den schmalen, festen Weg verlassen. Das war gefährlich und konnte auch teuer werden, wenn zum Beispiel die Hufeisen im Sumpf durch die entstehende Saugkraft abgezogen wurden. Und drittens gab es nicht sehr viele Reiter, die sich in der freien Natur bewegten. Auch das schonte die Natur, ganz im Gegensatz zu den vielen Spaziergängern, die ihre Hunde in der Stempke frei umherlaufen ließen.

Er erreichte bald den Fuß des Kalkteichhügels. Vorsichtig zwängten Pferd und Reiter sich durch die Büsche und befanden sich dann zwischen verschieden dicken Baumstämmen, die mal dichter, mal weiter auseinanderstanden. Auch hier floß ein schmaler Rinnsal in Richtung des Ölbaches. Sehr schnell hatte er die Stelle gefunden, wo er den Hang hinaufreiten konnte. Dünne Zweige peitschten ihn, und er mußte sich vor einigen dünnen Ästen wegducken, bis er den oberen Rand des Kalkteichhügels erreicht hatte.

„Scheiße!“ fluchte er. Überall an seiner Bekleidung hingen kugelförmige, leicht stachelige Pflanzenteile, die man als Soldatenknöpfe bezeichnete. In seinen Nacken war ein Zweig mit Blättern gerutscht. Es dauerte einige Zeit, bis er diese unangenehme Störung endlich beseitigt hatte.

Die Stute unter ihm keuchte immer noch heftig.

Sie wird auch langsam zu alt für diese Ritte, schoß es ihm durch den Kopf. Er beschloß, daß dies der letzte Ritt mit der Stute zum Kalkteichhügel sein sollte. Sie hatte ihn jahrelang treu und brav durch die Gegend getragen. Und sie hatten so manchen abenteuerlichen Ritt hingelegt. Doch jetzt war es an der Zeit, der Stute mehr Ruhe zu gönnen und keine schweren Ritte mehr zu machen, sondern sie nur noch so zu belasten, daß sie es leicht bewältigen konnte.

Dankbar klopfte er ihren Hals.

„Du bist und bleibst eine gute Stute“, sagte er. Dann riß er nach und nach die Soldatenknöpfe ab und schnippte sie davon. Dabei dachte er wieder über den Weg durch den Sumpf nach. Kurt Landers konnte es nicht fassen.

„Wir wollen hier keinen Reittourismus.“ Angeblich sollte das die Antwort der Stadt Bochum gewesen sein, als man vor Jahren dort vorgesprochen und um einen Übergang durch den Sumpf gebeten hatte, damit sich die Bochumer und Dortmunder Reiter, die auf den Reiterhöfen im hiesigen Bereich ihre Pferde stehen hatten, gegenseitig besuchen konnten.

Kurt Landers hatte schon viel gehört. Diese Aussage übertraf aber an Dummheit und Arroganz alles bisher Dagewesene. Welcher Schwachkopf hatte sich das nur ausgedacht? Glaubten diese Schreibtischtäter im Bochumer Rathaus wirklich, daß von überall her Reiter nach Gerthe kämen, um hier vier oder fünf Kilometer durch die Landschaft zu reiten? Welch Geistes Kind mußten diese Menschen sein? Im weiteren Umkreis gab es jede Menge anderer herrlicher Gegenden, wo man reiten konnte. Zum Beispiel den Gysenbergpark in Herne, wo die Stadt schöne Reitwege zur Verfügung stellte. Radfahrer, Jogger, Spaziergänger, sie alle begegneten sich hier, ohne daß es größere Schwierigkeiten gegeben hatte. In Obercastrop konnte man durch den Wagenbruch reiten, ein ähnliches Gebiet wie die Stempke, und in Dortmund-Frohlinde führte sogar ein Reitweg mitten über einen Golfplatz, ohne daß es Probleme gab. Nein, die Reiter dort waren nicht auf die Stempke angewiesen. Wenn überhaupt war dieses Gebiet nur für die Reiter im äußersten Dortmunder Westen und für die Reiter des äußersten Bochumer Nordens interessant. Hier gab es vier Reiterhöfe auf Bochumer Seite und den Reiterverein Dortmund-West auf Dortmunder Seite. Beide Seiten hatten nur eine relativ kleine Fläche zum Ausreiten. Ein schmaler Übergang durch den Sumpf, vielleicht eingefriedet durch seitliche Balken, hätte die Möglichkeit für längere Ausritte eröffnet. Mit Reittourismus hatte das nichts, absolut gar nichts zu tun. Und am Geld konnte es auch nicht liegen. Die Kosten für eine seitliche Begrenzung durch den Sumpf waren lächerlich gering. Da wurde für andere Sachen viel mehr Geld verpulvert. Reiten war ja auch schon lange keine Elitesport mehr, Reiten war Volkssport geworden. Das schien man in Bochum aber noch nicht begriffen zu haben. Sonst hätte es nicht diese bornierte Aussage gegeben, wenn sie denn stimmte.

Überhaupt müßte man ein Gesetz erlassen, daß alle bäuerlichen Betriebe, die von den Pferden leben, einen Randstreifen von mindestens einem Meter Breite an ihren Feldern für Reiter freilassen müßten, überlegte Kurt Landers. Viele Bauern wären schon lange pleite, wenn es die Reiter nicht gäbe. Da wäre es nur konsequent und richtig, wenn sie nicht nur für Pferdeboxen und Futter Geld kassierten, sondern auch Möglichkeiten eröffneten, im Freien reiten zu können. Das würde auch Feldwege schonen und Konflikte mit Spaziergängern vermeiden.

Leider waren sich die Reiter nicht einig genug, um das durchzusetzen. Die Hallenreiter und Turnierreiter hatten kein Interesse, sich mit denen zu solidarisieren, die im Freien ausreiten wollten. Und die wiederum waren zu wenige, um ihr Ziel zu erreichen.

Weil er nun schon einmal auf dem Kalkteichhügel war, wollte er ihn auch näher erkunden. Er ritt ein kurzes Stück den Pfad entlang, der um den Kalkteich führte. Umgestürzte Baumstämme versperrten den Weg und zwangen ihn, schwierige Umwege zu machen. Außerdem lag auch schon viel nasses Laub auf dem Weg. Die Rutschgefahr war hoch. Überhaupt war der Weg seit seinem letzten Ritt hier oben erheblich mehr zugewuchert.

Plötzlich überfielen ihn Erinnerungen aus seiner Kindheit. Er fühlte auf einmal wieder diese Erregung, die er als Kind bei verbotenen Aktionen immer verspürt hatte. Der Kalkteichhügel gehörte damals zur Zeche Lothringen, die hier, östlich des Hügels ihre chemischen Betriebe hatte. Den Kalkteichhügel zu betreten war strengstens verboten gewesen. An manchen Stellen hatten Schilder darauf hingewiesen. Aber das hatte ihn und seine Freunde nicht gestört. Ganz im Gegenteil. Genau das war es ja, was die Sache für die Kinder so spannend machte und wesentlich zum Abenteuer beitrug.

Kurt Landers hatte noch sehr gut diese Bilder von damals im Gedächtnis. Den wunderschönen, von dunkelblau bis ins Grüne schimmernden großen See, so groß wie mehrere Sportplätze, seine kalkweißen Ufer und dahinter das Grün der Bäume und Sträucher. Und den kleinen Nebensee. In ihm hatte er als kleiner Junge zusammen mit seinen Freunden gebadet und ihn mit einem primitiven, selbstgebauten Floß befahren. Er fühlte noch den glitschigen, weißen, doch als sehr angenehm empfundenen Kalk an seinen Füßen, denn, wie gesagt, bestanden der Grund des Sees und sein Ufer aus weißem gelöschtem Kalk.

Um den See herum führte ein knapp zwei Meter breiter Pfad, der Pfad, auf dem er jetzt wieder stand. An diesem Pfad blühten im Sommer die verschiedensten Pflanzen. Bunte Schmetterlinge, Bienen und andere Sommertiere schwirrten umher, und die Luft war erfüllt vom Gesang der Vögel. Er sah sich mit seinen Freunden vor seinem geistigen Auge hier umhertollen und hörte ihr fröhliches Lachen. Er genoß es zutiefst, wieder einmal an einer wichtigen Stelle seiner Kindheit gewesen zu sein. Gewaltsam mußte er sich aus dieser Phase der Wehmut und Sehnsucht reißen.

Etwa 1970 hatte man eine Vielzahl von Giftfässern im Kalkteich gefunden. Sie stammten von den nahegelegenen ehemaligen chemischen Werken und waren vor, während und nach dem Krieg hier einfach versenkt worden. Wochenlang wurde der Teich abgepumpt. Feuerwehr und Technisches Hilfswerk waren im Großeinsatz, um den hochgiftigen Abfall zu bergen. Danach wurde der Teich zugeschüttet und bepflanzt. Wo einst ein Teich war, befand sich heute ein Hügel. Kurt Landers ritt bis zu einer Stelle, wo ein alter Weg den Hang hochführte. Auch hier hatte die Natur angefangen, das Terrain zurückzugewinnen. Die Fahrspuren von einst waren nur noch schwach zu erkennen. Gut war nur, daß dieser Weg breit genug war, so daß er hier mühelos weiterreiten konnte. Von oben wollte er einen Ausblick über die Landschaft genießen. Doch auch das war nicht mehr möglich. Die Natur hatte sich radikal alles zurückerobert. Obwohl schon viel Laub von den Bäumen gefallen war, verwehrten viele Bäume und Sträucher jede Weitsicht.

Ein wenig traurig ritt er den alten Fahrweg zurück. Bald erreichte er eine Stelle, wo der Hang des Kalkteichhügels niedrig und nicht zu steil war, und kurz darauf war er wieder unterhalb des Hügels, jetzt jedoch auf der Bochumer Seite. Er folgte dem Trampelpfad am Ölbach entlang und bog dann nach rechts in einen breiten Feldweg ab. Dieser Weg führte durch einen kleinen Wald. Nachdem er den Wald durchquert hatte, lenkte er sein Pferd nach links, ritt einen kleinen Hang hoch und befand sich an einem Feldrand. Er wunderte sich ein wenig, daß um diese Jahreszeit hier Raps blühte. Erst später erfuhr er, daß es sich um Senfpflanzen handelte. Auf jeden Fall sah das Feld schön gelb aus. Hinter dem Feld sah er in voller Breite die Buschreihe, die es vom dahinterliegenden Sumpfgebiet trennte. Er ritt im Schritt links auf dem schmalen Feldweg um den Acker herum. Bald erreichte er die Stelle, wo es den Hang hinabging zu der kleinen Betonbrücke, die hier über den Bach gebaut worden war. Leider war diese Brücke durch Stahlrohre für Reiter versperrt. Deshalb ritt er weiter. Kurz darauf bemerkte er, daß das Senffeld hier ziemlich verwühlt aussah. Viele Pflanzen waren niedergetreten oder abgerissen. Sofort war ihm klar, daß hier irgendwo der Fundort der Leiche gewesen sein mußte. Er verharrte für einen Moment, sah sich eingehend um und entschloß sich dann, weiterzureiten.

Früher war er mit Freunden hin und wieder in dieser Gegend unterwegs gewesen. Kurt Landers überlegte, ob er einen Rundritt wie früher machen sollte, hinüber zum Harpener Hellweg, dann nach links zum Ölbach hinab und wieder links durch den Bochumer Forst zurück in die Stempke. Die Gelegenheit war günstig, wenn nur der dunkle Himmel nicht wäre. Es sah schon wieder nach Regen aus.

Nein, er wollte nichts mehr riskieren. Er entschloß sich, umzukehren.

Er ritt den Feldweg zurück, den er gekommen war. Vor dem Wald bog der Weg in rechtem Winkel nach links ab. Früher war Kurt Landers immer geradeaus geritten, direkt an dem hohen Hochspannungsmasten vorbei, der hier am Waldrand stand. Doch jetzt sah das alles sehr verwachsen aus. Konnte man trotzdem noch hier herreiten? Wenn ja, wäre das eine ziemliche Abkürzung. Kurz entschlossen zwängte er sich mit seiner Stute durch die Büsche.

Die Gegend hatte sich stark verändert. Den Trampelpfad am Mast vorbei gab es zwar noch, doch wie es aussah, war er nur wenig benutzt worden. Dünne Bäume standen überall bis dicht am Weg beisammen und ließen nur einen schmalen Durchgang zu. Der kleine Tümpel, der sich hier am Weg befand, war jetzt erheblich breiter als früher. Irgend jemand hatte drei dicke Äste über ihn gelegt, damit man trockenen Fußes auf die andere Seite kam. Besonders auffällig war für Kurt Landers aber das Sumpfgebiet zu seiner rechten Seite. So viel Schilf hatte es früher hier nicht gegeben. Das Röhricht wuchs bis fast an den Waldrand heran. Der Boden war augenscheinlich feuchter als früher. Hier gab es mit einem Pferd kein Durchkommen.

Die Stute wurde unruhig.

Um zu prüfen, ob er hier mit seinem Pferd wenden konnte, stellte er sich etwas in den Steigbügeln hoch und sah sich sorgfältig um.

Da erblickte er einen Schuh im Schilf. Sofort wurde er stutzig.

Ein Frauenschuh hier im Sumpf? Wie kam der hierher? Was hatte das zu bedeuten?

Er richtete sich in seinen Steigbügeln noch höher auf, um mehr erkennen zu können. Von seinem erhöhten Stand aus konnte er einige Meter weit in das Schilf sehen. Und tatsächlich, dort war noch etwas. Er konnte nicht genau erkennen, was das war. Es war blau und paßte deshalb nicht in die Natur.

Kurt Landers überlegte, was er machen konnte. Die Stute wurde immer unruhiger. Ihre Hufe stampften in den Matsch.

Erst mal raus hier!

Er wußte, daß er hier nur noch herauskam, wenn er das Pferd rückwärts setzte. Ein Wenden war unmöglich.

Kurt Landers zog die Zügel an und gab Druck mit den Schenkeln. Widerwillig setzte die Stute zurück. Als er wieder am Feldrand war, ließ er die Stute erst einmal im ruhigen Schritt eine große Volte gehen. Der Gang im Kreis beruhigte das Pferd. Er stieg ab, holte sein Reithalfter aus der Tasche und legte es über die Trense. Nun konnte er sein Pferd an einem Baum anbinden. Dann ging er zurück zu der Stelle, von wo aus er den Schuh gesehen hatte.

Von dem Schuh und auch von dem blauen Etwas war nichts zu sehen. Das Schilfgras und kleine Sträucher, die dazwischen wuchsen, verdeckten jede Sicht. Die drei dicken Äste, die hier über den kleinen Tümpel gelegt waren, sahen nicht nur glitschig aus, sie waren es auch. Kurt Landers hatte mit seinen Reitstiefeln alle Mühe, auf diesen Balken Halt zu finden.

Auf der anderen Seite mußte er sich erst mal orientieren. An manchen Stellen war das Schilf niedergedrückt. Vermutlich waren hier Tiere durchgelaufen. Es dauerte einen Moment, bis er herausgefunden hatte, wie er gehen mußte, um zu dem Frauenschuh zu gelangen.

Der wackelige Boden unter ihm quietschte und quakte, als er vorsichtig in den Sumpf vordrang. Um nicht tiefer einzusinken, trat er vor jedem Schritt ein Bündel Schilfgras um. Trotzdem versank er manchmal mit seinen Stiefeln bis über die Knöchel im Morast. Dann sah er vor sich den Schuh im Gras. An dieser Stelle wuchs wenig Schilf. Das Wasser hatte sich hier gesammelt und einen kleinen Teich gebildet. Hätte der Schuh im dichten, hohen Röhricht gelegen, hätte man ihn nicht sehen können.

Kurt Landers sah sich um. Irgendwie spürte er eine starke innere Erregung. Er wußte aus Erfahrung, daß Abweichungen vom Normalen meist nichts Gutes bedeuteten. Und ein Frauenschuh im Sumpf, das war eine extreme Abweichung. Die böse Ahnung, die ihn von Anfang an beschlichen hatte, als er den Schuh im Sumpf sah, die er aber nicht auszudenken gewagt hatte, wurde nun immer stärker.

Hoffentlich nicht, schoß es ihm durch den Kopf. Hoffentlich nicht!

Wo war der blaue Fleck?

Kurt Landers versuchte sich auf die Zehenspitzen zu stellen. Doch das war nicht möglich. Der Boden unter seinen Füßen war zu weich und nachgiebig.

Er sah zurück und versuchte anhand der Baumkronen und des Hochspannungsmastes auszumachen, wo er den blauen Flecken gesehen hatte. Schließlich glaubte er, den richtigen Weg gefunden zu haben. Mit Händen und Füßen drückte er das Schilfrohr zur Seite und bahnte sich seinen Weg.

Nach einiger Zeit blieb er stehen. Er versuchte abzuschätzen, wie weit das blaue Etwas vom Schuh entfernt lag. Eigentlich hätte er es im Schilf schon erreicht haben müssen. Mit hoher Wahrscheinlichkeit hatte er es verfehlt.

„Verdammte Scheiße!“ fluchte er vor sich hin. Er überlegte, wie er sein Ziel erreichen konnte. Schließlich entschloß er sich, von seinem jetzigen Standpunkt aus in einer Spirale immer weiter durch den Sumpf zu waten. Irgendwann mußte er dann an die Stelle kommen, wo er das Blaue gesehen hatte.

Frösche sprangen davon, ein Fasan flatterte plötzlich mit lautem Geschrei auf, was Kurt Landers im ersten Moment einen fürchterlichen Schrecken einjagte, Enten flüchteten laut quakend irgendwo im Schilf.

Er wurde unruhig. Was war mit seiner Stute? Stand sie noch friedlich angebunden am Baum? Wenn jemand jetzt dort vorbeikam, was würde dann passieren? Sein Pferd zu stehlen war ja gar kein Problem. Oder man klaute ihm Sattel und Trense. Das waren richtige Werte, die seine Versicherung in so einem Fall nicht ersetzen würde. Zwar war die Wahrscheinlichkeit, daß jemand diesen schmalen, zum Teil noch matschigen Feldweg entlanggehen würde, gering, aber nicht ausgeschlossen. Kurt Landers entschloß sich, erst mal nach seinem Pferd zu sehen. Wenn alles in Ordnung war, konnte er sich ja noch mal neu orientieren und ein zweites Mal in den Sumpf hineingehen. Vielleicht klappte der zweite Versuch ja besser. Kurt Landers fixierte anhand des Hochspannungsmastes und der Baumwipfel die Stelle, wo er in den Sumpf gegangen war, und ging dann geradewegs in diese Richtung. Wieder kämpfte er sich durch das mannshohe, dichte Schilfgras. Dann blieb er wie angewurzelt stehen. Regungslos und fassungslos starrte er auf sein linkes Bein. Plötzlich hatte er das Gefühl, sich heftig übergeben zu müssen. Nur mit aller Gewalt konnte er die Übelkeit zurückhalten. Fast wäre er auf einen Kopf getreten. Direkt vor seinem linken Stiefel lag eine Frau im Sumpf. Und er stand nicht nur auf niedergedrücktem Schilfgras, sondern auch auf einem Teil ihrer langen Haare, die mit dem Gras, mit Blättern und Pollen vermischt waren. Hier lag eine Frau mit dem Gesicht nach unten im Sumpf. Das Blaue, was er aus der Ferne gesehen hatte, war ihr Jeansrock. Die Frau mußte schon länger hier liegen, das war Kurt Landers sofort klar. Tiere hatten sich über die Leiche hergemacht, die in die Auflösungsphase eingetreten war.

Die Natur ist unerbittlich, hart und reagiert ohne Zeitverzug, schoß es ihm durch den Kopf. Sobald etwas gestorben ist, wird es sofort verwertet.

Kurt Landers wagte nicht sich vorzustellen, welcher Anblick die Polizei erwartete, wenn die Frau umgedreht wurde, ein Anblick wie in den schlimmsten Horrorfilmen.

Vorsichtig ging er um die Leiche herum und eilte dann weiter durch den Sumpf. Innerlich war er aufs Äußerste angespannt. Kurz darauf war er bei seinem Pferd. Alles war in Ordnung. Die Stute stand noch ruhig neben dem Baum.

Kurt Landers holte hastig sein Mobiltelephon hervor und wählte den Notruf der Polizei.

„Polizei, bitte sprechen Sie.“

„Mein Name ist Kurt Landers. Ich habe soeben eine Frauenleiche im Sumpf gefunden.“

Dann gab er der Polizei den genauen Fundort durch und auch seine Personalien und Telephonnummer.

„Warten Sie bitte da, wo Sie sind. Ich schicke sofort einen Streifenwagen zu Ihnen“, sagte der Polizist am anderen Ende.

5

Am nächsten Tag überschlugen sich die Ereignisse. Kaum hatte sich die Mordkommission Sumpf in den zur Verfügung gestellten Räumen des schönen alten Amtshauses in Gerthe eingerichtet, da kamen auch schon die ersten wichtigen Informationen.

„Wir haben mehrere Anrufe bezüglich des Toten gekriegt“, sagte Malte Petersen. Er saß Ken Bergmann an dessen Schreibtisch gegenüber. Auf seinen Beinen hatte er einen Schreibblock liegen, auf dem er sich Notizen gemacht hatte.

Ken war gerade dabei gewesen, die ersten Berichte und Vermerke durchzulesen. Er legte die beschriebenen Blätter zur Seite.

„Ein Herr Hoffmann rief an und meinte, daß das Photo seinen Sohn Torben zeigen könnte“, berichtete Petersen. „Dann rief noch mal eine Frau Hoffmann an und sagte, daß der Tote eventuell ihr geschiedener Mann Torben sei. Auch einige andere Leute haben auf diesen Torben Hoffmann hingewiesen. Es sieht so aus, als ob wir die Identität des Opfers nun kennen.“

Ken Bergmann nickte. „Sieht so aus“, sagte er. „Aber wir wollen das ganz genau wissen. Fahr du bitte mit einem Kollegen von der Spurensicherung zu den Eltern. Wir brauchen sicheres Identifizierungsmaterial, Ausweispapiere, eventuell Gegenstände, auf denen sich mit Sicherheit seine Fingerabdrücke befinden, und die Adresse seines Zahnarztes und Hausarztes. Falls es bei der Identifizierung im Leichenschauhaus durch die Eltern Zweifel gibt, werden wir uns sein Zahnschema besorgen oder ärztliche Unterlagen über Verletzungen, Operationen, Blutwerte und so weiter. Dann werden wir ihn auf diese Weise sicher identifizieren.“

Malte Petersen sah nicht gerade erfreut aus. Vor ihm lag ein bedrückender Weg.

Was mochte in den Eltern vorgehen? Wie mochte ihnen zumute sein, wenn sie ihren gepeinigten, toten Sohn im Leichenschauhaus sahen? Und dann die vielen von Verzweiflung und Trauer geprägten Fragen nach dem Wie und Warum und nach den Einzelheiten der Tat. Malte Petersen wußte, daß er als Kriminalbeamter versuchen mußte, über den Dingen zu stehen, daß er, wie es auch bei Ärzten, Krankenschwestern und manchmal bei Priestern der Fall war, die schlimmen Schicksale anderer Menschen nicht zu sehr an sich heranlassen durfte.

Doch so sehr er sich auch darum bemühte, er war zu sehr Mensch, um nicht doch mitzuempfinden, ja mitzuleiden.

Ken Bergmann erkannte sofort, was in Petersen vorging. „Einer von uns muß es machen“, sagte er leise. „Wenn ich könnte, würde ich dir diese Sache abnehmen. Aber das geht nicht. Ich könnte höchstens einen anderen Kollegen fragen.“

Malte Petersen schüttelte den Kopf. „Nein, nicht nötig“, sagte er und erhob sich von seinem Stuhl. „Ich danke dir für das Angebot. Aber ich mache das schon.“

Ken Bergmann kniff die Lippen zusammen und nickte.

Kaum hatte Petersen den Raum verlassen, da bekam er die nächste Nachricht. David Wakaba betrat nach kurzem Anklopfen sein Büro. „Der Erkennungsdienst hat sich gemeldet“, sagte er. „Das Blut auf dem Eisenrohr ist nicht von einem Menschen. Es ist Tierblut.“

„Weiß man, von welchem Tier?“

Wakaba schüttelte den Kopf.

„Und? Hat man sonst noch Spuren an dem Rohr gefunden? Fingerabdrücke, Haare, vielleicht noch etwas anderes?“

Wakaba schüttelte wieder den Kopf.

„Na ja, dann wird dieses Rohr wohl nichts mit unserem Mord zu tun haben.“

Das Telephon klingelte. Haki war dran. „Alfred ist gerade zurückgekommen. Er hat das vorläufige Ergebnis der Obduktion.“

„Wo seid ihr?“

„In meinem Büro.“

„Okay, David und ich kommen eben rum.“

Kurz darauf trafen sie sich in Hakis Büro, das direkt an das Büro von Ken Bergmann grenzte. Das war der größte Raum der MK. Man war sich einig geworden, hier die Anlaufstelle einzurichten. Jeder, der etwas von der Mordkommission wollte, sollte zunächst hier erscheinen. Außerdem hatte man abgesprochen, sich hier in unregelmäßigen Abständen zu versammeln und sich über den jeweiligen Stand der Ermittlungen zu informieren. So war dann jeder auf dem Laufenden. Außerdem bot dieser Raum auch Platz für einen Kühlschrank und für eine kleine Anrichte.

Ken Bergmann hatte aus guten Gründen sein Büro, das wesentlich kleiner war, direkt daneben bezogen. Einerseits konnte er hier relativ ruhig arbeiten, in Ruhe überlegen, wie es weitergehen sollte und was noch zu tun war, und auch Einzelgespräche mit Kollegen oder anderen Personen führen. Andererseits war er dicht dran, wenn es etwas Wichtiges gab, oder wenn eine Lagebesprechung anstand.

Alfred Müller trank gerade seinen Kaffee, als die beiden das Zimmer betraten. „Den solltet ihr probieren. Der schmeckt köstlich. Wer hat den gekocht? Du, Haki?"

Haki schüttelte den Kopf. „Nein, David war's."

„Kompliment. Ich wußte gar nicht, daß du so gut Kaffee kochen kannst", sagte Müller an David Wakaba gewandt.

„Das hat mir meine Oma beigebracht. Es gibt da ein paar Tricks, um den Kaffee zu verfeinern, nicht nur, daß man zum Beispiel eine Prise Salz zugibt."

„Die Tricks mußt du mir mal verraten."

„Kommt gar nicht in Frage. Das bleibt ein Familiengeheimnis."

„Möchtet ihr auch einen Kaffee?" fragte Haki.

Die beiden schüttelten den Kopf.

„Was hat die Obduktion ergeben?" fragte Ken.

„Tod durch inneres Verbluten. Im wesentlichen wurde bestätigt, was wir schon vermutet hatten. Zwischen dem oder den Tätern einerseits und dem Opfer andererseits muß es zu einem fürchterlichen Kampf gekommen sein. Bei diesem Kampf muß es dem oder den Tätern gelungen sein, mit einer bisher unbekannten Waffe auf das Opfer einzustechen. Der Obduzent hat sechs lebensbedrohliche Einstiche am Körper gezählt sowie viele weitere Stichverletzungen und Schnittwunden vor allem an Händen und Armen. Mit ziemlicher Sicherheit kann man sagen, daß es sich hier um Abwehrverletzungen handelt. Ein Stich war sofort tödlich. Er traf das Herz. Aufgrund der Anordnung der Stiche kann gesagt werden, daß erst der letzte der tödliche war. Der finale Stich war so angesetzt, daß der Getötete wohl schon auf den Knien gewesen sein muß. Entweder hat der Täter den tödlichen Stich gesetzt, als das Opfer nach hinten fiel, oder er hat den Knienden nach hinten gedrückt. Alle Stiche wurden von oben nach unten geführt. Postmortal wurden vermutlich keine Stiche mehr gesetzt. Hätte der Täter postmortal zugestochen, wären die Verletzungen anders. Sie wären gerade. Wir bekommen so schnell wie möglich einen ausführlichen Bericht."

Alfred Müller machte eine kurze Pause und nahm einen erneuten Schluck Kaffee.

„Der tiefste Einstich ging durch den Bauch. Er setzte etwa am Magen an. Weil er nur durch Weichteile ging, konnte der Obduzent die Tiefe ziemlich genau feststellen. Der Stich ging etwa fünfundzwanzig Zentimeter tief. Die Einstichwunde in der Haut war knapp dreizehn Zentimeter breit. Wenn man davon ausgeht, daß die Waffe nicht bis zum Ende eindrang, dann kann man sagen, daß die Klingenbreite etwa fünfzehn Zentimeter oder mehr beträgt. Tja, und die Klinge muß demzufolge länger als fünfundzwanzig Zentimeter sein.“

Alfred Müller machte eine erneute Pause.

„Das bedeutet, daß der Täter nicht mit einem Messer zugestochen hat. Es sei denn, daß es eine Sonderanfertigung ist. Aber für was braucht man ein Messer mit einer fünfzehn Zentimeter breiten Klinge?“

Man sah den anderen an, wie es in ihren Gehirnen arbeitete.

„Was meint denn der Obduzent? Hatte der eine Idee, was das für eine Waffe ist?“ fragte Bergmann.

„Nun, der kann natürlich auch nur Vermutungen anstellen. Vielleicht hat der Täter ein breites Schwert oder eine Machete benutzt. Dagegen spricht allerdings wieder die Klingenbreite, und außerdem handelt es sich dabei um Schlagwaffen, aber nicht um Stichwaffen. Deshalb meinte der Obduzent, daß es sich eventuell um eine Lanze oder einen Speer gehandelt haben könnte. Dagegen sprechen allerdings die anderen Umstände. Lanze und Speer sind Distanzwaffen. Täter und Opfer waren aber sehr dicht zusammen. Sie haben sich ja geschlagen. Es sei denn, daß es sich um zwei Täter handelt. Dann könnte es so gewesen sein, daß sich ein Täter mit dem Opfer im Kampf befunden hat. Der andere ist hinzugekommen und hat im günstigen Moment auf das Opfer eingestochen. Dagegen spricht aber wieder, daß die Stiche von oben nach unten geführt worden sind.“

„Mit anderen Worten, wir sind nicht viel weitergekommen.“

„Das würde ich so nicht sagen. Wir haben etwas Besonderes. Wir suchen eine ungewöhnliche Waffe oder Werkzeug mit einer sehr breiten Klinge. Finden wir heraus, was das für eine Waffe oder Werkzeug ist und wofür man es braucht, dann haben wir, denke ich, einen wesentlichen Schritt näher an den Täter gemacht.“

„Das wird nicht einfach sein. Wo wollen wir ansetzen?“

„Ich würde vorschlagen, daß wir erst mal Kontakt zum BKA aufnehmen. Vielleicht kann man dort etwas mit diesen Informationen anfangen. Vielleicht wissen die, um welche Waffe oder Werkzeug es sich dabei handelt. Und wenn das nichts bringt, müßte man eine Presseveröffentlichung machen. Vielleicht kann uns die Bevölkerung weiterhelfen. Könnte ja sein, daß wir Glück haben, und jemand hat diesen ungewöhnlichen Gegenstand irgendwo oder bei irgendwem gesehen."

„Das wäre zu schön, um wahr zu sein", sagte Ken. „Okay, dann werden wir das so versuchen. Würdest du das übernehmen?"

Alfred Müller nickte.

„Danke, Alfred. Ich gehe dann wieder in mein Büro."

Jablonski rief an und erkundigte sich, ob es etwas Neues gäbe. Ken Bergmann erzählte ihm, was er inzwischen an Neuigkeiten wußte. Um die Mittagszeit war Bernd Schott losgefahren und hatte für alle aus einer Imbißstube etwas zu essen besorgt. Kurz nach eins kam Petersen zurück. Er lehnte sich neben der Bürotür an die Wand.

„Na, wie war's?" fragte Ken. „Komm, setz dich. Haben sie die Leiche identifiziert?"

Petersen nickte und schob sich mit seinem Stuhl näher an Kens Schreibtisch heran. „Ja, es ist zweifelsfrei ihr Sohn. Der letzte Beweis war ein Muttermal unter seinem linken Arm und eine etwa zehn Zentimeter lange Narbe an der rechten Wade. Als Kind war er beim Klettern auf einen spitzen Zaunpfahl gestürzt. Später, nach der Identifizierung, habe ich mich noch eine ganze Zeitlang eingehend mit den Eltern unterhalten. Sehr nette Leute, beide etwa Ende siebzig. Ich war erstaunt, wie relativ gelassen sie waren. Es mußte ja so kommen, hatte die Mutter spontan bei der Leiche gesagt. Und da hab ich dann sofort eingehakt."

„Und, was sagte sie?"

„Torben Hoffmann war geschieden, hatte zwei inzwischen erwachsene Kinder und war arbeitsloser Maurermeister. Es sei vor allem sein Lebenswandel gewesen, der ihn da hingebracht habe."

„Aha! Was hat er denn gemacht?"

„Nun, er war Zocker, Lebemann, turnte im Rotlichtmilieu rum, war im Grunde wenig zuverlässig, hin und wieder faul, egoistisch, leichtfertig, eben ein verwöhntes Söhnchen, wie sich die Mutter ausdrückte. Die Eltern haben sich deshalb ein Leben lang Vorwürfe gemacht."

„Dann war er Einzelkind."

„So ist es. Vielleicht nehmen die Eltern den Tod ihres Sohnes deshalb relativ gelassen hin, weil sie seit Jahren nur sehr oberflächlichen Kontakt zu ihm hatten. Dafür aber um so mehr Kontakt zu seinen Kindern. Auf die sind sie sehr stolz. Der Enkelsohn hat gerade sein Studium als Informatiker beendet, und die Enkeltochter ist Arzthelferin."

„Und? Haben sie sonst noch was gesagt?"

Petersen nickte. „Ja, er war ein Frauenheld."

„Das sind viele."

„Er war nur auf verheiratete Frauen scharf. Das hat den Eltern sehr mißfallen. Deshalb gab es oft Streß zwischen ihnen."

„Aha! Hatte das einen besonderen Grund?"

„Das wußten die Eltern nicht. ‚Vielleicht können Sie dazu mehr von seiner geschiedenen Frau oder seinem besten Freund Paul Sandberg erfahren', hatten sie gesagt. Ich bin dann sofort losgefahren. Die Ex konnte ich nicht antreffen, dafür aber Sandberg. Er ist auch schon lange arbeitslos."

„Und?"

„Torben Hoffmann war ein Casanova. Er wollte keine feste Bindung mehr nach seiner Scheidung. Seine Ex war fremdgegangen und hatte sich letztendlich für den anderen entschieden. Deshalb wollte er sich wohl irgendwie rächen, vermutete Sandberg. Seine besondere Vorliebe war seitdem die Eroberung verheirateter Frauen."

Ken Bergmann schüttelte den Kopf. „Was sich manche Leute für einen Blödsinn ausdenken."

„Der hatte einen Spleen darin, hat Sandberg gesagt. Der wollte nur Verheiratete haben. Hoffmann selbst hat sich nie richtig dazu geäußert."

„Und wie war er sonst?"

„Gegenüber Frauen war er rücksichtslos, egoistisch, voll der Macho, aber auch charmant, zärtlich und großzügig", sagte Sandberg. „Der war vor der Sorte, die einerseits zuschlagen, andererseits aber auch schnell weinen können, wenn ihnen was ans Herz geht. Ein Mann, wie es eben viele gibt."

„Hat er eigentlich bei uns eine Akte?"

„Das habe ich schon überprüft. Er ist nicht polizeibekannt."

„Also kein Ganove."

„So sieht's aus." Petersen steckte die Hände in die Hosentaschen. „Er war auch Zocker. Er ging hin und wieder gern mal in so eine Kullerbude, wo er dann an verbotenen Kartenspielen teilgenommen hat. Baccara aus dem Schlitten und so was."

„Und was denkst du jetzt?"

„Nun, sein Lebenswandel ist nicht ohne Risiko. Jedenfalls könnte hier ja auch ein Tatmotiv liegen. Nehmen wir an, einer der betrogenen Ehemänner hat davon erfahren. Er verfolgt ihn bei einem Spaziergang in die Stempke und bringt ihn dann dort um."

Ken Bergmann legte nachdenklich die Finger seiner linken Hand um das Kinn. „Das wäre eine Möglichkeit. Wir müssen versuchen, möglichst alle Geliebten von Hoffmann ausfindig zu machen. Das wird eine sehr aufwendige Sache. Vielleicht erfahren wir dann mehr."

Petersen erhob sich. „Ich werde einen ausführlichen Bericht über das Gespräch schreiben. Die Vernehmung der Eltern können wir dann ja erst mal zurückstellen."

„Okay", sagte Ken, „wenn die überhaupt noch erforderlich ist."

Petersen verließ das Büro.

Ken hatte sich hinter seinen Schreibtisch gesetzt und wollte gerade die gefertigten Berichte und Vermerke durchlesen, als Bernd Schott ins Zimmer gestürmt kam. „Im Sumpf liegt eine zweite Leiche!"

Ken Bergmann sprang von seinem Sitz auf. Sein Bürosessel rollte nach hinten und prallte gegen die Wand. Den Bericht, den er gerade durchlesen wollte, ließ er achtlos auf den Schreibtisch fallen. „Was?"

„Ja! Die Leitstelle hat gerade angerufen. Ein Reiter hat eine zweite Leiche gefunden. Es soll eine Frau sein."

„Verdammt, was ist denn in der Stempke los?" Ken schlug mit der Faust auf den Schreibtisch. Sein Monitor, das Keyboard seines PC und das Telephon rappelten, rutschten ein wenig über den Tisch. Ein Ordner fiel um, Kugelschreiber und Bleistifte rollten über die Tischplatte, Zettel fielen durcheinander. „Entschuldigung!" sagte er. „Aber manchmal geht mein Temperament mit mir durch."

„Schon gut", sagte Bernd Schott. „Was raus muß, muß raus. Dann geht es einem meist wieder besser. Wir wüßten wohl alle gern, was da in der Stempke los war. Ziemlich mysteriös das Ganze."

„Das kann man wohl laut sagen." Ken Bergmann hatte sich vorgebeugt, stützte sich mit beiden gestreckten Armen auf dem Schreibtisch ab. Er wurde ruhiger. „Das darf doch nicht wahr sein. Ich wette, daß da ein Zusammenhang besteht. Zwei Leichen fast zur gleichen Zeit im Sumpf. Das ist mehr als Zufall."

„Das glaubt der Leitende Kriminaldirektor auch. Deshalb hat er angeordnet, daß unsere MK sofort verstärkt wird. Wir sollen beide Fälle bearbeiten."

„Das ist gut so. So bleibt alles in einer Hand.“ Ken suchte auf seinem Schreibtisch zwischen den Unterlagen herum. „So ein Mist auch. Hätten wir den Hubschrauber einsetzen können, hätten wir die Leiche bestimmt viel eher entdeckt. Dann wären wir vielleicht auch schon mit unseren Ermittlungen weiter. Ich wundere mich nur, daß der Diensthund nichts gefunden hat.“

„Vielleicht lagen die Leichen zu weit voneinander entfernt. Und dann im Sumpf, im Wasser. Ich weiß nicht, was so ein Hund alles kann.“

„Leichensuchhunde können bis zu zwei Meter tief in der Erde verbuddelte Tote finden, hat mir mal ein Diensthundführer gesagt. Dann müßten sie doch eigentlich auch eine zweite Leiche riechen können.“

„Wie gesagt, kommt es vielleicht auch darauf an, wie weit sie auseinander liegen.“ Schott holte seine Zigaretten aus der Tasche. „Ich darf doch?“ fragte er.

Ken nickte. Schott zündete sich eine Zigarette an. Der Rauch verbreitete sich im Büro.

„Hast du eine über?“ fragte Ken.

„Du rauchst doch nicht.“

„Stimmt, seit fast zwei Jahren nicht. Aber jetzt könnte ich eine vertragen.“

„Du solltest es lassen.“

Ken zögerte einen Moment. „Du hast recht“, sagte er. „Jetzt habe ich so lange durchgehalten. Da sollte mich dieser Streß hier auch nicht wieder umbiegen.“

„Vielleicht waren die Leichen auch noch zu frisch“, fuhr Schott fort. „So ein Hund riecht vielleicht erst richtig was, wenn es stinkt. Und wenn dann der Wind noch in die falsche Richtung geht ...“

„Du hast recht. Es ist ja jetzt auch müßig, darüber nachzudenken, warum der Hund die zweite Leiche nicht gefunden hat. Der Hubschrauber hätte sie bestimmt entdeckt. Deshalb brauchen wir nach wie vor unbedingt Photos aus der Luft.“

„Ich rufe sofort bei der Hubschrauberstaffel an.“

„Danke. Ist Alfred Müller schon zurück?“

„Noch nicht.“

„Okay. Wo ist Haki?“

„In ihrem Büro. Sie ist dabei, Jablonski zu erreichen.“

„Gut! Sie soll hierbleiben und mit Alfred die Stellung halten, sobald er zurück ist.“

Ken fand, was er gesucht hatte. Zwischen den Blättern zog er einen Zettel hervor. „Wenn die neuen Kollegen kommen, sollen sie sie in die Sache einweisen. Hier ist mein Notizzettel. Da steht drauf, was alles unbedingt gemacht werden muß. Vor allem müssen wir mehr über Torben Hoffmann wissen. Was weiß die Ex-Frau über ihren geschiedenen Mann? Seine Freunde, Sportskameraden, ehemaligen Arbeitskollegen, Freundinnen, die Leute in seiner Stammkneipe, der Lebensmittelhändler um die Ecke, sein Friseur, wir müssen seine ganzen Lebensumstände durchforschen und jeden befragen, der ihn näher kannte. Vielleicht kommen wir so an Hinweise, die uns weiterhelfen. Die Verstärkung soll sich darum kümmern. Wir beide fahren sofort zum Tatort raus. Aber vorher muß ich noch eben zum Pott.“

Auf dem Feldweg und dem Feld selbst standen überall Fahrzeuge. Viele Neugierige standen dicht an der Polizeiabsperrung und beobachteten, was da vor sich ging. Es war Tag, und die Leute waren schnell auf die Polizei- und Pressefahrzeuge aufmerksam geworden. Auch das Radio hatte gemeldet, daß in der Stempke eine zweite Leiche gefunden worden sei. Ein wahrer Sensationstourismus hatte begonnen. Überall waren Männer mit großen Kameras auf den Schultern zu sehen. Bildreporter mit teuren Photoausrüstungen fuhren ihre Objektive aus, um möglichst nahe und scharfe Bilder zu kriegen. Auch aus den Reihen der Zuschauer wurde mit Videokameras und Photoapparaten fleißig gefilmt und photographiert.

Alfred Müller fuhr so dicht wie möglich an den Tatort heran. Gleichzeitig mit Ken Bergmann verließ er den Dienstwagen.

„Wo ist der Zeuge, der die Tote gefunden hat?“ fragte Ken einen Beamten der Spurensicherung, der dabei war, Fläschchen mit Pflanzenteilen und Wasser in einen Koffer zu verpacken.

„Der steht da drüben.“ Der Spurensucher zeigte hinüber zum Waldrand, wo ein Mann bei einem Pferd stand. Zusammen gingen die beiden Kriminalbeamten zu dem Reiter. Der war gerade dabei, den linken Steigbügelriemen zu verlängern und hatte sie deshalb noch nicht bemerkt.

„Guten Tag“, sagte Ken.

Der Mann drehte sich um, verdutzt sahen sie sich an.

„Mensch, Kurt“, stieß Alfred Müller aus, der sich als Erster wieder gefangen hatte, „was machst du denn hier? Bist du etwa der Reiter, der die Tote gefunden hat?“

Kurt Landers nickte. „Hallo Alfred. Hallo Ken.“ Die Männer gaben sich die Hand.

„Mensch, wie geht es dir? Wir haben uns ja schon Jahre nicht mehr gesehen“, sagte Alfred Müller erfreut.

„Ja, das stimmt. Ich bin ja schon seit über fünf Jahren pensioniert. Und davor hatten wir uns ja auch kaum im Präsidium gesehen. Und wie geht es euch beiden?“

„Gut, abgesehen von der vielen Arbeit“, sagte Ken. „Und was machst du? Was macht deine Krankheit?“

„Mir geht es gut. Toi, toi, toi.“ Kurt Landers klopfte gegen den Baumstamm. „Die fünf kritischen Jahre sind rum. Dann soll man angeblich fast wieder so sein wie ein völlig gesunder Mensch. Ich muß jetzt nur noch alle zwei Jahre zur Nachuntersuchung.“

„Das ist ja super. Du hattest Krebs, nicht wahr?“

Kurt Landers nickte. „Darmkrebs. Ich hatte zwei Tumore. Deshalb hat man mir sehr viel vom Dickdarm entfernt. Aber ich hatte Glück im Unglück. Eine Lymphe war zwar verdickt, aber der Krebs hatte noch nicht ausgestrahlt. Deshalb brauchte ich auch keine Chemo und keine Bestrahlungen. Der Darm mit den Krebsgeschwülsten wurde rausgeschnitten, und das war es dann. Es gibt zwar ein paar kleinere Probleme, aber damit kann ich ganz gut leben.“

„Das finde ich ja toll. Das freut mich“, sagte Alfred Müller. „Laß dich doch mal sehen, wenn diese Sache hier erledigt ist.“

„Ja, vielleicht schau ich mal rein.“

„Wie kam es denn dazu, daß du die Leiche gefunden hast?“

Mit wenigen präzisen Sätzen erzählte Kurt Landers von dem Auffinden der Leiche.

„Wann kannst du denn vorbeikommen? Wir müssen das ja noch schriftlich fixieren.“

„Ich werde zu Hause heute noch eine Äußerung dazu schreiben. Es ist ja sowieso besser, wenn ein Zeuge mit eigenen Worten etwas erklärt. Ich bringe euch den Schrieb dann morgen rein. Einverstanden?“

„Super. Das erspart uns viel Arbeit und Zeit.“

„So, ich habe alles Wichtige schon mit dem Kollegen Schott besprochen, der noch drüben am Tatort ist. Der hat auch meine Telephonnummer, falls noch Rückfragen sind. Nun muß ich aber los. Mein Pferd muß versorgt werden.“

„Alles klar. Dann guten Heimritt.“

Kurt Landers verabschiedete sich per Handschlag und quälte sich hoch in den Sattel. „Man ist eben nicht mehr der Jüngste“, sagte er leicht stöhnend, als er den Steigbügelriemen wieder auf die normale Länge einstellte. „Tschüs, ihr beiden!“ Er hob noch einmal grüßend seine Hand, dann ritt er im Schritt am Feldrand entlang davon.

Ken Bergmann beobachtete, wie der Zinksarg, in den die Getötete gelegt worden war, in das Bestatterfahrzeug geschoben wurde. Die Beamten der Spurensicherung waren noch im Sumpf beschäftigt. Mit ihren weißen Schutzanzügen sahen sie im hohen Schilf irgendwie futuristisch aus.

Staatsanwalt Jablonski trat zu ihm. „So wie es aussieht, starb die Frau auf die gleiche Weise wie Hoffmann.“

Ken Bergmann sah Jablonski an. „Ja, sie wurde erstochen. Vermutlich mit derselben Waffe. Allerdings hat sie nur einen Einstich. Aber der war dann auch gleich tödlich.“

„Und weiß man schon, was das für eine Waffe sein könnte?“

„Nein. Mit sehr hoher Wahrscheinlichkeit war es kein Messer. Auch ein Schwert oder Ähnliches ist sehr unwahrscheinlich. Die Einstiche sind fünfzehn Zentimeter breit. Wir vermuten eine Stichwaffe. Fragt sich nur, welche.“

Ein Mann mit Arbeitsanzug und hohen Gummistiefeln kam hinzu. „Entschuldigen Sie“, sagte er. „Können Sie mir sagen, wer hier was zu bestimmen hat? Wer ist der Verantwortliche hier?“

„Das sind wir beiden“, sagte Ken und zeigte auf Jablonski und sich.

„Das ist gut. Ich bin der Bauer, dem das Feld hier gehört. Ich habe ja volles Verständnis für Ihre Arbeit. Sie müssen aber auch verstehen, daß ich von der Landwirtschaft lebe. Und die Schäden, die hier durch Ihre Einsatzkräfte und durch die vielen Zuschauer entstanden sind, sind ganz erheblich.“

„Ich verstehe“, sagte Ken. „Sie werden selbstverständlich entschädigt werden.“ Er rief Udo Jansen heran, einen Beamten, der zur Unterstützung der MK eingesetzt worden war. Ken Bergmann und Udo Jansen kannten sich zwar vom Sehen, hatten aber noch nie näher zusammengearbeitet. „Das ist der Bauer, dem das Feld hier gehört“, sagte

Ken. „Er muß für seine Verluste entschädigt werden. Regeln Sie das bitte.“

Udo Jansen nickte. Ken Bergmann wandte sich dem Bauern zu. „Gehen Sie bitte mit meinem Kollegen. Der nimmt Ihre Personalien auf. Es wäre auch gut, wenn Sie die ungefähre Schadenshöhe angeben könnten. Die Polizeiverwaltung wird sich dann in dieser Angelegenheit mit Ihnen in Verbindung setzen. Aber das wird Ihnen alles der Kollege noch näher erklären.“

Der Bauer bedankte sich und folgte Jansen. Ken Bergmann sah dem abfahrenden Leichenwagen nach.

„Was denken Sie?“ fragte Jablonski.

„Ich frage mich immer noch, was hier abgegangen ist. Irgendwie ist das alles komisch. Mein Bauch sagt mir, daß es bisher kein wirklich überzeugendes Motiv gibt. Und auf meinen Bauch konnte ich mich bisher immer verlassen. Ich habe in meinem Leben nur dann Schiffbruch erlitten, wenn ich glaubte, mit meinem Verstand schlauer zu sein als das, was mir intuitiv eingegeben worden war. Nein, nein, hier stimmt einiges nicht. Gut, wir haben in der MK viele Möglichkeiten durchdiskutiert, ob hier ein Eifersuchtsdrama, Rache, faule Geschäfte oder sonst was vorliegen. Und ich weiß auch, daß schon Menschen für viel weniger getötet worden sind. Trotzdem, irgendwie paßt das alles nicht richtig zusammen.“

„Und wie sieht es mit einem Sexualverbrechen aus?“

„Genau das ist auch so eine unklare Sache. Klar kann es sich hier um ein Sexualverbrechen gehandelt haben. Ein Pärchen geht spazieren, der Täter oder die Täter sind scharf auf die Frau, die Gelegenheit ist günstig, man tötet den Mann und vergeht sich dann an der Frau. Durchaus denkbar, nur spricht nicht das Geringste dafür. Die Tote war ordnungsgemäß gekleidet und bis auf den Einstich unverletzt. Es ist ja nicht anzunehmen, daß die Tote sich nach einer Vergewaltigung wieder ordentlich anziehen durfte und dann erst erstochen wurde.“

„Warum nicht? Vielleicht hat sich der Täter, oder wenn es mehr waren, die Täter, erst später dazu entschlossen, eine gefährliche Zeugin aus dem Weg zu räumen. Vielleicht wurde sie ja auch gar nicht vergewaltigt, sondern durch Drohungen zum Sex genötigt. Dann fallen keine Verletzungen und Beschädigungen an der Kleidung an. Wenn die Frau zum Beispiel den Mord an ihrem Freund mitbekommen hat, dann war sie bestimmt sofort gefügig, wenn der Täter oder die Täter das verlangten."

Ken Bergmann nickte zögernd. „Ja, diese Möglichkeit ist nicht ganz von der Hand zu weisen. Von der Frau wird sowieso ein Scheidenabstrich genommen. Spätestens dann wissen wir mehr."

Ein Beamter der Spurensicherung näherte sich. Es war Karl Tepel.

„Wir haben in der Nähe des Leichenfundortes ein Handy gefunden. Höchstwahrscheinlich gehörte es der getöteten Frau. Ich habe es sofort zum ED bringen lassen. Dort wird es auf Fingerspuren untersucht. Vielleicht haben wir Glück und kommen schnell an Kontaktpersonen der Toten heran."

„Auch ihre letzten Anrufe dürften interessant sein", sagte Bergmann.

„Warum hat sie nicht die Polizei angerufen oder sonstwie Hilfe angefordert, wo sie doch dieses Handy dabeihatte", sagte Jablonski nachdenklich.

„Vielleicht kam sie nicht mehr dazu. Oder sie hat es in der Angst einfach vergessen", sagte Karl Tepel.

„Oder das Handy gehörte gar nicht ihr, sondern dem Täter. Vielleicht hat er es ja verloren", sagte Ken. Es folgte ein Moment absoluter Stille.

„Das wäre ja ein Ding!" stieß Jablonski hervor. „Das wäre ja ein Riesenglück. Dann hätten wir ihn schneller im Loch, als er denkt! Aber so viel Glück gibt es nicht."

„Sagen Sie das nicht", sagte Ken. „So was passiert. Ich habe das selbst schon mal erlebt. Als ganz junger Kriminalbeamter mußte ich mal einen Einbruch in ein großes Jeansgeschäft direkt neben dem Rathaus aufnehmen. Nachdem ich den Tatort untersucht hatte, bin ich noch mal durch die Reihen der Wäscheständer gegangen. Und was sehe ich? In einer Ecke hatte der Täter einen Haufen hingeschissen. Wahrscheinlich war ihm der Streß beim Einbruch auf den Darm geschlagen. Beim Runterziehen der Hose war sein Personalausweis rausgefallen und ein wenig zur Seite unter einen Jeansständer gerutscht. Ich werde nie seinen dämlichen Gesichtsausdruck vergessen, als wir ihn festnahmen. Er war gerade erst vor wenigen Minuten mit seiner Beute nach Hause gekommen."

„Wie kann man nur so doof sein und seinen Ausweis bei Straftaten mitschleppen?"

Ken Bergmann sah Jablonski an und zuckte mit den Schultern. „Es gibt eben nicht nur intelligente Ganoven. Wenn so was passiert, ist es ja meist auch eine Spontantat. Der Täter nimmt eine günstige Gelegenheit wahr, um an Beute zu kommen, und schlägt zu. Dabei denkt er nicht daran, daß er Gegenstände dabeihat, die ihn überführen könnten. Ein anderer Kollege hatte mal einen Ehering am Tatort gefunden, in den die Vornamen der Eheleute und das Heiratsdatum eingraviert waren. Innerhalb kürzester Zeit hatte er über das Standesamt festgestellt, wer diese Personen waren, und schon war der Mann in der Kiste. Solche Fälle gibt es eben auch."

„Es wäre ja toll, wenn es hier auch so wäre."

„Schön wär's", sagte Ken.

„Das Handy lag zwar nicht direkt im Wasser, sondern zwischen dichtem Schilf. Aber es hatte ja auch geregnet, und es war neblig und diesig. Wer weiß, ob es noch zu gebrauchen ist", gab Karl Tepel zu bedenken. „Wir brauchen dabei etwas Glück." Er ging wieder zurück in den Sumpf. Die beiden sahen ihm nach.

„Nichts im Leben geht ohne ein Quentchen Glück", sagte Ken.

Ein Schutzpolizist kam zu den beiden. „Gerade ist über Funk durchgekommen, daß bei unseren Kollegen in Dortmund-Huckarde eine Anzeige vorliegt. Auf einer Weide hier ganz in der Nähe sind drei Pferde abgestochen worden. Zwei Stuten und ein Fohlen. Die Kollegen meinten, daß das eventuell für die MK interessant sein könnte."

„Und ob!" Ken Bergmann fühlte sich auf einmal wie elektrisiert. Er hatte das ganz starke Gefühl, daß hier der Schlüssel zu den Taten lag. „Ich denke, wir fahren am besten sofort nach Huckarde. Hier können wir im Moment sowieso nichts tun."

Jablonski nickte. Zusammen eilten sie zu Kens Dienstwagen.

Es dauerte keine halbe Stunde, da waren sie auf der Polizeiwache in Huckarde. Anscheinend wußten die Kollegen dort schon Bescheid. „Der Zeuge sitzt oben bei dem Kollegen Randers", sagte der Schutzpolizist hinter dem Tresen. Für ihn war wohl von Anfang an klar, daß hier keine Zivilisten, sondern Kollegen die Wache betreten hatten.

Jablonski und Bergmann eilten die Treppen hoch, klopften kurz an und betraten sofort das Zimmer. Der Kriminalbeamte hinter seinem Schreibtisch hörte sofort auf zu schreiben. „Guten Tag, mein Name ist Bergmann. Ich bin der Leiter der MK Sumpf. Und das ist Staatsanwalt Jablonski."

Randers gab beiden die Hand. „Das ist Herr Drenkmann. Herr Drenkmann hat in Bövinghausen eine Weide gepachtet, auf der seine Pferde Auslauf hatten, zwei Stuten und ein Stutfohlen. Im Sommer läßt er sie hin und wieder auch mal über Nacht draußen. Normalerweise sieht er jeden Tag nach den Pferden. Weil seine Tochter, die in Lübeck wohnt, aber einen schweren Verkehrsunfall hatte, ist er sofort dort hingefahren. Auf der Rückfahrt hatte er eine Motorpanne. Die Werkstatt hatte ihm gesagt, daß man wenigstens einen Tag brauche, um die Reparatur durchzuführen. Weil er noch nicht weit gekommen war, ist er bis zum Ende der Reparaturzeit in der Wohnung seiner Tochter geblieben und dann nach Hause gefahren. Als er gestern abend hier ankam, hat er sofort nach seinen Pferden gesehen und entdeckt, was passiert war."

„Diese Schweine! Diese verdammten Schweine!" keuchte Drenkmann, und Tränen liefen ihm über die Wangen. „Was müssen das für Unmenschen sein, die zwei Stuten und ein Fohlen töten. Abgestochen hat man sie und aufgeschlitzt! Sie sind elendig verendet!"

Verlegenes Schweigen folgte diesen Worten.

„Ich habe den Vorgang erst vorhin auf den Tisch gekriegt", sagte Randers, „und gleich Herrn Drenkmann kommen lassen. Ich weiß ja von Ihrem Fall mit dem ermordeten Mann im Sumpf. Da habe ich mir gedacht, daß vielleicht ein Zusammenhang bestehen könnte. Die Tatorte liegen ja nicht weit auseinander."

„Inzwischen haben wir zwei Tote", sagte Jablonski. „Wir haben noch eine tote Frau im Sumpf gefunden."

Randers zog erstaunt die Augenbrauen hoch und schwieg.

„Was ist mit den Pferden passiert?" fragte Bergmann.

„Die Kollegen unserer Kriminalwache haben den Tatort gestern abend aufgenommen und die Pferde vorsorglich beschlagnahmt. Sie werden zur Zeit in einem besonderen Kühlraum im Schlachthof aufbewahrt. Sie sollen noch mal genauer untersucht werden. Ich habe aber schon ein paar Photos vom Tatort."

Randers kramte auf seinem Schreibtisch herum, dann überreichte er Jablonski und Bergmann ein Bündel Farbphotos. Was die beiden zu sehen bekamen, war mehr als übel. Ken hatte schon so einiges Schlimmes gesehen. Dazu gehörte auch der Anblick der toten Frau, die man heute aus dem Sumpf geborgen hatte. Was er jetzt sah, gehörte ebenfalls mit zu dem Scheußlichsten. Die Photos zeigten die Pferde und ihre unglaublich brutalen Verletzungen, manche davon in Großaufnahmen. Eine Vielzahl von Einstichen und Schnitten war zu erkennen. Bei einer Stute war der Leib aufgeschlitzt, und die bläulich schimmernden Gedärme waren entquollen. Eine riesige Blutlache breitete sich um jedes Tier aus. Bei dem Stutfohlen konnte man deutlich schwerste Verletzungen im Genitalbereich erkennen. Jablonski und Bergmann waren fassungslos, entsetzt, zutiefst aufgewühlt, nicht in der Lage, etwas zu sagen.

„Das sind doch keine Menschen! Das sind Bestien!" schimpfte Herr Drenkmann mit tränenerstickter Stimme. „Man sollte sie auf der Stelle erschlagen!"

Bergmann und auch Jablonski konnten den großen Schmerz verstehen und schwiegen.

„Pferde umbringen! Das ist doch total verrückt! Unschuldige, friedliche Tiere. Wie abgedreht, wie pervers muß man sein, um so was zu machen." Keiner antwortete.

„Der Täter muß überrascht worden sein. Am Tatort hat er eine selbstgefertigte Machete zurückgelassen. Sie lag direkt am Zaun, aber noch auf der Weide. Hier, sehen Sie."

Randers griff nach seinem Aktenbock und legte dann die Machete auf den Schreibtisch. „Sie ist insgesamt fünfundsechzig Zentimeter lang. Fünfzehn Zentimeter hat das Griffstück, fünfzig Zentimeter die Klinge. Wie Sie sehen, hat der Täter sich zwei Griffschalen aus Holz geschnitzt und sie mit Senkschrauben verbunden. Dann hat er das Griffstück noch mit Klebeband umwickelt."

„Ich gehe davon aus, daß die Machete schon auf Spuren untersucht wurde", sagte Ken.

„Klar, sonst hätte ich sie nicht hier auf meinem Schreibtisch liegen. Es konnten keine Fingerspuren gefunden werden und auch kein Schweiß oder sonst etwas. Mit ziemlicher Sicherheit hatte der Täter bei seiner Tat Handschuhe an. "

„Davon kann man wohl ausgehen." Jablonski schob die Bilder zusammen. „Er muß auch von vornherein seine Waffen gesäubert haben. Sonst hätte man irgendwelche Spuren finden müssen, auf dem Klebeband zum Beispiel oder am Holz der Griffe."

„Gefunden wurde nur Blut", sagte Randers mit einem kleinen Seufzer. „Reichlich viel davon war an der Klinge. Es stammte nur von den Pferden."

„Dürfen wir die Bilder mitnehmen?" fragte Ken.

„Klar! Ich lasse mir neue Abzüge machen.“

Jablonski und Ken Bergmann verabschiedeten sich. „Wir bleiben in Kontakt“, sagte Ken noch beim Hinausgehen. Dann eilten beide zurück zum Dienstwagen.

Die Tatortarbeit in der Stempke war inzwischen beendet. Tatsächlich war es heute gelungen, einen Hubschrauber über die Landschaft fliegen und Luftaufnahmen machen zu lassen. Ken Bergmann wollte sich die Weide, auf der das Gemetzel an den Pferden stattgefunden hatte, ansehen. Jablonski ging mit. Sie folgten dem Übergangsweg durch den Sumpf, zwängten sich durch die Rohrsperre, überquerten die beiden kleinen Brücken über den Ölbach und erreichten die Stelle, wo der Wald an die Weide angrenzte. Die Stellen zu finden, wo die Pferde gequält und getötet worden waren, war kein Problem. Ein großer, rostbrauner Fleck im Gras war direkt hier, im Winkel zwischen Wald und Sumpf in gerader Linie einerseits und dem Fußpfad zur weit entfernten Straße Harpener Hellweg andererseits. Die anderen beiden großen Flecken geronnenen Blutes waren nicht weit davon entfernt.

„Hier an dieser Ecke hat alles angefangen, da bin ich mir ganz sicher“, sagte Ken. Er legte den linken Arm auf die Brust und den angewinkelten Zeigefinder der rechten Hand auf das Kinn. „Nehmen wir mal an, der Täter war gerade hier auf der Weide dabei, die Pferde abzuschlachten, als Hoffmann hier vorbeikam.“

„Vielleicht war Hoffmann nicht allein, sondern in Begleitung der toten Frau.“

„Na gut, wie dem auch sei. Als also das Pärchen dazukam. Was hat sich dann abgespielt?“

„Eigentlich wäre es vernünftig gewesen, nicht an den Mann ranzugehen, sondern abzuhauen“, sagte Jablonski.

„Das ist im nachhinein und aus der Distanz betrachtet sicher richtig. Aber die erste spontane Reaktion kann auch ganz anders sein, nämlich, daß ein Mann wie Hoffmann, stark und durchtrainiert, sich sagt, du Schwein, was hast du gemacht. Dich nehme ich jetzt fest und bringe dich zur Polizei. Oder auch, ich haue dich kurz und klein. Jedenfalls sind Gedanken und Reaktionen in diese Richtung nicht auszuschließen, oder?“

Jablonski nickte. „Ja, das ist durchaus möglich.“

„Was macht der Täter in diesem Fall?“ fragte Ken. „Wie verhält er sich? Er wird entdeckt. Die Zeugen seiner Tat laufen erschreckt davon, zum Beispiel wie hier in Richtung Gerthe. Folgt der Täter ihnen und tötet sie? Oder flieht er lieber?“

„Das ist schwer zu sagen. Wenn sie fliehen, geht ja eigentlich keine unmittelbare Gefahr mehr für ihn von den beiden aus. Warum sollte er sie dann verfolgen und töten? Ich würde eher annehmen, daß er hier schnellstens verschwindet, bevor die Polizei kommt.“

„Und wenn er so erschrocken ist, daß er nur noch denkt, da sind Zeugen, die müssen weg? In so einer Extremsituation denkt man ja nicht mehr normal, nicht mehr logisch.“

Jablonski kniff die Lippen zusammen und wiegte seinen Kopf langsam hin und her. „Ich weiß nicht“, sagte er ganz langsam. „Das kommt mir doch etwas weit hergeholt her.“

„Ausgeschlossen ist es aber nicht.“

„Aber eben nicht logisch.“

Ken Bergmann nickte. „So ist es. Aber genau das ist der Knackpunkt. Einer der größten Fehler ist es, vom Täter logisches Handeln zu erwarten. Wir, die Polizei und die Staatsanwaltschaft und vor allem auch die Gerichte, wir müssen logisch denken, der Täter muß das aber noch lange nicht. Oder ist es logisch, daß Frauen ihre Kleinkinder ermorden und in Tiefkühltruhen verstecken, obwohl es überall Kinderklappen gibt, wo man unerkannt sein Kind abgeben kann? Ist es logisch, daß ein Familienvater sein Kind erschlägt, weil es ununterbrochen schreit, anstatt es einfach in ein entferntes Nebenzimmer zu bringen? Selbst wenn er, um seine Ruhe zu haben, das Kind in einen Keller sperren würde, was ja schon schlimm genug ist, so wäre das immer noch besser, als es zu töten. Muß er das Kind unbedingt töten? Ist es logisch, daß ein Bankräuber erst einen Kunden erschießt und dann seine Forderungen stellt?“ Ken Bergmann kniff die Lippen zusammen und schüttelte den Kopf. „Nein, wir dürfen nicht davon ausgehen, daß ein Täter unbedingt logisch handelt. Jedenfalls nicht mit der Logik, die wir kennen. Ganz im Gegenteil müssen wir in Betracht ziehen, daß er genau das nicht tut. Und in einer Extremsituation wie in unserem Fall, wo der Täter sich in einer absoluten und unerwarteten Ausnahmesituation befindet, ist das schon gar nicht so. Da gibt es dann den Tunnelblick, die Einbahnstraße im Kopf, die völlig undurchdachte, absolut unverständliche Reaktion. Das müssen wir beachten, das ist eines unserer Probleme, weil wir nicht jede Reaktion, jede Tatauslösung logisch nachvollziehen können." Ken Bergmann hatte sich in Rage geredet. „Entschuldigen Sie. Ich wollte Sie nicht belehren", sagte er rechtfertigend.

„Schon gut." Jablonski winkte ab. „Sie haben ja irgendwie recht. Mit unserer Logik hatte der Täter womöglich nichts zu tun. Er hat wahrscheinlich eine andere."

„Kann sein. Und was wäre, wenn Täter und Opfer sich gekannt haben? Das Pärchen geht spazieren, kommt hier vorbei, sieht den Täter und was er gemacht hat. Und siehe da, das ist der Herr Müller von nebenan. Was dann?"

„Dann sieht das Ganze schon etwas anders aus. Aber würde man deshalb jemanden ermorden?"

„Das wissen Sie doch besser als ich. Es sind schon Menschen für viel weniger ins Jenseits befördert worden. Pferde kosten richtiges Geld. Es ist aber nicht nur der finanzielle Schaden. Da hängt ja noch viel mehr dran, nämlich jede Menge Unannehmlichkeiten für den Täter."

„Ja natürlich, da haben Sie recht", sagte Jablonski. „Ich hatte wohl gerade einen Blackout." Seine unbedachte Äußerung war ihm peinlich.

Ken Bergmann bemerkte seine Lage. „Keine Sorge. Wenn man tief in Gedanken ist, vor allem, wenn man etwas denken soll, das einem selbst sehr fern liegt, dann kann so was schon mal passieren. Das ist kein Beinbruch, aber zutiefst menschlich. Es bleibt unter uns."

Jablonski nickte dankbar. „Sie haben was gut."

Ken Bergmann lachte. „Okay", sagte er nur. „Kommen wir zur anderen Alternative. Hoffmann allein oder das Pärchen kommt also hier an und entdeckt den Täter. Hoffmann ist wütend und greift den Täter an. Der versucht abzuhauen. Hoffmann hinterher. Schließlich erwischt er ihn, und es kommt zum Kampf. Hoffmann verliert mit dem uns bekannten Ergebnis. Was macht die Frau? Haut sie vorher schon ab?"

„Kommt darauf an. Wenn sie sich auskennt, vielleicht. Aber hier im unwegsamen Gelände? Plötzlich steht sie hier allein herum. Was macht sie?" überlegte Jablonski laut. Er hielt seinen Kopf gesenkt. Seine Hände hatte er tief in seine Taschen vergraben. Er sah auf. „Ich würde eher sagen, sie folgt Hoffmann. Das scheint ihr immer noch sicherer zu sein, als allein durch den dunklen Wald zurückzugehen. Mit dem tödlichen Ausgang der ganzen Sache kann sie ja nicht rechnen."

Ken Bergmann nickte. „So könnte es auch gewesen sein. Dann sieht sie den Kampf und daß Hoffmann verliert. Jetzt erst flieht sie. Der Täter ist total panisch, verfolgt und tötet sie.“

Jablonski nickte zustimmend. „Ja, so könnte es durchaus gewesen sein. Es könnte aber auch so gewesen sein, daß Hoffmann erst allein war. Vielleicht war die Frau auch nur eine einzelne Spaziergängerin und wurde so Zeugin des Mordes, was dann auch sie das Leben kostete.“

„So spät abends geht eine Frau alleine hier am Sumpf entlang? Ich weiß nicht“, warf Ken zweifelnd ein.

„Ich glaub, heute ist nicht mein bester Tag“, sagte Jablonski.

„Na ja, ganz auszuschließen ist ihre Überlegung nicht. Es gibt auch sehr mutige Frauen. Manche boxen ja sogar. Ob die beiden einzeln oder als Pärchen hier im Sumpf waren, werden wir noch feststellen.“

„Aber warum flieht der Täter dann durch den Sumpf? Und vor allem, wo genau war er, als man ihn entdeckte?“

„Wahrscheinlich war er gerade durch den Zaun geklettert, runter von der Weide. Sonst wäre es doch für ihn besser gewesen, den Hang hinauf über die Weide abzuhauen. Hoffmann hätte dann erst durch den Zaun klettern müssen, um ihn in eine völlig andere Richtung zu verfolgen. Nein, es kann nur so gewesen sein, daß der Täter gerade seine Tat vollendet hatte und durch den Zaun nach außen geklettert war, um dann in der Dunkelheit zu verschwinden, als Hoffmann allein oder mit der Frau dazukam.“

Ken Bergmann untersuchte den Bereich, wo der Täter vermutlich die Weide verlassen hatte. Er konnte keine Fußspuren oder andere Hinweise auf den Täter finden. Hier wuchsen überall Grasbüschel. Außerdem war die Tat ja auch schon einige Tage her, und zwischendurch hatte es geregnet. Verloren hatte der Täter auch nichts.

„Er hätte ja auch in Richtung Harpener Hellweg flüchten können“, fuhr Jablonski fort.

Ken Bergmann beendete seine Suche. „Das hätte er. Ihre Frage ist berechtigt. Für seine Tat mußte er ja seine Waffen mitschleppen. Vielleicht hatte er sein Auto da abgestellt, wohin er geflüchtet ist. Der Harpener Hellweg ist erheblich weiter entfernt.“

„Gut, dann hätten wir ja noch einen Ermittlungsansatz. Vielleicht hat jemand sein Auto irgendwo in der Verlängerung der Straße Auf dem Norrenberge gesehen. Wir werden das in der nächsten Pressekonferenz anbringen."

„Okay, dann sollten wir jetzt abrücken. Mal sehen, was es Neues auf der Dienststelle gibt."

Die vorläufige Unterrichtung der Presse über die Ereignisse in der Stempke hatte der Pressesprecher des Polizeipräsidenten übernommen. Ken Bergmann war sehr froh darüber. Eine große Pressekonferenz war für den nächsten Tag nachmittags um drei festgelegt worden. Dann würde er wieder Rede und Antwort stehen und bohrende Fragen ertragen müssen.

Ken Bergmann versammelte seine Mannschaft, soweit die Beamten nicht für Ermittlungen unterwegs waren, in Hakis Zimmer. Auch die Verstärkungskräfte. Alle hatten sich in lockerer Runde um den Tisch versammelt. Jablonski war ebenfalls dabei. Bernd Schott schenkte Kaffee ein.

„Bah, wer hat denn diese Brühe gekocht", sagte Alfred Müller nach dem ersten Schluck und verzog sein Gesicht zu einer sauren Miene.

„Ich", sagte Schott. „Was ihr da immer trinkt, das ist besseres Spülwasser. Kaffee muß man schmecken."

„Da dreht sich einem ja der Draht in der Mütze um", sagte Müller.

David Wakaba hatte auch gekostet. „Schmeckt wie sehr starker italienischer Espresso", meinte er.

„Schmeckt Scheiße!" sagte Petersen trocken.

Haki schlug vor, den Kaffee mit Wasser zu verdünnen.

„Ich glaube, das beste ist, wir setzen noch mal eine neue Kanne auf", schlug Ken Bergmann vor.

Alle Augen richteten sich auf David Wakaba. „Ja, ja, schon gut, schon gut", sagte er mit erhobenen Armen und ging zur Kaffeemaschine.

„Also", sagte Ken, „es haben sich ganz neue, hochinteressante Aspekte ergeben. Staatsanwalt Jablonski und ich waren in Huckarde auf der Polizeiwache bei einem Kollegen namens Randers." In kurzen Sätzen erzählte er von ihrem Besuch dort. Dann berichtete er von ihren Feststellungen und Überlegungen an der Weide. „Was haltet ihr davon?" Ken Bergmann hatte es sich zum Prinzip gemacht, seine Mitarbeiter in Entscheidungsfindungen so oft wie möglich miteinzubeziehen. Das erhöhte einerseits die Arbeitsmoral und das Engagement, andererseits reflektierte es die eigenen Überlegungen und war somit ein Maßstab dafür, ob man selbst auf dem richtigen Weg war.

„Es gibt noch zu viele Wenn und Aber und zu viele Sowohl als Auch. War Hoffmann allein oder zu zweit? Flüchtete der Täter vor ihm oder er vor dem Täter?“ meldete sich Haki.

„Es liegt aber doch auf der Hand, daß hier direkte Zusammenhänge bestehen“, sagte Udo Jansen. „Die Tatorte liegen relativ dicht zusammen. Bestenfalls liegen einige hundert Meter zwischen diesen drei bedeutsamen Punkten, nämlich den Fundorten der beiden Toten und der Weide, wo man die Pferde abgeschlachtet hat. Und vor allem auch der zeitliche Zusammenhang. Alles passierte in derselben Nacht. So viele Zufälle gibt es nicht.“

Die Diskussion war kurz, und alle kamen zu dem gleichen Ergebnis, die Taten standen im Zusammenhang. Hier war die Königsspur, der Anfang des Roten Fadens, der zum Täter führte.

6

Als Ken Bergmann spät nachts nach Hause kam, hatte er auf einmal riesigen Durst auf ein Glas Bier. Doch schon der erste Schluck schmeckte ihm nicht richtig. Fast wäre ihm das Glas aus der Hand gefallen, als er kurz am Küchentisch einnickte. Er stellte Glas und Bierflasche zur Seite, zog sich mühsam aus und legte sich ohne Waschen und Zähneputzen ins Bett. Er lag noch nicht ganz, da fiel er schon in einen tiefen, traumlosen Schlaf.

Als Katharina ihn weckte, war er für einen winzigen Moment beduselt, doch dann sofort hellwach. Seine Blase drückte und zwang ihn zu einem schnellen Gang ins Bad. „Mein Gott, wie siehst du denn aus“, murmelte er, als er die Hände wusch und dabei in den Spiegel schaute. Tiefe, dunkle Ränder waren um seine Augen, die Bartstoppeln waren lang und machten ihn älter, als er war, seine Haare waren schweißnaß und hingen ihm wirr in die Stirn. Er zog sich aus und stellte sich unter die Dusche. Als er nach zwanzig Minuten aus dem Bad kam, war er glattrasiert und ordentlich gekämmt. Er sah nicht nur anders aus, er fühlte sich auch so.

Katharina hatte ihm schon den Kaffeetisch gedeckt. Dana mußte zur Schule. Ken hörte, wie im Kinderzimmer wieder gezofft wurde. Das war fast jeden Morgen so und nichts Besonderes mehr. Dana aus dem Bett zu bekommen, war immer eine Last.

„Dieses Kind macht mich noch irre", sagte Katharina, als sie in die Küche zurückkam. Sie war stinksauer. „Jeden Morgen dieses Theater. Abends kriege ich sie nicht ins Bett, und morgens, da kriege ich sie nicht raus. Dana wird immer schlimmer."

„Ich rede mal mit ihr."

„Sie weiß doch gar nicht mehr, wer du bist!"

Ken blieb der Bissen im Hals stecken.

„Du gehst frühmorgens aus dem Haus und kommst spätnachts wieder. Die Kinder kennen dich ja gar nicht mehr. Und ich bin mit allem völlig alleine." Sie wandte sich um und fing an zu weinen.

Ken legte sein Brot auf den Teller. „Ich kann doch auch nichts dafür, daß ich zwei Morde klären muß. Das ist nun mal mein Job. Davon leben wir."

„Scheißjob!" schimpfte Katharina, verließ die Küche und knallte hinter sich die Tür zu.

Ken war der Appetit vergangen. Er ging in den Flur und holte seine Jacke. Katharina kam aus dem Bad. Sie hatte sich wieder beruhigt. „Es tut mir leid", sagte sie. „Das war nicht richtig von mir."

„Nein, nein, irgendwo hast du schon recht. Ich werde alles dransetzen, um heute eher zu Hause zu sein. Das verspreche ich dir."

„Ich habe übrigens gestern Bilder von den getöteten Pferden im Fernsehen gesehen. Die Reporter meinten, daß ein Zusammenhang zwischen den beiden Morden und dieser abscheulichen Tat bestehen könnte. Euer Pressesprecher hat weder bestätigt noch dementiert. Stimmt das, daß da ein Zusammenhang besteht?"

„So wie es aussieht, ja. Es ist zwar noch nicht absolut sicher, aber ich glaube schon, daß man davon ausgehen kann."

„Mein Gott, dann war das ja eine furchtbare Blutnacht. Zwei Menschen grausam umgebracht und drei Pferde bestialisch getötet. Der Täter muß in einem wahren Blutrausch gewesen sein", sagte Katharina. „Da muß man ja Angst haben, daß der irgendwann wieder zuschlägt und Menschen umbringt. Man hat ja Angst, vor die Tür zu gehen."

Die Worte machten Ken nachdenklich. Wie viele Menschen mochten ähnlich denken und empfinden? Bei vielen war die Angst sicherlich groß. Die Bevölkerung wurde unruhig. Auch deshalb wurde es höchste Zeit, den Täter zu fassen.

„Ich muß gehen", sagte er. „Wir können uns heute abend ja noch mal ausführlich darüber unterhalten."

Sie gab ihm einen Abschiedskuß auf die Wange. Ken sah noch einmal kurz ins Kinderzimmer. Ginger schlief noch tief und fest. Sie mußte erst später in die Schule. Dann ging er ins Bad. Dana stand vor dem Waschbecken, putzte sich die Zähne und sah ihn beleidigt an.

„Und du bist heute morgen lieb zu der Mama und trödelst nicht so lange herum. Ist das klar?"

Dana antwortete nicht. Sie hatte den Mund voll Zahnpastaschaum. Er strich ihr einmal kurz über das Haar, dann verließ er die Wohnung.

Kaum war er hundert Meter gefahren, da fiel ihm die Sache mit Dana und den Mädchen ein. Er schimpfte leise vor sich hin und ärgerte sich, daß er nicht daran gedacht hatte. Doch zurückfahren wollte er auch nicht mehr. Das würde zu viel Zeit kosten. Er nahm sich vor, Katharina heute abend als erstes danach zu fragen, wenn er nach Hause kam.

Die Untersuchung der Frauenleiche war mit größter Dringlichkeit ausgeführt worden. Der sofortige Tod war durch eine Verletzung des Herzens eingetreten. Tatsächlich hatte man auch Spermaspuren bei der Frau gefunden und analysiert. Man hatte die Daten mit der DNA von Torben Hoffmann verglichen und festgestellt, daß das Sperma von ihm war. Eine Sexualstraftat an der Frau war damit so gut wie ausgeschlossen.

Während der ganzen Zeit war die MK nicht untätig gewesen und hatte intensiv nach der Identität der Frau ermittelt. Es war gelungen, das gefundene Handy zu aktivieren, und über die gespeicherten Telephonnummern hatte man recht bald ihren Namen herausgefunden. Unter anderem war auch die Telephonnummer von Torben Hoffmann dabei. Damit war zweifelsfrei klar, daß die beiden sich gut kannten. Sofort waren die Ermittlungsteams ausgeschwärmt, um den Ehemann und andere Kontaktpersonen über den Lebenswandel von Britta Köhler zu befragen.

„Der Ehemann ist leichenblaß geworden. Wir mußten einen Notarzt kommen lassen, sonst wäre er uns zusammengeklappt", sagte Bernd Schott, als sie vom Einsatz zurück waren. Er und David Wakaba hatten die Benachrichtigung und Überprüfung des Ehemannes übernommen und erstatteten Ken Bergmann Bericht. „Als wir ihm beigebracht hatten, daß seine Frau ermordet worden war, da konnte er sich nur noch mit Mühe halten. Aber als er dann noch erfuhr, daß seine Frau ein Verhältnis mit einem anderen Mann hatte, da war es fast aus mit ihm. Der hatte überhaupt keine Ahnung, daß seine Frau schon lange zweigleisig fuhr."

„Wer rechnet denn auch mit so was? Normal ist doch, daß man seinem Partner vertraut", sagte Ken.

„Er tat mir echt leid. Der hat richtig gezittert, dann geschrien wie ein verwundetes Tier und zum Schluß geheult wie ein Schloßhund. Das war eine Scheißsituation."

„Ich habe mich gewundert, daß er trotzdem mit uns zum Leichenschauhaus gefahren ist, um seine Frau zu identifizieren", warf David Wakaba ein. „Dieser Anblick war ja nun der dritte harte Hieb für ihn. Der hat bestimmt heute nacht jede Menge Alpträume, der arme Kerl."

Ken Bergmann sah seine Männer der Reihe nach an. „Tja, wir können es nicht ändern. So ist das Leben, und so ist unser Beruf. Wir müssen Klarheit in unsere Fälle bringen und dürfen dabei keine Rücksicht auf die Gefühle anderer Menschen nehmen, wenn das für unsere Sache zum Nachteil ist. Die Tatsachen müssen auf den Tisch, ob sie nun verletzend sind oder nicht. Wir haben es nicht mit irgendeinem Eierdiebstahl zu tun, wir haben verdammt noch mal zwei Morde zu klären, und das so schnell wie möglich." Ken Bergmann wußte, daß seine Worte hart, ja fast schon unmenschlich waren. Aber sie alle unterlagen Zwängen, denen sie nicht entkommen konnten.

Das Telephon klingelte. Es war der Erkennungsdienst. „Die Strickjacke, die auf dem Weg gefunden wurde, gehörte Britta Köhler", sagte Karl Tepel. „Wir haben Haare von ihr daran gefunden. Auch das Tempotaschentuch war ihres. An beiden Gegenständen waren keine Fremdspuren. Das einzige, was man aus den Fundstellen ableiten kann, ist, daß sie von der Stelle, wo Hoffmann getötet wurde, weggelaufen ist."

„Alles klar", sagte Bergmann und legte auf.

Udo Jansen kam ins Zimmer. Er druckste ein wenig herum, schließlich sagte er: „Ich muß die MK verlassen. Ich muß zu einem mehrtägigen Gerichtstermin nach Würzburg. Dort läuft zur Zeit ein sehr umfangreicher Prozeß gegen einen Serieneinbrecher. Ich hatte ihn seinerzeit hier bei uns nach einem Einbruch überführt. In seiner Vernehmung hat er mir dann jede Menge Straftaten in Würzburg und Umgebung gestanden. Weil der Täter dort lebt und dort alle Straftaten begangen wurden bis auf die eine hier bei uns, muß ich dort aussagen. Die MK bekommt aber Ersatz.“

„Tja, da kann man nichts machen“, sagte Bergmann.

„Ja, ich finde es auch schade. Die Arbeit in dieser MK hat mit Spaß gemacht.“

Ken Bergmann stand auf und gab Udo Jansen die Hand. „Dann viel Glück in Würzburg. War ja ne gute Arbeit, einen Ganoven in der Vernehmung so umzudrehen, daß er eine Lebensbeichte abhält“, sagte er anerkennend. „Und danke für die Mithilfe.“

„Ich danke auch.“ Udo Jansen verließ den Raum.

Kaum hatte sich Ken wieder gesetzt, da klopfte es. Ein Team der Verstärkung kam zurück. „Wir haben die beste Freundin von Britta Köhler ausfindig gemacht. Sie wußte, daß Britta und Torben Hoffmann schon seit mindestens einem halben Jahr ein Verhältnis hatten.“

„Ich denke, damit ist klar, daß die beiden als Pärchen unterwegs waren und dann auf ihren Mörder getroffen sind.“

Ken Bergmanns Telephon klingelte. Der Leiter der Kriminalpolizei war am Apparat. „Nach der Pressekonferenz möchte ich Sie noch sprechen“, sagte er.

„Ja, verstanden.“ Ken Bergmann sah auf seine Uhr. „Verdammt, ich bin spät dran“, stellte er fest.

Die Pressekonferenz war kurz gewesen. Im wesentlichen bestätigten Ken Bergmann und Jablonski, was die Reporter schon wußten. Es gab ein paar Ergänzungen und kaum Neues. Ken verspürte einen Mordshunger. Zwar hatte er zugesagt, nach der Pressekonferenz sofort beim Leitenden Kriminaldirektor zu erscheinen, weil die aber so schnell beendet war, nahm er sich eine Auszeit, um rasch etwas in den Magen zu bekommen. Über eine sehr schöne, rundum geschlossene Fußgängerbrücke, die vom Altbau des Präsidiums in den Neubau führte, erreichte er den Treppenaufgang in das Obergeschoß. Hier, unter dem Dach, war die Kantine.

Die Kantine war für jedermann zugänglich, nicht nur für Bedienstete des Hauses. Besonders die Schüler der nahegelegenen Schulen nahmen die Gelegenheit gern wahr, vor Schulbeginn oder in den großen Pausen hier zu sitzen und etwas zu trinken. Und manche Leute kamen auch wegen des preiswerten Essens.

Als Ken die Kantine betrat, fiel ihm sofort die blonde Frau an der Salatbar auf. Er hatte sie vorher noch nie gesehen. Sie stand mit dem Rücken zu ihm. Ihre Haare gingen ihr bis zu den Schultern. Sie war schlank, besonders an den Hüften. Für einen Moment bewunderte er ihren ausgeprägten Po. Ein richtig schönes Knackärschchen, fuhr es ihm durch den Kopf. Und die Beine sind auch klasse. Als er an ihr vorbeiging, drehte sie sich ein wenig zur Seite. Und der Busen ist auch nicht schlecht, dachte er.

Um diese Zeit waren nicht mehr viele Leute hier. Die eigentliche Mittagszeit war schon lange vorbei. In knapp einer Stunde war die offizielle Dienstzeit um. Ken nahm sich ein Tablett, Besteck und eine Serviette und stellte sich an den langen Tresen.

„Eine Currywurst mit Pommes, bitte."

Der Kantinenwirt hinter dem Tresen schüttelte den Kopf. „Tut mir leid. Die Friteuse ist schon aus. Ich kann Ihnen noch Erbsensuppe mit Einlage anbieten".

„Welche Einlage?"

„Bockwurst."

„Okay, dann nehme ich das. Hauptsache, ich kriege endlich was in den Magen."

Der Kantinenwirt öffnete einen großen, in die Theke eingelassenen Topf, füllte einen Teller und schob ihn zu Ken Bergmann. Der stellte ihn auf sein Tablett und schob dieses dann auf dem kleinen Thekenvorsprung in Richtung Kasse. Als er an der Salatbar vorbeikam, drehte die Blonde sich plötzlich um, trat schnell zwei Schritte vor und stellte ihr Tablett vor seinem ab.

„Was soll das?" fragte Ken erstaunt, aber auch ein wenig ärgerlich. „Was fällt Ihnen denn ein?"

„Ich war eher da, und ich habe es eilig."

Die Antwort klang ein wenig schnippisch. „Das gibt's doch wohl nicht. Das ist ja eine Frechheit", sagte er.

Die Blonde zog ihre Augenbrauen hoch, legte einen hochmütigen Ausdruck auf ihr Gesicht und blieb ansonsten unbeeindruckt. Der Kantinenwirt verfolgte die Sache wortlos.

„Von Benehmen haben Sie wohl auch noch nichts gehört." Die Blonde reagierte nicht. Sie zahlte, nahm ihr Tablett und ging zu einem freien Tisch.

„Unfaßbar“, sagte Bergmann, als er bezahlte. „Manche Leute sind wirklich dreist und abgebrüht.“ Der Kantinenwirt äußerte sich nicht dazu.

Ken Bergmann nahm seinen Teller und setzte sich ebenfalls an einen Tisch. Ganz bewußt kehrte er dabei der Blonden den Rücken zu. In aller Eile aß er seine Suppe. Als er aufstand, um das Tablett in einen fahrbaren Ständer für benutztes Geschirr zu schieben, war die Blonde weg. Eilig ging er wieder zurück über die Fußgängerbrücke in den Altbau.

Der Leitende Kriminaldirektor zog sich gerade seinen Mantel an, als Ken Bergmann in das Vorzimmer trat. Die allgemeine Dienstzeit war gerade beendet. „Sie wollten doch direkt nach der Pressekonferenz kommen“, sagte der Kriminaldirektor.

„Entschuldigung. Aber ich hatte den ganzen Tag noch nichts gegessen. Und weil es so schnell mit der Presse gegangen war und die Kantine noch aufhatte, habe ich mir schnell eine Erbsensuppe gegönnt. Bei dem Mordfall kommt man weder zu ausreichendem Schlaf noch zu regelmäßigem Essen.“

„Na ja, wenn es dazu beiträgt, daß Sie bald den Täter schnappen. Dazu brauche ich ja auch kräftige MK-Leiter“, wurde der Ton des Kriminaldirektors verbindlicher. „Ich möchte Ihnen Ihren Ersatz für Herrn Jansen vorstellen.“ Er schob Ken Bergmann sanft vor sich her in sein Büro. „Das ist Frau Berthier, Gerlinde Berthier.“ Die blonde Frau, die vor dem Schreibtisch des Kriminaldirektors gesessen hatte, erhob sich.

Ach, du Scheiße. Die Giftziege aus der Kantine, schoß es Ken durch den Kopf.

„Frau Berthier hat gerade die Fachhochschule absolviert. Wie spricht sich ihr Name noch mal genau?“

„Bertje, mit langem ‚e‘. Mein Vater ist Franzose, meine Mutter wie ich Deutsche. Deshalb der Name.“

„Eigentlich kommt sie vom Niederrhein. Aber dort ist keine Planstelle frei. Deshalb wird sie vorläufig erst mal hier ihren Dienst versehen.“ Der Kriminaldirektor sah beide erstaunt an, weil keiner Anstalten traf, dem anderen die Hand zu geben.

„Wir hatten schon das Vergnügen“, sagte Ken, der die Reaktion des Kriminaldirektors zuerst erfaßt hatte. „Wir trafen uns schon in der Kantine.“

„Ach so, Sie kennen sich schon.“

„Ja, das kann man so sagen", bemerkte Ken mit einem gewissen Unterton.

„Herr Bergmann ist der Leiter unserer Mordkommission Sumpf. Sie haben ja schon von dem Doppelmord gehört und gelesen. Dort werden Sie ab morgen tatkräftig mithelfen. Nicht wahr, Herr Bergmann?"

Ken nickte nur. Zusammen verließen sie das Büro. „Wir sehen uns morgen um halb acht im Gerther Amtshaus", sagte Ken tonlos, nachdem der Kriminaldirektor gegangen war. Dann drehte er sich um und ging ohne Gruß zu seinem Büro hier im Haus, um nachzusehen, ob irgend etwas Neues für ihn in seinem Fach lag, und um in Gerthe anzurufen, ob es noch etwas Wichtiges gab, bevor er nach Hause gehen konnte.

Gerlinde Berthier sah ihm nach. Na, das wird ja was geben, dachte sie.

7

Ken Bergmann zog seine Jacke aus und hängte sie an den Garderobenständer im Flur. Katharina hatte sein Kommen gehört und kam aus dem Wohnzimmer. Wie er es sich vorgenommen hatte, ließ er sich als erstes erzählen, wie die Sache mit Dana und den Kindern, die sie geschlagen hatten, ausgegangen war.

„Die Lehrerin hat sich die Kinder vorgeknöpft und wird mit deren Eltern beim nächsten Elternsprechtag darüber reden. Zur Zeit gehen sich die Kinder aus dem Weg und vertragen sich."

„Ich glaube zwar nicht, daß das irgendwas bringt, aber gut, belassen wir es erst mal dabei. Und was gibt es sonst?"

„Alle möglichen Leute sprechen mich an. Unsere Nachbarn, der Lebensmittelhändler, der Friseur, auch die Lehrerin in der Schule, wie es um die Morde steht, wann denn endlich der Täter überführt wird und so weiter. Ich halte mich dann zurück und verweise immer nur auf die Zeitungsberichte. ‚Mehr weiß ich auch nicht', ist zur Zeit mein häufigster Satz. Das akzeptieren die Leute auch. ‚Ja, ja, Ihr Mann hat ja Schweigepflicht', sagen sie und lassen mich dann zufrieden." Sie gingen in die Küche.

Gott sei dank, eine Erbsensuppe und kein Fleisch, dachte Ken, als er sah, was Katharina in der Mikrowelle bereitgestellt hatte. Er drehte das

Einstellrad nach rechts. Sofort startete das Gerät. Katharina stellte einen Teller auf den Tisch und legte Besteck bereit.

„Wo sind die Kinder?“

„Bei Busse. Sie spielen da mit Sarah und Klaus. Sie müßten aber gleich kommen.“

Ken schaute auf seine Armbanduhr. „Es wird auch Zeit. Bis die Kinder gegessen haben und im Bett sind, ist es nach acht.“

Kaum hatte er das gesagt, da klingelte es. Katharina öffnete. Beide Kinder stürmten in die Wohnung und gleich bis in die Küche. „Hallo Papa!“ Dana sprang ihn an und Ginger hinterher, und schon hatte er beide auf dem Arm. „Warum kommst du immer so spät nach Hause“, schmollte Dana.

„Ja, du wolltest doch mit mir Pferd spielen“, sagte Ginger.

„Es tut mir leid, Kinder. Aber Papa muß zur Zeit sehr viel arbeiten. Aber wenn ich wieder mehr Zeit habe, gehe ich mit euch in den Tierpark. Einverstanden? So, und jetzt laßt Papa mal essen.“

„Doofe Arbeit“, sagte Dana maulend und ging aus der Küche. Ginger lief hinterher.

„Die Kinder vermissen dich.“

Ken nickte. „Ich weiß. Aber was soll ich tun?“

„Du kannst nichts tun.“

Nach dem Essen merkte er, wie Müdigkeit in ihm hochkroch. Da kam ihm eine Idee. Er ging in das Kinderzimmer, schnappte sich beide Mädchen, nahm sie mit ins Schlafzimmer und warf sie auf das Doppelbett. „Und jetzt spielen wir beißender Hund.“

Auf allen Vieren krabbelte er den Kindern hinterher, rauf auf das Bett, runter vom Bett. Eine Verfolgungsjagd durch das Schlafzimmer begann. „Wau, wau, wau!“

Die Kinder schrien und quietschten vor Freude. Mal erwischte er Dana und kitzelte sie am Bauch, mal erwischte er Ginger und biß ihr ganz leicht in die Zehen. Die Kinder wehrten sich und schlugen mit den Kopfkissen nach dem ‚bissigen Hund‘. Innerhalb kürzester Zeit sah das Schlafzimmer aus wie ein Schlachtfeld. Schließlich ging ihm die Puste aus. „So, Kinder, jetzt ist es genug“, keuchte er.

„Och, laß uns doch noch ein bißchen weiterspielen.“

Katharina kam ihm zu Hilfe. „Nein, jetzt ist Schluß. Ihr geht jetzt und macht euch bettfertig. Und du siehst zu, daß das Schlafzimmer wieder in Ordnung kommt“, sagte sie mit gespieltem Groll.

Nachdem die Kinder im Bett waren, hatte er mit Mühe eine Ratesendung im Fernsehen verfolgt, sie aber nicht mehr bis zum Ende angesehen. Heute ging er früh ins Bett. Er war fast eingeschlafen, als Katharina ins Bett kam. Er spürte, wie sich ihre schmale Hand auf seine Brust legte und in sanft kreisenden Bewegungen langsam immer tiefer glitt. Er spürte, wie es ihn erregte, als ihre Hand ihn umfaßte. Ihr Kopf legte sich auf seine Brust. Er spürte und roch ihre Haare. Und er spürte die weichen Lippen, die seine Brust küßten und dann wie zuvor die Hand hinabglitten, über den Bauch hinweg immer tiefer.

Katharina schlängelte sich auf ihn. Er spürte ihre weiche, warme, nackte Haut. Dann nahm sie ihn in sich auf, drückte sich hoch und begann mit langsamen Bewegungen auf und ab zu tanzen. Ihre Hände hielten ihre Brüste. Dann legte sie die Arme hinter den Kopf. Ihre Bewegungen wurden immer schneller. Ken drückte ihr seinen Unterkörper entgegen, paßte sich rhythmisch ihren Bewegungen an. Ein leises Stöhnen kam über ihre Lippen. Auch er keuchte und stieß leise Lustlaute aus. Katharina wurde immer schneller, wirbelte ihren Kopf hin und her, kniff die Lippen zusammen und stieß befreiende Laute aus. Schließlich wurden ihre Bewegungen wieder langsamer. Keuchend ließ sie sich nach vorn auf seine Brust fallen. Ken umschloß sie mit Armen und Beinen und rollte mit ihr auf die Seite. Sie küßten sich lange innig und zärtlich.

„Ich brauchte das wieder mal“, sagte Katharina leise und keuchte immer noch ein wenig.

„Ich auch, mein Schatz. Es war wunderbar.“

Sie küßte ihn sanft. „Ich liebe dich, weil du harter Mann auch so wunderbar zärtlich sein kannst.“

Er blieb eine Weile still neben ihr liegen, den Kopf an ihrer weichen Brust. Er hörte ihren Atem, spürte das gleichmäßige Heben und Senken ihres Bauches, fühlte sich zutiefst entspannt und merkte, wie langsam wieder die Müdigkeit von ihm Besitz ergriff. Schade, daß das bei Katharina so selten ist, überlegte er. Das letzte Mal war doch bestimmt fast zwei Monate her. Er löste vorsichtig die Umarmung, gab ihr noch einen leichten Kuß auf die Schulter, drehte sich nach rechts auf die Seite und war sofort eingeschlafen.

Am nächsten Morgen schickte Ken Bergmann seine Leute nicht gleich raus, um Ermittlungen durchzuführen. Er versammelte sie in Hakis Büro. „Zunächst möchte ich euch unsere neue Mitarbeiterin vorstellen. Das ist Frau Gerlinde Berthier. Sie kommt gerade von der Fachhochschule. Weil am Niederrhein keine Platz für sie ist, wird sie erst mal hier bei uns Dienst versehen. Ihr macht euch am besten selbst miteinander bekannt.“ Seine Stimme klang kalt wie der Nordpol. Gerlinde Berthier kochte innerlich.

Warum sagst du nicht gleich, man hat uns die Alte aufs Auge gedrückt? Wir werden sie leider notgedrungen hier aufnehmen müssen, dachte sie. Der Blick, mit dem sie Ken Bergmann bedachte, war mörderisch. Doch Ken Bergmann sah ihn nicht.

Teils neugierige, teils bewundernde, teils skeptische Blicke lagen auf Gerlinde Berthier, als sie sich einen Platz in der Runde suchte.

„Wir werden heute morgen das machen, was die Engländer brainstorming nennen. Wir werden alle Ideen, alles, was uns zu unserer Aufgabe einfällt, zur Sprache bringen, auch wenn es noch so abwegig ist. Aus dieser Ideensammlung werden wir das herausfiltern, was uns weiterbringt.“

Ken Bergmann sah in die Runde. Keiner rührte sich. „Okay, wenn keiner anfangen will, dann mache ich es eben. Also, laßt uns noch mal rekapitulieren, was wir bisher über den Täter wissen.“ Er machte eine kleine Pause. „Der Täter muß sehr stark sein. Die Stangen durch die Gegend zu schleppen und sich dann auch mit den Pferden einen Kampf zu liefern, erfordert Kraft. Dann hat er ja noch Torben Hoffmann besiegt. Der war zwar schon über fünfzig, aber gut durchtrainiert und stark. Anschließend verfolgt und tötet er Britta Köhler. Er schleppt sie in den Sumpf. Dann geht er wieder zurück und macht das gleiche mit Hoffmann. Man muß sich mal vorstellen, welche Energie und Kraft das alles gekostet hat. Alfred, du bist der Älteste von uns. Kann man mit vierzig oder älter noch so eine Kraftleistung vollbringen?“

„Ganz auszuschließen ist das natürlich nicht. Es gibt immer Ausnahmen. Aber im Normalfall hat man diese Kraft und diese Ausdauer in dem Alter eigentlich nicht mehr. Er ist ja nicht nur kräftig, er muß auch eine gute Lunge haben, wenn man mal überlegt, wie viel er auch gelaufen ist. Über so viel Kraft und Ausdauer verfügt man normalerweise in den zwanziger Jahren bis in die Dreißiger hinein.“

„Ja, wenn ich an mich selbst denke, dann ist das so“, sagte Bergmann. „Ich bin jetzt zweiundvierzig. Ob ich das alles so geschafft hätte wie der Täter, wage ich zu bezweifeln. Und ich bin eigentlich topfit. Mit fünfundzwanzig hätte ich das wahrscheinlich geschafft."

„Also gehen wir mal davon aus, daß der Täter nicht älter als fünfunddreißig ist."

„Genau. Was wissen wir noch?"

„Er muß groß sein", sagte jemand aus der Runde. „Mindestens so groß wie Hoffmann, also über einsachtzig. Sonst hätte er die Stiche nicht so setzen können. Dafür spricht auch die Schuhgröße fünfundvierzig."

„Okay, wenn der Abdruck von ihm stammt, was aber noch festzustellen wäre."

„Er dürfte verletzt sein. In so einem Kampf kriegt jeder was ab. Vielleicht hat er ein blaues Auge, aufgeschlagene Lippen oder Nasenbluten."

„Ja, das stimmt. Der hat bestimmt was abgekriegt."

„Er hatte höchstwahrscheinlich Gummistiefel an. Das haben wir über das Profil eines Fußabdrucks festgestellt", kam der nächste Beitrag. „Finden wir die Stiefel, haben wir auch den Täter, denn das Profil der Stiefel weist einige Besonderheiten auf, Abkantungen, Eindrücke und so weiter. Das ist einmalig wie bei einem Fingerabdruck."

„Ja, aber ein Fingerabdruck ist unveränderlich, ein Stiefelabdruck aber nicht."

„Trotzdem, alle Merkmale verschwinden nicht."

Nun wurde die Runde lebhaft. Von allen Seiten kamen Ideen und Hinweise. „Wir haben dieses Rohrstück. Und wir haben die selbstgebaute Machete. Vielleicht hat jemand diese Dinge mal bei dem Täter gesehen. Wir sollten auf jeden Fall damit an die Presse gehen."

„Er muß mit einem Auto gekommen sein."

„Es muß aber nicht sein eigenes Auto sein. Vielleicht benutzte er einen Leihwagen."

„Trotzdem müssen wir auch dieser Spur nachgehen", sagte Ken. „Was haben wir noch?"

„Er hatte stark verschmutzte, blutige und wahrscheinlich auch teilweise nasse Kleidung an. Ob sie zerrissen war, wissen wir nicht, ist aber möglich, nachdem ja ein heftiger Kampf stattgefunden hatte."

„Und diese Bekleidung hat keine Knöpfe. Bei dem Kampf wäre garantiert mal einer abgerissen. Er muß also einen Pulli, ein Shirt, Nicki oder entsprechendes angehabt haben."

„Oder Sachen mit einem Reißverschluß, zum Beispiel eine Strickweste oder einen Blouson."

„Es ist erstaunlich, was trotz so dürftiger Informationen über den Täter zusammengekommen ist. Nehmen wir nun die wahrscheinlichste Variante. Der Täter ist jung, zwischen zwanzig und fünfunddreißig, mehr als eins-achtzig groß, kräftig, fährt ein Auto und ist wahrscheinlich im Gesicht verletzt. Er ist handwerklich begabt, vermutlich Schlosser oder ähnliches."

„Entschuldige, daß ich dich unterbreche, Ken", sagte Alfred Müller. „Aber das mit dem Schlosser ist mir zu vage. Um so eine Lanze herstellen zu können, muß man nicht gerade Schlosser sein."

„Solche Täter sind doch meistens Metzger oder haben ähnliche Berufe, hab ich mal gehört", warf Petersen ein.

Alle sahen ihn an. „Wie kommst du darauf?"

„Weiß ich nicht mehr. Ich hab's nur irgendwann mal gehört. Ich glaube, irgendwo in Norddeutschland und in einem unserer neuen Bundesländer war schon mal so ein Fall. Könnte in Mecklenburg-Vorpommern gewesen sein." Petersen überlegte einen Moment. „Das war in einer Nachrichtensendung im Fernsehen. Ich weiß aber nicht mehr, ob ein Reporter oder ein Polizeisprecher diese Vermutung gehabt hat."

„Na gut. Das ist im Moment auch nicht so wichtig. Vielleicht ist der Täter auch Versicherungsvertreter und macht sich ein Hobby daraus, nachts Pferde abzustechen. Wir wissen jedenfalls nicht, was er beruflich macht. Wir haben keinen richtigen Hinweis darauf. Deshalb sollten wir das zumindest zum jetzigen Zeitpunkt beiseite lassen", meinte Bernd Schott.

„Okay, also weiter. Er hatte in der Tatnacht Stiefel an. Seine Kleidung war schmutzig, blutig, naß und vielleicht auch irgendwo eingerissen. Das reicht für eine Pressemeldung. Außerdem werden wir das Rohrstück, die Machete und die Skizze von der vermutlichen Lanzenspitze abbilden lassen. Tja, und dann brauchen wir nur noch ein Quentchen Glück, daß jemand mit diesen Hinweisen etwas anfangen kann und uns benachrichtigt."

„Wir haben noch etwas, Ken", sagte Haki. Alle sahen sie an. „Nun, wir hatten festgestellt, daß er Handschuhe angehabt haben muß."

„Verdammt, das hätten wir fast vergessen."

„Ich kann mir nicht vorstellen, daß er Glacéhandschuhe angehabt hat oder Gummihandschuhe. Für so eine Tat, wo man mit Eisenstangen und einer Machete unterwegs ist, um so große Tiere wie Pferde zu töten, hat man feste, grobe Arbeitshandschuhe an. Und die müssen auch viele Blutanhaftungen haben. Wenn ich der Täter wäre, würde ich die Handschuhe auf jeden Fall wegwerfen, wahrscheinlich in irgendeine entferntstehende Mülltonne. Wir sollten also in der Pressemeldung auch darauf hinweisen, daß die Leute auf blutige Handschuhe achten, vor allem, wenn sie an ihren Mülltonnen sind."

„Super, Haki. Da haben wir ja eine ganze Menge zusammengekriegt. Hat noch jemand eine Idee?"

„Nein, außer, das wir uns einen Profiler vom BKA sparen können. Ich glaube nicht, daß der noch mehr Infos über den Täter zusammenbringt." Alfred Müller erhielt von allen Beifall.

Ken Bergmann lachte. „Nicht schlecht, Alfred. Aber im Ernst, wir wissen nicht, was so ein Profiler noch alles kann, was der noch aus so einer Sache herauszukitzeln vermag. Deshalb werde ich auf jeden Fall einen anfordern, wenn wir in eine Sackgasse geraten."

„Und ich gehe zu meiner Oma und lasse sie im Kaffeesatz lesen", sagte David Wakaba. Der Raum dröhnte vom lauten Lachen. Nach einiger Zeit beruhigten sich die Gemüter.

„Ein guter Spruch, David", sagte Ken immer noch lachend. „Das hat mal richtig gut getan bei dem vielen Ernst um uns herum. Aber es gibt viel zu tun. Also, packen wir es an." Mit viel neuer Hoffnung und Zuversicht gingen die Beamten an die Arbeit.

Es war weit nach Mitternacht, als Ken Bergmann nach Hause kam. Katharina hatte im Wohnungsflur das Licht angelassen. Müde hängte er seine Jacke an den Garderobenhaken. Dann öffnete er vorsichtig die Tür zum Kinderzimmer. Nachdenklich betrachtete er seine beiden schlafenden Kinder. Der milde Lichtstreifen aus dem Flur lag auf ihren Gesichtern, und auf einmal spürte er eine Schwall großer Liebe zu diesen reinen, unschuldigen Gesichtern, die ein anderes Lebensbild abgaben, als das, womit er sich sonst auseinandersetzen mußte. Er hauchte ihnen einen Kuß auf die Stirn und schloß dann vorsichtig hinter sich die Tür.

Er ging in die Küche. Sein erster Blick ging zur Mikrowelle. Wie er es erwartet hatte, hatte Katharina ein Essen für ihn bereitgestellt, Gulasch mit Kartoffeln und Rosenkohl. Eigentlich mochte er dieses Gericht, nur jetzt nicht mehr. Er aß ein paar kalte Knollen Rosenkohl. Auf dem Küchentisch lag die zusammengefaltete Zeitung. Ken hatte heute noch keine Zeit gehabt, sie zu lesen. Er schlug sie auf. Sogleich sprang ihm die Überschrift ins Auge:

Doppelmord in der Stempke! Zweite Leiche gefunden!

Er las: *Noch immer tappt die Mordkommission völlig im dunkeln. Bisher konnte noch kein Tatverdächtiger für den Mord an dem Maurermeister ermittelt werden. Allem Anschein nach wurde von der Mordkommission wenig professionell gearbeitet, denn obwohl die jetzt gefundene Frauenleiche nicht allzuweit vom ersten Opfer entfernt lag, hatte man sie nicht gefunden. Auch die Tatsache, daß es bisher noch keine heiße Spur gibt ...*

„Arschlöcher!“ Ken feuerte die Zeitung in die Spüle. „Als wenn man Gott wäre! Diese verdammten Klugscheißer, diese Besserwisser!“

Katharina hatte ihn fluchen gehört. Sie war aufgestanden und kam in die Küche. „Was ist los? Was hast du?“

„Diese verdammten Schmierfinken. Hast du den Artikel gelesen?“ Katharina nickte. „Wir sind doch keine Hellseher. Wir machen diesen Scheißjob, reißen uns den Arsch auf und werden dann noch ans Bein gepinkelt.“

„Nicht so laut, sonst werden noch die Kinder wach.“

„Ja, ist doch wahr!“

Katharina öffnete die Thermoskanne, stellte eine Tasse auf den Tisch und goß ein. „Hier, trink erst mal einen Schluck Kaffee und beruhige dich.“ Sie wußte, daß ihr Mann zu jeder Zeit Kaffee trinken konnte, auch nachts. Es machte ihm nichts aus, er konnte trotzdem gut schlafen. Und jetzt, wo er übermüdet war, war das erst recht der Fall.

„Wenn sie mich angreifen, dann ist das eine Sache. Wenn sie aber meine Leute angreifen, dann werde ich zur Wildsau. Meine MK arbeitet hervorragend. Jeder gibt sein Bestes, keiner weigert sich, die schlimmste Scheißarbeit zum machen, alles läuft Hand in Hand. Die Absprachen, überhaupt das ganze Timing funktioniert hervorragend. Und dann kommt da so ein Schreiberling daher und macht mein Team nieder. Da soll ich noch ruhig bleiben?“

Katharina holte die Zeitung aus der Spüle und faltete sie wieder ordentlich zusammen. „Ich verstehe dich ja. Aber mit Kritik, auch wenn sie manchmal unberechtigt ist, müßt ihr leben. Entscheidend ist doch nur, daß ihr euch selbst keinen Vorwurf zu machen braucht, daß ihr wirklich alles getan habt, was in eurer Macht steht. Morgen steht vielleicht genau das Gegenteil in der Zeitung."

„Ja, nur das liest dann keiner."

„Du bist verbittert und übermüdet. Denk daran, was du mir immer gesagt hast. Ganz wichtig ist, daß man erst mal eine Nacht über eine Sache schläft. Am nächsten Morgen sieht vieles dann wieder ganz anders aus."

„Du hast ja recht. Aber irgendwie hat es mir richtig gut getan, mal loszubrüllen. Du weißt, daß das eigentlich ganz und gar nicht meine Art ist."

„Ich weiß, mein Schatz. Was raus muß, muß raus! Und ich weiß auch, daß deine Wortwahl nicht deinem Wesen entspricht. Aber manchmal muß man auch mal zu einem groben Klotz werden. Und wenn es dich innerlich befreit hat, wenn es dir jetzt wieder besser geht, dann war es doch auch gut." Sie gab ihm einen Kuß auf die Wange. „Ich gehe wieder ins Bett. Du solltest auch kommen. Du hast sowieso viel zu wenig Schlaf."

Sie hat ja so recht, dachte er. Ken ließ die Zeitung achtlos liegen, zog sich aus und folgte seiner Frau ins Bett.

8

Am nächsten Tag stand ein großer Artikel in den Zeitungen:

Die Mordkommission Sumpf bittet um Mithilfe.

Die Mordkommission Sumpf hat inzwischen eine Vielzahl von Spuren verfolgt, ohne aber den roten Faden zum Täter gefunden zu haben. Deshalb setzt der Leiter der Mordkommission, Kriminalhauptkommissar Ken Bergmann, große Hoffnung auf die Mithilfe der Bevölkerung. Die Mordkommission sucht einen Mann, ca. 20-35 Jahre alt, größer als 1,80 Meter und sehr stark. Er ist Autofahrer. Wer hat einen solchen Mann am Sonntag, dem 25.9.2005, in den Nachmittags- oder Abendstunden in der Stempke gesehen?

Wer hat einen solchen Mann beobachtet, der Gummistiefel und verschmutzte, eventuell auch zerrissene Kleidungsstücke anhatte?

Wahrscheinlich ist der Mann auch im Gesicht verletzt. Wer kann Angaben zu einem Mann machen, der am Körper oder im Gesicht frisch verletzt ist?

Wer kann Angaben zu einem Auto machen, das vermutlich in der Verlängerung der Straße Am Norrenberge in der Stempke abgestellt war? Wer hat blutige Arbeitshandschuhe gesehen?

Wer kennt folgende Waffen?

Kriminalhauptkommissar Bergmann ist sich sicher, daß die Morde mit Hilfe der Bevölkerung in wenigen Tagen aufgeklärt werden können.

Neben dem Zeitungsartikel waren die Machete und das Eisenrohr abgebildet.

Ken lehnte sich zufrieden in seinem Schreibtischsessel zurück. Jetzt mußten nur noch die richtigen Hinweise kommen. Er legte die Zeitung zur Seite und nahm die Akte mit dem Obduktionsbericht und den Photos von Britta Köhler zur Hand. Nachdenklich betrachtete er die Photos, die den Zustand ihres Körpers während der einzelnen Abschnitte der Obduktion zeigten, sah sich dann die Photos von ihrem Auffinden am Tatort an und dann das Photo der Toten, das sie von den Eltern als Fahndungshilfe erhalten hatten und das Britta Köhler fröhlich lächelnd in ihrem letzten Urlaub zeigte. „So wahr ich hier sitze, wir werden alles versuchen, was in unserer Macht steht, um deinen Mörder zu finden. Das verspreche ich dir!" sagte er leise und entschlossen. Dann überflog er noch die neuesten Informationen in einer Ermittlungsakte.

Zwar wurden alle Berichte, Vermerke, überhaupt jede Art von Hinweisen im Computer besonders dokumentiert, trotzdem wurde aber auch alles ausgedruckt und in Handakten bereitgelegt. Es war manchmal einfach angenehmer und besser, in ihnen zu lesen als am Computer. Und man konnte sie mitnehmen, was mit dem PC ja nicht möglich war. Außerdem war der Computer auch nicht immer schneller.

Haki hatte die Aktenführung übernommen. Neben der Hauptakte hatte sie Nebenakten für alle Hinweise und Erkenntnisse angelegt, die nicht oder noch nicht zur aktuell verfolgten Hauptspur gehörten. Dazu war in ihrem Zimmer ein besonderes Regal aufgestellt worden.

Seit Tagen gingen immer wieder Hinweise ein. Die Ermittlungsteams waren fast rund um die Uhr im Einsatz, denn manche Hinweisgeber waren erst sehr spät zu erreichen. Ken erkannte beim Durchblättern schnell, daß sich eine richtig heiße Spur bisher noch nicht ergeben hatte.

Er nahm die Akten und ging damit in Hakis Zimmer. Die beiden Beamten von der Verstärkung, die vor der Stadtkarte an der linken Wand standen und die Orte suchten, an denen sie ermitteln sollten, bemerkten ihn nicht. „Ein heißes Gerät, unsere kleine Französin", sagte einer der beiden. „Die würde ich nicht von der Bettkante stoßen."

„Die würdest du erst gar nicht rumkriegen", meinte der andere. „Die liebt Männer anderen Kalibers."

„Was soll das denn heißen?"

„Daß die Kleine weiß, was sie wert ist, und daß sie weiß, was sie will. Und das bist bestimmt nicht du."

„Ich hab schon ganz andere Weiber flachgelegt."

„Wer's glaubt."

„Ob die wohl Französisch kann?"

Der andere wußte sofort, daß nicht die Sprache gemeint war. „Davon kannst du ausgehen."

Ken machte sich bemerkbar. Auf einmal spürte er in sich den inneren Antrieb, diese Lästereien zu unterbinden. Sein Beschützerinstinkt war trotz seiner Differenzen mit der Neuen erwacht.

„Ich möchte nicht, daß über Kolleginnen so geredet wird", sagte er mit aller Schärfe. „Unterlaßt das also bitte!"

Der Blick der beiden zeigte Unverständnis, Ärger und Mißfallen. Aber sie wagten es nicht, etwas zu erwidern. „Komm", sagte der eine. „Ich weiß jetzt, wie wir da hinkommen." Er nahm die Fahrtenmappe und ging an Ken vorbei auf den Flur. Der andere folgte wortlos.

Petersen kam in das Zimmer. Er hielt einige Zettel in der Hand. „Sieh mal, was ich hier habe", sagte er mit ausdrucksloser Stimme.

Ken wußte, das hieß nichts Gutes. Er starrte auf das erste Blatt und las: *Landeskriminalamt Niedersachsen, Ermittlungsgruppe Pferd*

„Woher hast du das?"

„Aus dem Internet. Ich wußte, daß vor Jahren in Nord- und Ostdeutschland ein Pferderipper aufgetreten ist. Bevor wir vom LKA oder BKA oder sonstwo Infos kriegen, habe ich schnell mal im Internet unter „Pferderipper" nachgesehen und das alles hier gefunden.

Ken überflog das Geschriebene. „Unfaßbar!" sagte er. „Seit 1993 sticht ein Verrückter in Norddeutschland Pferde ab. Bisher hat dieser Pferderipper bei fünfzig Taten über einhundert Pferde getötet. Die Tatorte liegen über ganz Norddeutschland verteilt, von der holländischen Grenze bis zum Müritzsee in Mecklenburg."

„Ja, und das nicht nur auf Weiden. Er bricht auch gewaltsam in Reitställe ein. Der Typ ist hochgradig gefährlich. Er wählt nicht aus. Er tötet Pferde, egal, ob jung oder alt, groß oder klein. Und er schlitzt die Pferde auf. Deshalb der Name Pferderipper. Die Bauchschnitte sind gekonnt. Manchmal wurden auch Geschlechtsteile verletzt."

Ken sah von seinem Blatt auf. „Der Täter ist mobil, hat Kenntnisse in der Metallbearbeitung und benutzt verschiedene, selbstgefertigte Lanzen. Außerdem besitzt und benutzt er Handfeuerwaffen und Gewehre. Die Kollegen schreiben, daß er dreißig bis sechzig Jahre alt sein dürfte. Durch Ausbaldowern verschafft er sich sehr gute Ortskenntnisse und geht geübt mit Pferden um. Fahrzeuge werden vermutlich weiter weg abgestellt."

„Wie unser Täter."

„Nicht ganz. Aber laß mich bitte eben zuende lesen. Die Kollegen schreiben, er verfügt über metallbearbeitende Fachkenntnisse. An zwei Tatorten wurde jeweils eine Lanze gefunden. Der Täter hatte sie verloren. Man hat sie verglichen und festgestellt, daß sie beide vom selben Täter stammen. Sie sind aus Edelstahl gefertigt. Sie wurden an einer Drehbank hergestellt und mit Innen- und Außengewinde versehen. Einigen Tieren hat der Täter Kopf- und Körperschüsse zugefügt." Ken sah Petersen eine Weile an. „Komm, wir setzen uns."

Die beiden Männer setzten sich an den großen Tisch. Ken nahm noch einmal den Zettel in die Hand. „Also, auszuschließen ist nichts. Aber einiges paßt nicht in unser Schema. Das erste ist das Alter des Täters."

„Wieso? Die Kollegen schreiben doch, daß er dreißig sein könnte."

„Ja, aber insgesamt setzen sie das Alter viel höher an als wir. Das zweite ist das Mitführen von Schußwaffen. Unser Täter hatte mit Sicherheit keine Schußwaffe. Hätte er eine gehabt, hätte er sie garantiert bei der Tatausführung mitgenommen, entweder zum Selbstschutz oder um die Pferde fluchtunfähig zu machen und zu töten oder für beide Zwecke. Und beim Kampf mit Hoffmann hätte er sie eingesetzt. Da bin ich mir sicher. Wahrscheinlich hätte er auch vorher damit gedroht und wäre vielleicht ohne Kampf entkommen. Dann die Sache mit der Lanze. Wenn das Rohrstück, das wir gefunden haben, wirklich vom Täter ist, und sehr vieles spricht dafür, dann benutzt unser Mann Fertigteile aus dem Baumarkt, die er für seine Zwecke zusammenbaut. Und das ist ganz einfach. Es gibt verzinkte Rohrstücke in verschiedenen Längen von vierzig Zentimeter bis zwei Meter. Die Teile werden ganz einfach durch Verschrauben mit einer Muffe verbunden. So kann man eine beliebig lange, zusammenschraubbare Lanze benutzen. Man muß nur noch vorne eine Spitze anbringen. Und das dürfte ja auch kein Problem sein."

„Das stimmt. Man nimmt ein Stück von vierzig Zentimeter Länge, erwärmt eine Seite und schlägt sie platt. Dann feilt man das flachgeklopfte Teil spitz zu, macht die Seiten scharf, und schon hat man eine stabile Lanzenspitze", sagte Petersen.

„Aber nicht von fünfzehn Zentimeter Breite."

„Na gut. Ich kann dir aus dem Stegreif mindestens drei verschiedene Möglichkeiten aufzählen, wie man an ein Rohrende ohne große Mühe eine Lanzenspitze befestigt, ob angeschweißt, angeschraubt oder angepreßt. Ich wette, daß sogar dir eine ganze Menge dazu einfallen würde."

„Na, na, mein Lieber. Keine voreiligen Schlüsse. Aber Scherz beiseite. Vielleicht hat sich der Täter aus Norddeutschland umorientiert. Vielleicht hat er nicht mehr die Möglichkeit, selbst Edelstahllanzen zu bauen und nimmt nun Teile aus dem Baumarkt."

„Glaub ich nicht. Das ist nicht sein Stil. Wieso hat der eigentlich Lanzen aus Edelstahl?"

„Gute Frage."

„Würdest du für die Tötung von Pferden Edelstahllanzen benutzen?"

Petersen sah Ken nachdenklich an. „Eigentlich nicht", sagte er. „Ich würde einfache Eisenstangen nehmen. Oder eben solche Rohre, wie sie unser Täter benutzt. Das ist sehr zweckmäßig und relativ billig. Edelstahl kostet doch bestimmt eine Menge Geld. Es sei denn, ich komme da umsonst ran."

„So sehe ich das auch. Der Ripper in Norddeutschland arbeitet vielleicht in einer Firma, die Edelstahlprodukte herstellt. Da hat er seine Drehbank, und da kommt er an sein Material."

„Das werden die Kollegen bestimmt auch schon alles überlegt haben. Jedenfalls habe ich meine Zweifel, daß unser Mann der Pferde-Serienkiller aus dem Norden ist. Aber nichtsdestotrotz möchte ich dich bitten, zum LKA Hannover zu fahren und mit den Kollegen zu sprechen. Wie du weißt, kann man manches nur Auge in Auge erfahren. Vieles hat man im Hinterkopf, was in keinem Bericht oder Vermerk steht. Und das, was die Kollegen in der Hinterhand haben, das sollten wir auch wissen. Letztendlich können wir noch nicht ganz sicher sein, daß ihr Täter nicht auch unser Täter ist. Und ich möchte nicht, daß bei der Fahndung einer unserer Kollegen auf einmal in den Lauf einer Schußwaffe schaut. Gegebenenfalls müßten wir dann nämlich auch eine Warnmeldung an die Bevölkerung herausgeben und vor Übermut warnen, falls der Täter gesehen wird. "

„Okay", sagte Petersen. „Ich kümmere mich darum. Ich werde gleich morgen früh Kontakt aufnehmen und einen Besuchstermin absprechen. Haben unsere Kollegen, die in Krankenhäusern, bei Ärzten und in Apotheken ermitteln sollten, schon was rausgekriegt?"

„Nein, bisher hat sich noch nichts Konkretes ergeben. Es wurden zwar einige Verletzte dort behandelt, auch Gesichtsverletzte, aber alle Überprüfungen waren bisher erfolglos. Keine Spur von unserem Täter. Leider! Aber die Ermittlungen laufen ja noch weiter."

Es klopfte an der Tür. Gerlinde Berthier kam ins Zimmer. „Ich habe nebenan Staatsanwalt Jablonski am Telephon. Er fragt nach, ob es unsererseits noch irgendwelche Bedenken gegen eine Freigabe der Leichen bestehen."

„Nein, es gibt keinen Grund mehr, die Leichen weiter im amtlichen Gewahrsam zu halten. Von unserer Seite aus kann man sie beerdigen lassen."

„Okay, das sage ich ihm."

„Und fragen Sie nach, wer der Bestatter ist. Stellen Sie dann fest, wann und wo die Beerdigungen stattfinden."

„Ja, mache ich." Gerlinde verließ das Zimmer.

„Wie macht sie sich?" fragte Ken.

„Die Berthier? Gut! Sie ist fleißig, einsatzfreudig, bringt sich gut ein, kann mit Menschen umgehen, hat das richtige Fingerspitzengefühl. Ich kann nicht klagen."

„Hm."

Das Telephon klingelte. Ken hob ab. Es war der Erkennungsdienst. Ken stellte auf Mithören. „An Hoffmanns Körper und an seiner Bekleidung waren fremde Blutspuren und Haare. Auch unter seinen Fingernägeln haben wir fremde Hauptpartikel gefunden. In den Erdproben von beiden Tatorten waren ebenfalls identische Blutspuren und Haare. Alle sind von derselben Person."

„Ja!" stieß Petersen einen Freudenschrei aus, sprang auf und klatschte dabei fest mit seiner rechten Faust in die linke Handfläche.

„Dann können sie nur vom Mörder sein“, sagte Ken frohlockend. „Dann haben wir jetzt seine DNA?“

„Genau! Von beiden Tatorten.“

„Das ist ein satter Hieb! Das ist die halbe Miete. Jetzt wissen wir, daß wir es mit sehr hoher Wahrscheinlichkeit nur mit einem Täter zu tun haben. Und wir haben seinen genetischen Fingerabdruck. Es geht voran. Wir werden dieses Schwein erwischen. Ich fühle es!“ Die Euphorie in Ken Bergmann und Petersen kochte für einen Moment über.

„Wir werden von allen Verletzten, die ab Sonntag in den Krankenhäusern oder bei den Ärzten mit Gesichtsverletzungen behandelt wurden, DNA-Vergleiche machen lassen. Und wir werden die Leute überprüfen, die in Apotheken Wundsalben und ähnliches gekauft haben. Wir werden dieses Schwein schnappen!“ sagte Ken entschlossen und schlug mit der Faust auf die Anrichte, daß die Teller und Tassen klapperten.

„Das werden wir!“ stimmte Petersen ebenso entschlossen zu. „Und wenn wir das ganzen Ruhrgebiet umkrempeln müßten.“

Ken Bergmann saß in seinem Zimmer und las die angeforderten Mitteilungen vom Bundeskriminalamt durch. Die Anfrage nach ähnlichen Straftaten in der Vergangenheit hatte vor allem die Hinweise auf die Ermittlungsgruppe Pferd in Hannover gebracht, aber auch, daß einige Trittbrettfahrer aufgetreten waren. Jedoch ergab der Modus operandi, also die Besonderheiten bei der Ausführung der Tat, daß es sich bei diesen Leuten nicht um den gefährlichen Ripper handelte. War vielleicht unter ihnen der Täter, den sie suchten?

Es klopfte. Haki betrat sein Büro. „Da hat gerade jemand anonym angerufen. In einer Kneipe in Harpen soll ein Mann an der Theke stehen und erzählen, daß er der Stempke-Mörder sei. Er habe das Pärchen umgebracht. Aber die Kripo sei ja zu doof, um ihn zu erwischen.“

„Stempke-Mörder? Nicht schlecht. Haben wir die Anschrift der Kneipe?“

Haki reichte ihm den Zettel hinüber. Ken warf einen Blick darauf. „Die kenne ich. Wie soll der Bursche denn aussehen?“

„Steht auf der anderen Seite.“

Ken las: *ca. 180 cm groß, aschblond, Oberlippenbart, Jeanshose, blauer Strickpulli mit rotem Querstreifen.* „Und hat der Anrufer sonst noch etwas gesagt?“

„Der Kerl will wohl gleich abhauen. Er hat dem Wirt gesagt, er solle die Rechnung fertigmachen.“

„Okay, dann wird es Zeit, daß jemand dort hinfährt. Ich glaube zwar, daß das alles nur blauer Dunst ist, aber immerhin habe ich schon mal einen ähnlichen Fall erlebt, wo tatsächlich durch dummes Gerede ein Doppelmord geklärt wurde. Und wir wollen ja nichts außer Acht lassen. Es wäre ja schlimm, wenn dieser Mensch tatsächlich der Täter wäre, und wir würden uns nicht darum kümmern. Also, wer kann rausfahren?“

„Keiner. Alle sind unterwegs, um Ermittlungen durchzuführen. Nur ich und Frau Berthier sind noch hier.“

„Nur ihr beiden?“

Haki nickte. „Soll ich einen Streifenwagen der Schutzpolizei dort hinschicken?“ fragte sie.

Ken schüttelte den Kopf. „Nein, bis die dort ist, vergeht vielleicht zu viel Zeit. Wer weiß, wo die gerade mit ihren Streifenwagen sind. Außerdem wissen die auch nicht richtig Bescheid. Nein, wir machen das selber.“

„Soll ich mitfahren?“

Ken überlegte einen Moment. „Nein, es ist besser, wenn du hierbleibst. Du kennst die Verhältnisse und weißt, an wen du dich wenden mußt. Ich fahre mit Frau Berthier raus.“

Mal sehen, was die so drauf hat, überlegte Ken. Ich werde ihr die Gelegenheit geben zu zeigen, ob mehr an ihr dran ist als nur blond und schön zu sein. Er war mit klammheimlicher Vorfreude gespannt darauf, das festzustellen. Zusammen betraten Ken und Haki den provisorischen Aufenthaltsraum. „Frau Berthier, kommen Sie bitte mit. Wir müssen einen Täterhinweis überprüfen“, sagte er mit monotoner Stimme und griff sich dabei eine Fahrzeugmappe.

Gerlinde Berthier nickte. Sie schnallte sich in aller Eile Dienstwaffe und Handschellen um, zog sich ihre Jacke über und folgte ihm hinaus auf den Parkplatz. Kurz darauf saßen sie im Dienstwagen und waren auf dem Weg nach Harpen.

„Glauben Sie, daß da was dran ist?“ fragte sie unterwegs.

„Keine Ahnung, mal sehen. Und Sie?“

Sie schien über seine unklare Antwort verwundert zu sein. „Ich denke, daß das ein Wichtigtuer ist. Wer ist denn schon so blöd und bringt sich selbst in den Knast?“

„In hunderten von Fällen ist das so. Aber man kann nicht ganz ausschließen, daß sich bei jemandem im besoffenen Kopf die Zunge löst und er vielleicht in seinem Dusel so etwas von sich gibt. Immerhin muß man bedenken, daß eine solche Tat nicht an jedem Täter spurlos vorübergeht. Es hat einige Fälle gegeben, wo Täter in ihrem Bekanntenkreis teils verschlüsselt, teils ganz offen über ihre Straftaten geredet haben, um sich ein wenig freizumachen. Nur haben das die anderen oft nicht für bare Münze genommen." Gerlinde mußte sich krampfhaft festhalten, als Ken durch eine Kurve raste. Aber sie ließ sich nichts anmerken. „Wir wissen nicht, was uns dort erwartet", sagte Ken. „Vielleicht ist der Kerl nicht allein. Sie befragen ihn, und ich decke die Lage ab, okay?" Gerlinde nickte. Sie hatten Glück. Es herrschte wenig Verkehr. Sie erreichten schnell ihr Ziel.

Ken deutete mit dem Kinn nach vorne. „Da drüben ist die Kneipe."

Er parkte das Auto ein wenig abseits. Dann betraten sie das Lokal. Die Kneipe war ziemlich voll. An einem Tisch saß ein älterer Mann und las in der Tageszeitung. Alle anderen Tische waren frei. Dafür drängten sich mehrere Männer um die Theke. Die Gespräche verebbten. Alle Augen richteten sich auf Ken und Gerlinde Berthier, als sie den Raum betraten.

Beide sahen sofort den Mann, auf den die Beschreibung zutraf. Sie traten an ihn heran. Gerlinde Berthier wandte sich ihm direkt zu, während Ken sich etwas abseits stellte und alles aufmerksam beobachtete.

„Wir sind von der Polizei", sagte Gerlinde ruhig und zeigte ihm ihre Kriminaldienstmarke.

„Na und?" tönte der Mann vor ihr. „Ich habe keine Angst vor der Polizei!"

Der Alkoholdunst aus seinem Mund ließ Gerlinde eine halben Schritt zurückweichen. Dennoch machte der Mann nicht den Eindruck, volltrunken zu sein. Wer bis jetzt nicht mitbekommen hatte, daß Polizei im Raum war, wußte es spätestens jetzt. Es gab also keinen Grund, sich weiterhin bedeckt zu halten. „Wir sind von der Mordkommission. Wir haben einen Hinweis erhalten, daß Sie hier herumerzählt hätten, der Mörder zu sein."

Der Mann strich mit Daumen und Zeigefinder seiner rechten Hand zweimal langsam nach außen über seinen Oberlippenbart. Er grinste sie frech an. Gerlinde blieb äußerlich ungerührt. Nur ihr Gesicht hatte sich versteinert.

„Bin ich auch“, feixte er. „Aber ihr könnt es mir nicht beweisen.“

„Ihr Geständnis reicht auch, wenn es zutrifft. Aber so, wie ich Sie einschätze, wissen Sie noch nicht einmal, wo die Stempke ist.“

„Was ...“ Der Mann sah sich effektheischend nach allen Seiten um. „Ich bin da aufgewachsen. Ich kenne da alles“, trompetete er.

„Dann wissen Sie ja, wo der Mord passiert ist.“

„Na klar. An dem freien Feld vor dem Wald.“

„Na, das zu wissen, ist ja auch nicht schwer. Es stand ja in jeder Zeitung. Zeigen Sie mir erst mal Ihren Ausweis.“

Der Mann kramte umständlich in den Taschen, dann reichte er Gerlinde das Gewünschte. Gerlinde überprüfte kurz das Photo und las den Namen Klaus Windweiser. Ken trat hinzu und hielt auffordernd seine Hand hin. Gerlinde gab den Ausweis an ihn weiter. Ken trat wieder etwas zurück, holte sein Mobiltelephon hervor und wählte die Nummer der Datenstation. Er nannte das Kennwort und gab dann die Personalien aus dem Ausweis durch. Dabei behielt er weiterhin die Lage im Auge. Es dauerte nur einige Sekunden, dann erhielt er die Information, daß die genannte Person nicht gesucht werde, aber polizeibekannt sei. Einfache Diebstähle, Betrügereien und zwei einfache Körperverletzungsdelikte, mehr Straftaten hatte er bisher nicht begangen. Ken bat darum, die Informationen auszudrucken, damit er sie sich bei Gelegenheit abholen konnte. Dann gab er den Ausweis an Gerlinde zurück.

„Alles klar“, sagte er. „Es liegt aktuell nichts gegen ihn vor.“

„Sie haben es gehört, Herr Windweiser“, sagte Gerlinde. „Sie sind sauber.“

„Klar bin ich sauber. Ich habe zwei saubere Morde hingelegt. Die sind so sauber, daß ihr euch daran die Zähne ausbeißt.“ Viele gespannte Blicke beobachteten die Szene. Es war mucksmäuschenstill im Lokal.

„Okay, dann sagen Sie mir doch mal, wie Sie die beiden betäubt haben, bevor Sie sie endgültig getötet haben. Das stand nämlich nicht in der Zeitung. Wir wissen selber noch nicht genau, wie der Täter das gemacht hat. Oder glauben Sie vielleicht, die beiden hätten einfach nur dumm herumgestanden und darauf gewartet, daß sie umgebracht werden?“ Windweiser war verblüfft.

„Also, womit haben Sie die beiden betäubt, bevor sie ins Jenseits befördert wurden?“ Schweigen.

„Na?“ drängte Gerlinde. Windweiser schwieg immer noch. Man sah ihm an, daß sein Gehirn arbeitete. Sie beschloß, ihm auf die Sprünge zu helfen.

„Womit haben Sie die beiden niedergeschlagen, bevor Sie sie getötet haben?“ fragte sie fordernd. „Wir haben nämlich Schlagspuren an den Köpfen gefunden. Davon war allerdings nichts in den Nachrichten zu hören oder zu lesen. Los, kommen Sie schon! Raus damit“, machte sie weiter Druck auf Windweiser. „Sagen Sie endlich, womit Sie zugeschlagen haben!“ Windweiser sah ringsum in gespannte Gesichter.

„Sie wissen es nicht, oder?“

„Doch! Ich habe sie mit einem dicken Kabelende betäubt und dann abgestochen.“

„Und wo ist das Messer jetzt?“

„Messer? Ich habe sie mit meinem Stilett umgelegt. Das habe ich anschließend in die Ruhr geworfen. Und das Kabelende auch. Ich sage aber nicht, wo.“ Er lachte höhnisch und frohlockend. Siegesgewiß sah er in die Runde. „Deshalb habt ihr auch keine Beweise gegen mich. Und vor Gericht streite ich alles ab. Na, was macht ihr jetzt?“

„Jetzt fahren wir wieder weg. Die Märchenstunde ist beendet“, sagte Gerlinde trocken. Sie drehte sich zum Ausgang um.

„Was? Ihr könnt doch nicht einfach abhauen. Ihr sucht doch den Stempke-Mörder.“

Sie wandte sich ihm wieder zu. „Ja, aber nicht die Gebrüder Grimm.“

Gelächter von den anderen Gästen erfüllte die Kneipe. Windweiser tippte sich auf die Brust. „Ich bin der Stempke-Mörder!“

„Und ich Jack the ripper!“

Das Gelächter wurde noch lauter. Die Stimmung bei Windweiser schlug schlagartig um. Plötzlich fühlte er sich der Lächerlichkeit preisgegeben. „Du blöde Ziege!“ brüllte er. „Auch wenn du bei der Polizei bist, von dir lasse ich mir so was nicht sagen!“

Das Gelächter brach abrupt ab. Gespannt warteten die anderen Gäste darauf, was sich nun ereignen würde. Immerhin hatte Windweiser die Kriminalbeamtin geduzt und auch sonst beleidigt. Wie würde sie sich verhalten? Was würde sie tun? Bekam sie Angst? Immerhin war der Mann vor ihr nicht schwächlich, sondern groß und kräftig.

Gerlinde blieb nach außen hin ganz ruhig, obwohl sie innerlich stark erregt war. Es war eine Mischung aus Angst und Wut, Angriffswille und antrainierter Selbstbeherrschung, die in ihr tobten. Wenn es möglich gewesen wäre, hätte sie den Kerl vor sich am liebsten so verprügelt, daß ihm Hören und Sehen verging. Aber erstens war dieser Mann sicher sehr stark, und zweitens war sie über lange Zeit für solche Situationen mit Deeskalationsverhalten und der Bewahrung von Besonnenheit ausgebildet worden. Deshalb sah sie ihn nur ruhig an, reagierte nicht weiter auf seine Worte, sondern wollte weiter zum Ausgang gehen. Das machte ihn noch wütender, noch wilder. Er kam schnell um sie herum und baute sich vor ihr auf.

„Gehen Sie aus dem Weg!“ sagte sie mit ruhiger Stimme.

„Und wenn ich das nicht tue?“

Er hob drohend seine rechte Hand, als ob er damit zuschlagen wollte. In diesem Moment griff Ken Bergmann ein. „Stop!“ Seine Stimme war wie ein Peitschenschlag.

Der andere drehte sich schnell zu ihm um. Jetzt war seine Haltung eindeutig drohend. Er ballte die erhobenen Hände zu Fäusten. Jeden Moment konnte er zum Angriff übergehen. In diesem Moment reagierte Gerlinde. Blitzschnell hatte sie von hinten ihren rechten Arm um Windweisers Hals geschlungen. Mit Hilfe der linken Hand pumpte sie ihren rechten Unterarm gegen seine Halsschlagader, ein Griff, den sie -zigfach in ihrer Polizeiausbildung geübt hatte. Windweiser wurden die Knie weich. Die kurze Unterbrechung der Blutzufuhr zum Gehirn schaltete seine Kräfte aus. Er sackte kraftlos und benommen in sich zusammen. Sofort löste Gerlinde ihre Umklammerung. Atemlose Stille herrschte im Lokal. Ungläubig und betroffen starrten alle auf die Frau und den fast hilflosen Mann zu ihren Füßen. Windweiser war geschockt. Gerlinde trat von ihm zurück.

„Wir müssen Ihre Personalien notieren“, sagte Ken Bergmann zum Wirt. Dabei ließ er Windweiser nicht einen Moment aus den Augen. „Wir brauchen Sie in dieser Angelegenheit eventuell als Zeugen.“

„Ja, ja, natürlich“, sagte der Wirt, immer noch unter dem Eindruck des Geschehenen stehend. „Aber erst mal schmeiße ich diesen Spinner raus. Bezahlt hat er ja schon.“ Er wandte sich Windweiser zu und faßte ihn am Ärmel. „Los, komm hoch!“

In Windweiser kehrten langsam die Kräfte zurück. Mühsam versuchte er, wieder auf die Beine zu kommen. Der Wirt half ihm und drängte ihn zum Ausgang. „Jetzt raus hier. Und laß dich nie wieder sehen!“ sagte er. Hinter Windweiser fiel die Tür zu.

„Sie müssen schon entschuldigen. Normalerweise gibt es so was in meiner Gaststätte nicht“, sagte der Wirt, als er zurückkam und wieder hinter die Theke ging. „Hier verkehren fast ausschließlich Stammgäste. Dieser Typ war heute zum ersten Mal hier.“

„Gut, daß der Spinner weg ist“, hörte man von anderen.

„Ihre Kollegin ist aber verdammt gut drauf“, meinte einer. „Das war schon gekonnt, wie sie den Kerl fertiggemacht hat.“

Ken sah Gerlinde an. Sie war verlegen. Er notierte sich schnell die Personalien des Wirtes.

„Wenn Sie noch mehr Zeugen brauchen, dann rufen Sie nur an. Ich kenne alle die Gäste hier. Wir alle können bezeugen, was passiert ist“, sagte der Wirt.

„Danke.“ Ken und Gerlinde verabschiedeten sich.

„Alle Achtung. Sie haben sich gut in Gewalt“, sagte Ken auf der Rückfahrt nicht ohne Bewunderung. Ihr Verhalten, ihr Mut, die Art, wie sie die Lage souverän gemeistert hatte, imponierte ihm. „Das haben Sie wirklich gut hingekriegt“, bekräftigte er noch mal.

„Alles antrainiert“, sagte sie.

„Ja, ohne Krafteinsatz geht das nicht. Treiben Sie Sport?“

„Als ich noch zu Hause wohnte, am Niederrhein, da habe ich Frauenhandball gespielt. Als ich dann in Dortmund an der Fachhochschule studierte, ging das nicht mehr. Deshalb habe ich dann Tennis gespielt und etwas Kampfsport betrieben. Nicht unbedingt, um das Kämpfen zu lernen. Ich wollte nur mehr innere Sicherheit gewinnen und mich gut bewegen.“

„Und jetzt?“

„Jetzt jogge ich gelegentlich um den Ümminger See oder fahre mit meinem Fahrrad durch die Gegend. Im Sommer war ich öfter mit dem Fahrrad am Kemnader Stausee. Es ist schön dort.“

„Dann wundert es mich nicht, daß Sie so zielsicher und kräftig zugelangt haben.“

„Gelingt aber nicht immer.“

„Heute hat es aber ganz gut geklappt.“

„Na ja. Eigentlich sollte es erst gar nicht so weit kommen, daß jemand angreift. Ich hätte mich schon eher anders verhalten müssen. Ich hätte eher merken müssen, daß er sich durch meine Worte provoziert fühlt.“

„Quatsch! Wir sind alle nur Menschen. Sie haben sich ruhig und besonnen verhalten und im richtigen Moment eingegriffen, als die Situation zu eskalieren drohte. Sie haben umsichtig und klug gehandelt. Ihre Selbstkritik ist da nicht angebracht."

„Früher hätte ich ihm vielleicht das Gesicht zerkratzt, in die Arme gebissen oder ihm in die ..." Sie stockte.

„Sprechen Sie es nur ruhig aus. In die Eier getreten, wollten Sie doch sagen, oder?" Sie nickte nur.

„Tatsächlich?"

„Na ja, so ganz sicher bin ich mir nicht. Ehrlich gesagt, war mir ganz schön mulmig zumute. Ich habe jetzt noch weiche Knie. Wahrscheinlich wäre ich früher wohl einfach nur abgehauen."

Er sah sie kurz an. „Das verstehe ich. Sie werden es nicht glauben, aber eine solche Situation geht auch an mir nicht spurlos vorüber. Wollen Sie den Mann anzeigen?"

Gerlinde schüttelte den Kopf. „Dazu ist mir die Zeit zu schade. So ein Mensch kann mich nicht beleidigen. Und verletzt bin ich ja auch nicht. Ich lasse die Sache auf sich beruhen. Es kommt ja wahrscheinlich doch nicht viel dabei heraus. Nur viel Rennerei und Ärger."

„Manche Gerichte urteilen hart."

„Ich denke, der Spinner ist genug bestraft. Man hat ihn ausgelacht, und er ist zu Boden gegangen. Das reicht."

Ken nickte. Sie erreichten das Amtshaus von Gerthe.

9

Mühsam kämpfte sich Ken Bergmann durch den Wust von Unterlagen auf seinem Schreibtisch. Zwischendurch wurde er immer wieder von Anrufen unterbrochen. Der Papierkram war so ganz gegen seine Natur. Eigentlich war er mehr ein Mann der Tat, einer, der gern unterwegs und unter Leuten war.

Es klopfte. Gerlinde Berthier schaute durch den Türspalt. „Möchten Sie einen Kaffee?" fragte sie sehr freundlich.

Ken schaute auf, nickte und sagte: „Wenn einer fertig ist."

Nach kurzer Zeit kam sie zurück, lächelte ihn an und stellte ihm eine Tasse frischen Kaffee auf den Tisch. Ein dünner Dampffaden stieg auf und verbreitete einen angenehmen Duft.

„Da hab ich wohl richtig Glück gehabt", sagte Ken Bergmann.

Gerlinde war gerade dabei, den Raum zu verlassen. Sie blieb, den Türgriff bereits in der Hand, kurz stehen, sah sich um, sagte: „Den habe ich frisch für Sie aufgesetzt", und schloß dann hinter sich die Tür.

Ken Bergmann war für einen winzigen Moment verdutzt, dann fiel ihm ihre erste Begegnung in der Kantine ein. Er schmunzelte, dachte, so kann man sich auch entschuldigen, trank einen Schluck und nahm dann wieder die Schreiben des BKA in die Hand. Sonnenstrahlen schienen durch das Fenster direkt auf seinen Schreibtisch. Es kribbelte in seiner Nase. Er legte die Unterlagen zur Seite, lehnte sich in seinem Schreibtischsessel zurück und starrte für einen Moment gedankenverloren in den Raum.

Ich muß mal raus, dachte er. Vielleicht konnte er Kurt Landers am Reiterhof besuchen. Er ging in Hakis Zimmer. Gerlinde Berthier und Haki standen zusammen. Er nahm eine Fahrzeugmappe. „Ich fahre mal zum Reiterverein Dortmund-West."

„Allein?" fragte Haki.

Ken Bergmann nickte. „Allein! Wenn mich jemand sprechen will, ich bin in etwa einer Stunde wieder zurück. Mein Handy habe ich auch dabei, falls etwas ganz Wichtiges sein sollte." Er schrieb für Haki sicherheitshalber noch einmal die Handynummer auf einen Zettel, dann verließ er den Raum.

Er fuhr vom Vorplatz des Amtshauses nach rechts die Heinrichstraße hoch bis zur Ampel. Hier mündete die Heinrichstraße in die Kirchharpener Straße. Die Ampel zeigte rot. Ken Bergmann bewunderte das Landgut auf der anderen Straßenseite. Als die Ampel auf grün umsprang, fuhr er nach links bis zum Kreisverkehr und dann auf die neue Straße, die ins Industriegebiet führte. Rechts von ihm befand sich die Berghalde der längst untergegangenen Zeche Lothringen. Man hatte die bis auf etwa dreißig Meter Höhe ansteigende Halde für Spaziergänger hergerichtet. Er parkte, stieg aus und ging hoch. Von dort oben aus hatte man einen wunderbaren Blick in die Landschaft. Die Halde war aber auch zur Kunsthalde geworden. Eine bildende Künstlerin hatte eine Landmarke genannte, gelbe Lichtlinie auf Stahlträgern kerzengerade zweihundertundzwanzig Meter lang über die Länge der Halde errichtet. Ken Bergmann konnte zwar nicht viel damit anfangen, aber auffällig und schön gelb war sie, diese Landmarke.

Von der Halde aus sah er über die Stempke. Ganz weit im Hintergrund konnte er die Bäume des Waldes sehen, hinter dem sich die Morde zugetragen hatten. Würde er diesen Fall lösen können? Nachdenklich geworden, starrte er über die Felder und Buschgruppen. Er spürte, daß er ein wenig skeptisch, ja fast schon mutlos geworden war. Er hatte sich so viel von dem Aufruf an die Bevölkerung erhofft. Deshalb war die Enttäuschung groß, daß der Täter nicht gesehen worden war. Aber Selbstzweifel und Mutlosigkeit waren das Falscheste, was er jetzt brauchte. Dieser Durchhänger mußte überwunden werden. Er ging zurück zu seinem Dienstwagen und durchquerte das Industriegebiet, wo besonders viele Autoverwertungen einen Platz gefunden hatten. Aber auch andere Betriebe wie Steinmetze oder ein großer Recyclingbetrieb hatten sich hier angesiedelt.

Bald erreichte er die Stelle, wo Dortmund, Bochum und die Stadt mit dem Doppelnamen Castrop-Rauxel zusammentrafen. Die Straßen hier waren bis auf das kleine Stück, das zu Bochum gehörte, in einem einigermaßen guten Zustand. Diese knapp dreihundert Bochumer Meter waren seit Jahren ein einziger Flickenteppich und eine Zumutung für alle Bürger. Ob Spaziergänger, Fahrradfahrer oder Autobenutzer, alle fluchten über die Rüttelstrecke, die auch nicht ganz ungefährlich war, vor allem im Winter. Eine Schande für Bochum, schoß es durch Ken Bergmanns Kopf, als er in seinem Wagen über dieses Straßenstück fuhr.

Nach ein paar Metern erreichte er die Zufahrt zum Reiterverein. Er bog nach links auf den kleinen Parkplatz ab und verließ sein Auto. Ein großer kräftiger Mann schob eine Schubkarre mit Pferdeäpfeln über den Hof.

„Hallo, entschuldigen Sie, wo finde ich Herrn Landers?"

„Da hinten!" Der Mann hatte die Schubkarre abgestellt und zeigte auf die alte Reithalle. „Gehen Sie neben der Halle her. Am Ende ist links eine Eisentür. Da müssen Sie durchgehen."

Ken Bergmann bedankte sich. Auf dem Weg dorthin betrachtete er die vielen verschiedenen Pferdeanhänger, die rechts von dem breiten betonierten Weg abgestellt waren. Einige davon dürften richtiges Geld gekostet haben, überlegte er.

Er öffnete die Eisentür. Sofort sah er Kurt Landers. Der stand in der Stallgasse und legte Äpfel in den Futtertrog von zwei Pferden. Amüsiert stellte Ken Bergmann fest, daß die Pferde dazu freudig nickten und dann mit Wonne über die Äpfel herfielen. Ihr kraftvolles Schmatzen drang durch den ganzen Raum.

„Hallo, Ken."

„Hallo, Kurt. Das gibt's doch nicht, daß Pferde zustimmend nikken."

Kurt Landers grinste. „Doch, wie du siehst. Tiere sind manchmal recht schlau. Was treibt dich hierher?"

„Nichts eigentlich. Ich mußte einfach nur mal raus, abschalten, zu mir selbst finden. "

Kurt Landers nickte. „Das verstehe ich. Man beißt sich irgendwann so fest, daß man alles drum herum gar nicht mehr richtig wahrnimmt und registriert. Der Kopf ist nicht mehr frei. Deshalb ist eine kleine Auszeit wichtig. Möchtest du dir mal die Anlage ansehen?"

„Gern."

Zunächst zeigte Kurt Landers Ken die beiden langgezogenen Weiden hinter den Stallungen. „Hier können sich die Pferde mal so richtig langmachen, so richtig abdüsen."

„Ja, das sind einige Meter. Welche Pferde gehören dir? Die beiden, die du mit Äpfeln gefüttert hast?"

„Jein, nicht ganz. Eines habe ich meiner Frau zum Geschenk gemacht, einen zehnjährigen Trakehener Fuchswallach. Er gehört ihr. Das andere Pferd, die alte braune Stute, ist das Familienpferd."

„Das Pferd, mit dem du in der Stempke warst?"

„Genau."

Sie gingen zurück, am Anhängerplatz vorbei. „Das ist die alte Halle."

In der Halle stand eine schmächtige blonde Frau und führte ein Pferd an einer langen Leine im Kreis. Zwei Mädchen ritten unterdessen das Rechteck der Halle ab.

„Hier wird viel longiert", sagte Kurt Landers. „Kennst du dich mit Pferden aus?"

„Leider nicht."

„Das, was die Frau macht, nennt man longieren."

„Ich weiß."

„Also hast du doch Ahnung von Pferden."

„Nein, ich habe früher nur gerne Cowboy-Filme gesehen."

„Ach so."

„Und wofür ist das Longieren gut."

„Das ist für das Pferd eine Arbeit ohne Sattel. Die Übergänge zwischen den einzelnen Gangarten werden hier geübt. Das ist wichtig.“

Ken Bergmann nickte. Sie gingen weiter. Kurt Landers zeigte ihm den neuen Dressurplatz, der von allen Reitern begeistert genutzt wurde, den sehr großen Springplatz und die neue Reithalle mit Tribüne und angebauter Gaststätte.

„Schade, daß die Gaststätte noch zu hat. Ich hätte dich gern zu einem Kaffee eingeladen“, sagte Kurt Landers.

„Das können wir ja mal nachholen. Sag mal, wäre es wohl möglich, daß meine Tochter Dana hin und wieder vorbeikommen und eure Pferde putzen darf?“

„Wie alt ist deine Tochter?“

„Sie wird zehn. Im Moment ist sie sehr schwierig und zickt viel herum. Vielleicht ändert sie sich, wenn sie sich mit einem Pferd beschäftigen darf. Ich weiß, daß sie Pferde mag. Sie kauft sich immer Bilderheftchen mit Pferdegeschichten.“

„Fast alle Mädchen mögen Pferde. Das trifft sich gut. Meine Enkelin ist neun. Vielleicht könnten die beiden ja auf meiner alten Stute zusammen das Reiten lernen. Die Stute ist trotz ihrer einundzwanzig Jahre noch gut drauf und sehr lieb. Es wäre doch schön, wenn die beiden Mädchen sich anfreunden würden.“

„Das wäre natürlich super. Ich werde mal mit meiner Frau und mit Dana darüber sprechen. Ich glaube, Dana wird vor Freude unter die Decke springen, und in nächster Zeit bestimmt ihr Kinderzimmer sauber halten und morgens ohne Murren aus den Federn kommen. Ich bin auch gern bereit, mich an den Unkosten zu beteiligen.“

„Wenn deine Tochter das Pferd ordentlich putzt und ab und zu mal ein paar Leckerchen als Belohnung dabei hat, dann ist das okay.“

„Das ist ja super. Danke.“

„Sie wird ja dann auch die anderen Kinder hier kennenlernen und vielleicht auch Freundschaften finden.“

„Wäre es möglich, schon heute nachmittag zu kommen, immer vorausgesetzt, daß ich nicht im Einsatz bin?“

„Na klar. Ich bin sowieso hier.“

„Super. So, jetzt will ich wieder zurück.“

„Übrigens kann man in unserer Vereinsgaststätte sehr gut essen. Rosi ist eine ausgezeichnete Köchin.“

„Dann vielleicht bis heute abend.“

Ken Bergmann stieg in sein Auto. Dieser kurze Abstecher hatte ihm neue Kraft gegeben. Mal sehen, was es Neues auf der Dienststelle gab.

Staatsanwalt Jablonski hatte sich wieder einmal sehen lassen. Als Ken Hakis Büro betrat, hatte Jablonski eine riesige Wolke Qualm aus seiner Pfeife verbreitet. Lässig lehnte er an Hakis Schreibtisch und flirtete allem Anschein nach mit Gerlinde Berthier, die dahinter Platz genommen hatte. Beide sahen zu ihm, Gerlinde mit einem sehr freundlichen Gesicht.

„Ich wußte gar nicht, daß Sie rauchen", staunte Ken. Der Tabak roch gut. Trotzdem ging er zum Fenster und riß einen Flügel auf. Dann legte er die Fahrtenmappe auf den Aktenbock.

„Bis gestern wußte ich das auch nicht", erwiderte Jablonski.

„Aha."

„Aha was?"

„Was war der Auslöser?"

Jablonski zögerte ein wenig. „Ich hatte Geburtstag. Mein Sohn hat mir die Pfeife geschenkt. Zu einem richtigen Papa gehört auch eine richtige Pfeife, hat er gemeint."

„Na, dann wird er wohl recht damit haben", sagte Ken Bergmann schmunzelnd, gab Jablonski die Hand und gratulierte zum Geburtstag. Gerlinde Berthier schloß sich an.

„Wo ist Haki?" fragte Ken.

„Im Präsidium. Sie muß dort irgendwas wegen der Beihilfe regeln."

„Gab's in meiner Abwesenheit etwas Neues?"

„Nichts Besonderes. Einige Hinweise sind noch eingegangen. Die Teams sind unterwegs, um sie abzuchecken und um Alibis zu überprüfen. Ein heißer Tip war bisher nicht dabei", sagte Gerlinde Berthier.

Ken Bergmann war sich nicht sicher, aber er hatte das Gefühl, daß sie ihn irgendwie besonders mit den Augen anstrahlte.

„Ich wollte Sie etwas fragen", sagte Jablonski. „Ich würde gern auf meinen Geburtstag einen ausgeben. Natürlich nicht heute, aber vielleicht in den nächsten Tagen nach Dienstschluß. Im Bereich des Gerther Marktes gibt es ein paar nette Kneipen. Die sollten wir alle zusammen mal aufsuchen."

„Sind Sie sich sicher? Das kann nämlich sehr teuer werden. Ich kenne die Jungs. Wenn die in Form kommen, dann saufen die wie die Ketzer."

„Ich denke, ich kann das bezahlen.“

„Grundsätzlich habe ich nichts dagegen. Aber alle können nicht mit. Am nächsten Morgen muß die MK ja weiterarbeiten. Klären Sie doch mal ab, wer alles mitmöchte und wer lieber am nächsten Morgen zum Dienst kommt“, sagte er zu Gerlinde gewandt.

„Mach ich.“

„Sind die Luftaufnahmen schon gekommen?“

„Ja, Moment.“ Gerlinde Berthier holte einen braunen Umschlag vom Aktenbock. Ken Bergmann entnahm die Photos. Jablonski sah ihm über die Schulter. Deutlich waren die drei Tatorte zu erkennen.

„Hier sieht man die Blutflecken von den getöteten Pferden.“ Ken zeigte auf die dunkelbraunen Flecken auf der Weide, dann auf die Stelle, wo Hoffmans Leiche gefunden wurde und wo Britta Köhler im Sumpf gelegen hatte. „Obwohl es geregnet hatte und auch einige Zeit vergangen ist, kann man immer noch schwach die Schleifspuren im Gelände erkennen, wo der Täter die Opfer in den Sumpf gezogen hat. Es dauert eben eine Weile, bis sich das niedergetrampelte Gras und Schilf erholt hat und wieder hochkommt.“

„Ja. Vor allem können wir nun deutlich erkennen, wo die eigentlichen Tatorte waren.“ Jablonski deutete auf den Feldrand. „Hier hat der Zweikampf stattgefunden. Von da aus hat der Täter dann Hoffmann in den Sumpf geschleppt. Und hier muß Britta Köhler ermordet worden sein.“

„So ist es. Wir werden die Spurensicherung noch mal dort hinschikken. Wir haben zwar die Tatorte und die Fundorte soweit es möglich war aufgenommen. Aber jetzt, mit diesen Photos, werden wir das noch mal nachprüfen. Ich möchte mir nicht den Vorwurf machen lassen, irgend etwas versäumt zu haben.“

„Wie ein ungleichschenkliges Dreieck“, sagte Jablonski. „Der Abstand von der getöteten Britta Köhler zur Leiche von Hoffmann ist mehr als doppelt so weit wie der Abstand von den getöteten Pferden zur Leiche von Hoffmann.“

„Und was schließen Sie daraus?“

„Es zeigt, daß wir es wirklich nur mit einem Täter zu tun haben und daß der Täter es schwer hatte, Britta Köhler zu erreichen. Aber wen wundert es nach dem Kampf. Der war bestimmt schon ganz schön ausgepowert, als er zur Verfolgung der Frau ansetzte.“

„Vielleicht hat ihn ja auch noch etwas aufgehalten.“

„Auch möglich. Das werden wir erst erfahren, wenn wir den Täter haben.“ Ken reichte die Photos an Gerlinde Berthier weiter.

„Frau Berthier, bringen Sie die Photos bitte zum Erkennungsdienst. Die Kollegen der Spurensicherung sollen die Lage der Leichen und alle Fundstücke, die vom Täter oder den Opfern stammen, einzeichnen. Zum Beispiel die Jacke, die Frau Köhler bei ihrer Flucht verloren hat und die auf halber Strecke zwischen dem Tatort Hoffmann und ihrem eigenen Tatort lag, das Taschentuch, das wir gefunden haben, das Rohrstück und so weiter. Je mehr Spuren zwischen Tat, Täter und Opfer festgestellt werden, desto sicherer ist die Beweisführung, daß ein Zusammenhang besteht.“

Gerlinde Berthier nickte, nahm die Photos an sich und eilte sofort aus dem Zimmer.

„Wir sollten die Informationen bündeln“, sagte Ken Bergmann. „Vielleicht sollten wir Randers aus Huckarde anfordern. Der hat einige Zeit in der Pferdemordsache gearbeitet. Der weiß vieles darüber aus erster Hand und sollte in unserer MK mitmachen.“

„Wir haben doch einen ständigen Informationsfluß eingerichtet.“

„Ja, das stimmt. Roger Hein macht seine Sache ordentlich. Trotzdem, vielleicht wäre es gut, Randers bei uns zu haben.“

Wie abgesprochen trafen sich Ken Bergmann und Kurt Landers am Nachmittag wieder am Reiterverein. Er hatte Dana mitgebracht, Kurt Landers seine Enkelin Aline. Die beiden Mädchen bekamen schnell Kontakt, und bereits nach wenigen Minuten wurde der Putzkasten herangeholt, die alte Stute in der Stallgasse angebunden, und dann begannen die Mädchen, das Pferd zu schrubben. Ein kleiner Junge mit einem Computerspiel hatte sich zu ihnen gestellt und fing an, ihnen zu erklären, wie sie putzen mußten, was den Mädchen ganz und gar nicht gefiel.

„Der kleine blonde Junge mit der Brille ist ja zu niedlich“, sagte Ken auf dem Weg zur Vereinsgaststätte.

„Ja, das stimmt. Ich mag den kleinen Kerl auch sehr. Leider ist der Junge sehr krank. Wie ich erfahren habe, stimmt irgendwas mit seinem Blut nicht. Er muß schwere Medikamente zu sich nehmen, sonst hat er keine Chance zu überleben. Diese aber zerstören irgendwann die Organe, vor allem die Nieren. Da kann man nur hoffen, daß die Medizin recht bald was findet, um ihm zu helfen.“

Sie betraten den Vorraum. Nach rechts befanden sich die Toiletten und das Vereinsbüro, nach links führte eine Treppe zur Gaststätte hoch.

Ihnen kam eilig eine Frau mit heller Schürze entgegen. Sie war keine einssechzig groß, wohlgerundet, mit pechschwarzen Haaren und dunklen Augen, die von Lachfalten umgeben waren. „Hallo, Kurt."

„Hallo, Rosi." Sie verschwand in einem Raum links neben dem Eingang.

„Das ist die Wirtin."

„Ja, nett. Sie hat eine freundliche Ausstrahlung."

Landers mochte sie auch, vor allem aber ihr Essen.

Als sie die Kneipe betraten, saßen nur vier Personen an der Theke, zwei Männer und zwei Frauen. Neben der Frau mit den langen blonden Haaren, die direkt an der linken Ecke der Theke saß, lag ein Schäferhund am Boden. Seine Augenlider gingen hoch, ein abschätzender Blick kam zu ihnen herüber. Doch für den Hund schien schnell alles klar zu sein, sofort schlossen sich wieder die Augen.

Ken Bergmann sah sich um. Die ganze linke Seite des Raumes bestand aus großen Fenstern. Davor standen Tische. Hier konnte man sitzen und die Reiter in der Halle beobachten. Rechts waren ein runder Stammtisch und andere Tische aufgestellt. Hier konnte man in die Landschaft schauen oder durch eine kleine Tür nach draußen auf den Balkon gehen. Ein gekachelter Kamin strahlte seine Hitze in den Raum ab. Die beiden gingen nach vorn zur Theke.

Die hölzerne Eingangstür knallte zu. Die Wirtin kam schnellen Schrittes durch den Raum, bepackt mit allerlei Gemüse- und Fleischpaketen und marschierte direkt in die Küche.

„Hallo", grüßte Kurt Landers die Vier an der Theke. „Das ist einer unserer Springreitlehrer und sein bester Schüler. Die beiden sind recht erfolgreich. Und das hier", er zeigte auf die junge Frau mit den dunklen Haaren in der Mitte, „das ist die Freundin des jungen Mannes, eine unserer Dressurreiterinnen."

Die junge Frau drehte sich kurz um und sagte „Hallo." Auch die anderen grüßten freundlich.

Aus der Küche kam ein Mann hinter die Theke, an die zwei Meter groß, mit grauem Bart. „Was möchtet ihr denn trinken?"

„Ein Kännchen Kaffee", sagte Kurt Landers. Er schaute Ken Bergmann an. „Und du?"

„Ich auch."

„Also, zwei Kaffee bitte."

Der Wirt ging zur Küchentür, öffnete sie etwas und rief. „Rosi, zwei Kännchen Kaffee."

„Mach ich", hörte man aus der Küche.

„Der Riese und die kleine Maus?" fragte Ken leise.

Kurt Landers nickte. „Glaub aber nicht, daß die kleine Maus immer der schwächere Part ist." Ken Bergmann lächelte.

„Wir setzen uns an den Stammtisch", sagte Kurt Landers. Es war der runde Tisch, wo er immer donnerstags mit zwei Freunden Skat zu spielen pflegte. „Wir zocken das ganze Jahr in einen Topf. Dieses Jahr haben wir so viel zusammengekriegt, daß wir eine Skitestwoche in Kaprun machen können."

„Und wann fahrt ihr?"

„Anfang November. In ein Top-Hotel. Ich freue mich schon."

„Das verstehe ich. Eigentlich wundere ich mich ja, daß du in deinem Alter noch reitest."

„Wieso? Reiten ist ein Sport, den man bis ins hohe Alter ausüben kann. Unser Seniorreiter ist vor kurzem siebzig geworden. Der ist so gut drauf, der macht locker den jungen Leuten noch was vor. Zur Zeit bildet er den Fuchswallach meiner Frau aus. Mir geht jedesmal das Herz auf, wenn ich sehe, wie toll er dieses Pferd bewegt. Das ist für mich eine echte Augenweide."

„Das freut mich für dich, für deine Frau, für den Seniorreiter und für das Pferd. Aber mich kriegt trotzdem keiner auf so einen Fleischberg."

Kurt Landers mußte lachen. „Man soll nie, nie sagen. Das ist eine der wichtigen Erfahrungen, die ich in meinem Leben gemacht habe."

Der Wirt kam und brachte den Kaffee. Ein kleiner grauer Langhaardackel kam langsam heran und begann, mit seiner Rute gegen das Stuhlbein zu klopfen.

„Na, kleiner Klopfer. Ich hab mich schon gewundert, daß du noch nicht bei mir bist. Ich habe dich gar nicht gesehen. Du hattest dich bestimmt unter eine der Sitzbänke verkrochen, nicht wahr. Und immer langsamer wirst du auch", sagte Kurt Landers.

„Was will denn der kleine Wackel-Dackel?"

„Das Plätzchen." Kurt Landers löste das Kaffeegebäck aus der Verpackung, brach es in zwei Teile und gab eine Hälfte dem kleinen Hund. „Der mag das Plätzchen. Ich übrigens auch. Das ist sehr lecker."

„Warum gibst du es dann dem Hund?"

„Ach, ich kann so einem kleinen Hund nichts abschlagen."

„Und die andere Hälfte."

„Die kriegt die Schäferhündin." Der kleine Dackel klopfte weiter an das Stuhlbein.

„Gibt ihm ruhig noch die zweite Hälfte. Ich trete mein Plätzchen an den Schäferhund ab", sagte Ken.

Kurt Landers lachte, gab dem Dackel das zweite abgebrochene Stück, stand auf, ging zu der Schäferhündin und gab ihr das andere Plätzchen. Er tätschelte sie kurz am Hals, sagte: „Du hast wirklich einen wunderschönen Kopf." und ging dann an den Tisch zurück. Die ganze Aktion war von den vier Personen an der Theke mit einem Schmunzeln verfolgt worden. Der kleine Dackel klopfte noch immer.

„Aus! Ich hab nichts mehr", sagte Kurt Landers und zeigte seine leeren Hände vor. Traurig zog der Dackel ab, schlich zur Theke und legte sich dort zu Füßen seiner Herrin hin.

„Eigentlich könnte ich eine Kleinigkeit essen", sagte Ken.

Kurt Landers reichte ihm die kleine Speisekarte rüber. „Da steht zwar nicht viel drauf, aber was da steht, das schmeckt. Außerdem gibt es hin und wieder noch etwas Besonderes. Was gab es heute zum Mittag?" rief er in Richtung Theke.

„Bratheringe mit Bratkartoffeln und Salat. Aber das ist alle. Wir haben nur noch das, was auf der Karte steht."

Ken Bergmann bestellte sich ein Krüstchen, Kurt Landers einen Thunfischsalat. Während des Essens plauderten sie locker über Skat und die Skitestwoche in Österreich. „Und was macht du sonst so als Pensionär?"

„Ich habe keine Langeweile. Irgendwas ist immer. Und wenn mal nichts ist, reite ich aus und finde Leichen", sagte Kurt Landers lachend. „Nein, Spaß beiseite. Ich kann mich immer beschäftigen."

„Was machst du denn zur Zeit?"

„Vor einiger Zeit habe ich in einem Geschäft zwei dicke Bücher über Gerthe gefunden. Ich bin dort geboren und groß geworden, deshalb ist mir Gerthe auch heute noch nahe, obwohl ich schon lange nicht mehr dort wohne. Na ja, jedenfalls fand ich in einem dieser beiden Bücher ein Photo von einer Beerdigung. Bergleute in Bergmannsuniformen trugen Särge. Zunächst dachte ich, daß die Photos von dem sehr schweren Bergwerksunglück vom 8. August 1912 stammten, wo bei einer Schlagwetterexplosion auf der Zeche Lothringen 116 Bergleute ums

Leben gekommen waren. Sogar Kaiser Wilhelm II war dagewesen, um sich vor Ort ein Bild von der Lage zu machen. Aber ich hatte mich geirrt. Das Photo zeigte Menschen bei der Beerdigung von vier Bergleuten am 15. November 1960. In einem Nebensatz stand da, daß der Hauer Kurt Knorre, damals 31 Jahre alt, bei den Bergungsarbeiten den Tod gefunden hat. Punkt. Mehr nicht. Aber genau dieser eine Satz hat mich stutzig gemacht. Ich will mehr darüber wissen. Das ist eine Sache, der ich in nächster Zeit mal nachgehen will, und zwar aus folgendem Grund. Sollte dieser Bergmann bei dem unmittelbaren Versuch, seine verschütteten Kumpel zu retten, ums Leben gekommen sein, dann sollte diese Sache nicht vergessen werden. Das wäre ein Ereignis, aus dem man früher Heldensagen geschmiedet hat. Auf dem Gelände der Zeche Lothringen wurde eine neue Straße gebaut. Man hat sie nach einem ehemaligen Bürgermeister benannt, der aus Gerthe stammte. Das ist ja auch in Ordnung. Aber müssen es immer Honoratioren sein, nach denen etwas benannt wird? Ist es nicht genauso wichtig, auch einfache Menschen, die etwas ganz Besonderes getan haben, durch so etwas zu ehren? Können sich Menschen nicht viel besser mit jemandem identifizieren, der ganz direkt gehandelt hat, wie der Hauer Kurt Knorre? Dieser Mann hat Mut bewiesen, Hilfsbereitschaft, ja Opferbereitschaft im Wissen um eine lebensgefährliche Situation gezeigt. Er hat, um seine Kumpels zu retten, selbst den Tod tief unter der Erde gefunden. Wenn es so war, und das werde ich versuchen nachzurecherchieren, dann hat dieser Mann nicht nur eine Vorbildfunktion an Einsatzbereitschaft und Mut, dann hat er es auch verdient, in Erinnerung zu bleiben. Und ich denke, wenn auf dem Zechengelände eine neue Straße entsteht, dann sollte sie seinen Namen tragen. Das alles wäre auf dem ehemaligen Zechengelände viel unmittelbarer und passender, als wenn erneut etwas nach irgendeinem einflußreichen Menschen benannt wird, mit dem sich keiner identifizieren kann. Ich befürchte nur, daß die Verantwortlichen der Stadt die Sache geringschätzig behandeln und den Brief in dcn nächsten Papierkorb werfen werden."

„Du bist aber sehr skeptisch, was Behörden anbelangt."

„Vielleicht habe ich zu viel erlebt, um anders zu denken. Trotzdem werde ich es versuchen." Kurt Landers schob den leeren Teller etwas zur Seite. „Möglicherweise war ja auch alles ganz anders. Vielleicht waren die anderen schon geborgen und Knorre hat da unten im Berg nur irgendwelche Aufräumarbeiten machen müssen und ist dabei ums

Leben gekommen. Das ist auch schlimm genug, nur fehlt dann da eben der besondere Einsatz für andere Menschen. Mal sehen, was bei meinen Recherchen herauskommt. Ich bin gespannt darauf."

„Interessant! Nicht schlecht. Ich staune, auf was für Ideen man als Pensionär so kommt."

Kurt Landers winkte den Wirt heran. „Zwei Pils, bitte."

Der Wirt räumte die leeren Teller ab. Kurz darauf hatten beide ihr Bier vor sich stehen. Durch die großen Fensterscheiben konnte man die Reiter in der Halle beobachten. Ken sah nachdenklich in sein Glas.

„Mir geht einfach die Pferdetötung nicht aus dem Kopf", sagte er. „Ich verstehe nicht, wie das auf der Weide abgegangen ist. Pferde sind doch Fluchttiere und rennen weg, wenn jemand auf sie zukommt, oder?"

„Das stimmt."

„Erklär es mir! Wie kommt der Täter so nahe an die Pferde, daß er sie abstechen kann? Es findet doch keine stundenlange Verfolgungsjagd auf der Weide statt."

„Keine Ahnung. Ich weiß es auch nicht."

Ken Bergmann nahm einen kräftigen Schluck aus seinem Bierglas und sah Kurt Landers an. „Der Serienkiller aus Norddeutschland benutzte Schußwaffen. Vermutlich schoß er die Tiere an, so daß sie nicht mehr weglaufen konnten und tötete sie dann. Genaueres werde ich noch erfahren. Aber wie schaffte das unser Täter? Der hatte keine Schußwaffe, mit ziemlicher Sicherheit nicht."

„Ich habe nur eine Erklärung. Er schaffte es, sie anzulocken und dann zu töten."

„Kann ich mir nicht vorstellen. Vielleicht schafft er es, einmal zuzustechen. Aber spätestens nach dem ersten Stich hauen die Pferde doch ab. Und dann kriegt er die nicht mehr. Nein, es muß anders abgelaufen sein."

„Wie weit waren denn die Blutflecken auf der Weide auseinander?"

„Nur ein paar Meter. Nicht sehr weit."

„Und wo waren die Flecken? Mitten auf der Weide oder mehr zum Zaun hin?"

„Ich würde sagen, so etwa fünf Meter vom Zaun entfernt."

„Fünf Meter." Kurt Landers zögerte einen Moment, sah Ken Bergmann mit festem, wissenden Blick an. „Er hat sie angebunden! Ja, er hat sie angebunden. Alle! Er hat sie herangelockt und nach und nach angebunden. Und dann erst stach er sie ab. So muß es gewesen sein."

„Kommen die Pferde denn überhaupt zu einem Fremden?"

„Manche ja. Pferde sind zutraulich zu Menschen. Sie wissen, daß es ihnen bei den Menschen gut geht. Meistens jedenfalls. Und daß sie manchmal von den Menschen ein Leckerchen bekommen. Du hast doch bestimmt schon mal gesehen, daß Pferde von alleine zu Menschen gehen, die am Zaun stehen. Sie erwarten einfach, von ihnen etwas zu bekommen. Sie sind ohne Argwohn. Stell dir vor, euer Ripper steht da mit ein paar Möhren in der Hand. Irgendwann wird eines der Pferde schwach und kommt zu ihm. Er füttert es und bindet es dann an einem Zaunpfahl fest. Die anderen Pferde kommen auch heran, um ebenfalls verwöhnt zu werden. Und auch die bindet er fest. Ja, und dann hat er sie. Sie können ihm nicht mehr entkommen. Er kann sie in aller Ruhe abschlachten."

„Wir haben keine Stricke gefunden und auch keine Strangulationsfurchen oder ähnliche Spuren an den Pferdehälsen festgestellt."

„Die müssen auch nicht zwingend da sein. Alle Pferde haben draußen auf der Weide ein Halfter um, damit man sie zur Weide führen und auch wieder abholen kann. Dazu benutzt man Führstricke, die man mit einem Sicherheitsverschluß aus Stahl am Halfter befestigen kann."

„Ich weiß. Ich kenne die Dinger. Ich habe sie schon mal gesehen."

„Okay! Wenn der Täter also solche Führstricke benutzt hat, dann sind keine Spuren an den Pferdehälsen zu sehen. Diese Stricke sind etwa zwei Meter lang. Sie auf fünf Meter oder mehr zu verlängern, ist überhaupt kein Problem."

„So könnte es gewesen sein. Kurt, ich glaube, du hast uns ein ganzes Stück weitergeholfen."

„Das würde mich freuen."

„Übrigens, kennst du den Staatsanwalt Jablonski?"

„Nicht persönlich. Ich habe aber von ihm gehört. Warum?"

„Ach, nur so. Ich dachte, ihr würdet euch kennen. Jablonski ist der zuständige Staatsanwalt in unserer Sache."

Die Tür ging auf, Aline und Dana kamen mit hochroten Köpfen laut lachend in die Gaststätte gestürmt. „Opa, Opa", rief Aline, „die Stute hat dauernd laut gefurzt."

„Gefurzt?" Den beiden Männern wäre vor Lachen fast das Bierglas aus der Hand gefallen.

„Ja, bei jedem Schritt hat sie gefurzt“, bestätigte Dana aufgeregt.

„Wo denn?“

„In der Halle. Wir durften auf der Stute reiten.“

„Ihr habt auf der Stute gesessen?“ fragte Kurt Landers erstaunt.

„Ja, Oma ist gekommen und hat uns an die Longe genommen.“

„Wir sind ganz oft im Kreis geritten“, schwärmte Dana. „Das war toll.“

„Prima, dann habt ihr ja euren ersten Ritt auf der Stute hinter euch.“ Beide Mädchen nickten heftig.

„So, und für uns wird es jetzt Zeit, nach Hause zu fahren“, sagte Ken zu Dana. Er stand auf und trank sein Glas aus. „Mama wartet bestimmt schon mit dem Abendessen auf uns.“

Kurt Landers winkte den Wirt heran. Sie zahlten ihre Zeche und verließen zusammen die Gaststätte.

„Wir sehen uns“, sagte Ken Bergmann, als er mit Dana in seinen Pkw stieg. Beide winkten noch einmal, dann fuhren sie hinaus in die Dunkelheit.

10

Ken Bergmann war an diesem Morgen etwas früher da. In Hakis Zimmer brannte schon Licht. Wie immer war sie mindestens eine Viertelstunde vorher auf der Dienststelle. Meist hatte sie schon den Kaffee fertig, wenn alle anderen kamen. Ken war stolz auf sie und froh, sie als Kollegin zu haben. Sie war überaus ordentlich, korrekt, sauber, höflich, klug und hatte ein Auge für das, was gemacht werden mußte. Sie war sich für fast nichts zu schade, wenn es um den Erfolg einer Sache ging.

Als er Hakis Zimmer betrat, merkte er sofort, daß etwas anders war. Er besah sich seine Kollegin genauer. Sie war gerade dabei, Akten einzuordnen. Haki, die eigentlich immer sehr korrekt und konservativ gekleidet war, meist mit hochgeschlossenem Kostüm, war heute morgen völlig anders gekleidet. Auch ihre Haare waren verändert, ganz ungewohnt, eine völlig neue, lockere, struppige Frisur mit Strähnchen.

„Hallo, Haki. Ist etwas passiert?“

„Hallo, Ken. Was meinst du?“

„Ja, dein Outfit. Ich habe dich noch nie in einer Jeans gesehen. Und immerhin kenne ich dich schon seit ein paar Jahren. Und deine Haare. Du hast ja einen richtigen Strubbelkopf."

„Wie findest du es?"

„Gut! Sehr gut, eigentlich."

„Eigentlich?"

„Na ja, ich meine ... irgendwie bist du nicht mehr die Haki, die ich kenne. Aber das Ganze macht dich jünger und sieht auch irgendwie nicht mehr so streng aus. Mit einem Wort: Ich sehe eine ganz neue Frau vor mir."

„Das hat mein Mann auch gesagt."

„Und, wie hat es ihm gefallen?"

„Er meinte, es wäre für ihn noch gewöhnungsbedürftig, aber sonst nicht schlecht."

„Das sehe ich auch so. Und wie bist du denn auf diese Idee gekommen?"

„Meine Tochter gab den Anstoß. Wir hatten uns gezankt. Sie sagte, wenn sie nach Hause komme, dann sei die Schule immer noch nicht aus, dann stehe eine Oberlehrerin vor ihr. In der Schule liefen die Lehrer locker gekleidet herum, und ich sähe aus wie eine Anstandsdame aus dem vorigen Jahrhundert. Das hat mich gekränkt. Meine Freundin ist Friseurin. Mit der habe ich mich darüber unterhalten, und sie hat mich dann überredet, mal etwas anderes zu wagen. Das war ganz schön schwer für mich. Ich mußte meinen ganzen Mut zusammennehmen. Aber dann habe ich es doch gewagt."

„Und?"

„Und was?"

„Was sagt deine Tochter?"

„Cool, voll cool!"

„Na, das ist doch was."

Beide lachten herzhaft. „Gab es neue Hinweise?"

„Nichts, was uns weiterbringen könnte. Inzwischen rufen immer mehr Idioten an und erzählen irgendeinen Blödsinn. Wie die Kollegen gesagt haben, waren sogar drei dabei, die sich als Täter selbst beschuldigt hatten. Es bedurfte nur ein paar kleiner Fragen, um festzustellen, daß die Typen von der Rolle waren und nichts mit der Tat zu tun hatten. Einer war sogar so dreist und wollte ein Geständnis ablegen, wenn er dafür ins Fernsehen käme und einen Exklusivvertrag für seine Mordstory von einer Illustrierten bekäme."

„Die Doofen sterben eben nicht aus."

„Übrigens, das BKA hat inzwischen mitgeteilt, daß ein Straftäter mit der DNA unseres Täters nicht registriert ist. Das ist wieder wie ein Schlag in die Magengrube. Tja, und alle Überprüfungen von Verletzten haben bisher auch kein Ergebnis gebracht. Es ist wie verhext. Auf der einen Seite haben wir Glück mit der DNA des Täters, auf der anderen Seite ziehen wir nur Nieten bei den Hinweisen aus der Bevölkerung und bei den Überprüfungen von verletzten Personen."

„Das stimmt. Im Moment segeln wir in einer Flaute. Aber so wie die Wellen rauf und runter gehen, so hat man auch gute und schlechte Momente. Vielleicht geht es bald schon wieder bergauf. Fassen wir uns also in Geduld."

„Ich wußte gar nicht, daß an dir ein Philosoph verlorengegangen ist."

„Man lernt eben immer noch dazu", sagte er lachend, bevor sich hinter ihm die Tür schloß.

Es regnete in Strömen. Wie fast jeden Morgen versammelte Ken Bergmann gegen zehn Uhr sein Team zur Frühbesprechung um sich. Auch Staatsanwalt Jablonski hatte sich eingefunden, um sich vom neuesten Stand der Ermittlungen zu informieren. Nur Bernd Schott und David Wakaba, die bis spät in die Nacht hinein Dienst versehen hatten, fehlten noch. Malte Petersen war inzwischen auch aus Hannover zurück. Er hatte darum gebeten, etwas später zum Dienst kommen zu dürfen. Die einzelnen Ermittlungsteams berichteten von ihren Ergebnissen. Und die sahen nicht gut aus. Es gab immer noch keine heiße Spur. Immer mehr hatten sie das Gefühl, in eine Sackgasse geraten zu sein. Hatten sie Fehler gemacht? Hatten sie etwas übersehen, einen entscheidenden Hinweis vielleicht?

Es tat sich nichts Neues. Es war zum verrückt werden. Die Hoffnung schwand, daß sie auf diese Weise weiterkamen. Dabei hatte sich der Fall vor kurzem erst so positiv entwickelt. Die Frustration wurde immer größer. Zwar gab das niemand zu. Doch Ken konnte es an den Gesichtern und dem Verhalten ablesen. Krampfhaft überlegte er, wie er seine Mannschaft aus diesem Tief herausholen, wie er sie neu motivieren konnte. „Verdammt, das gibt's doch nicht. Bei so einem mörderischen Kampf, da bleibt doch einer nicht unverletzt“, sagte er verzweifelt.

„Dafür gibt es nur eine Antwort“, erwiderte Alfred Müller. „Der Bursche hat sich abgesetzt. Der ist ganz woanders zum Arzt gegangen. Vielleicht in Hamburg oder irgendwo in Bayern, vielleicht auch in Berlin. Wir wissen es nicht.“

„Wir müssen unsere Suche erweitern. Wir müssen die Presse bitten, bundesweit über unseren Fall zu berichten. Eventuell sollten wir auch mal eine Veröffentlichung in einer Fernsehfahndung in Betracht ziehen, in Aktenzeichen XY ungelöst ..., Kripo Live oder so was.“

„Wir haben allein durch die Überprüfungen der Verletzten aus unserem Umkreis jetzt schon sehr viele Spurenakten. Wenn wir bundesweit was machen wollen, müssen wir konkreter werden. Wir blicken ja sonst irgendwann nicht mehr durch“, mahnte Haki.

„Ich hätte nie gedacht, daß wir nicht einen Schritt weiterkommen würden“, sagte Ken. Zum ersten Mal, seitdem er an diesem Doppelmord arbeitete, zeigte er einen Ansatz von Resignation. „Was können wir tun? Wir haben noch ein paar Hinweise abzuarbeiten, von denen man schon jetzt weiß, daß sie nichts bringen. Und dann stehen wir auf dem Schlauch.“

Staatsanwalt Jablonski erkannte auch die niedergeschlagene Stimmung. „Was halten Sie von einer flächendeckenden Speichelprobe bei allen in Frage kommenden Männern?“

„Das wäre noch eine Möglichkeit“, sagte Alfred Müller. „Wir sollten keinen Versuch außer Acht lassen.“

„Das meine ich auch“, bekräftigte Jablonski seine Idee.

„Irgendwie kann ich nicht glauben, daß wir es hier mit einem Ersttäter zu tun haben“, sagte Ken zweifelnd. „Alles in mir sträubt sich gegen diese Annahme, daß er zum ersten Mal Pferde abgestochen hat.“

Alfred Müller zuckte mit den Schultern. „Aber es gibt keine Hinweise, daß unser Täter schon mal in ähnlicher Weise in Erscheinung getreten ist.“

„Vielleicht war unsere Analyse falsch. Vielleicht haben wir doch nicht richtig kombiniert, als wir unser Profil des Täters erstellten.“

„Heißt das, daß du einen Profiler vom BKA anfordern willst?“

„Der ist ja Profi für so was. Vielleicht hat der noch andere Ideen und bringt uns damit weiter.“

Es klopfte. Petersen trat ein. Dicht hinter ihm kamen auch Bernd Schott und David Wakaba ins Zimmer. Beide sahen noch ziemlich müde aus. Sie hoben nur kurz zum Gruß die Hand, suchten sich einen Stuhl und setzten sich.

„Hallo, Malte. Was haben deine Gespräche in Hannover ergeben?"

„Die Kollegen der Ermittlungsgruppe Pferd setzen die meiste Hoffnung auf einen Pkw, der an verschiedenen Tatorten gesichtet wurde. Es soll sich um einen beige-braunen Wartburg-Kombi mit ASL-Kennzeichen handeln. ASL ist das amtliche Kennzeichen von Aschersleben. Es könnte aber auch ein Lada, Skoda oder ähnliches gewesen sein. Es steht aber nicht fest, ob es sich dabei um das Täterfahrzeug handelt. Es könnte auch einem Pilzsammler oder Spaziergänger gehören. Diese Spur konnte bisher nicht abgeklärt werden. Überhaupt hat man in der Zwischenzeit mehrere hundert Spuren überprüft, aber keinen Hinweis erhalten, der zum Täter führte. Inzwischen ist eine Belohnung von über 120.000 Euro für den Pferderipper ausgesetzt. In Grunde ist aber festzustellen: der Täter ist wie ein Phantom."

Schweigend hatten die Beamten die Worte Petersens aufgenommen. Schließlich räusperte sich Ken. „Tja, das hört sich gar nicht gut an. Hoffentlich haben wir hier mehr Glück."

„Wie bei uns auch, hat es der Pferderipper dort vor allem auf Stuten abgesehen", fuhr Petersen fort. „Vermutlich ist der Täter mittleren Alters und relativ kräftig. Er kennt sich mit Tieren aus. Das alles trifft in etwa auch auf unseren Täter zu."

„Darüber hatten wir ja schon diskutiert."

„Ansonsten hatten die Kollegen noch eine Menge Informationen über die Schußwaffen und die Munition, die vom Pferderipper benutzt wurden. Ich habe diese Infos in diesem Ordner abgeheftet."

„Und was ist mit den Trittbrettfahrern?" fragte Haki. „Könnte einer von denen unser Mann sein?"

„Ich habe mich ausführlich mit den Kollegen darüber auseinandergesetzt. Alles Bekloppte, alles Torfköpfe. Es gab nicht einen, der für unsere Sache in Frage kommen könnte."

Ken nahm einen Schluck aus seiner Kaffeetasse. „Tja, in Hannover sieht es wie bei uns aus. Was haben wir inzwischen schon Wichtiges ermitteln können?"

„Nun, wir haben ebenfalls einen Hinweis auf einen verdächtigen Pkw", sagte Bernd Schott. „Ein Pärchen, das in der Stempke spazierengegangen war, hatte auf dem Nachhauseweg einen dunklen Geländewagen in der Verlängerung der Straße Auf dem Norrenberge bemerkt."

„Wo genau?"

Bernd Schott stand auf und ging zur Karte. „Ihr alle kennt die Gegend ja so ungefähr. Wenn man in die Straße hineinfährt, liegt ja rechts davon das große Feld mit den Senfpflanzen und dahinter der Sumpf." Mit einem Lineal zeigte er die genannten Orte.

„Die Straße geht dann in einen befestigten Feldweg über. Schließlich kommt man zum Anfang des kleinen Waldes. Der Feldweg führt durch den Wald und dahinter weiter durch Felder. Nach etwa fünfzig Metern im Wald gibt es links einen schmalen Durchlaß, der auf ein Feld führt. Und genau in dieser Zufahrt parkte der Geländewagen."

„Das ist nahe genug am Tatort, aber auch weit genug entfernt, um nicht sofort damit in Verbindung gebracht zu werden. Es könnte das Täterfahrzeug sein", meinte Alfred Müller.

„Das sehe ich auch so", fuhr Bernd Schott fort. „Die Spaziergänger dachten, daß sich ein Liebespärchen dort vergnügen wollte und haben der Sache keine weitere Bedeutung zugemessen. Woher sollten sie auch wissen, daß es sich hier vielleicht um das Täterfahrzeug handelte. Jedenfalls konnten sie uns sagen, daß das Fahrzeug eine dunkle Farbe hatte. Außerdem hatte ein Fahrradfahrer, der nach ihnen dort vorbeifuhr, diesen Geländewagen auch dort stehen sehen. Auch er beschreibt ihn ähnlich. Wahrscheinlich ist das Fahrzeug schwarz, dunkelblau oder dunkelgrün gewesen. Und es hatte weiße Nummernschilder mit schwarzen Buchstaben und Zahlen. David und ich haben dann sofort die Spurensicherung rauskommen lassen. Es sind einige Tage vergangen, und es hatte geregnet. Trotzdem haben die Kollegen ein paar Reifenspuren sichern können. Ob sie zur Auswertung tauglich sind, muß sich aber noch zeigen."

„Na, das ist ja wenigstens etwas", sagte Ken.

„David und ich haben uns gedacht, daß wir von allen gängigen Geländewagen Photos machen lassen sollten, und zwar schräg von hinten rechts, so, wie die Zeugen das Fahrzeug gesehen haben. Wir haben zusammen mit Karl Tepel alle Autohäuser in der Umgebung abgeklappert und jede Menge Geländewagen photographiert. Autos, die keine dunkle Farbe hatten, haben unsere Computerfachleute dunkel nachcoloriert. Dann haben wir am Computer rechts und links vom Auto Bäume und

Sträucher einfügen lassen. Mit diesen Photos sind wir dann zu den Zeugen gegangen."

„Und?"

„Die Zeugen waren sich nicht ganz sicher. Am ehesten aber schätzen sie, daß es sich bei dem Fahrzeug um einen älteren Galloper gehandelt haben dürfte."

„Galloper? Ist das nicht ein Fahrzeugtyp von Mitsubishi?"

„So ist es."

„Das habt ihr super gemacht."

„Der Fahrradfahrer ist Sammler von Modellautos. Er war sich auch ohne unsere Photos sicher."

„Wie hoch schätzt ihr die Wahrscheinlichkeit ein?"

Bernd Schott und David Wakaba sahen sich an. „Das Pärchen war sich zu etwa siebzig Prozent sicher", sagte Wakaba schließlich. „Der Fahrradfahrer etwa zu neunzig Prozent. So Hobbysammler sind ja meistens sehr gut informiert. Deshalb werten wir diese Aussagen auch als sehr hoch." Bernd Schott nickte nur.

„Okay, dann werden wir uns vorrangig auf diese Spur konzentrieren", sagte Ken. Es kam wieder Bewegung in den Fall. „Haki, du nimmst bitte Kontakt zum Kraftfahrtbundesamt in Flensburg auf. Ich möchte die Halter von allen Mitsubishi Galloper in Bochum, Dortmund und Castrop-Rauxel haben. Frau Berthier, Sie entwerfen bitte ein Schreiben für alle Streifenwagen in den drei Städten, daß sie bei der Bestreifung in ihren Bezirken jeden Galloper notieren, und zwar rund um die Uhr. Das Fahrzeug könnte ja durchaus auch von außerhalb kommen. Vielleicht arbeitet der Täter hier, oder seine Freundin wohnt hier. Wir legen erst mal den Zeitraum der Überprüfungen für eine Woche fest. Für den Nahbereich werden wir eine planmäßige Suche einleiten, wo die Streifenwagen jede Straße, jeden Platz, jede Hoch- oder Tiefgarage und jeden Weg kontrollieren werden."

„Wie groß soll der Nahbereich sein?" fragte Gerlinde Berthier.

„Wir machen das nicht an Kilometern fest. Ich denke, die Orte Werne, Harpen, Gerthe, Hiltrop, Obercastrop, Merklinde, Bövinghausen, Westrich und Lütgendortmund reichen erst mal aus. Bei Bedarf können wir den Bereich ja noch ausweiten. Aber wir sollten uns nicht gleich zu viel vornehmen. Unsere Computerfachleute sollen uns eine Sonderdatei einrichten, wo wir alle Fahrzeuge abgleichen können. Und vergeßt nicht, Kontakt zu den Bezirksbeamten aufzunehmen. Die wissen oft eine ganze Menge über Hintergründe und Verhältnisse in ihren Bezirken. Die kennen bestimmt auch den einen oder anderen Galloper-Fahrer. Gibt es sonst noch neue Erkenntnisse?"

„Nichts besonderes", sagte Alfred Müller. Auch die anderen schüttelten die Köpfe.

„Sollen wir damit an die Presse gehen?" fragte Haki.

„Nein, noch nicht. Wir wollen die Pferde nicht scheu machen. Wir ermitteln erst mal verdeckt."

„Okay, dann werden wir zum Angriff übergehen", sagte David Wakaba, stellte seine Kaffeetasse zur Seite und stand auf. Auch die anderen erhoben sich.

„Übrigens, die Beerdigung von Torben Hoffmann findet morgen auf dem Friedhof in Dortmund-Kirchlinde statt", sagte Gerlinde Berthier. „Britta Köhler wird in zwei Tagen hier auf dem Gerther Friedhof begraben."

„Danke. Alfred, nimm bitte Kontakt zum Erkennungsdienst auf. Wir brauchen einen Photographen für den Friedhof. Er soll alle Leute photographieren, die an der Beerdigung von Hoffmann teilnehmen. Man weiß ja nie, ob sich nicht auch der Täter unter ihnen befindet. Das Ganze ist nicht auffällig, weil ich davon ausgehe, daß sich dort ebenfalls jede Menge Presseleute tummeln werden."

Ken verließ als letzter Hakis Büro. Noch bevor er sein Büro erreichte, hörte er schon das Telephon klingeln. Katharina war am Apparat. Sie klang aufgeregt. „Dana hat sich verletzt. Sie ist in der Turnstunde am Barren abgerutscht und auf den Kopf gefallen. Man hat sie ins Krankenhaus gebracht. Es besteht der Verdacht auf Gehirnerschütterung."

„Wann ist das passiert?"

„Vor etwa einer halben Stunde. Die Sportlehrerin hat mich gerade angerufen."

„In welches Krankenhaus ist sie gekommen?"

„Ins Elisabeth-Krankenhaus. Ich will dorthin. Kannst du Ginger um zwölf aus dem Kindergarten abholen?"

„Ich will es versuchen."

Für einen Moment war es ruhig am anderen Ende. Dann hörte er Katharina entsetzt sagen: „Du willst es versuchen?"

„Ja. Ich weiß ja nicht, was hier alles passiert."

Die Stimme am anderen Ende bekam einen schärferen Ton. „Das kann doch wohl nicht wahr sein! Unsere Tochter ist verletzt. Ich muß mich um sie kümmern. Und die andere ist noch zu klein, um allein nach Hause zu gehen. Ich will von dir eine glasklare Antwort, auf die ich mich verlassen kann. Kannst du Ginger aus dem Kindergarten abholen? Ja oder nein?"

„Ja, zum Teufel. Irgendwie kriege ich das schon hin."

„Hoffentlich! Bis nachher." Katharina legte auf.

Verdammt noch mal, was würde sie machen, wenn er in Köln auf einer Baustelle arbeiten oder als Lkw-Fahrer durch die Lande fahren würde? Wütend aber auch besorgt ließ er sich in seinen Schreibtischsessel zurückfallen.

Das Telephon klingelte erneut. Der Leitende Kriminaldirektor war dran. Ken berichtete kurz über den Sachstand.

„Na, das ist doch was. Über kurz oder lang packen wir den Täter. Ich spüre das. Ich bin mir da ganz sicher."

Ich nicht, dachte Ken, nachdem das Gespräch beendet war. Zu großem Optimismus bestand kein Grund. Die Aufklärungschancen waren immer noch gering. Gut, es waren noch nicht alle DNA-Vergleiche mit verletzten Personen abgeschlossen, und auch die Fahndung nach dem schwarzen Galloper war nun im Gange. Trotzdem hatte er das Gefühl, daß sie noch nicht auf dem richtigen Weg waren. Es gingen kaum noch Hinweise aus der Bevölkerung ein. Das Interesse schien ein wenig nachgelassen zu haben.

Seine Blase drückte. Er stand auf und ging über den Flur zur Toilette. Aus den Räumen hörte er schwache Stimmen und die typischen Geräusche eines Büros. In fast jedem Zimmer waren Beamte dabei, Vernehmungsprotokolle, Berichte und Vermerke für die Akten zu schreiben.

Als er sich die Hände wusch, bemerkte er ein scharfes Brennen in der Harnröhre. Das fehlte mir noch, dachte er. Bloß keine Blasen- oder Harnröhrenentzündung. Die Sache war äußerst unangenehm. Er hatte das andauernde Gefühl, Urin lassen zu müssen.

Als Ken sein Büro betrat, sah er sofort den Notizzettel auf seinem Schreibtisch. *Anruf vom KD. Er will Sie heute um drei Uhr in seinem Büro sehen. Berthier.*

„Verflucht, das hätte er mir doch vorhin am Telephon sagen können. Als wenn man nichts anderes zu tun hätte", maulte er vor sich hin.

Das Telephon klingelte. Katharina war erneut am Apparat. „Das Krankenhaus hat angerufen. Es ist wohl doch nicht so schlimm. Dana darf nach Hause. Sie soll drei Tage nicht zur Schule gehen und viel liegen. Du brauchst Ginger also nicht mehr abzuholen. Das mache ich selbst.“

Na also, geht doch, fuhr es ihm durch den Kopf, als er den Hörer auflegte. Er war froh, wieder handlungsfrei zu sein.

Es klopfte. Gerlinde Berthier kam ins Zimmer und legte ihm eine Menge Berichte und Vermerke auf den Tisch. Ken betrachtete sie verstohlen. Sie war kein ausgesprochener Sporttyp, dennoch schlank und unauffällig muskulös. Ihr Körper strahlte eine geschmeidige Kraft aus.

Sie sah ihn an. Sein Blick blieb für einen kurzen Moment an ihren blauen Augen haften. Auf einmal fühlte er sich ertappt. Verlegen räusperte er sich.

„Ich wollte Ihnen noch sagen, daß die Beerdigung von Hoffmann morgen um zehn Uhr und die von Britta Köhler in zwei Tagen um zwölf Uhr ist“, sagte sie. „Das hatte ich vorhin vergessen.“ Ihre Stimme klang verdammt angenehm.

„Ja, danke. Also Hoffmann um zehn und Köhler um zwölf.“

Er nahm einen Kugelschreiber und notierte sich alles auf seinem Tischkalender. „Sagen Sie bitte Haki, daß ich in einer halben Stunde zum Präsidium fahren will. Sie soll mir einen Dienstwagen zurückstellen.“

„Ja, mach ich.“

Ken Bergmann vermied es, ihr nachzusehen, als sie das Zimmer verließ. Dann überflog er die verschiedenen Schreiben. Das Kraftfahrtbundesamt hatte schnell reagiert. Noch am selben Tag hatte es alle angeforderten Halter von Galloper-Geländewagen übermittelt. Sofort waren Ermittlungsteams hinausgefahren und hatten damit begonnen, in den drei Städten die Personen und die Fahrzeuge zu überprüfen. Auch von den Streifenwagen kamen immer wieder Hinweise auf parkende oder fahrende Galloper-Fahrzeuge herein. Die Ermittlungen liefen auf Hochtouren.

Ken rief noch einmal zu Hause an und fragte, ob es etwas Neues geben würde. Er erfuhr, daß Dana inzwischen daheim war. Die Sportlehrerin hatte sie vom Krankenhaus aus nach Hause gebracht, weil sie mit Katharina noch einmal in Ruhe über den Unfall reden wollte. Sie war noch da. Deshalb hielt er das Gespräch nur sehr kurz.

Er sah auf seine Uhr. Es wurde Zeit, zum Präsidium zu fahren. Er wollte den Kriminaldirektor nicht noch mal warten lassen. Dann öffnete er seine Schreibtischschublade und schnallte sich seine Dienstwaffe um. Viele Kollegen benutzten ein Schulterhalfter. Ken bevorzugte es, die Waffe am Hosengurt zu tragen. Haki hatte ihm einen Golf bereitstellen lassen. Der Regen hatte nachgelassen. Ken schlug den Jackenkragen hoch und eilte zu seinem Dienstwagen. Er schaltete das Funkgerät ein, meldete sich bei der Einsatzleitstelle an und startete dann den Wagen. Er fuhr nach links und erreichte nach einigen hundert Metern den Castroper Hellweg. Hier bog er wieder nach links in Richtung Bochum ab. Im Funk war es ruhig. Die Heizung blies warme Luft in den Innenraum. Gedankenverloren schaute er durch die Windschutzscheibe. Im gleichmäßigen Takt schwangen die Scheibenwischer hin und her. Auf einmal wurde ihm bewußt, wie müde er war. An vielen Tagen hatte er zwölf Stunden und mehr gearbeitet. Das machte sich jetzt bemerkbar. Er hatte Mühe, wachsam zu bleiben. Deshalb öffnete er ein wenig die Seitenscheibe. Sofort blies der Wind den Nieselregen in das Fahrzeug. Er schloß die Scheibe schnell wieder bis auf einen winzigen Spalt. In diesem Moment geschah es.

Gerade, als er an der großen Kreuzung in Richtung Innenstadt abbiegen wollte, kreuzte ein Fahrzeug mit hoher Geschwindigkeit seine Fahrbahn, verfolgt von einem grünweißen Streifenwagen mit eingeschaltetem Blaulicht. Durchdringend ertönte das Martinshorn. Auf einmal war im Funk der Teufel los.

„Irma 11/12 verfolgt einen schwarzen Geländewagen auf der Castroper Straße in Richtung Innenstadt. Der Wagen kam von der A 40 und hat unser Haltezeichen nicht beachtet. Wir brauchen Unterstützung!“

„Geben Sie laufend Standortmeldung durch“, forderte die Leitstelle.

Ken Bergmann war sofort hellwach. Er gab Gas und hängte sich hinter den Streifenwagen. Obwohl auf der Fahrbahn Straßenbahnschienen verlegt waren, die bei dem nassen Wetter zu einer erheblichen Gefahr wurden, verringerte der flüchtende Wagen seine Geschwindigkeit nicht. Aber auch die Polizei blieb dran.

Zwei Fußgänger konnten gerade noch zurückspringen, als der Wagen bei roter Ampel über den Fußgängerüberweg raste. Kurz vor dem Ruhrstadion kam er auf die Schienen und geriet ins Schlingern. Er prallte gegen ein stehendes Auto. Ohne die Geschwindigkeit zu verringern, raste der Wagen weiter in Richtung Innenstadt.

Aus dem Funk hörte man laufend, wie die Einsatzleitstelle die anderen Streifenwagen an neuralgischen Punkten einsetzte. Die Ringfahndung nach dem flüchtenden Fahrzeug war im vollen Gange. Die Polizei war dabei, die Fluchtwege abzuschneiden. Die Schlinge zog sich immer mehr zu. An der nächsten großen Ampelkreuzung bog der Galloper rechts ab. Hier, am Kongreßzentrum, führten zwei Fahrspuren des Stadionringes zur Autobahn. Links daneben befand sich ein breiter Grünstreifen. Und daneben führten zwei Fahrspuren von der Autobahn in Richtung Innenstadt.

„Der versucht, über die A 40 zu flüchten!“ meldete der Verfolgungswagen.

„Wir haben die Auffahrten abgesperrt“, hörte man aus dem Funk. „Wir haben zwei Lkw angehalten und querstellen lassen. Hier kommt der nicht durch.“

„Super! Dann wird er wenden müssen.“

Ken Bergmann trat auf die Bremse. Dann fuhr er an einer günstigen Stelle über den etwa zehn Meter breiten Grünstreifen, um auf die andere Fahrbahnseite zu kommen. Hier fuhr er anderen Fahrzeugen entgegen. Während der Streifenwagen mit Blaulicht und Martinshorn den flüchtenden Wagen weiter verfolgte, machte Ken durch andauerndes lautes Hupen und ständiges Aufblinken mit dem Fernlicht die entgegenkommenden Autofahrer auf sich aufmerksam. Er hatte die Seitenscheibe heruntergefahren, den linken Arm weit herausgestreckt und winkte den Fahrzeugführern zu, daß sie ihre rechte Fahrspur benutzen sollten. Durch abwechselndes Hupen, Blinken und Winken gelang es ihm, schnell gegen den entgegenkommenden Verkehr voranzukommen. Nur ein Fahrer schien die Sache nicht erfaßt zu haben und blieb trotzig auf der linken Spur. Ken mußte anhalten.

„Polizei! Fahren Sie sofort rechts!“ brüllte er und fuchtelte noch stärker mit dem herausgestreckten Arm.

„Kann ja jeder sagen!“ brüllte der andere zurück. Die Autos hinter ihm stimmten ein heftiges Hupkonzert an. Widerwillig reihte sich der Autofahrer rechts ein.

„Verdammter Idiot!“ schimpfte Ken. Es gibt doch immer wieder welche, die andere im Straßenverkehr belehren wollen, ging es ihm durch den Kopf. Er gab wieder Gas.

„Der Wagen wendet!“ hörte er aus dem Funk. Und tatsächlich sah er, wie vor ihm der Galloper drehte und nun auf ihn zukam. Der Streifenwagen folgte ihm dicht dahinter. Der Geländewagen kam geradeaus nicht weiter. Die rechte Fahrspur war blockiert, und auf der linken kam ihm Kens Wagen mit aufgeblendeten Scheinwerfern entgegen. Mit quietschenden Reifen bog er rechts in die Gudrunstraße ein, die zum Stadtpark führte.

Verdammte Scheiße, dachte Ken. Hätte mich dieser Idiot nicht aufgehalten, hätte ich den Wagen noch vor der Gudrunstraße abblocken können. Er war als erster an der Einmündung. Mit quietschenden Reifen bog er nach links ab. Der Galloper war direkt vor ihm. Im Rückspiegel sah er den grünweißen Streifenwagen mit Blaulicht und Martinshorn folgen. Der Geländewagen raste auf einen kleinen Kreisverkehr zu. Von vorn kamen ihm zwei Streifenwagen entgegen. Es gab nur einen Ausweg: den Stadtpark.

Der Galloper raste quer über den niedrig angelegten Kreisverkehr in den Stadtpark hinein. Nur knapp verfehlte er dabei eine große Straßenlaterne und Verkehrsschilder, die am Eingang aufgestellt waren. Er raste über den nach links führenden, straßenbreiten, befestigten Weg in den Stadtpark. Ken blieb dicht hinter ihm. Plötzlich tauchte von vorne ein Streifenwagen auf und stellte sich quer auf den Weg. Der Fahrer des Geländewagens stieg in die Bremsen. An beiden Seiten des Wagens wurden die Türen aufgerissen, zwei Personen sprangen aus dem Wagen und rannten in verschiedene Richtungen davon. Ken bremste und sprang ebenfalls aus dem Auto. Er entschied sich für die Verfolgung des Fahrers.

Dieser versuchte zunächst nach links den Hügel zum Bismarckturm hochzulaufen. Ken hetzte hinterher. Die Beamten aus dem quergestellten Streifenwagen waren herausgesprungen und versuchten, ihm den Weg abzuschneiden. Deshalb drehte der Verfolgte ab und lief nun den Hügel wieder hinunter. Er rannte einige Meter weiter über den breiten Weg auf den Streifenwagen zu. Die Polizeibeamten reagierten sofort und liefen zurück. An ihnen kam er nun nicht mehr vorbei.

Ken blieb dicht dran. Er sah nur noch den Mann vor sich. Verdammter Hund! Du entkommst mir nicht! hämmerte es in seinem Kopf. Verbissen rannte er weiter. Er hörte das Pfeifen seiner Lunge und seinen hechelnden Atem. Er spürte die harten Schläge seines Herzens in der Brust. Nur nicht aufgeben! Er würde ihn zu fassen bekommen. Immer näher kam er an den Flüchtenden heran. Rechts vom Weg ging es eine große Böschung hinab zum Paddelteich, der sich mitten im Park befand. Der Flüchtende startete einen letzten Versuch, seinem Verfolger zu entkommen. Er rannte die Böschung zum See hinunter. Hier ragte ein dichtes Buschwerk bis über das Ufer. Wenn es ihm gelang, dieses Hindernis zwischen sich und seinen Verfolger zu bringen, hatte er vielleicht noch eine kleine Chance zu entkommen.

Ken war dicht dran. Sein Herz raste. Er erkannte seine Chance und hechtete dem Flüchtenden in den Rücken. Seine Arme umklammerten ihn im Sprung und rissen ihn zu Boden. Beide rollten eng umschlungen die Böschung hinunter. Für einen Moment blieben sie erschöpft am Rand des Stadtparkteiches liegen. Dann rappelten sie sich so schnell es ging auf.

Der Verfolgte schlug zuerst zu. Er holte mit seiner Faust weit aus. Ken Bergmann konnte ausweichen. Fast gleichzeitig trat er mit seinem rechten Bein zu. Er traf den anderen am Knie. Der Mann stieß einen hohen, spitzen Schmerzensschrei aus. Da traf ihn Kens linke Faust am Jochbein und riß seinen Kopf zur Seite. Der Mann strauchelte und stürzte seitlich in den Teich. Ken sprang hinterher, packte ihn an den Haaren und drückte ihn nieder. „Polizei", keuchte er. „Keinen Mucks, sonst säufst du viel Wasser!"

Der andere antwortete nicht. Er stieß nur leise Schmerzenslaute aus.

Zwei Uniformierte kamen angelaufen und zogen den Mann aus dem Teich. Ken blieb vornübergebeugt stehen und bemühte sich, seinen Atem wieder unter Kontrolle zu bekommen. Erst jetzt merkte er, wie seine Knie zitterten. Er konnte sich kaum noch auf den Beinen halten und hörte das typische metallische Geräusch, als dem anderen die Handschellen umgelegt wurden.

„Sind Sie in Ordnung?" fragte einer der uniformierten Polizisten.

Ken hob leicht die Hand und winkte ab. „Alles klar, ich bin gleich wieder fit."

„Wir fahren mit ihm zum Präsidium."

„Okay! Ich komme gleich nach. Was ist mit dem anderen? Habt ihr ihn?"

„Ja! Der wird schon von den Kollegen zum Präsidium gebracht."

„Prima." Die Beamten führten den Mann ab.

Ken besah sich seine Hände. Sie waren mit Lehm und Grasresten verdreckt. Er sah an sich hinab. Seine Bekleidung sah nicht anders aus.

Zudem waren beide Hosenbeine total naß. Er spürte die Schweißperlen und die wirren Haare auf seiner Stirn. Mit dem rechten Ärmel versuchte er, sie sich aus der Stirn zu wischen, was aber nur halbwegs gelang.

„Verdammte Scheiße!" fluchte er und versuchte, den Dreck von seiner Kleidung abzuklopfen, vergeblich, wie er sehr schnell feststellen mußte. Er wusch seine Hände im Teich. Erst jetzt bemerkte er den Schmerz in seiner linken Hand. Sein Faustschlag war auch für ihn nicht ohne Folgen geblieben. Er trocknete seine Hände an seinem Pullover ab, dann ging er langsam zu seinem Auto zurück. Ein Streifenwagen stand noch hier. Man wartete auf den Abschleppdienst, damit das Täterfahrzeug in Sicherheit gebracht werden konnte. Der wartende Beamte stieg aus. „Ihr Schlüssel steckt im Zündschloß", sagte er. Ken bedankte sich, hob grüßend die Hand, stieg ein und fuhr dann langsam zum Polizeipräsidium.

Es war halb vier, als er das Büro des Leitenden Kriminaldirektors erreichte. Dieser war gerade dabei, in seinen Mantel zu schlüpfen. „Wissen Sie, wie spät es jetzt ist?" fragte der Direktor. Seine Stimme klang scharf.

„Ja! Aber ..." Weiter kam Ken Bergmann nicht. Der Kriminaldirektor betrachtete ihn von oben bis unten. „Waren Sie zur Kur?"

„Nein, wieso?"

„Weil Sie so aussehen, als hätten Sie ein Schlammbad genommen."

Ken lachte. Er brauchte sich nicht im Spiegel zu betrachten. Er wußte auch so, wie er aussah. „Nein, Herr Direktor. Die Sache ist etwas anders." Dann erzählte er, was geschehen war.

„Und? Was sind das für Leute?"

„Das sind Autodiebe. Die hatten in Essen am Porscheplatz einen Geländewagen geklaut. Genau so ein Fahrzeug, nach dem wir zur Zeit fahnden."

Der Kriminaldirektor zog seinen Mantel wieder aus. Mit einer Handgeste forderte er Ken auf, sich zu setzen. „Dann erzählen Sie mir mal, was los ist, wie der Stand der Dinge ist. Die Presse hat sich nämlich heute bei mir beschwert, daß sie keine Informationen mehr von Ihnen erhält."

Ken berichtete vom Stand der Ermittlungen. „Ich halte es für unklug, zum jetzigen Zeitpunkt mit der Presse darüber zu reden. Noch weiß der Täter nicht, daß wir ihm über die Fahndung nach dem schwarzen Galloper auf der Spur sind“, endete er.

„Haben wir sonst nichts, was wir den Löwen zum Fraß vorwerfen könnten?“

„Wir könnten der Presse einen allgemein gehaltenen Zwischenbericht geben, der auch den Fall in Norddeutschland anspricht. Die Sache mit dem Pferderipper kommt bestimmt gut an. Das ist etwas, was die Leute aufhorchen läßt. Wir könnten ihnen auch mitteilen, daß wir die DNA des Täters haben. Wenn er das liest, macht ihn das vielleicht nervös und verleitet ihn zu unüberlegten Handlungen.“

„Na gut, machen wir es so. Dann sind die Reporter erst einmal befriedigt.“

„Ich werde morgen einen Pressebericht entwerfen.“

„Gut.“ Die Männer standen auf und gaben sich die Hand. „Dann bin ich mal gespannt, ob Sie zu Ihrem nächsten Bericht rechtzeitig erscheinen“, sagte der Kriminaldirektor, bevor Ken Bergmann sein Zimmer verließ.

„Ich werde mich wie immer darum bemühen“, sagte er lächelnd. Dann ging er hinunter zur Polizeiwache, um seine Aussage über die Festnahme des Autodiebes zu protokollieren.

11

Ken Bergmann wachte mit widersprüchlichen Gefühlen auf. Eigentlich träumte er nur sehr selten, oder besser gesagt, er konnte sich nur selten an seine Träume erinnern. Heute war das anders. Heute hatte er im frühmorgendlichen Halbschlaf von Gerlinde Berthier geträumt. Sie war splitternackt aus einem blauen Meer gekommen, hatte sich auf einen Felsen am Ufer gelegt und die warmen Sonnenstrahlen auf ihren wunderbaren Körper scheinen lassen. Ihre langen, blonden Haare umkreisten ihren Kopf wie ein Strahlenbündel. Ihre festen Brüste waren aufgerichtet. Sie drehte ihren Kopf und sah ihn mit ihren dunkelblauen Augen an. Und lächelte. Ihre roten Lippen öffneten sich leicht, und er sah ihre weißen Zähne blitzen. Er spürte eine immer stärker werdende Erregung. Und ein schlechtes Gewissen. Gewaltsam riß er sich aus diesem Traum. Das Licht einer entfernten Straßenlaterne fiel in das Zimmer. Er richtete sich auf und sah sich um. Nein, er war nicht am Meer, er lag in seinem Bett, und neben ihm lag Katharina. Er ließ sich matt zurückfallen. War er jetzt total verrückt geworden? Was sollte das? Ken versuchte jeden Gedanken an Gerlinde Berthier zu verdrängen. Doch ihr Bild wollte nicht ganz aus seinem Kopf verschwinden. Immer wieder blitzte ihr wohlgeformter Körper vor seinem geistigen Auge auf. Er drehte sich auf die Seite, schob seine Hand unter Katharinas Decke und legte seinen Arm um ihren warmen, weichen Bauch.

Ich liebe dich, dachte er und holte ihr Bild von ihrer ersten Begegnung aus seinem Gedächtnis. Er sah ihr fröhliches, lachendes Gesicht. Und dann schlief er wieder ein. Irgendwie schämte er sich ein bißchen, als er wach wurde. Den Traum hatte er nicht vergessen. Doch sofort verdrängte er alle Gedanken daran. Er frühstückte mit Katharina und den Kindern. Als Ken das Haus verließ, regnete es.

Die Fahndung nach dem Galloper verlief schneller als gedacht. Einige Fahrzeuge fielen aus dem Raster, weil die Farbe nicht stimmte. Bei anderen konnten viele Halter ein einwandfreies Alibi nachweisen, auch die Leute, die sich ein solches Fahrzeug ausgeliehen hatten. Nach wie vor liefen die Ermittlungen auf vollen Touren, und es würde auch noch ein paar Tage dauern, bis alle Fahrzeuge überprüft worden waren. Zudem gingen auch immer noch neue Hinweise von den Streifenwagen ein.

„Heute ist die Beerdigung von Britta Köhler“, sagte Haki. „Sie wurde eingeäschert. Es ist ein Urnenbegräbnis.“

„Ich gehe hin. Kommst du mit?“ fragte Ken.

Haki zögerte einen Moment. „Ja“, sagte sie. „Es ist gut, wenn ich auch mal rauskomme.“

„Das Wetter hat sich gebessert. Wir können zu Fuß gehen.“

„Gute Idee. Wir gehen um halb zwölf. Es ist ja nicht weit.“

Schon auf dem Weg zum Friedhof war auffällig, daß sehr viele Menschen an der Beerdigung teilnehmen wollten. Als sie den Eingang zum Friedhof erreichten, hatte sich dort schon eine große Menschentraube gebildet. Auch um die Leichenhalle herum standen viele Leute. Die Anteilnahme der Bevölkerung war sehr groß. Auch viele Pressevertreter hatten sich eingefunden. Es wurde photographiert und gefilmt. Unter ihnen war auch ein Beamter des Erkennungsdienstes. Ken und Haki grüßten kurz, als er herübersah.

Ein Reporter der lokalen Presse kam zu ihnen. „Sie sind doch Herr Bergmann, nicht wahr?“

Ken nickte.

„Hoffen Sie, den Täter unter den Menschen hier zu finden?“

„Warum nicht? Möglich ist alles. Aber vor allem bin ich hier, um der Toten die letzte Ehre zu erweisen.“

„Kannten Sie die Tote?“

„Nein. Aber ich untersuche ihren Fall. Deshalb bin ich hier. Ihr Tod hat mich auch menschlich sehr berührt.“

„Warum dauert es eigentlich so lange, bis man den Täter ermittelt hat?“

„Das Problem besteht darin, daß es sich hier nicht um ein Beziehungsdelikt handelt. Ein Nachbar erschlägt den anderen, eine Ehefrau bringt ihren besoffenen und gewalttätigen Mann mit Gift um oder so was. Aber hier, in unserem Fall, gibt es offensichtlich keine Verbindung zwischen Täter und Opfer. Sie sind zufällig aufeinandergetroffen. Das ist das Problem. Das macht die Sache so schwierig.“

„Und? Haben Sie die Hoffnung, daß Sie den Täter noch erwischen?“

„Darauf können Sie wetten. Wir sind meilenweit davon entfernt, aufzugeben.“

„Dann danke ich Ihnen und wünsche Ihnen viel Erfolg.“

„Danke, das wünschen wir uns auch.“

Ken Bergmann und Haki konnten nicht erkennen, wie die Urne aus der Friedhofskapelle getragen wurde. Zu viele Menschen standen davor. Allein, daß sich der Trauerzug in Bewegung setzte, zeigte an, daß die Trauerfeier beendet war. Beide folgten dem Zug zum Urnengrab. Die Grabrede dauerte keine zwanzig Minuten. Beide konnten nur Redefetzen aufnehmen. Aber sie konnten die Angehörigen sehen.

Auf dem Rückweg fragte Ken: „Ist dir etwas aufgefallen?“

„Ja. Ich habe den Ehemann nicht gesehen. Jedenfalls sah niemand am Grab dem Photo ähnlich, das wir von ihm haben.“

„Sehr gut“, sagte Ken.

„Glaubst du, daß er etwas mit ihrem Tod zu tun hat?“

„Nein, ich glaube eher, daß er am Boden zerstört ist und deshalb nicht gekommen ist.“

Auf dem Weg zum Ausgang bog Ken plötzlich ab. Haki fragte nicht nach dem Grund. Kurz darauf standen sie vor dem Denkmal für die tödlich verunglückten Bergleute aus dem Jahr 1912. Normalerweise wäre Ken nicht extra hierhergegangen. Aber das Gespräch mit Kurt Landers hatte ihn neugierig gemacht. Das steinerne Denkmal war wie ein Pylon gebaut. Es zeigte den Eingang eines Stollens. Davor stand ein trauernder Bergmann mit gesenktem Kopf und gefalteten Händen. In Stein gehauen waren die Namen der Verunglückten zu lesen. Beide blieben einen Moment andächtig hier stehen.

„Welch eine Katastrophe“, sagte Ken betroffen. Haki schwieg.

Als sie die Dienststelle erreichten, hatte sich nichts Neues ergeben. Jede Menge Berichte lagen auf seinem Schreibtisch, doch nichts war dabei, was erkennbar zum Täter führte. Der Tag endete ohne irgendwelche Besonderheiten.

Auch in den nächsten Tagen tat sich nichts. Zwar kamen etliche Hinweise von den Streifenwagen auf dunkle Galloper, aber alle Überprüfungen verliefen im Sande. Während der ganzen Zeit waren sie in engem Kontakt mit ihren Kollegen in Huckarde geblieben. Aber auch von dort gab es keine neuen Impulse. Randers war nicht abkömmlich. Auch das gefiel Ken Bergmann nicht. Inzwischen waren so viele Spuren verfolgt und überprüft worden, daß die Mordkommission Sumpf wieder auf ihre ursprüngliche Besetzung zurückgefahren werden konnte. Einzig Gerlinde Berthier blieb der MK weiterhin zugeteilt, weil sie die Arbeit in einer Mordkommission kennenlernen sollte.

Staatsanwalt Jablonski und Alfred Müller trafen sich um die Mittagszeit in Kens Büro. „Wie sieht es mit den Überprüfungen der Fahrzeuge aus?“ fragte Jablonski.

„Die Überprüfungen sind soweit abgeschlossen. Wir haben jetzt nur noch etwa zehn Halter, die noch nicht angetroffen werden konnten. Unsere Kollegen ermitteln im Umfeld.“

„Wenn überhaupt, dann dürfte unser Mann unter diesen letzten zehn sein. Wir haben keinen Verletzten mit der Täter-DNA gehabt. Das läßt doch darauf schließen, daß sich unser Mann sofort nach der Tat abgesetzt hat, natürlich mit seinem Auto.“

„Das sehe ich auch so“, sagte Alfred Müller. „Das ist vielleicht unsere Chance. Der denkt doch gar nicht daran, daß wir ihm über sein Auto auf die Schliche kommen.“

Ken lehnte sich in seinen Schreibtischsessel zurück. „Okay, hoffen wir das Beste.“

Jablonski holte ein ledernes Pfeifenetui hervor und begann seine Pfeife zu stopfen. Ein angenehmer würziger Geruch verbreitete sich.

„Riecht verdammt gut“, sagte Alfred Müller. „Was rauchen Sie?“

„Das ist Plum-cake, gemischt mit etwas Latakia. Meine eigene Spezialmischung.“ Jablonski zündete seine Pfeife an. „Eigentlich wäre doch jetzt eine gute Gelegenheit, meinen Geburtstag nachzufeiern“, schlug er vor. „Vielleicht ist es gar nicht so schlecht, mal abzuschalten. Wir waren bei unserer Arbeit nicht nur hartnäckig, wir waren schon verbissen. Man gerät so leicht in eine gedankliche Einbahnstraße. Es könnte ja sein, daß wir neue Impulse kriegen, wenn wir hinterher alles wieder etwas lockerer sehen.“

Ken glaubte zwar nicht daran, doch wollte er der Feier nicht im Wege stehen. „Also gut“, sagte er. „Wenn sich morgen über den Tag nichts Entscheidendes tut, gehen wir abends einen naschen.“

„Na also. Das hört sich doch gut an“, sagte Jablonski zufrieden.

Eigentlich hatte Ken Bergmann keine Lust, an der Geburtstagsfeier von Jablonski teilzunehmen. Er wäre viel lieber zu Hause bei seiner Familie gewesen. Aber das konnte er nicht machen. Jablonski war immerhin der zuständige Staatsanwalt in diesem Kapitalverbrechen und der Herr des Ermittlungsverfahrens. Er war derjenige, der Haftbefehle oder Durchsuchungsbefehle beantragte und wichtige Entscheidungen fällte. Es war notwendig, daß man gut zusammenarbeitete und gleichmäßig ruderte. Ken nahm sich fest vor, nur ein paar Bierchen zu trinken und dann mit der Straßenbahn nach Hause zu fahren.

Es hatte sich zwar nichts Besonderes ergeben, es wurde aber doch achtzehn Uhr, bis sie fertig waren, um einen Streifzug durch Gerthe machen zu können. Sie waren zu acht. Nur Haki war nicht dabei. Sie wollte am nächsten Tag auf der Dienststelle die Stellung halten, bis alle anderen wieder da waren. Zunächst begaben sie sich in die nächstgelegene Eckkneipe am Markt. Johann Jablonski gab die erste Runde aus und auch die zweite. Dann kam von Ken Bergmann eine Runde als ein Dankeschön für die bisher geleistete Arbeit. Nach und nach fühlte sich jeder irgendwie bewogen, eine Runde auszugeben. Vorwände gab es genug.

„Wenn das so weitergeht, sind wir in einer Stunde alle blau“, sagte Alfred Müller. „Ich habe Hunger wie ein Berglöwe.“

„Ich auch“, meldeten sich auch andere.

„Ich weiß, wo wir was sehr Gutes auf den Teller bekommen“, sagte Ken.

„Dann nichts wie hin.“

Ken Bergmann hatte nicht zuviel versprochen. In einer angenehm eingerichteten Gaststätte nahe der katholischen Kirche gab es eine große Auswahl an vorzüglichen Gerichten. Und sie wurden schnell und freundlich bedient.

„So, jetzt bin ich wieder richtig fit“, sagte Roger Hein und wischte sich zufrieden mit der Serviette den Mund ab. „Jetzt kann es von mir aus weitergehen.“

Sie tranken noch ein Bierchen, dann gingen sie wieder zum Marktplatz. Diesmal suchten sie zwei Gaststätten auf, die direkt nebeneinanderlagen. Der Alkohol machte sie tatsächlich lässiger und entkrampfter. Erinnerungen an kuriose Ereignisse in ihrem Beruf, Diskussionen über die neue Regierung mit einer Kanzlerin, Fußball, Tennis und Autorennen, alle möglichen Themen kamen mal kürzer, mal länger zur Sprache. Und dazwischen immer wieder Witze und Situationskomik. Die fröhliche Stimmung wurde immer ausgelassener. Schließlich kam es so weit, daß Jablonski allen das Du anbot. Darauf wurde wieder einer getrunken. Ein wenig argwöhnisch betrachteten andere Gäste die Gruppe, die sich eingehakt hatte und nicht ganz stubenreine Lieder vortrug.

„Ich kann nichts mehr vertragen“, sagte Alfred Müller nach dem x-ten Bier. „Ich glaub, ich werde alt.“ Er ging als erster.

Gerlinde Berthier kam zu Ken. „Ich danke Ihnen, daß Sie sich für mich eingesetzt haben“, sagte sie mit leicht unsicherer Stimme. Sie schwankte ein wenig hin und her. „Sorry, ich bin ein bißchen beschwipst!“

„Wie kommen Sie denn darauf?“ Ken nahm einen Schluck aus seinem Bierglas. „Wo habe ich mich denn für Sie eingesetzt?“

„Ups, jetzt habe ich noch einen kleinen Schluckauf“, sagte sie und holte tief Luft. „Na, vor ein paar Tagen, als die beiden Kollegen über mich gelästert haben. Ich habe das nämlich mitgekriegt. Ich stand hinter Ihnen im Flur. Sie haben mich nicht bemerkt. Ich habe aber alles durch die offene Tür gehört. Ja, ich habe alles gehört. Prost!“ Sie nahm einen erneuten Schluck aus dem Sektglas. Plötzlich fing sie an zu weinen.

„Was haben Sie?“ fragte Ken erschrocken. „Ist Ihnen nicht gut?“

„Dieser verdammte Saukerl!“ stieß sie hervor.

„Wen meinen Sie?“

„Meinen Exfreund. Ich studiere auf der Fachhochschule, und er studiert die Frauen in meinem Heimatdorf, dieser Drecksack. Und dann dreht er auch noch einer ein Kind an. Deshalb haue ich mir heute einen hinter die Binde. Männer sind doch alle Schweine."

„Es gibt auch anständige", sagte Ken.

„Kann sein. Ich kenne keine. Wahrscheinlich sind die Guten alle verheiratet. Sie sind so ein Guter, das weiß ich. Aber Sie sind ja auch verheiratet."

„Das stimmt."

„Deshalb war ich auch so ruppig in der Kantine. Das war der Tag, wo dieses Schwein mir gesagt hat, daß es ja gut sei, daß ich noch nicht nach Hause käme. Er hätte sowieso mit mir Schluß machen müssen, weil eine andere ein Kind von ihm bekommt. Können Sie sich vorstellen, wie mir zumute war? Ich habe mich noch nie so gedemütigt gefühlt. Ich habe mich noch nie so geschämt."

Dicke Tränen liefen ihr über die Wangen. Ken legte den Arm um ihre Schulter. „Ich kann mir vorstellen, daß das wehtut. Aber auch darüber wächst irgendwann Gras. Sie wissen doch, Doktor Zeit heilt alle Wunden."

„Danke." Sie holte ein Taschentuch hervor und trocknete die Tränen ab. „Danke, daß Sie mir zugehört haben. Jetzt geht es mir schon wieder ein wenig besser. Entschuldigen Sie mich bitte." Sie nahm ihre Handtasche und ging zur Toilette. Ken sah ihr nach. Und merkte, wie sein Herz klopfte.

Jablonski kam zu ihm und stieß mit ihm an. „Eines müssen Sie ... äh ... mußt du mir noch sagen. Wie ist es zu deinem Vornamen gekommen?"

Ken sah ihn erstaunt an. „Zu meinem Vornamen? Das ist ein Geheimnis."

Jablonski knuffte ihn in die Seite. „Erzähl keinen Mist. Los, raus damit, wieso heißt du Ken? Das ist doch ein höchst seltener Name."

Ken druckste herum. „Na ja, das hat was mit meinem Geburtsjahr zu tun."

„Mit deinem Geburtsjahr? Wann bist du denn geboren?"

„1963, im Frühjahr."

„Ja und?"

„Zu dieser Zeit war Kennedy Präsident der Vereinigten Staaten."

„Stimmt."

„Meine Eltern mochten ihn sehr, den JFK. Die fuhren so richtig auf ihn ab, auf ihn und auf die Beatles."

„Das taten viele. Es war eine verrückte Zeit."

„Eben. Und weil sie mich nicht Kennedy nennen konnten, nannten sie mich kurz Ken."

Jablonski wäre vor Lachen fast die Pfeife aus dem Mund gefallen. „Kennedy Bergmann! Das ist ein Hammer! Leute, kennt ihr Kennedy Bergmann?" rief er den anderen zu. „Nein?" Er wies mit einer theatralischen Geste auf Ken. „Hier steht er!"

„Ich hab nur mal was von Winnetou Goldstein gehört", sagte Roger Hein, bevor er kräftig rülpste. „Aber das war ein Witz. Also trinken wir auf Kennedy Bergmann. Prost!" Die Gläser klirrten.

„Ist das wirklich wahr?" fragte Jablonski noch einmal.

Ken nickte. „So wahr ich hier stehe und saufe. Meinen Vornamen verdanke ich John F. Kennedy."

Gerlinde Berthier kam zurück. Sie hatte sich soweit es ging frischgemacht, ihren Lidstrich erneuert und neuen Lippenstift aufgelegt. Sie wirkte nun nicht mehr so betrunken. Zwei Runden später verabschiedeten sich Roger Hein und Bernd Schott. Sie schwankten aus dem Lokal.

David Wakaba ließ sein angetrunkenes Bier stehen. „Ich habe auch genug", sagte er und stieß dabei auf. „Ich bekomme schon Sodbrennen." Auch er verabschiedete sich.

„Ich glaube, es ist Zeit, daß wir alle aufbrechen", sagte Ken weitere zwei Biere später. „Ich habe auch genug." Es war, als ob alle auf dieses Signal gewartet hätten. Jablonski bestellte sich ein Taxi.

„Nehmen Sie mich mit?" fragte Gerlinde.

„Das wird mir ein Vergnügen sein."

„Können wir auch mit?" fragten Ken und Malte Petersen.

„Ihr paßt bestimmt auch noch rein."

Es vergingen nur wenige Minuten, bis ein Taxifahrer das Lokal betrat.

„Sie sind ja schneller, als die Polizei erlaubt", sagte Petersen mit schwerer Zunge.

„Ich stand am Marktplatz", war die lakonische Antwort.

Gerlinde Berthier kramte in ihrer Handtasche. „So ein Mist", sagte sie. „Meine Wohnungsschlüssel sind weg."

„Die können nicht weg sein. Wir hätten das doch gehört, wenn sie aus der Tasche gefallen wären“, sagte Petersen.

„Dann kann ich sie nur auf der Dienststelle vergessen haben.“

„Ich schlage vor, ihr fahrt schon mal los. Ich gehe mit Frau Berthier zur Dienststelle. Wir werden den Schlüssel schon finden“, sagte Ken. „Also, bis morgen!“ Die anderen verließen mit dem Taxifahrer das Lokal. Ken Bergmann und Gerlinde Berthier zahlten.

„Schaffen Sie die fünfhundert Meter zu Fuß?“ fragte Ken.

„Ja. Das tut gut und macht uns wieder etwas nüchtern.“

„Also gut.“ Gemeinsam verließen sie die Gaststätte.

„Darf ich mich bei Ihnen einhaken? Ich bin doch nicht mehr so ganz sicher auf den Beinen.“

„Ja, natürlich“, sagte Ken.

Nach etwa zehn Minuten erreichten sie das Amtshaus. Gerlindes Schlüsselbund fanden sie recht schnell. Sie hatte ihn auf einem Aktenbock liegengelassen. „Da bin ich aber froh“, sagte sie erleichtert und lächelte Ken an. „Ich hätte sonst gar nicht gewußt, wo ich schlafen sollte.“

Sie traten aus dem Raum. Ken löschte das Licht und zog die Tür zu. Dann drehte er sich um. Gerlinde stand dicht hinter ihm. Das schwache Licht der Notbeleuchtung im Hausflur erzeugte sanfte Schatten auf ihrem Gesicht und ließ sie noch geheimnisvoller, noch anziehender erscheinen. Ken empfand in diesem Moment eine eigenartige Stimmung, die etwas wie Verlegenheit in ihm aufkommen ließ. Gleichzeitig rebellierte alles in ihm, wühlte ihn auf. Er fühlte sich wie elektrisch aufgeladen. Ohne nachzudenken legte er seine Arme um ihre Hüften, zog sie sanft an sich, beugte sich vor und küßte sie. Er wunderte sich für einen winzigen Moment, daß sein Kuß heftig erwidert wurde. Und er spürte, wie sie in seinen Armen erzitterte. Dann hatte er das Gefühl zu explodieren. Alles in ihm frohlockte. Er spürte den heftigen Pulsschlag seines Herzens und den gewaltigen Rausch der Gefühle, der sein Blut durch die Adern jagte.

Gerlinde legte ihre Arme um seinen Hals. Er spürte ihre geschmeidigen, fast tänzelnden Bewegungen an seinem Körper, die in ihm einen unwiderstehlichen Drang nach mehr auslösten. Er drückte sie an sich, spürte den sanften Druck ihrer Brüste. Ihre Bewegungen drückten heißes Verlangen aus. Er ließ seine Hände über ihren Körper gleiten.

Der Kuß schien unendlich zu sein. Ken drückte die Tür auf, hob Gerlinde hoch, drehte sich mit ihr in das Büro und schloß die Tür wieder. Das Büro war dunkel. Nur das schwache Licht der Straßenlaternen ließ alles schemenhaft erkennen.

Als sich die Lippen lösten, hörte er ihr heiseres Stöhnen. Während sich ihre Zungen erneut suchten, betasteten sich ihre Hände zitternd. Sie glitten zunächst ungestüm über die Körper, schoben sich dann aber unter die Bekleidung und wurden ruhiger und zielgerichteter. Die Aufregung ließ Ken alles vergessen.

Er spürte erneut ihre weichen, feuchten Lippen und das Kreisen ihrer Zunge. Seine Hände umfaßten sanft ihre prallen Brüste. Er fühlte, wie ihre Hand an ihm hinabglitt. Dann war sie es, die mit flinken Fingern begann, die lästigen Bedeckungen zu entfernen.

Ihr Stöhnen wurde immer heiserer, ihre schlangenhaften Auf- und Abbewegungen an seinem Körper immer heftiger. Mit zitternden Händen versuchte er, ihr die Kleider abzustreifen. Schließlich hatte er es geschafft, sie stand splitternackt vor ihm.

„Du bist eine wunderschöne Frau“, hauchte er ihr ins Ohr, und seine Lippen spielten mit ihren Ohrläppchen, während seine Hände ihren weichen Körper streichelten.

„Und du ein wunderbarer Mann“, erwiderte sie leise.

Dann verfielen sie dem Rausch und dem Zauber dieser Nacht.

Die Geräusche des ersten vorbeifahrenden Busses in der Frühe holten sie zurück in die Wirklichkeit. Schnell ordneten sie ihre Kleider und beseitigten alle Spuren ihrer Anwesenheit. Wie Diebe in der Nacht verließen sie das Gebäude. Auch jetzt standen noch Taxis am Marktplatz. Zusammen fuhren sie los. Hundert Meter vor seinem Haus ließ Ken anhalten. Er gab Gerlinde einen sanften Kuß auf die Wange und verabschiedete sich.

Er sah dem davonfahrenden Taxi nach, bis es im dunklen, naßkalten Wetter verschwunden war, schob den Kragen hoch und die Schultern zusammen und ging los. Erst jetzt überfiel ihn mit aller Wucht die volle Erkenntnis dessen, was geschehen war. Eine Welle der Ernüchterung, der Befürchtung und der Besorgnis stieg in ihm auf. Plötzlich fühlte er sich elend und schlecht. Das schlechte Gewissen nagte an ihm, drückte seinen Gemütszustand nieder. Voller Unruhe dachte er darüber nach, wie sich sein Leben von nun an abspielen sollte. Frauen haben den sechsten Sinn. Das hatte er schon mehrfach erfahren. Und Katharinas sechster Sinn war besonders gut ausgebildet. Fieberhaft überlegte er, wie er sein Geheimnis vor ihr verbergen konnte. Eines war sicher, er durfte ihr jetzt auf gar keinen Fall begegnen. Sie hätte sofort bemerkt, daß etwas nicht in Ordnung war. Und wie würde es mit Gerlinde weitergehen? Voller Sorge erreichte er seine Wohnung. Ganz leise öffnete und schloß er die Haustür und ebenso leise auch die Wohnungstür.

Im Dunkeln zog er seine Sachen aus. Sicherheitshalber überprüfte er seine Unterwäsche noch einmal im Bad. Dann nahm er zwei große Badetücher, schlich sich ins Wohnzimmer und legte sich auf die Couch. Er hatte Angst, irgendwelche Schubladen zu öffnen, um nach einer Decke zu suchen. Die Geräusche könnten Katharina wecken. Er konnte sich jetzt nicht zu ihr legen. Alles sträubte sich dagegen. Er bedeckte sich so gut es ging mit den Badetüchern, und mit dem Gedanken an den überwältigenden Abend mit Gerlinde fiel er schnell in einen tiefen Schlaf.

„Ken, du mußt aufstehen.“ Jemand rüttelte an seinem Arm. Er brummte etwas, dann fiel er wieder in den traumlosen Schlaf. „Ken, du mußt aufstehen!“ Wieder wurde er wachgerüttelt. Für einen Moment wußte er nicht, wo er war. „Du mußt zur Arbeit. Oder hast du heute frei?“

Vorsichtig öffnete er ein Augenlied, dann das andere. Sein Schädel brummte, und er hatte den Geschmack eines Misthaufens in seinem Mund. Irgendwie fühlte er sich erledigt und unsauber. Schweiß bedeckte seinen Körper.

„Das Zimmer stinkt wie eine Brauerei“, sagte Katharina vorwurfsvoll. Sie stand neben der Couch und zog ihm die Badetücher weg. „Mußtest du dich denn so betrinken? Wann bist du eigentlich nach Hause gekommen?“ Sie öffnete die Balkontür.

Ken war nur mit Unterhemd und Unterhose bekleidet. Er setzte sich auf, legte die Arme auf die Oberschenkel und starrte vor sich auf den Boden. Seine Haare standen wirr in die Luft. Mit der rechten Hand winkte er ab.

„Nicht jetzt“, stöhnte er.

Langsam kamen die Bilder der Nacht in sein Gedächtnis zurück und mit ihnen Angst und Sorge. Verdammt, reiß dich zusammen. Laß dir nur nichts anmerken, schoß es ihm durch den Kopf. Er wurde nüchterner. Seine Blase meldete sich zunehmend stärker. Er versuchte aufzustehen. Erst der dritte Versuch gelang. Katharina beäugte das mit sehr verärgertem Gesicht. Er torkelte los.

„Was war? Ich möchte eine Antwort!" forderte sie energisch.

Die Kinder retteten ihn, vorerst jedenfalls. Im Kinderzimmer hatte sich eine Kampfhandlung mit viel Geschrei und Beschimpfungen entwickelt, die die sofortige Anwesenheit von Katharina erforderlich machte. Sie drängte sich an ihm vorbei und betrat schimpfend das Kinderzimmer. Diesen Zustand nutzte er aus, um schnell im Badezimmer zu verschwinden und unter die Dusche zu springen. Das Wechselbad von warmem und kaltem Wasser machte ihn schnell wieder einigermaßen munter. Als er dann noch seine Zähne geputzt und die Haare gekämmt hatte, kam er sich wieder wie ein Mensch vor. Er merkte, wie es im Kopf langsam und dann immer mehr klopfte und im Magen rumorte. Glücklicherweise hatten sie Aspirin im Haus. Zornig besah er sich im Spiegel. Was bist du doch für ein Schwein! dachte er. Wie konnte das nur passieren?

Er fand sich zum Kotzen. Er empfand Scham und Abscheu vor sich selbst und litt unter seinem schlechten Gewissen. Und er hatte Angst, Angst davor, daß Katharina etwas davon erfuhr. Er wollte Katharina nicht verletzen, denn eines war ihm klar, sollte sie es erfahren, dann würde sie ungeheuer darunter leiden. Körperliche Schmerzen konnte man betäuben, Seelenschmerzen nicht. Ja, er hatte Angst, sie zu verlieren. Inzwischen waren sie viele Jahre verheiratet und hatten zwei kleine Kinder. Klar hatte es auch mal Streit zwischen ihnen gegeben, manchmal auch heftigen, aber es war nie so schlimm, daß sie die Achtung vor dem anderen verloren hatten. Nein, eigentlich hatten sie bisher keine schlechte Ehe geführt.

Und wie würden die Kinder das verkraften? Er erinnerte sich, daß er als kleiner Junge mal einen heftigen Streit zwischen seinen Eltern mitbekommen hatte. „Jetzt habe ich genug! Ich lasse mich scheiden!" hatte die Mutter gesagt. Das waren die fürchterlichsten Worte gewesen, die er je gehört hatte. Es war, als ob der Boden unter ihm weggebrochen wäre. Er hatte riesige Angst bekommen, die Eltern zu verlieren und die ganze Nacht geweint. Der Schock war so groß gewesen, daß er ihn nie wieder vergessen hatte.

Die Sache mit Gerlinde mußte eine einmalige bleiben. Das mußte er ihr klarmachen. So konnte und durfte es nicht weitergehen. Ken war fest entschlossen, jede über den Dienst hinausgehende Verbindung zu

Gerlinde Berthier zu vermeiden. Doch zunächst galt es, möglichst unauffällig zu sein und aufkommende Gefühle zu verbergen.

Nach etwa einer halben Stunde ließen die Übelkeit und der Kopfschmerz nach. Er konnte wieder etwas essen. Nach drei Tassen Kaffee fühlte er sich einigermaßen fit.

Auf Katharinas Fragen antwortete er ausweichend. Er wüßte nicht, wann er nach Hause gekommen sei, er habe nicht auf die Uhr geschaut. Es sei sehr gemütlich gewesen, und man habe dabei weder auf die Zeit noch auf die Anzahl der Bierchen geachtet.

Katharina gab sich schließlich damit zufrieden. „Du willst doch wohl nicht mit dem Auto zum Dienst fahren", sagte sie, als er seine Jacke anzog. „Du bist doch noch gar nicht dazu in der Lage."

„Doch, doch! Ich bin wieder fit. Ich habe geduscht, gut gefrühstückt und jede Menge Kaffee getrunken. Ich bin wieder voll da."

„Und der Alkohol in deinem Blut? Ist der auch weg?"

„Ich hoffe es. Ich fahre ganz vorsichtig."

„Leiter der Mordkommission besoffen im Auto angetroffen. Wird das die Schlagzeile morgen früh in den Zeitungen sein?" Er sah sie an. Eigentlich hatte sie ja recht. Richtig nüchtern war er ganz und gar noch nicht. Doch es störte ihn einfach, daß sie ihm sagte, was richtig und was falsch war. „Also, was ist? Willst du zehn Euro für ein Taxi ausgeben oder lieber deinen Führerschein verlieren?"

„Verdammt, dann fahre ich eben mit der Straßenbahn", brummte er.

Als er das Haus verließ, glaubte er, erneut voll besoffen zu sein. Die frische Luft wirbelte seinen Kreislauf durcheinander. Doch nach einigen tiefen Atemzügen änderte sich das. Er fühlte sich wieder klarer im Kopf.

Idiot, was hast du da gerade wieder für einen Scheiß veranstaltet? überlegte er auf dem Weg zur Haltestelle. Es ärgerte ihn fürchterlich. Er machte nur Mist und ließ dann auch noch den dicken Macho raushängen. Blöder Hund!

Er wußte, daß er früher nie so reagiert hätte. Er spürte, daß es mit der gestrigen Nacht zusammenhing, daß er instinktiv Frust und Wut, Angst und Hilflosigkeit auf Katharina abwälzte, daß er sie vor sich selbst schlechtmachen wollte, um damit sein eigenes Fehlverhalten vor seinem Gewissen rechtfertigen zu können. Doch er ahnte auch, daß ihm das nicht wirklich gelingen würde, daß die gefälschten Entschuldigungen ihn nicht auf Dauer entlasten würden. Irgendwann kam der Zeitpunkt, wo er sich selbst seine Fehler eingestehen mußte, wo er für sich selbst akzeptieren mußte, der wahre Übeltäter zu sein.

Immer wieder tauchten die Bilder der letzten Nacht vor ihm auf. Und immer wieder nahm er sich fest vor, daß das nicht wieder passieren durfte. Er wurde von seinen Gefühlen hin- und hergerissen. Fast hätte er die Haltestelle verpaßt, an der er aussteigen mußte. Es fiel ihm schwer, sich von seinen Gedanken und Empfindungen loszureißen. Mit aller Gewalt zwang er sich dazu, sich nichts anmerken zu lassen. Er staunte nicht schlecht, als er zur Dienststelle kam. Er war von allen der letzte.

„Morgen", grüßte er sie. Man sah ihm sein Erstaunen an.

„Morgen", grüßten die anderen zurück.

„David und Bernd sind schon unterwegs, um einen Galloper-Besitzer zu überprüfen", sagte Alfred Müller. Er lehnte an einem Schreibtisch, hatte die linke Hand lässig in der Hosentasche und in der rechten Hand eine Tasse mit dampfendem Kaffee. Gerlinde Berthier stand an der Stadtkarte, unterhielt sich mit Petersen und beachtete ihn nicht weiter. Sie grüßten sich kurz. Er vermied es, sie länger anzusehen. Roger Hein half Haki dabei, Aktenordner zu sortieren.

„Möchtest du auch einen Kaffee?" fragte Alfred. „Der weckt die Lebensgeister."

Ken nickte nur. Heimlich schielte er zu Gerlinde, doch die redete weiter angeregt mit Petersen. „Wie kommt es, daß ihr alle schon hier seid?"

„Dienst ist Dienst, und Schnaps ist Schnaps. Ich bin zwar kaputt wie ein Hund, aber schlafen kann ich ja nachher, wenn ich wieder zu Hause bin", sagte Alfred.

„Ihr seid ja mehr als vorbildlich." Ken schenkte sich einen Kaffee ein. „Das glaubt mir kein Mensch, wenn ich das erzähle."

„Dann behalte es doch lieber für dich."

Ken lachte. „Wie sieht's aus, Haki? Gibt es etwas Neues?"

„Nein, nur der Hinweis, daß einer unserer gesuchten Galloper-Fahrer wieder zu Hause ist. Das wird aber schon überprüft."

„Okay. Und wie geht es sonst weiter?"

„Ich habe gleich eine Vernehmung", sagte Roger.

„Und wir fahren noch mal raus. Es ist ein Hinweis eingegangen, daß in einer Kleingartenanlage blutverschmierte Kleidungstücke gefunden wurden", sagte Petersen.

„Und Sie ... äh, du?“ fragte er in Richtung Gerlinde. „Wir hatten uns doch gestern bei der Sauferei das Du angeboten, oder nicht?“ Sein Herz pochte wie der Dampfhammer in einer Schmiede. Er nahm einen Schluck Kaffee.

Gerlinde Berthier war ein wenig verlegen. „Ich glaube, ja“, sagte sie zögernd.

„Es bleibt also dabei?“

„Wenn Sie es wünschen.“

„Wenn du es wünschst.“

Sie wurde ein wenig rot. „Ach ja, – ja, ja, wenn du es wünschst. Sorry, ich muß mich erst mal daran gewöhnen.“

„Ich auch. Aber das wird schon klappen.“

„Wir würden Gerlinde gern mitnehmen“, sagte Alfred Müller. „Wir müssen damit rechnen, daß mehrere Personen befragt werden müssen. Wenn wir zu dritt dort auftauchen, sind wir schneller fertig.“

„Okay.“ Ken nahm wieder einen Schluck. Der warme Kaffee machte ihn munter.

„Hat Jablonski schon angerufen?“ fragte er Haki.

„Nein, bis jetzt noch nicht.“

„Der liegt bestimmt noch dem Tode nahe in der Pofe“, meinte er schmunzelnd.

„Das glaube ich nicht. Aus seiner Geschäftsstelle hat man angerufen, daß er bis Mittag nicht zu erreichen sei. Er ist heute morgen Anklagevertreter bei Gericht. Es geht um eine größere Rauschgiftsache.“

Ken Bergmann mußte schlucken. Er stellte die leere Kaffeetasse ab, schüttelte den Kopf und sagte: „Nicht zu glauben!“

Als Ken nach der Mittagspause sein Büro betrat, sah er sofort den Notizzettel auf dem Schreibtisch. Er war von David Wakaba und Bernd Schott.

Wir haben eventuell eine heiße Spur. Kommen um drei zur Dienststelle.

Er sah auf die Uhr, es war inzwischen halb zwei geworden. Einige Berichte von anderen Ermittlungen lagen auf dem Schreibtisch. Ken las sie quer. Zwei andere Geländewagen waren überprüft worden. Die Ermittlungen hatten ergeben, daß sie mit sehr hoher Wahrscheinlichkeit nicht als Täterfahrzeuge in Frage kamen. Ken übergab die Schreiben an

Haki, die sie auswertete und in Nebenakten ablegte. Gespannt wartete er auf Wakaba und Schott.

Jablonski rief an und erkundigte sich, ob Gerlinde ihren Schlüssel gefunden habe und ob beide gut nach Hause gekommen wären. Ken Bergmann bestätigte beides.

„Gibt es sonst noch was Neues?“

„David und Bernd sind unterwegs. Sie meinen, eine interessante Spur gefunden zu haben.“

„Schön wär's. Ich bin kaputt wie ein toter Hering. Ich fahre jetzt nach Hause. Wenn es etwas ganz Wichtiges geben sollte, bin ich dort zu erreichen“, beendete Jablonski das Gespräch.

Auf einmal verspürte Ken Hunger. Seit dem Morgen hatte er noch nichts gegessen, weil sein Magen das noch nicht zugelassen hatte. Er ging zu Haki. „Ich gehe mal eben rüber zur Trinkhalle. Falls man mich suchen sollte, ich bin in etwa einer Viertelstunde zurück.“ Haki nickte.

Ken Bergmann holte sich zwei belegte Brötchen. Es war zehn vor drei, als es an seiner Tür klopfte. Bernd Schott und David Wakaba betraten sein Büro. Bernd hatte einen dünnen Ordner unter dem Arm.

Ken deutete beiden an, sich zu setzen. „Also, was gibt es Neues?“

„Der gerade zurückgekehrte Besitzer des einen Galloper kommt nicht als Täter in Frage“, sagte David Wakaba. „Wir sind aber bei unseren anschließenden Ermittlungen auf einen gewissen Marian Nowak gestoßen.“ Bernd Schott legte die Kriminalakte vor Ken auf den Tisch. „Bei unseren Nachforschungen in der Nachbarschaft haben wir erfahren, daß er genau seit dem Tattag nicht mehr gesehen wurde. Es wird vermutet, daß er sich in Polen aufhält. Er fährt einen schwarzen, älteren Galloper. Nowak ist Polen-Deutscher aus Kolobrzeg. Das war bis zum 8. Mai 1945 Kolberg in Pommern“, sagte Bernd Schott. „Dort ist er geboren und großgeworden. Er ist jetzt sechsundzwanzig Jahre alt.“

„Also 1979 geboren.“

„Genau. Wie aus seiner KA hervorgeht, hat er dort auch seine Schulzeit verbracht. Er war auf einer Schule, die vergleichbar ist mit unserer Hauptschule. Er ist nie sitzengeblieben und hat die Schule mit einem leicht über dem Durchschnitt liegenden Wert abgeschlossen.“

Ken schlug die Akte auf und überflog die erste Seite, wo alle persönlichen Daten aufgelistet und auch Photos von Nowak waren. Er betrachtete einen Moment eines der Bilder. Es zeigte einen jungen Mann mit kantigem Gesicht, aschblonden, wirren Haaren und einem Oberlippenbart, der an beiden Seiten bis zum Kinn hinabführte. „Spricht er gut deutsch?“

„Ja, aber man hört seinen polnischen Akzent durch“, sagen die Leute.

„Wie du in der KA nachlesen kannst, ist er einszweiundneunzig groß und kräftig. Die erkennungsdienstliche Behandlung wurde wegen des Verdachts eines Einbruchs in eine Lagerhalle gemacht.“

„Aus dem Merkblatt geht hervor, daß er in die Lagerhalle eingebrochen war, um Werkzeuge zu stehlen“, fuhr Bernd Schott fort. „Er hatte in Polen Autoschlosser gelernt, dann aber seine Lehre im dritten Lehrjahr abgebrochen, weil er mit seiner Mutter nach Deutschland ausreiste. Hier hatte er nach einiger Zeit eine Anstellung als Hilfsarbeiter bei einem Krauter gefunden, der aus schrottreifen Autos wieder halbwegs fahrbare Untersätze machte. Im wesentlichen waren das aber alles Blender. Die alten Karren wurden schön aufgemotzt, neu lackiert und dann für viel Geld verkauft. Nach ein paar Monaten waren sie dann zwar reif für die Autopresse, aber ihr Geld waren die Kunden los. Einige haben den Krauter dann angezeigt. Als der merkte, daß die Sache für ihn eng wurde, hat er Nowak auch nicht mehr bezahlt.“ Bernd Schott holte eine Zigarettenschachtel aus seiner Tasche hervor. „Darf ich?“

Ken nickte. Bernd zündete sich eine an.

„Ja, und aus diesem Grund ist Nowak in die alte Lagerhalle eingebrochen“, berichtete David Wakaba. „Er hatte Geldforderungen an den Krauter. Und weil er sein Geld nicht bekam, wollte er als Ersatz dafür Werkzeug klauen.“

Ken zuckte mit den Schultern. „Na, das kann man ja irgendwo sogar noch verstehen.“

„So sah es auch das Gericht. Er wurde milde bestraft, weil er bis dahin unbescholten gewesen war. Er mußte nur eine Geldstrafe zahlen.“

„Also hat er keine weiteren Straftaten begangen?“

„Jedenfalls nicht in Deutschland.“

„Oder er ist nur nicht aufgefallen“, fügte Bernd Schott hinzu.

„Das kann natürlich auch sein. Wann ist er nach Deutschland gekommen?“

„1998. Mit der Mutter.“

„Und der Vater?“

„Dazu haben wir keine Angaben in der Akte.“

„Das hört sich nicht schlecht an. Wie seid ihr vorgegangen?“

„Wir haben erst in der weiteren Nachbarschaft vorsichtig recherchiert. Wir haben den Leuten erzählt, daß wir in einer Unfallsache einen Zeugen suchen. Dieser habe einen schwarzen Geländewagen hier in der Nähe gesehen. Und bei einem Nachbarn hatten wir Glück. Der war wohl sauer auf die Mutter. Jedenfalls hatten wir diesen Eindruck. Und der hat uns dann erzählt, was er wußte. Auch eine ganze Menge aus dem Leben und dem Verhalten der Nowaks."

„Und? War was Interessantes dabei?"

Schott wiegte den Kopf nachdenklich hin und her. „Die Mutter führt wohl ein sehr lockeres Leben. Es klang so, als ob unser Hinweisgeber Interesse an ihr gehabt hatte. Aber dann muß ihm wohl ein anderer in die Quere gekommen sein. Was aber vielleicht interessant sein könnte, ist die Tatsache, daß die Mutter Reiterin ist. Damit ist jedenfalls eine Verbindung von Nowak zu Pferden festzustellen."

„Besteht die Gefahr, daß die Mutter etwas von euren Ermittlungen erfährt?"

„Ich glaube nicht", sagte Bernd Schott. „Wie gesagt, war der Nachbar wohl nicht gut auf Frau Nowak zu sprechen. Und die anderen Nachbarn? Ich glaube, die haben keinen Kontakt zu ihr. Manche wußten ja noch nicht einmal etwas von dem Auto."

„Gut! Und was war noch?"

„Nichts mehr. Wir haben erst mal die Sache abgebrochen. Nowak ist noch nicht wieder zurück. Wir sollten in diesem Fall sehr vorsichtig vorgehen, damit er nicht unnötig gewarnt wird."

„Das ist sehr vernünftig. Wir werden nichts überstürzen."

„Wir wissen ja auch nicht sicher, daß er sich in Polen aufhält", fügte Bernd Schott hinzu. „Er kann ja auch ganz woanders sein. Deshalb müssen wir warten, bis er zurückkommt."

„Okay." Ken Bergmann sah Schott an. „Dann möchte ich dich bitten, die Kriminalwache zu informieren. Die soll heute nacht ihre Streifen gelegentlich am Wohnort vorbeifahren und nach dem Galloper Ausschau halten lassen. Es könnte ja sein, daß er in dieser Nacht nach Hause kommt. Sie sollen aber nicht eingreifen, sondern uns nur Bescheid geben."

„Ich kümmere mich darum", bestätigte Bernd Schott.

„Und ich werde schriftlich festhalten, was wir in dieser Sache ermittelt haben", sagte David Wakaba. „Willst du die Kriminalakte von Nowak noch behalten?" Ken nickte.

Er hatte Nowaks Kriminalakte in Hakis Zimmer deponiert. Als er in sein Büro zurückkehren wollte, traf er auf dem Flur Gerlinde. Sie hatte einige Schreiben in der Hand. Sie standen sich gegenüber und sahen sich an. Es lag etwas Lauerndes in der Luft. Ihr Lächeln war mehr als dezent. Sie sah trotz der gestrigen langen Nacht und der Arbeit am heutigen Tag klasse aus.

„Na, immer noch fit?“ fragte er.

Sie nickte. „Und du?“

„Ja, ich auch. Das war ganz schön heftig, gestern.“

„Die Trinkerei?“

„Ja. Aber auch das andere.“

Sie wurde ein wenig rot. Sie hatte ihren Kopf schräg gelegt und sah ihn zugleich erwartungsvoll und skeptisch an. „Und?“ fragte sie. „Hast du es bereut?“

Sag, ja! forderte sein Verstand. Jetzt ist der richtige Augenblick. Los, sag ja, und es ist vorbei, für immer vorbei, und du hast es hinter dir. Los, sag: Ja! Er sah ihre Augen, ihr sanftes Lächeln, ihr wahrhaft schönes Gesicht und wußte um ihre atemberaubende Figur unter der Kleidung. „Nein, es war wunderbar“, sagte er entschlossen.

Sofort rebellierte sein Verstand in ihm und entfachte ein Wirrwarr der Gefühle. Warum hatte er das gesagt? Warum hatte er nicht gesagt, was er wirklich dachte? Aber, was dachte er denn wirklich? Wollte er sie nicht mehr? Doch! Er wollte sie mehr als je zuvor! Es hatte gerade erst angefangen, und es ließ ihn nicht mehr los. Seine Gefühle siegten über den Verstand.

„Ich fand es auch ganz toll“, sagte Gerlinde. „Entschuldige bitte, aber ich muß ins Büro. Ich erwarte jeden Moment einen wichtigen Anruf. Wir können ja später noch miteinander sprechen.“

Sie ahnte nicht, wie sehr sie ihm in diesem Moment damit entgegenkam. Dabei hatte er völlig vergessen, zu fragen, was ihre Ermittlungen ergeben hatten.

Es war gegen halb fünf, als er das Amtshaus in Gerthe als letzter verließ. Als er zu seinem Auto kam, erwartete ihn dort Gerlinde.

„Kommst du noch mit zu mir?“ fragte sie.

Sofort befand er sich wieder in einem Zwiespalt. Einerseits wäre er gerne nach Hause gefahren, denn er fühlte sich aufgrund der letzten

Nacht doch sehr angeschlagen und müde, andererseits lockte ihn das Zusammensein mit Gerlinde. Sie war für ihn mehr als begehrenswert geworden. „Okay, ich fahre dir nach", sagte er und stieg in sein Auto.

Während der ganzen Fahrt spürte er eine innere Erregung, die er nicht abschütteln konnte. Es war aufregend und beklemmend zugleich.

Gerlindes Wohnung war nicht sehr groß und befand sich in der ersten Etage. Sie hatte einen kleinen Schlafraum, in dem gerade mal ein Doppelbett und ein Kleiderschrank Platz fanden, einen kleinen Wohnraum, den sie sehr gemütlich eingerichtet hatte, mit einer Couchgarnitur, einem beleuchteten Vitrinenschrank, einem Fernseher und einem CD- und DVD-Player, dann hatte die Wohnung noch eine kleine Küche mit allen wichtigen Geräten und ein Duschbad mit Toilette. Im Wohnungsflur war nur Platz für ein schmales Holzbrett mit vier Kleiderhaken.

„Möchtest du einen Kaffee?" Ken nickte.

Sie zog ihren Pullover aus und ging in die Küche. Er sah ihr hinterher und war sofort wieder berauscht von ihrer Figur. Er stand auf und folgte ihr. Sie war gerade dabei, Kaffee aus einem Keramikgefäß in die Filtertüte zu füllen. Wortlos legte er von hinten seine Arme um ihre Taille. Sie drückte sich leicht nach hinten, was ihn sofort in Erregung versetzte. Er drehte sie zu sich um. Sie bog den Kopf ein wenig zurück. Ihr Mund öffnete sich leicht. Langsam näherte er sich ihr. Ihre Lippen berührten sich erst sanft, dann stärker. Dann begegneten sich ihre Zungen. Ein Strom warmer Erregung fuhr durch ihre Körper und versetzte sie immer mehr in Verzückung. Im Taumel der Leidenschaft hob er sie hoch und trug sie in den Schlafraum. Und jetzt, völlig frei, ohne Angst gestört zu werden, mit vollen Sinnen, ohne Gedanken an irgend etwas anderes, nur konzentriert auf sich und ihre Gefühle, genossen sie ihr Beisammensein.

Sie lagen nackt nebeneinander. Gerlinde hatte ihren Kopf an die Schulter von Ken gelegt. Ihre Hand lag auf seiner Brust. „Ich bin sehr glücklich", hauchte sie.

Sein rechter Arm umfaßte sie. Er strich ihr mit der linken Hand sanft durch das Haar. „Ich auch."

„Ich könnte so mit dir einschlafen. Ich fühle mich so herrlich entspannt."

Ken lächelte. „Ich auch. Aber leider geht das nicht. Ich muß dich gleich verlassen."

„Kannst du nicht einfach hierbleiben?"

„Nein, mein Schatz, das weißt du doch. Ich muß gleich nach Hause."

„Schade."

„Ich würde auch gern noch hier bleiben, hier bei dir. Aber leider geht das nicht. Man wartet schon auf mich. Meine Frau hat bestimmt schon Essen gekocht. Und meine Kinder fragen bestimmt auch schon nach mir. Ich kann nicht bleiben, selbst wenn ich es wollte."

Gerlinde schwieg. „Möchtest du etwas trinken?" fragte sie schließlich. „Vielleicht einen Schluck Sekt? Das macht wieder munter."

„Keine schlechte Idee."

Gerlinde stand auf und ging unbekleidet ins Wohnzimmer. Kurz darauf kam sie mit zwei Gläsern und einer Flasche Sekt zurück. Ken öffnete gekonnt die Flasche und schenkte ein.

„Ich wundere mich überhaupt, daß du noch so fit warst", sagte sie.

„Du warst das doch auch."

Gerlinde lachte spitzbübisch. „Ja, aber wir Frauen haben es ja auch leichter. Bei uns muß sich nichts aufrichten."

Ken lachte. „Da hast du allerdings recht. Und, warst du mit dem ausgestreckten Arm zufrieden?" Sie antwortete mit einem Kuß.

„So, jetzt muß ich aber gehen", sagte er, nachdem er sein Glas ausgetrunken hatte. Er stand auf und begann damit, seine Sachen einzusammeln, die er im Rausch des ersten Augenblicks achtlos im Schlafzimmer fallengelassen hatte. Gerlinde lehnte im Türrahmen, faltete die Arme über die Brust und sah ihm mit ausdruckslosem Gesicht zu. „Bleib doch noch ein bißchen. Dir fällt doch bestimmt eine Ausrede ein. Vielleicht mußtest du noch etwas einkaufen. Oder jemanden treffen. Oder hattest eine Panne mit deinem Auto."

Ken sah zu ihr auf. Ihr nackter Körper war eine einzige Versuchung. Gewaltsam riß er sich von dem Anblick los. „Es geht nicht", sagte er. „Bitte glaub mir, es geht nicht."

„Es geht alles, wenn man es will."

Auf einmal merkte Ken, wie Widerstand in ihm hochkam, wie so etwas wie Trotz in ihm aufstieg. Ohne zu überlegen schoß es aus ihm heraus. „Du redest schon wie Katharina!"

Im selben Moment wurde ihm bewußt, was er gerade gesagt hatte. Das mußte für Gerlinde wie eine schallende Ohrfeige sein. So war auch ihre Reaktion. Ihre Augen funkelten zornerfüllt auf. Sie wurde abwechselnd blaß und rot. „Vergleiche mich nie wieder mit deiner Frau!" fauchte sie. Dann sah es so aus, als ob sie nur mit Mühe ihre Tränen zurückhalten würde.

„Entschuldige, das ist mir so rausgerutscht", stammelte er. „Ich wollte dich nicht kränken." Er machte eine kleine Pause. „Und dich auch nicht mit meiner Frau vergleichen."

Gerlinde sah ihn lange an. Erst als er sich wieder bewegte und begann, sich anzuziehen, sagte sie: „Erzähle nie wieder etwas über sie, wenn du bei mir bist. Ich möchte sie nicht sehen, in natura nicht und auch nicht auf Photos. Und ich möchte nicht mit ihr reden."

Er setzte sich auf das Bett und sah zu ihr auf. „Und wenn sich das nicht vermeiden läßt? Wenn sie auf einmal auf der Dienststelle erscheint, was dann? Läufst du aus dem Zimmer? Oder wenn sie mal anruft, um mit mir etwas abzusprechen. Wenn du dann gerade am Apparat bist, was ist dann? Sprichst du dann nicht mit ihr?"

Gerlinde wand sich wie ein Aal. Es dauerte relativ lange, bis sie verbittert sagte: „Ja, schon. Also gut, wenn es sich nicht vermeiden läßt, werde ich wohl nicht um eine Begegnung herumkommen. Aber ansonsten möchte ich nichts von ihr hören oder sehen. Machen wir es so?"

Er war dabei, seine Strümpfe anzuziehen. Bevor er etwas erwidern konnte, hatte sie sich auf ihn zubewegt, seinen Kopf in die Hände genommen und zu einem langen Kuß angesetzt. „Machen wir es so?" fragte sie danach noch einmal.

Ken nickte. Er gab ihr einen flüchtigen Kuß zurück und zog sich weiter an. Eine Viertelstunde später saß er in seinem Auto. Während er nach Hause fuhr und der Stimme von Chris Rea im Auto lauschte, wühlten ihn seine Gedanken wieder zutiefst auf. Die Welle der miesen Gefühle, die man in ihrer Gesamtheit als schlechtes Gewissen bezeichnet, überfiel ihn erneut, allerdings nicht mehr ganz so stark wie in der Nacht zuvor. Die Wucht der ersten Emotionen hatte ein wenig nachgelassen. Aber sie war immer noch stark genug, um ihn in innere Unruhe zu versetzen.

Warum? fragte er sich. Warum das alles? Lag es daran, daß sein Leben seit Jahren in eingefahrenen Wegen verlief, wenn man mal von seinem Dienst absah? Natürlich war das sexuelle Verlangen zwischen

Katharina und ihm nicht mehr so groß wie am Anfang ihrer Ehe. Eigentlich kam es nur noch dann dazu, wenn irgendein besonderes Ereignis vorweggegangen war, das sie in eine entsprechende Stimmung versetzte.

Oder lag es an den immer wiederkehrenden alltäglichen Ärgernissen mit Katharina? Bestimmt hundertmal hatte er sie darum gebeten, doch Flaschen, Tuben oder was sie sonst noch aufgemacht hatte, auch wieder richtig zu verschließen. Es war wie ein Kampf gegen Windmühlen. Flaschen waren ihm deshalb schon aus der Hand gefallen, zersplittert, und ihr Inhalt hatte sich über den Boden vergossen. Ähnliches passierte auch mit Tuben, Dosen und anderen Behältnissen, was ihn oft genug wütend machte.

Was ihn ebenso ärgerte, war, daß Katharina keine Wattebäuschchen zum Abschminken benutzte, sondern sich mit einem Handtuch das braune Zeug aus dem Gesicht rieb und das Handtuch dann wieder zum Abtrocknen aufhängte. Oft genug hatte er wild geflucht, wenn er auf einmal feststellen mußte, daß er sich mit so einem Handtuch abgetrocknet hatte. Er hatte dann das dringende Bedürfnis, sich erneut zu waschen, denn die braunen Flecken auf dem Handtuch sahen aus, als ob sich jemand damit den Hintern abgewischt hätte. Es gab noch einige andere Probleme dieser Art. War es das, was ihn dazu gebracht hatte, sich mit Gerlinde einzulassen? Verdammt, trotz dieser Ärgernisse mit Katharina führte er doch eigentlich eine gute Ehe mit ihr. Ihm wurde bewußt, daß das alles nur vorgeschoben war, daß es lächerliche Kleinigkeiten waren.

Oder war es die Sehnsucht nach vergangenen Zeiten?

Irgendwann einmal hatte er so für sich selbst gedacht, möchtest du noch mal so verliebt sein wie in der Jugend, mit all den Sehnsüchten und dem Herzschmerz, der damit verbunden ist. Einmal noch so richtig wild und ursprünglich verliebt sein, das wäre schön. Aber es war unerreichbar, denn schließlich war er ja verheiratet, und daß es dieses Gefühl noch einmal mit Katharina geben könnte, daran konnte er beim besten Willen nicht glauben, nein, das konnte nur mit einer neuen, unbekannten Frau, nur mit einer neuen Eroberung gelingen. Und diese Möglichkeit war für ihn so weit weg wie Alpha Centauri von der Erde. Er war verheiratet mit einer schönen, begehrenswerten Frau. Und er hatte zwei Kinder. Da war Verantwortung, da war eine Vertrauensbasis, da war eine gemeinsame Lebensleistung. Und vor allem waren da zwei

Kinder, wohlbehütet und sicher im Kreis der Familie. Er wagte erst gar nicht, sich auszumalen, was passieren würde, wenn das alles auf einmal in Frage gestellt, ja zerstört werden würde. Die Schmerzen, die er den wichtigsten Menschen in seinem Leben zufügen würde, würden auch auf ihn zurückfallen. Auch er würde nicht ungeschoren davonkommen, obwohl ihm das noch am wenigsten wichtig erschien. Allein die Vorstellung, seine Familie zerstören zu können, erdrückte ihn.

Nein, für ihn war klar, er würde nie mehr im Leben so verliebt sein wie in seiner Jugend. Für ihn war klar, diese Phase des Lebens war vorbei, für alle Zeiten passé.

Doch nun war plötzlich das Unfaßbare, das Unglaubliche, das nicht für möglich Gehaltene eingetreten. Nicht nur, daß Gerlinde eine außergewöhnlich attraktive Frau war, sie war auch siebzehn Jahre jünger als er. Phantastisch! Eine siebzehn Jahre jüngere Frau zeigte starkes Interesse an ihm, riß ihn mit all ihrer jungen Lebensfreude, mit ihrer Geschmeidigkeit, mit ihrem weichen und doch festen Körper mit in einen Taumel der Gefühle. Auf einmal war die Jugend wieder da, das plötzliche Verliebtsein, die tiefen, gewaltigen Gefühle. Das haute ihn um, das warf ihn aus der Bahn, das wirbelte sein Leben durcheinander.

Was wäre, wenn? Diese Frage bekam auf einmal große Bedeutung. Was wäre, wenn er irgendwann auffiel, wenn Katharina von seinem Seitensprung erfuhr? Wie würde sie reagieren? Vielleicht würde es sogar mit Katharina und den Kindern weitergehen, auch wenn er aufgeflogen war, aber dann dafür Gerlinde aufgab. Doch es würde nie wieder so sein wie bisher, nie wieder würde diese Vertrauensbasis da sein. Die Erinnerung an seinen Ehebruch mit Gerlinde würde wie ein Stachel im Fleisch ihrer Ehe steckenbleiben. Vielleicht würde dieser Stich im Laufe der Zeit schwächer werden, aber er würde nie ganz verschwinden.

Das ist die Frage aller Fragen. Und du mußt mir die Antwort sagen. Einmal, da kommt der Schluß, wo man bekennen muß, in diesem Augenblick, da gibt es kein Zurück, und jedes Wort muß wahr sein.

Der uralte Song von Cliff Richard fiel ihm plötzlich ein.

Irgendwann mußte er eine Entscheidung treffen. Das war jetzt schon klar. Eine Entscheidung, die er verabscheute. Eine Entscheidung, vor der ihm graute. Eine Entscheidung nicht nur über seine Zukunft, eine Entscheidung auch für die Zukunft der wichtigsten Menschen in seinem Leben. Verdammter Mist, dachte er.

Dann bog er in seine Straße ein.

12

Kurt Landers hatte Kens Frau Katharina des öfteren im Reiterverein getroffen. Zwischen Aline und Dana hatte sich eine Freundschaft aufgebaut. Die beiden Mädchen kümmerten sich mit Leidenschaft um seine alte Stute. Dana wurde stets gebracht und abgeholt. Manchmal hatte sie eine Kleinigkeit für das Pferd dabei, was Landers mit Freude wahrnahm. Mit der Zeit hatten sich auch seine Frau Maria und Katharina kennengelernt, und einmal hatte Maria auch Ken im Verein getroffen.

Als Kurt Landers an diesem Tag nach Hause kam, nachdem er seine beiden Pferde versorgt und sie vor allem auch in der alten Reithalle bewegt hatte, sprach ihn gleich Maria an. „Heute hat schon zweimal ein Mann hier angerufen. Das war irgendwie komisch. Er wollte auch seinen Namen nicht nennen."

Kurt Landers zog sein Reitzeug aus. „Was wollte er überhaupt?"

„Wenn ich das wüßte."

„Hast du nicht gefragt?"

„Doch! Aber er ist ausgewichen. Er wollte sich noch mal melden."

Kurt Landers warf die Sachen achtlos in einen Sessel, was Maria Zornesfalten auf die Stirn trieb. „Dann warten wir halt ab. Wenn er wirklich was von mir will ..." Er hatte den Satz noch nicht zuende gesprochen, da klingelte schon das Telephon. Kurt Landers nahm ab. Er stand in Unterhose und nur mit dem Oberhemd bekleidet im Wohnungsflur. „Ja?"

Der Mann am Ende der Leitung fragte: „Spreche ich mit Kurt Landers?"

„Und wer sind Sie?"

Es blieb eine kurze Weile still. Dann kam wieder die Frage: „Sind Sie Kurt Landers?"

„Der Nikolaus bin ich jedenfalls nicht. Also, ich bin Kurt Landers, und nun Schluß mit dem Versteckspiel. Wer sind Sie, und was wollen Sie?"

„Sie kennen mich nicht. Aber Sie kannten meinen Vater."

„Ihren Vater?"

„Ja, Rupert Koch hieß er."

„Rupert Koch?" Bei dem Namen fiel es Kurt Landers wie Schuppen von den Augen. Na klar, er kannte ihn, ein Straftäter, mit dem er vor Jahren mal zu tun gehabt hatte.

„Erinnern Sie sich?“

„Ja.“

„Mein Vater ist tot. Schon seit drei Jahren.“

„Das tut mir leid.“ Im Hörer wurde es für einen Moment still. „Kann ich was für Sie tun?“ fragte Landers.

„Nein, aber ich kann vielleicht etwas für Sie tun.“

„Für mich?“

„Ja. Es geht um den Doppelmord in der Stempke.“

Sofort war Kurt Landers wie elektrisiert. „Wollen Sie einen Hinweis geben?“

„So könnte man sagen.“

„Ich bin nicht mehr im Dienst.“

„Ach so, na dann ...“

„Nein, halt, warten Sie. Ich bin trotzdem sehr interessiert.“

„Obwohl Sie nicht mehr bei den Bullen sind?“

„Genau! Warum wollen Sie das ausgerechnet mir sagen?“

„Weil mein Vater immer sagte, er sei Ihnen noch etwas schuldig. Diese Schuld möchte ich nun abtragen. Sie wissen nicht mehr, um was es ging?“

„Nein. Aber ich hoffe, Sie werden es mir sagen.“

„Jetzt, am Telephon?“

„Ja.“

Der Anrufer zögerte. „Eigentlich würde ich lieber mit Ihnen unter vier Augen darüber reden.“

„Sie brauchen keine Angst zu haben. Hier hört niemand mit.“

„Also gut. Sie haben meinem Vater mal vor vielen Jahren geholfen. Er sprach oft davon und war Ihnen sehr dankbar dafür. Es ging um Haftverschonung.“

Jetzt fiel Kurt Landers wieder alles ein. Es war etwa zwanzig Jahre her, als er Rupert Koch festgenommen hatte. Er hatte einige Diebstähle und Einbrüche begangen und auch ein wenig mit Rauschgift gedealt. Dafür war er zu einer längeren Haftstrafe verurteilt worden. Zum Strafantritt war er nicht erschienen, sondern hatte sich versteckt. Kurt Landers hatte den Auftrag erhalten, nach ihm zu fahnden. Wochenlang war er mit seinem Mitfahnder hinter ihm her, suchte in seinen Stammkneipen, beim Sportverein, in allen möglichen Gaststätten, Pubs, Spielcasinos, Diskotheken und anderen Plätzen nach ihm, wo sich Menschen zu treffen pflegten, wie zum Beispiel das Bahnhofsgelände. Dann endlich hatte er Erfolg. Er traf zufällig auf Koch, als er in der Bochumer Innenstadt unterwegs war. Er war als Zeuge bei Gericht gewesen und gerade auf dem Weg zu seinem Auto, als es passierte. Rupert Koch hatte die Wohnung eines ehemaligen Mittäters verlassen, wo er Unterschlupf gefunden hatte. Direkt an der Haustür trafen sie aufeinander, und das im wahrsten Sinne des Wortes. Koch kam aus dem Haus, Landers ging gerade am Haus vorbei, direkt am Eingang stießen sie zusammen. Eine erste Schrecksekunde, dann versuchte Rupert Koch zu fliehen. Doch Kurt Landers hatte sich ebenso schnell vom ersten Schreck erholt und sofort reagiert. Er ergriff Rupert Koch von hinten und riß ihn zu Boden. Dann kniete er sich auf ihn und legte ihm die Handschellen um. Er hatte ihn endlich. Ein gewisses Hochgefühl hatte von ihm Besitz ergriffen. Er hatte den lange gesuchten Verurteilten endlich erwischt. Er schleppte ihn mit zu seinem Auto. Und dabei erfuhr er, warum Rupert Koch sich nicht gestellt hatte.

Rupert Koch war verheiratet. Er lebte in einfachsten Verhältnissen. Seine Frau war schwerstkrank. Sie war wegen Gebärmutterhalskrebs operiert worden und lag nun zu Hause. Doch nicht nur das. Auch eines seiner beiden Kinder war schwer erkrankt, und dazu auch noch seine Mutter. Weil er gesucht wurde, traute er sich nicht, Hilfe von Behörden zu erbitten. Ihm war klar, daß er sofort eingesperrt werden würde. Nachts schlich er sich des öfteren ins Haus. Daß die Polizei sporadisch den Vordereingang und den Hintereingang des Hauses überwachen würde, davon ging er aus. Doch er hatte einen relativ sicheren Weg zu seiner Familie über das Dach gefunden.

„Ich brauche nur noch drei Wochen“, hatte Rupert Koch immer wieder gefleht. „In drei Wochen sieht alles anders aus. Dann geht es meiner Frau hoffentlich wieder besser und auch meinem Kind und meiner Mutter. Ich kann auch alles andere mit Versicherungen, Banken und Behörden erledigen, bevor ich in den Knast gehe.“

Kurt Landers ließ sich erweichen. Er fuhr mit Rupert Koch zu dessen Wohnung. Rupert Koch hatte nicht übertrieben. Seine Familie befand sich in einem erbärmlichen Zustand. Die beiden kranken Frauen weinten, als sie sahen, was passiert war. Und die kleinen Kinder fingen ebenfalls zu weinen an. In diesem Moment fühlte sich Kurt Landers elend wie selten zuvor. Ihm wären fast selbst die Tränen gekommen.

„Bitte, geben Sie uns drei Wochen Zeit“, flehten die Frauen.

„Bitte helfen Sie uns. Ich melde mich nach drei Wochen freiwillig bei ihnen. Das schwöre ich beim Tode meiner Kinder. Egal, was kommt, ich halte mein Wort."

Es war eine schwere Entscheidung für Kurt Landers, denn wenn er Rupert Koch jetzt freiließ, dann machte er sich selbst strafbar, dann verlor er mit sehr hoher Wahrscheinlichkeit seine Stellung. Strafvereitelung im Amt und Begünstigung wurden schwer bestraft. Und das war auch richtig so. Aber hier war er in einer Situation, die sein Gewissen auf das Schwerste belastete. Er wußte, wenn er Koch ins Präsidium brachte, dann kam der nicht mehr frei, um sich um seine Familie kümmern zu können.

Er ließ Rupert Koch, nach dem er so lange und so intensiv gefahndet hatte, nur auf sein Ehrenwort hin frei. Im Konflikt zwischen Pflicht und Gewissen hatte er sich für das Gewissen entschieden.

„Ich kann nur hoffen, daß Sie ihr Wort halten", sagte er, als er Koch die Fesseln abnahm, „denn wenn Sie es nicht tun, dann vernichten Sie meine Familie und mich."

„Ich werde Sie nicht enttäuschen. Ich schwöre es!" bekräftigte Rupert Koch noch einmal.

„Sie haben uns sehr geholfen. Das werden wir Ihnen nie vergessen", sagte seine Frau mit Tränen in den Augen. „Mein Mann wird sein Wort halten. Gott schütze Sie."

Tief beschämt, voller Sorge, aber auch irgendwie glücklich verließ er das Haus. Als er draußen war, atmete er einige Male tief die frische Luft ein.

Er war jung verheiratet und hatte nicht viel Geld. Er mußte noch einige Raten für seinen Hausstand abzahlen. Aber gemessen an dieser Lage, lebte er fast wie ein König. Eigentlich wollte er heute abend für zehn Mark ein paar Biere trinken gehen. Er war entschlossen, darauf zu verzichten. Lieber wollte er helfen, ganz unauffällig, ohne sich zu zeigen. Er würde einen Briefumschlag nehmen, den Zehner hineinlegen und ihn in den Briefkasten des Kochs einwerfen. Zehn Mark war nicht sehr viel Geld, aber für jemanden, der wenig hat, ist es ein Vermögen. In den nächsten Tagen beeinflußte Kurt Landers die Fahndung nach Rupert Koch so, daß dieser nicht gefunden werden konnte.

Rupert Koch hielt Wort. Drei Wochen später rief er Kurt Landers an und sagte, daß er ihn in seiner Wohnung abholen könne. Kurt Landers fuhr allein zu ihm. Inzwischen sah es wieder ein wenig besser aus. Beide Frauen hatten sich erholt, und auch dem kranken Kind ging es wieder besser.

Rupert Koch hielt ihm die Arme hin. Kurt Landers schüttelte den Kopf. Er brauchte ihn nicht zu fesseln. Da war er sich ganz sicher.

„Wir werden ihnen das nie vergessen“, sagten die beiden Frauen, als er mit ihm die Wohnung verließ. Kurt Landers hatte das, was er getan hatte, nie wiederholt. Aber er hatte diese eine Tat niemals bereut.

„Sind Sie noch da?“

„Ja, ja“, stammelte Landers. „Ich war gerade nur kurz in Gedanken. Sie sind also Rupert Kochs Sohn?“

„Das bin ich.“

„Also, was haben Sie vor?“

„Ich möchte mich mit Ihnen treffen.“

„Wo?“

„Sie kennen doch bestimmt die Seilscheibe auf dem Marktplatz in Gerthe. Können Sie in drei Stunden dort sein?“

„Ja.“

„Gut, dann treffen wir uns dort.“

„Und wie erkenne ich Sie?“

„Ich werde an der Seilscheibe stehen und eine Zigarette rauchen. Ich habe eine braungrau karierte Jacke an und eine graue Kappe auf.“

„Alles klar. Dann treffen wir uns in drei Stunden.“

Das Gespräch war beendet.

„Wer war das?“ fragte Maria neugierig.

„Ein Informant aus alten Tagen“, sagte er. „Er will mir nachher einen Tip geben.“

„Aber du bist doch gar nicht mehr bei der Polizei.“

Kurt Landers lachte. „Irgendwie bleibe ich wohl immer ein bißchen Polizist. So, und jetzt möchte ich etwas essen. Ich habe Hunger.“

Kurt Landers erkannte den Anrufer sofort. Er lehnte tatsächlich an der Seilscheibe eines ehemaligen Förderturms. Diese Seilscheibe und der letzte Kohlenwagen der ehemaligen Zeche Lothringen waren hier auf dem Marktplatz in Bochum-Gerthe aufgestellt worden, um an die Bergbauvergangenheit dieses Vorortes zu erinnern.

„Ich bin Kurt Landers.“ Kurt Landers blieb mißtrauisch und verlangte zunächst, den Personalausweis zu sehen. Der Mann holte seinen Personalausweis hervor. Kurt Landers warf einen längeren Blick darauf. „Oliver Koch heißen Sie also." Er gab den Ausweis zurück. „Nun, was wollen Sie mir sagen?"

„Ich glaube, ich kann bei der Klärung des Doppelmordes helfen. Ich habe von der Sache in der Zeitung gelesen und lange überlegt, ob ich überhaupt was sagen soll und wem. Dann fiel mir ein, daß mein Vater immer gesagt hat, wenn es was mit der Polizei zu regeln gibt, dann soll ich mich nur an Sie wenden. Sie wüßten am besten, wie man eine Sache vernünftig regelt. Aber Sie sind ja nicht mehr im Dienst." Er sah Kurt Landers an.

„Hoffentlich glaubte Ihr Vater nicht, daß man mit mir über dienstliche Sachen Geschäfte machen kann. Da wäre er sehr auf dem Holzweg gewesen."

„Nein, nein, so meine ich das nicht. Er hielt Sie immer für sehr korrekt und auch für menschlich. Bei anderen glaubte er das nicht. Da hatte er das Gefühl, daß sie ihn immer linken wollten." Oliver Koch schnippte die Asche von seiner Zigarette. „Ich will nicht mit den Neubullen sprechen", fuhr er fort. „Wenn ich mit denen zu tun habe, versuchen die immer gleich, mir was anzudrehen. Die meinen sofort, wir würden Autos umflicken und als Blender für viel Geld verkaufen. Das ist alles Quatsch."

Wieder nahm er einen tiefen Zug aus der Zigarette. Er war nervös. Die Situation war ihm offensichtlich unbehaglich. Kurt Landers schwieg. „Ich will keine Bullen bei mir rumlaufen haben, die ich nicht kenne." Er warf seine Zigarette zu Boden und trat sie achtlos aus.

„Ich glaube, dafür kann ich sorgen", sagte Kurt Landers. „Ich mache Sie mit erfahrenen Kollegen bekannt. Dann gibt es kein Problem."

„Der, den ich für den Mörder halte, Marian Nowak, ist seit längerer Zeit schon weg. Und ich mußte überlegen, ob ich die Polizei bei mir rumschnüffeln haben will. Sie kennen den Nowak nicht. Der ist bärenstark und manchmal sehr jähzornig. Ich bin nicht lebensmüde. Wenn der wirklich die beiden Leute in der Stempke umgebracht hat, dann möchte ich nicht sein drittes Opfer werden. Deshalb darf auf gar keinen Fall herauskommen, daß ich mit Ihnen geredet habe. Ich will nicht als Zeuge vor Gericht stehen, ist das klar? Der Typ kommt vielleicht in ein paar Jahren raus und murkst mich oder jemanden aus meiner Familie ab."

Kurt Landers hob beschwichtigend die Hände. „Als Doppelmörder würde der nicht mehr rauskommen."

Oliver Koch lachte höhnisch auf. „Das sagen Sie. In unserem Staat ist doch alles möglich. Da werden ja sogar Kindermörder wieder auf freien Fuß gesetzt, Nee, nee, da mache ich nicht mit. Ich will da ganz außen vor bleiben. Das müssen Sie mir versprechen."

Das brachte Kurt Landers in die Zwickmühle. Eventuell würde er als Zeuge bei Gericht gehört werden, und man würde ihn fragen, woher er die Informationen hatte. Und dann? Er war als Zeuge verpflichtet, alles zu sagen, was er zu dem Fall wußte. Würde er sich weigern, seinen Hinweisgeber zu nennen, würde er sich strafbar machen. Wenn er aber log und sagte, daß der Hinweisgeber unbekannt sei, würde er eventuell einen Meineid riskieren. Doch selbst, wenn es nicht herauskäme, vor seinem Gewissen würde er damit Probleme haben.

„Außerdem möchte ich auch nicht, daß die Polizei mir alles auf den Kopf stellt", unterbrach Oliver Koch seine Gedanken. „Wenn die anfangen rumzusuchen, dann sieht meine Werkstatt hinterher wie ein Schlachtfeld aus. Die glauben doch immer gleich, daß in so einer Schrauberwerkstatt geklaute Autos umgehämmert werden. Ist doch so. Und dann suchen sie mehr nach Beweisen für das Umfrisieren von Autos als nach den Mordbeweisen."

„Stimmt das denn mit dem Umfrisieren?" Oliver Koch sah Kurt Landers mit einer Mischung aus Überraschung, Entsetzen, Ärger, Vorsicht und Abwehr an.

Kurt Landers lachte. „Keine Angst, sollte nur ein Scherz sein." Für ihn war klar, daß er ins Blaue getroffen hatte. Ganz sicher wurden in dieser Werkstatt auch Fahrzeuge umfrisiert. Dabei hätte er fast einen Fehler gemacht. Oliver Koch war auf dem besten Weg, wieder abzuspringen. „Die Sache mit den Fahrzeugen interessiert mich nicht. Ich bin raus aus dem Polizeijob. Nur, wenn es so ist, dann sollten die Fahrzeuge oder Fahrzeugteile bei einer Durchsuchung nicht mehr am Ort sein."

„Bei mir gibt es nichts zu verstecken."

„Um so besser", sagte Kurt Landers. „Nowak heißt der Kerl also, den Sie für den Mörder halten."

„Genau so ist es."

„Und warum?"

„Also, ich habe mit zwei Kumpels seit knapp zwei Jahren diese Schrauberwerkstatt auf einem ehemaligen Bauernhof. Der Hof wird landwirtschaftlich so gut wie nicht mehr genutzt. In einem der größeren

Ställe ist unsere Werkstatt. Nebenan hat der Eigentümer des Hofes zwei Pferde und eine Ziege stehen. Nowak darf da auch sein Auto reparieren. Der war schon vor uns da. Er hatte sich irgendwann mal einen alten Mercedes 280SL gekauft. Vielleicht können Sie sich noch an dieses Auto erinnern. Das war in den sechziger Jahren ein richtig schöner Wagen mit offenem Verdeck und ..."

„Ich weiß. Ich kenne ihn", unterbrach ihn Kurt Landers.

„Okay. Also, der Mercedes war eine ziemlich schrottreife Kiste. Doch inzwischen hat Nowak dieses Auto wieder ganz gut hingekriegt. So nach und nach hat er sich von den verschiedensten Autoverwertern die Ersatzteile besorgt, die er brauchte. Vor drei Wochen hat er neue Ledersitze ergattert und eingebaut. Die Karre sieht jetzt schon wieder richtig gut aus. Wenn die neu gespritzt ist und neue Chromteile bekommt, hat er einen Super-Oldtimer."

Aus Oliver Kochs Worten war deutliche Begeisterung für das Auto herauszuhören.

„In unserer Werkstatt haben wir auch Spinde stehen. Zwei Spinde gehören dem Nowak. In einem habe ich mal solche Stangen gesehen, diese Rohre, die in der Zeitung abgebildet waren. Er hatte ihn versehentlich offenstehen lassen, weil er plötzlich Durchfall bekam und zum Topf rennen mußte. Und da lag noch etwas, das wie eine Lanzenspitze aussah. Außerdem mag er keine Pferde. Wenn die Tiere im Stall nebenan Geräusche machen, Schnauben, Wiehern oder sonst was, dann wird der ganz hektisch. Ein paarmal hat er schon gesagt, daß man diese verdammten Viecher ausrotten sollte. Außerdem ist er seit den beiden Morden weg. Das alles kommt mir irgendwie komisch vor. Ich weiß nicht, ob Sie das weiterbringt. Aber das könnte doch zu dem Pferdekiller und Doppelmörder passen."

War das der entscheidende Hinweis, der zum Täter führte? „Das ist wahr. Das sehe ich auch so", sagte Landers. „Wo wohnt Nowak? Wo arbeitet er? Ist er verheiratet? Hat er eine Freundin? In welchen Kneipen verkehrt er? Ist er in einem Sportverein?" Er spürte eine starke innere Anspannung.

„Ich weiß nicht viel über ihn", sagte Oliver Koch abwehrend. „Wir sprechen nur selten miteinander. Jedenfalls ist er nicht verheiratet. Ich kann nicht dafür garantieren, daß das alles stimmt, was ich über ihn weiß. Das muß die Polizei schon selber überprüfen."

„Das wird die Polizei auch tun. Natürlich werden die Angaben nachgeprüft, bevor etwas unternommen wird. Ich glaube, es ist besser, wenn wir woanders hingehen“, sagte Kurt Landers. „Hier am Markt sind wir wie auf dem Präsentierteller. Das braucht keiner mitzukriegen.“

Zusammen gingen sie zum Sportplatz. Kurt Landers holte einen Taschenkalender und einen Kugelschreiber hervor. Dann begann er zu notieren, was Koch ihm erzählte.

Landers war gerade zu Hause, als das Telephon erneut klingelte. Oliver Koch war am Apparat.

„Ich habe Nowak gesehen. Er ist wieder da.“ Seine Stimme klang hektisch.

„Sind Sie sicher?“

„Ziemlich sicher. Er fuhr mit einem schwarzen Geländewagen durch Gerthe.“

„Haben Sie das Kennzeichen?“

„Nein. Es ging alles zu schnell. Aber das war Nowak. Bestimmt! Ich habe mich nicht verguckt.“

„Wo ist er denn hingefahren?“

„Keine Ahnung. Er fuhr nur vorbei. Offensichtlich hat er mich nicht gesehen. Ich wollte nur sagen, daß er wieder da ist. Wenn ich ihn irgendwo sehe, melde ich mich noch mal.“

„Ja, prima.“

„Und nicht vergessen, ich bleibe aus der Sache raus. Ist das klar? Ist das klar?“ hörte er aus dem Telephon noch mal die drängende Frage.

„Ja, ja, das ist klar“, sagte Landers leise. Bei diesen Worten war ihm alles andere als wohl zumute. Nun saß er wieder in einer Falle. Nun hatte er wieder ein Problem. Hätte ich mich doch bloß aus diesem ganzen Scheiß herausgehalten. Was habe ich eigentlich damit zu tun? fragte er sich wütend. Ich bin doch Pensionär! Er griff zum Telephon und wählte die Nummer der MK Sumpf, aber niemand ging an den Apparat. Erstaunlich, immer wenn man jemanden braucht, ist niemand zu erreichen. Das ist sogar mit der Polizei so, schoß es ihm durch den Kopf.

Er sah in seinem buchgroßen schwarzen Kalender nach. Hier waren die wichtigsten Telephonnummern notiert. Die von Ken Bergmann fand er schnell. Vielleicht war der ja zu Hause. Der Ruf ging raus, doch auch hier hob niemand ab.

Jetzt habe ich schon mal einen heißen Tip und werde ihn noch nicht mal los, dachte er. Einen Moment überlegte er, ob er nicht einfach andere Mitglieder der MK oder die Kriminalwache anrufen und sein Wissen mitteilen sollte. Doch diesen Gedanken verwarf er schnell wieder, denn eine der ersten Fragen würde sein: „Woher wissen Sie das?“ Und darauf wollte er keine Antwort geben. Überhaupt wollte er in dieser Angelegenheit nur mit jemandem sprechen, dem er vertrauen konnte. Und dafür schienen ihm nur zwei geeignet, Ken Bergmann und Alfred Müller. Außerdem bestand auch die Gefahr, daß eine große Fahndung nach Nowak ausgelöst würde. Das aber schien ihm nicht die beste Lösung zu sein. Es war bestimmt besser, verdeckt vorzugehen und das Überraschungsmoment auf seiner Seite zu haben. Was tun?

Bevor sie wegging, hatte Maria ihm einen Teller mit belegten Broten hingestellt. In der Glaskanne der Kaffeemaschine war noch etwas Kaffee. Kurt Landers sah auf die Uhr. Sieben Uhr durch. Lange konnte sie nicht mehr wegbleiben. Um acht schloß das letzte Geschäft. Aber vielleicht fuhr sie ja noch woanders hin, zum Reiterverein vielleicht oder zur Enkelin.

Kurt Landers öffnete die Glastür seines offenen Kamins. Er legte einen Scheit gepreßten Paraffin hinein und zündete ihn an. Nachdem sich die Flamme gut entwickelt hatte, legte er trockene Holzscheite nach. Schon bald füllten schön züngelnde Flammen den Kaminbereich aus. Zwischendurch war er immer wieder ans Telephon gegangen, aber Ken Bergmann war nicht zu erreichen. Es war zum Verrücktwerden, auch Alfred Müller war nicht zu Hause.

Landers setzte sich vor seinem offenen Kamin und starrte in die Flammen. Er liebte offenes Feuer. Die Flammen hatten etwas Lebendiges, etwas Faszinierendes an sich. Bewegung ist Leben. Sie waren Leben. Er genoß die Wärme, die ihm sanft entgegenströmte. Draußen war es schon dunkel, und Regen prasselte gegen die Fensterscheiben.

Er nahm noch einen Schluck Whisky, den er sich eingeschenkt hatte. Er hatte so seine eigene Art, Whisky zu trinken. Im Gegensatz zu früher bevorzugte er heutzutage Bourbon anstatt Scotch. Er füllte sich einen Daumenbreit in das Glas, gab einen Eiswürfel dazu und füllte dann zwei Daumenbreit Wasser nach. Das war genau nach seinem Geschmack. Der Whisky war noch aromatisch genug, jedoch nicht mehr zu stark für ihn. Im Alter muß man halt ein bißchen vorsichtiger werden, sagte er sich.

Vielleicht sollte ich mir zunächst mal die Werkstatt ansehen, überlegte er. Bevor ich alle verrückt mache, sollte ich mich lieber davon überzeugen, daß wirklich etwas an der Sache dran ist.

Maria kam zurück. Er hörte die Geräusche aus dem Wohnungsflur. Sie hatte einige Einkaufstüten mitgebracht. Er stand auf und half ihr.

Sie bemerkte schnell seine Unruhe. Er war anders als vorher, irgendwie nervös, irgendwie aufgedreht. Die vielen Versuche, jemanden anzurufen, entgingen ihr nicht. Hin und wieder ging er auf und ab oder trommelte kurz mit den Fingern. Das war ganz ungewöhnlich für ihn und machte sie neugierig und besorgt. Doch ihren Fragen wich er immer wieder aus.

„Ich muß noch mal weg", sagte er abrupt. Er marschierte in den Wohnungsflur und zog sich seine Jacke an.

„Wo willst du denn hin?"

„Zu Dieter. Ich muß was mit ihm bereden."

„Dieter Küster?"

„Genau der. Bis später." Die Tür fiel hinter ihm mit einem satten Geräusch ins Schloß.

Irgend etwas stimmte nicht. Maria ging zum Telephon und drückte die Doppelpfeiltaste für gewählte Nummern. Auf dem Display erkannte sie sofort, daß er immer wieder versucht hatte, Ken Bergmann zu erreichen. Das mußte sehr wichtig gewesen sein. Voller Sorge drückte sie die Wahlwiederholung. Vielleicht hatte sie ja Glück und konnte Ken erreichen. Vielleicht konnte er sich einen Reim darauf machen.

13

Das Telephon klingelte. Ken Bergmann nahm ab.

„Maria Landers hier", hörte er. „Entschuldigen Sie bitte, daß ich Sie in Ihrer wohlverdienten Freizeit störe. Aber ich habe große Angst um meinen Mann."

„Was ist denn mit ihm?"

Maria zögerte einen Moment. „Ein Mann hat heute mittag bei uns angerufen. Kurt hat sich mit ihm getroffen. Danach war er völlig verändert, sehr nervös und unruhig. Er hat mehrfach versucht, Sie zu erreichen. Vorhin ist er dann eilig weggegangen. Ich befürchte, daß er etwas Gefährliches vorhat."

„Haben Sie eine Ahnung, um was es geht?"

„Ich weiß nicht", sagte Maria zögernd. „Ich kann nur vermuten, daß es etwas mit den Morden im Sumpf zu tun hat. Vielleicht hat er einen Tip gekriegt, wer der Täter ist." Jetzt verschlug es Ken Bergmann für einen Moment die Sprache. „Vielleicht will er sich selbst erst einmal davon überzeugen, ob was an dieser Sache dran ist. Mein Mann ist in so was manchmal sehr leichtfertig."

„Das wäre er allerdings", sagte Ken Bergmann.

„Er fühlt sich bestimmt wieder wie in alten Zeiten", sagte Maria voller Sorge. „Dabei vergißt er ganz, daß er einige Jahre älter geworden ist und schwerkrank war. Er ist längst nicht mehr so fit wie früher. Und er ist unbewaffnet."

„Wohin ist er denn jetzt?"

„Er wollte zu unserem Bekannten Dieter Küster. Der hat einen Bierverlag direkt an der Stadtgrenze von Bochum und Castrop. Ich weiß nicht, was er von ihm will. Ich spüre aber, daß er etwas vorhat."

„Ich fahre sofort los."

„Ich habe solche Angst um ihn."

„Das verstehe ich. Machen Sie sich keine Sorgen. Ich fahre sofort zur Firma Küster. Vielleicht treffe ich ihn ja auf dem Weg dorthin."

„Ich danke Ihnen."

„Nichts zu danken."

Ken Bergmann legte auf. Für einen Moment war er stocksauer auf Kurt Landers. Verdammter Mist, dachte er, jetzt bist du mal zu Hause und hättest deine Ruhe, und schon kommt wieder etwas Neues. Doch sofort verwarf er diese Gedanken wieder. Wenn es wirklich gelang, den Mörder zu ermitteln, dann war diese Störung gerechtfertigt. Sofort ging er ins Schlafzimmer, wo er aus einem Wandsafe seine Dienstwaffe, Handschellen und Leuchtstab hervorholte.

„Was ist los? Was ist passiert?" fragte Katharina aufgeregt. Sie stand in der Schlafzimmertür.

„Ein Kollege ist möglicherweise in Gefahr. Ich muß sofort hin." Ganz bewußt vermied er es, von Kurt Landers zu sprechen. Das würde Katharina wahrscheinlich noch unruhiger machen.

„Kannst du nicht jemand anderen schicken? Es gibt doch genug Polizisten, die jetzt im Dienst sind."

„Nein, das geht nicht.“

„Warum nicht?“

„Die kennen sich in unserem Mordfall nicht aus.“

„Und deine Leute? Warum setzt du nicht einen von denen ein?“

„Das würde zu lange dauern. Und die haben ihren Feierabend verdient.“

„Du doch auch!“

„Keine Diskussion jetzt. Ich erkläre es dir später. Ich muß weg.“

„Warum immer du? Wenn dir was passiert, was ist dann?“

„Mir passiert schon nichts.“ Er zog seine Jacke über.

„Sei dir da nicht so sicher. Das geht schneller, als du denkst.“

Er drehte sich um, blieb in der Wohnungstür stehen. „Du wußtest, daß ich Polizeibeamter bin, als du mich geheiratet hast.“

„Ja, das heißt aber doch nicht, daß du immer deinen Kopf hinhalten mußt“, sagte Katharina voller Sorge.

„Andere tun das auch. Das ist nun mal ein Teil meines Berufes.“ Er gab ihr einen flüchtigen Kuß auf die Wange. „Ich muß gehen.“

„Paß bitte gut auf dich auf.“

Er kniff die Lippen zusammen, nickte und schloß dabei kurz die Augen. Dann drehte er sich um.

Nach einer guten Viertelstunde erreichte Ken Bergmann die Firma Küster. Im Büro brannte noch Licht. Er klingelte und sah durch die Glasscheibe der Tür, wie sich ein Mann näherte. Er war rund sechzig Jahre alt, stabil, aber nicht dick, mit schütteren, glatten, blonden Haaren und ohne Bart. Er trug einen Anzug. „Guten Abend, mein Name ist Ken Bergmann. Ich bin von der Polizei.“

„Ich weiß“, sagte der Mann mit ruhiger Stimme. „Frau Landers hat schon hier angerufen. Ich habe Sie auch schon in der Zeitung und im Fernsehen gesehen.“ Er reichte Ken Bergmann die Hand. „Ich heiße Dieter Küster. Ich bin der Inhaber dieser Firma.“

„Ist Herr Landers noch hier?“

„Nein, der ist vor etwa zehn Minuten weggefahren.“

„Allein?“

„Ja, er hat sich von mir einen Firmenwagen ausgeliehen, einen Transporter. Er sagte, er wolle etwas erkunden. Und ein Fahrzeug mit Firmenreklame würde nicht so auffallen.“

„Hat er gesagt, wohin er wollte?“

„Nicht direkt. Er hat von einem abseits gelegenen Bauernhof gesprochen. Da wollte er was überprüfen."

„Hatte er sein Handy dabei?"

„Keine Ahnung. Aber dieser Wagen ist unser firmeneigenes ‚Feuerwehrauto'. Wenn zum Beispiel nachts irgendwo in einer Gaststätte das Bier ausgegangen ist, dann setzen wir es ein. Aber nur im Nahverkehr bis dreißig Kilometer im Umkreis. Um flexibel zu sein, hat dieses Auto auch Funk wie die Taxis."

Ken Bergmann zog die Augenbrauen hoch. „Das ist praktisch."

Küster lächelte zufrieden. „Genau. So ist dieser Wagen schnell und flexibel für alle möglichen Einsätze zu gebrauchen, nicht nur für Bierlieferungen."

„Das kann ich mir gut vorstellen. Können wir versuchen, Kurt Landers zu erreichen?"

„Wenn das Funkgerät eingeschaltet ist."

„Okay, Sie versuchen es mit dem Funk. Ich probiere, ihn über das Handy zu erreichen."

Die beiden Männer begaben sich in das Büro. Landers bemerkte das Aufleuchten des roten Lämpchens am Funkgerät und meldete sich.

„Wo bist du?" fragte Dieter Küster. „Herr Bergmann ist hier und will dich sprechen."

„Ich bin hinter Lütgendortmund." Dann gab er seinen genauen Standort durch.

Ken Bergmann übernahm das Funkgerät. „Bleib bitte, wo du bist. Ich bin in ein paar Minuten bei dir."

„Ja, verstanden."

Ken Bergmann bedankte sich bei Küster, dann fuhr er Kurt Landers hinterher. Er fand ihn erst nach längerem Suchen. Landers hatte den Firmenwagen am Ende einer größeren Siedlung aufgestellt. Von hier führte ein gut befestigter Weg weiter zu einem etwa hundert Meter entfernten, frei in der Landschaft stehenden Bauernhof. Man konnte in der Dunkelheit nicht viel erkennen. Zwar hatte der Regen aufgehört, doch der Himmel war noch wolkenverhangen. Vom Mond war nichts zu sehen. So blieben nur die sehr schwache Beleuchtung im Hof und eine Laterne, die an einem Holzmast auf halbem Weg dorthin angebracht war. Näher an das Objekt heranzufahren wäre zu auffällig gewesen. Das hätte sofort Verdacht erregt. Der Transporter würde auffallen. Wenn Nowak das Fahrzeug sehen würde, dann bestand die Gefahr, daß er sofort Lunte riechen und schnellstens verschwinden würde. Nein, das Ende der Häuserreihe war als Standort gut und unauffällig. Ken Bergmann parkte ein paar Meter dahinter.

„Was du hier machst, ist höchst gefährlich, alter Schwede“, sagte er, als er auf den Beifahrersitz kletterte.

„Wieso? Ich mache doch gar nichts, ich beobachte doch nur.“

„Beim Beobachten soll schon so manch einer gestorben sein.“

„Im Bett auch.“

„Deine Frau macht sich die größten Sorgen. Du solltest sie beruhigen.“

Erst jetzt bemerkte Kurt Landers, daß sein Handy ausgeschaltet war. Sofort wählte er die Nummer von zu Hause und erklärte Maria, daß er noch etwas länger wegbleiben würde, daß Ken Bergmann aber nun bei ihm sei. Maria war zwar nicht zufrieden, doch erheblich erleichtert.

„So, und jetzt erzähl mir mal, was du hier eigentlich machst.“

Kurt Landers erzählte von seinem Gespräch, ohne aber Oliver Koch beim Namen zu nennen.

Das Leben verhält sich oft sonderbar, fiel es Ken Bergmann ein. Manchmal gelingt einem über eine längere Zeit nichts, dann wieder gelingt plötzlich alles. Manchmal sucht man verzweifelt nach einem Erfolg, dann wieder kann man sich vor Erfolgsmeldungen kaum retten. So wie heute. Erst die guten Ermittlungsergebnisse zu dem Galloper und jetzt die Bestätigung mit vielen neuen Details.

„Hier auf dem Resthof gibt es diese Werkstatt in dem Stallgebäude. Siehst du das Gebäude rechts vom Haupthaus?“

„Es ist zwar schlecht zu erkennen, aber ich sehe die Umrisse“, sagte Ken. „Was hattest du vor?“

„Ich wollte erst mal eine Weile das Ganze beobachten. Wenn ich dann sicher bin, daß sich keiner da hinten herumtreibt, wollte ich mir die Sache mal aus der Nähe ansehen.“

„Warum?“

„Manche Leute erzählen einem das Blaue vom Himmel. Ich wollte mich überzeugen, daß mir kein Blödsinn berichtet wurde.“

„Dann traust du deinem Hinweisgeber nicht?“

„Nein.“

„Warum nicht?“

„Ich kenne ihn nicht.“

„Ja, zum Teufel, wie bist du dann mit ihm in Verbindung gekommen? Der ist doch nicht vom Himmel gefallen."

„Das ist eine längere Geschichte. Ich kann sie dir aber nicht erzählen, weil ich dich und mich damit sonst in Schwierigkeiten bringen könnte."

Kurt Landers wurde für Ken immer geheimnisvoller. Doch er respektierte seinen Wunsch. Aber er nahm sich auch vor, bei passender Gelegenheit nachzubohren. So leicht gab er nicht auf. „Ist das Haupthaus eigentlich bewohnt?" fragte er statt dessen.

„Keine Ahnung. Aber das können wir ja feststellen. Es ist schon spät am Abend. Da müßte doch eigentlich Licht in der Wohnung brennen."

„Das sieht man von hier aber nicht."

„Das ist wahr."

Ken überlegte einen Moment. „Wenn alles stimmt, was ich von dir erfahren habe, dann müssen wir unbedingt sichergehen. Denn falls wir Nowak morgen oder in den nächsten Tagen hier festnehmen wollen, darf keine Gefahr für andere Leute bestehen."

Kurt Landers nickte. „Sag ich ja."

„Wie wollen wir das anstellen? Wenn wir jetzt zu Fuß zum Hof gehen, dann werden sich die Leute, die da eventuell noch wohnen, wundern und vielleicht auch ängstigen. Die rufen doch dann garantiert die Polizei an. Das würde ich ja auch tun, wenn sich plötzlich im Dunkeln Gestalten auf meinem Hof herumtreiben würden."

„Wir dürfen uns eben nicht sehen lassen. Es ist ja vielleicht gar nicht nötig, den Hof zu betreten. Vielleicht sehen wir schon vorher, ob im Haupthaus Licht brennt."

„Wenn ein Hofhund da ist, schlägt der sofort an. Vielleicht haben die auch einen Bewegungsmelder, und der Hof liegt auf einmal in hellem Licht."

„Und wenn wir mit dem Auto hinfahren?"

„Dann ist das genau so."

„Ich denke nicht. Es könnte doch sein, daß wir Interessenten für die Werkstatt sind. Oder daß wir uns verfahren haben."

„Um diese Zeit? Nein, mein Lieber, das können wir am Tag viel besser feststellen. Wir brechen die Sache hier ab. Das bringt nichts. Außerdem stimmt ja bisher auch alles, was dein Hinweisgeber gesagt hat. Es deckt sich auch alles mit unseren bisherigen Ermittlungen."

Einerseits paßte das Ganze irgendwie nicht in Kurt Landers Konzept. Andererseits hatte Ken ja recht. Es gab keine Eile. Man konnte das Ganze am nächsten Tag in Ruhe klären. Vielleicht konnte er morgen auch Oliver Koch erreichen und ihn fragen, ob das Haupthaus noch regelmäßig bewohnt werde. Eigentlich hätte er beim Treffen mit ihm schon daran denken müssen.

Er ärgerte sich über sein Versäumnis und startete den Wagen. Er wollte gerade das Licht einschalten, als Ken Bergmann ausstieß: „Da kommt ein Auto!"

Tatsächlich – im rechten Außenspiegel sahen sie von hinten ein größeres Fahrzeug heranfahren. Kurt Landers drehte den Zündschlüssel zurück. Es war ein schwarzer Geländewagen.

„Das ist bestimmt der Galloper! Das muß Nowak sein", sagte Ken Bergmann.

„Warten wir ab." Die beiden duckten sich. Das Fahrzeug fuhr an ihnen vorbei.

„Was hat der denn da hinten angehängt?"

„Sieht aus wie ein flacher Anhänger", antwortete Kurt Landers. Er sah dem vorbeifahrenden Wagen nach. „Mensch, der will seinen 280er abholen und von hier verschwinden."

„Verdammt, das kann sein. Gut, daß wir hier sind. Morgen früh wäre der vielleicht schon über alle Berge gewesen."

„Da kannst du dir ein Ei drauf pellen!"

„Meistens haben die Ganoven ja immer unwahrscheinliches Glück. Als ob die einen Riecher dafür hätten, wann die Polizei zuschlägt. Heute abend ist das mal andersrum."

Kurt Landers lachte. „Das nennt man ausgleichende Gerechtigkeit. Was machen wir jetzt?"

„Ich fordere Unterstützung an." Ken Bergmann telephonierte mit der Kriminalwache in Bochum. Die Gesprächsfetzen, die Kurt Landers auffing, bedeuteten nichts Gutes. Ken sah ernst aus, als er das Gespräch beendete.

„Wie lange dauert es, bis die Verstärkung hier ist?" fragte Kurt Landers.

„Mindestens eine halbe Stunde, eher länger." Ken Bergmann war sauer. „Die Fahrzeuge unserer Wache sind alle im Einsatz."

„Verdammt, das ist zu lange. Bis dahin ist er weg. Was machen wir?"

„Wir sind hier auf Dortmunder Gebiet. Wir könnten von deren Wache Hilfe anfordern.“

„Übers Handy? Die glauben uns doch kein Wort. Wenn wir Funk hätten, wäre das anders. Aber so?“

„Dann eben über unsere Wache. Die können das vermittelt.“

„Das halte ich für schlecht. Das ist alles viel zu kompliziert und birgt zu viele Risiken. Wir kennen die Kollegen nicht. Da müßte man wieder viel erklären. Außerdem sind wir ja auch nicht mit einem Dienstwagen hier. Woher sollen die Kollegen dann wissen, ob wir tatsächlich Polizisten sind? Vielleicht halten die uns für die Täter. Wir wären nicht die ersten, die von den eigenen Kollegen erschossen würden.“

„Du hast recht. Wir beobachten erst mal weiter. Vielleicht schaffen es unsere Kollegen ja, rechtzeitig hier zu sein.“

„Und wenn nicht?“

„Dann verfolgen wir ihn und lösen eine Ringfahndung aus.“

Beide Männer schwiegen. Angestrengt beobachteten sie, was sich vor ihnen auf dem alten Bauernhof abspielte.

„Eine Ringfahndung nachts ist auch nicht das Wahre“, gab Kurt Landers zu bedenken. „Und das alles über Handy und mit der ständigen Vermittlung über die Bochumer Leitstelle. Ich glaube, das gibt ein Chaos. Außerdem kennen wir uns hier nicht aus. Wie können doch gar nicht ständig die genauen Standorte durchgeben, weil wir die Straßen nicht kennen.“

Das leuchtete Ken Bergmann ein. Es gab jede Menge Widrigkeiten, die die Fahndung nach Nowak gefährden würden. „Hast du eine bessere Idee?“

„Ja. Sobald die Zeichen bei Nowak auf Abfahrt stehen, greifen wir ein. Zu zweit werden wir ihn ja wohl dingfest machen können, oder? Und unsere Kollegen werden ja auch bald kommen.“

Ken Bergmann überlegte einen Moment. Die Sache war nicht ganz ungefährlich, andererseits gab es keine vernünftige Alternative. Kurt hatte recht. Sie waren zu zweit. Er war bewaffnet. Und die Kollegen der Kriminalwache würden auch bald kommen. Unter Berücksichtigung dieser Umstände konnten sie es wagen, Nowak selbst festzunehmen, wenn er sich absetzen wollte. Im Fernsehen sah man, daß in solchen Fällen immer Sondereinsatzkommandos und Mobile Einsatzkommandos zum Einsatz kamen, die mit Maschinenpistolen, Schutzwesten und Helmen zur Sache gingen. In Wirklichkeit sah das oft anders aus. Da gab es manchmal gar keine Gelegenheit, ein SEK oder MEK zur Festnahme oder zur Verfolgung von Straftätern einzusetzen. Dafür reichte der zeitliche Rahmen gar nicht. Da mußte man selber ran. „Okay“, sagte Ken Bergmann, „wir machen es so. Etwas anderes bleibt uns ja auch nicht übrig. Schlecht ist nur, daß du nicht bewaffnet bist.“

„Ich bleibe immer dicht hinter dir. Dann kann mir nichts passieren. Du hast ja eine Kanone.“

„Blödmann“, scherzte Ken.

Nowak hatte den Anhänger rückwärts durch das große Tor an der Seitenwand der Scheune in die Werkstatt gefahren. Die beiden Männer konnten nur erahnen, was da vor sich ging. Sie waren einfach zu weit weg.

„Jetzt müßte man ein Nachtglas haben“, seufzte Kurt Landers.

„Tja, das stimmt. Aber mit dieser Situation konnte ja keiner rechnen.“

Angestrengt beobachteten sie weiter. Am Galloper gingen die Scheinwerfer an.

„Mensch, der will abhauen“, sagte Ken Bergmann aufgeregt.

Kurt Landers startete den Kleintransporter. „Ich fahre ein Stück vor, dann stelle ich unser Fahrzeug quer und versperre so die Ausfahrt vom Bauernhof. Über die schlammigen Felder rechts und links kann er uns nicht entkommen.“

„Und wenn er durchbricht? Wenn das Fahrzeug hier beschädigt wird?“

„Dann muß die Behörde das halt bezahlen.“

„Also gut. Aber versuch, das Auto querzustellen, ohne Licht zu machen. Nowak muß ja nicht gewarnt werden.“

„Gute Idee.“ Kurt Landers fuhr einige Meter vor. An der schmalsten Stelle stellte er den Kleintransporter quer auf die Fahrbahn. „Wenn der hier durchbricht, bekommt sein Auto auch so einiges ab“, sagte er. „Das macht auf jeden Fall seine Verfolgung leichter.“

„Unsere Kollegen kommen hier aber auch nicht durch.“

„Na und? Dann müssen sie eben mal ein Stück laufen.“ Die Scheinwerfer an Nowaks Auto gingen wieder aus.

„Ich schlage vor, wir pirschen uns vorsichtig an ihn heran“, sagte Ken Bergmann. „Irgendwie habe ich das Gefühl, als ob wir sonst das Nachsehen hätten.“

Kurt Landers war sofort damit einverstanden. Vorsichtig bewegten sich die beiden Männer durch die Dunkelheit auf den Bauernhof zu. Ihre Nerven waren zum Zerreißen gespannt. Der kalte Nachtwind blies ihnen feinen Nieselregen ins Gesicht. Im Haupthaus brannte kein Licht, dafür war die Werkstatt hell erleuchtet. Unbemerkt erreichten sie den Galloper. Tatsächlich hatte Nowak seinen fast fertigen 280 SL auf den flachen Anhänger gefahren. Prüfend sahen sich die beiden um. Nowak war nicht zu sehen.

Sie zwängten sich an dem Wagen vorbei durch das Tor in die Halle. Die Halle war unübersichtlich. An der gegenüberliegenden Wand war eine Werkbank mit einem großen Schraubstock aufgebaut. Links und rechts daneben standen Spinde. Rechts in der Halle waren Schweißertrennwände aufgestellt. Links stand eine große Standbohrmaschine. In der Mitte des Raumes befand sich eine Hebebühne. Drumherum standen drei Autos, die repariert und neu gespritzt werden sollten. In einer Ecke stapelten sich Autoreifen und Felgen.

Ken Bergmann hatte seine Dienstwaffe gezogen. In gebückter Haltung drangen sie hintereinander gehend und Deckung suchend vorsichtig in den Raum vor. Dann sahen sie Nowak. Er stand an einem Spind, der halb von einer zur Mitte hin aufgestellten Schutzwand verdeckt wurde. Er war dabei, Gegenstände aus dem Schrank zu nehmen und in einen großen Handwerkskasten aus Metall zu legen. Er stand mit dem Rücken zu ihnen.

„Polizei! Keine Bewegung!“

Nowak war für einen Moment steif wie eine Marmorstatue. Was dann geschah, kam urplötzlich und ohne Vorwarnung. Ein animalischer, wilder, undefinierbarer Schrei erfüllte auf einmal die Halle. Gleichzeitig stürzte eine große Trennwand um, und eine andere rutschte zur Seite. Über diese fallende Wand hinweg stürmte ein bulliger Mann brüllend, mit weit aufgerissenem Mund und rollenden Augen, auf die beiden Männer zu. Er hatte die Arme hochgerissen. In der erhobenen rechten Hand hielt er ein Messer. Mit allem hatten sie gerechnet, aber nicht mit einem zweiten Gegner. Zu Tode erschrocken stoben Landers und Bergmann auseinander. Gleichzeitig wirbelte Nowak herum. Plötzlich hatte er eine Schußwaffe in der Hand. Er feuerte sofort. Er traf das Geländer der schmalen Holztreppe. Splitter flogen durch die Luft. Der zweite Schuß riß Gesteinsbrocken aus der groben Ziegelsteinwand. Ken Bergmann war zur Seite gehechtet und schoß zurück. Zwei Kugeln durchschlugen die Spindtür, vor der Nowak kurz zuvor noch gestanden hatte. Eine dritte prallte vom Schraubstock ab und sirrte durch die Halle. Nowak riß den Kragen seiner dicken Jacke hoch, verschwand fast darin und sprang dann durch eines der Fenster. Die alten hölzernen Fensterflügel mit der Einfachverglasung flogen auseinander. Lautes Klirren mischte sich unter den Lärm in der Halle. Glassplitter flogen durch die Luft. Ken Bergmann sprang auf und hetzte hinter Nowak her.

Kurt Landers sah den anderen Mann heranspringen. Trotz seiner wuchtigen Gestalt waren seine Bewegungen sehr schnell. Immer wieder blitzte das Messer in seiner erhobenen Hand auf. Ein einziger gut geführter Stich von oben konnte seinen Tod bedeuten. Und er war unbewaffnet.

Deshalb rannte er auf die geschlossene Holztür zu, die die Werkhalle vom noch verbliebenen Stallteil trennte, um sich in Sicherheit zu bringen. Der Rückweg durch die Eingangstür war ihm durch den bulligen Angreifer versperrt. Die Holztür war nicht verschlossen.

„Verdammter Bulle!"

Kurt Landers achtete zu sehr auf den bulligen Mann hinter sich und nicht auf seinen Fluchtweg. Er trat gegen einen Eimer, der auf der Stallgasse stand. Er strauchelte, fing sich aber schnell wieder. Dann sah er kurz den heranfliegenden Schatten hinter sich. Es traf ihn wie ein Dampfhammer, als fast drei Zentner auf ihn fielen, ihn rücklings auf den Boden der Stallgasse schleuderten und ihm die Luft aus den Lungen preßten. Trotzdem nahm er verschwommen war, wie die Tiere erschrocken in den Boxen wegsprangen. Gewieher und Ziegenmeckern vermischte sich mit den Kampfgeräuschen. Kurt Landers versuchte sich wegzudrehen, hochzukommen, doch die mächtige Gestalt über ihm schien ihn mit Leichtigkeit wieder zu Boden zu drücken. Er drückte mit seiner linken Hand das Gesicht des Mannes zurück. Trotzdem traf ihn der erste Stich an der Schulter. Kurt Landers spürte, wie das Blut an seinem linken Arm hinablief. Es gelang ihm, die rechte Hand freizubekommen. Und er sah die Lücke. Genau in diesem Moment fiel ihm ein, was er als ganz junger Polizist vor vielen Jahren unter anderem in seiner Ausbildung als Tip für Situationen im Nahkampf eingebleut bekommen hatte. Er ballte die rechte Faust, ließ aber den Mittelfinger, gestützt vom Daumen, wie eine vorspringende Spitze stehen, dann stieß er mit aller Wucht zu, genau in den Hals unterhalb des Kehlkopfes. Der Mann über ihm konnte nicht mehr ausweichen. Der Stich ließ seinen

Kopf nach hinten schnellen, seine Hände ließen alles los und zuckten hoch zum Hals, die Augen waren weit aufgerissen, und verzweifelt hechelte er nach Luft. Ein hoher Schmerzenslaut, gefolgt von einem entsetzlichen Röcheln drang aus seinem Mund. Kurt Landers strampelte sich los und trat dabei immer wieder nach seinem Gegner, rollte sich zur Seite und befreite sich von dessen Last. Indem er sich an den Gitterstäben einer Pferdebox hochzog, kam er wieder auf die Beine. Seine Knie zitterten. Sie schienen ihm butterweich zu sein. Nur mit Mühe konnte er sich halten. Erst jetzt wurde ihm wieder bewußt, daß sein Blut unentwegt weiter an seinem Arm hinabrann. Doch das beachtete er nicht weiter und auch nicht die Schmerzen, die ihm nun auch immer mehr bewußt wurden. Er brauchte einige tiefe Atemzüge, um wieder Kraft zu schöpfen und seinen Körper unter Kontrolle zu bekommen. Dann sah er nach dem anderen. Der kroch inzwischen zurück in die Werkhalle und zog sich dann an einem Auto hoch. Dabei hielt er sich immer noch den Hals und röchelte fortwährend.

Kurt Landers sah sich um. Sein rechtes Bein schmerzte. Bei dem Sturz mußte er wohl falsch aufgekommen sein. Der Schmerz ging durch das ganze Bein bis in den Fuß. Er humpelte los. Es gelang ihm, eine Heugabel zu finden, die in einer Ecke abgestellt war.

Er drehte die Heugabel um, stützte sich auf den Stiel und immer noch heftig atmend folgte er seinem Gegner.

„Du entkommst mir nicht", keuchte er entschlossen. „Du haust mir nicht mehr ab! Du nicht!"

Der andere war durch den Ausgang nach draußen getaumelt. Sein Oberkörper bewegte sich auf und ab. Immer noch röchelte er. Kurt Landers folgte ihm. Mit schmerzverzerrtem Gesicht und immer wieder vor sich hinsagend: „Ich kriege dich, du verdammtes Schwein! Du entkommst mir nicht!" blieb er ihm auf den Fersen. Er feuerte sich an, seine Worte trieben ihn vorwärts. Als er ebenfalls aus der Halle kam, sah er seinen Gegner nur einige Meter weiter vor sich durch die Dunkelheit taumeln.

„Komm doch jetzt her, du Schweinehund", keuchte er. „Na, komm. Jetzt bin ich nicht mehr waffenlos!"

Der andere reagierte nicht, sondern taumelte weiter. Eine mörderische Wut hatte Kurt Landers erfaßt. Sie trieb ihn an, sie brachte ihn dazu, seinem Gegner weiter zu folgen. Vorsichtig kam er immer näher an den anderen heran. Und er merkte, daß er wieder schreien konnte.

„Ich mache dich kalt, hörst du?“ brüllte er voller Wut. „Ich mach dich kalt! Und es ist mir scheißegal, was danach kommt!“

Er war zu allem entschlossen. Verbissen und wie eine aufgedrehte Puppe folgte er dem anderen humpelnd, den Heugabelstiel als Stütze benutzend. Dabei spürte er, wie seine Kräfte immer mehr zurückkehrten. Näher und näher kam er heran. Der andere versuchte jetzt voller Panik zu rennen. Kurt Landers drehte die Heugabel um und stieß die Stiel zwischen die Beine seines vor ihm taumelnden Gegners. Der stolperte über das unerwartete Hindernis. Mit ausgebreiteten Armen fiel er vornüber in das umgepflügte und durch den Regen völlig aufgeweichte Feld. Lehm und Matsch spritzten hoch, als er bäuchlings darin landete. Dann drückten sich die vier Spitzen der Heugabel schmerzhaft in seine Schultern. Kurt Landers war über ihm.

„Wenn du auch nur ein einziges Mal zuckst, dann drücke ich diese Gabel durch deinen verdammten Körper. Das schwöre ich dir!“ brüllte er.

Der Mann im Matsch stöhnte und stieß Schmerzensschreie aus.

Lichtblitze zuckten plötzlich überall. Schatten huschten durch die Nacht. „Polizei, keine Bewegung!“

Geschrei überall. Ehe Kurt Landers sich versah, rissen ihn kräftige Arme von dem Mann weg, und sofort wurden ihm Handschellen angelegt. Er war umringt von Polizisten.

Im Licht der Handleuchten und Taschenlampen sah Landers furchterregend aus. Die nassen Haare hingen ihm in Strähnen ins Gesicht. Blut und Dreck ließen ihn wie einen Zombie aus den schlimmsten Gruselfilmen aussehen. Es dauerte einen Moment, bis er die Situation erklärt hatte. Dann wurde er sofort befreit.

„Entschuldigung“, sagte einer der Polizisten, „aber wir konnten nicht erkennen, was genau los war.“

„Schon gut“, sagte Kurt Landers. „Ich lebe ja noch. Seid ihr von der MK Sumpf?“

Der dunkelhäutige Mann vor ihm nickte. „Zwei Kollegen fahren Sie sofort zum Krankenhaus. Sie haben schon viel Blut verloren.“

„Was ist mit Ken?“

„Das weiß ich nicht. Da kümmern sich andere Kollegen drum.“

Ken Bergmann hetzte hinter Nowak her. Er konnte ihn kaum in der Dunkelheit erkennen. Eigentlich folgte er mehr den Geräuschen des Flüchtenden. Er sah weiter vorn die Scheinwerfer von herannahenden

Autos. Das konnten nur die Kollegen sein. Autotüren flogen auf. Lichtblitze zuckten in die Dunkelheit. Ken Bergmann gab einen Schuß in die Luft ab. Jetzt waren die anderen gewarnt, jetzt wußten sie, daß hier geschossen wurde.

Das Licht der Handscheinwerfer und vieler Taschenlampen richtete sich sofort auf die Stelle, wo das Mündungsfeuer aufgeleuchtet hatte. Im Schein ihrer Leuchtkörper sahen die Polizisten, was geschah. Zwei Männer rannten hintereinander über das matschige Feld. Und beide hielten eine Waffe in der Hand.

„Stehenbleiben, Polizei!“ brüllte der Verfolger.

Der Verfolgte drehte sich um und schoß blindlings nach hinten.

Der Verfolger gab erneut einen Warnschuß in die Luft ab. Dieser Schuß war wie ein Signal.

„Stehen bleiben, Polizei!“ war überall in der Nacht zu hören. Die Polizisten sprengten auseinander. In die Schreie hinein zuckte das Mündungsfeuer und der Knall aus vielen Pistolen. Ein Stakkato von Warnschüssen übertönte die Geräusche der Nacht. Der Verfolgte sah sich plötzlich umringt und im hellen Scheinwerferlicht stehend. Und er wußte, daß mehrere Waffen auf ihn gerichtet waren.

„Die Waffe fallen lassen!“ Die Stimme war schneidend scharf. Nowak erkannte, daß er keine Chance mehr hatte. Er hatte nur noch die Wahl zwischen Aufgabe und Tod. Er nahm die Arme hoch und ließ seine Pistole fallen. Sofort war er von Polizisten umringt, und die Handschellen schlossen sich um seine Gelenke.

„Sie sind festgenommen“, konnte Ken Bergmann gerade noch keuchend sagen. Dann schnappte er heftig nach Luft.

Kurt Landers Verletzung war zwar schmerzhaft und tief, jedoch nicht so, daß sie bleibende Schäden hinterlassen würde. Die Wunde wurde gesäubert und mit ein paar Stichen genäht. Außerdem erhielt er ein Schmerzmittel. Inzwischen konnte er auch wieder besser laufen. Mit dem ruhiggestellten Arm in der Schlinge konnte er das Krankenhaus verlassen. Er wollte unbedingt Ken Bergmann sehen. Die Beamten der Mordkommission nahmen ihn mit zur Dienststelle. Als sich die beiden sahen, klatschten sie ihre rechten Hände in der Luft zusammen und brachen in ein lautes, befreiendes Lachen aus.

„Wow!" sagte Kurt Landers und verzog dann schmerzhaft sein Gesicht, weil durch die plötzliche Bewegung sein linker Arm wieder schmerzte. „Das haben wir ja noch mal gut gebacken gekriegt."

„Super!" stieß Ken Bergmann aus. Sie hatten einen Doppelmörder dingfest gemacht. Und sie sahen, immer noch naß und beschmiert wie sie waren, wirklich aus wie Kannibalen auf dem Kriegspfad.

Auch die anderen freuten sich.

Ken Bergmann legte seinen Arm um Kurt Landers Schulter. In seiner Hand hielt er seinen umfangreichen Bericht über den vorherigen Einsatz.

„Ich werde dich für eine Belobigung oder so was vorschlagen. Du hast viel mehr getan, als man normal von einem Bürger erwarten kann. Daran ändert auch nicht, daß du selbst einmal Polizeibeamter warst."

„Um Gottes willen. Das fehlt mir auch noch", sagte Kurt Landers erschrocken.

„Warum?"

„Das ist nicht meine Art. Nee, nee, das laß mal. Wenn die Behörde mir die Reinigungskosten bezahlt, dann bin ich zufrieden." Kurt Landers hob leicht drohend den rechten Zeigefinger. „Und deshalb wirst du nichts dergleichen tun, soweit es mich anbelangt. Ich würde mich aber freuen, wenn ich an eurer Siegesfeier teilnehmen dürfte."

„Klar, keine Frage", sagte Ken Bergmann. „Wenn wir unseren Erfolg feiern, dann bist du selbstverständlich dabei."

„Na klar", hörte man von den anderen. „Kein anderer hat das mehr verdient."

„Der Typ, dem du die Forke in den Rücken gedrückt hast, der hat sich doch tatsächlich in die Hose geschissen", sagte Bernd Schott. „Das hat vielleicht im Auto gestunken." Alle lachten.

„Wo kam der eigentlich auf einmal her?" fragte Kurt Landers.

„Wir haben ihn inzwischen informatorisch befragt. Er saß heute abend mit im Auto. Er sollte Nowak dabei helfen, mit Sack und Pack wieder nach Polen zu ziehen."

„Ist der denn auch aus Polen?"

„Nein, er ist Deutscher. Aber Nowak und er sind sehr gut miteinander befreundet."

„Und da geht er dann mit einem Messer auf andere Menschen los?"

„Er hat Routine darin. Wegen gefährlicher Körperverletzung und Widerstand gegen Vollstreckungsbeamte hat er bereits vier Jahre abgesessen.“

„Und nichts daraus gelernt. Na ja, jetzt wird er wohl ein bißchen mehr kriegen. Für versuchten Totschlag kann es sogar lebenslänglich geben.“

„Seine Aussichten, für lange Zeit wieder hinter Gittern zu verschwinden, sind jedenfalls nicht schlecht“, sagte Alfred Müller.

„Ich denke, es wird jetzt Zeit, daß wir beiden nach Hause kommen“, sagte Ken Bergmann.

„Hat eigentlich schon jemand meine Frau benachrichtigt?“ fragte Kurt Landers.

„Ich habe sie angerufen und beruhigt“, sagte Gerlinde Berthier.

„Das ist nett. Danke.“ Kurt Landers Blicke blieben länger als sonst üblich auf Gerlinde Berthier hängen. Sie bemerkte das amüsiert.

„Keine Ursache“, sagte sie, „das ist ja wohl das Mindeste, was wir tun konnten.“

„Okay, dann ist für mich jetzt Schluß“, sagte Ken Bergmann. „Wie sieht es eigentlich draußen aus?“

„Wir haben den Tatort beschlagnahmt und an die Dortmunder Kriminalwache übergeben. Kollegen der Schutzpolizei bewachen bis morgen früh den Bauernhof, damit dort nichts verändert wird. Wenn es hell geworden ist, nimmt die Dortmunder Spurensicherung sofort den Tatort auf.“

„Prima. Alfred, teile du bitte unsere Teams ein. Für uns gibt es eine Menge zu tun. Morgen früh muß ein Team von uns ebenfalls auf dem Bauernhof sein und nach Beweisen in unserem Fall suchen. Die sollen sich mit den Dortmunder Kollegen absprechen, wie sie am besten vorgehen. Nowaks Wohnung und die seines Mittäters müssen durchsucht werden. Zeugen müssen festgestellt werden. Wir brauchen Nowaks DNA. Und nicht zuletzt muß die Behördenleitung vorab informiert werden.“

„Alles klar. Wir kümmern uns darum.“

Ken Bergmann sah auf die Uhr. „Eigentlich könnte ich den Herrn des Ermittlungsverfahrens ja mal eben noch aus dem Bett holen“, sagte er schmunzelnd.

„Ich glaube, bei der Nachricht wird er nicht mal böse darüber sein", sagte David Wakaba. „Der wäre eher böse, wenn er erst morgen früh davon erfährt."

„Das glaube ich auch." Ken Bergmann wählte Staatsanwalt Jablonskis private Telephonnummer.

14

Es hatte heftig geschneit, und das mitten im November. Teilweise war der Schnee mehr als dreißig Zentimeter hoch. Ken Bergmann konnte sich nicht erinnern, jemals im November so viel davon gesehen zu haben. Eigentlich fiel hier im Ruhrgebiet nur sehr wenig Schnee. Durch die vielen Häuser und Autos war die Luft zu warm. Und wenn doch Schnee fiel, dann dauerte es keine drei Tage, bis er wieder weg war. Schneefall gab es wenn überhaupt erst Ende Januar bis Anfang Februar. Im November hatte es noch nie Schnee gegeben. Deshalb war die Überraschung allenthalben sehr groß. In den Nachrichten hatte man berichtet, daß der Schneefall so stark gewesen war, daß im Münsterland sogar Hochspannungsmasten umgeknickt und Stromleitungen zerrissen waren. Einige Ortschaften hatten keinen Strom, was für ihre Bewohner erhebliche Probleme mit sich brachte.

Ken Bergmann hatte auch ein Problem. Er hatte sein Auto in der Sackgasse vor dem Mietshaus geparkt, in dem er wohnte. Direkt gegenüber vom Haus, auf der anderen Straßenseite, befand sich ein kleiner Hang zu einem höhergelegenen Plateau. Dadurch wirkte die Straße wie ein Trog. Der heftige Wind, der mit dem Schneefall einhergegangen war, hatte den Schnee besonders in diese kleine Straße geweht und hier gesammelt. Sein Auto war fast bis zum Dach mit Schnee umhüllt.

Mit Besen, Handfeger und Dreckschaufel bewaffnet machte er sich an die Arbeit. Das Freischaufeln trieb ihm den Schweiß auf die Stirn. Dabei war die Arbeit mit dem Entfernen des Schnees von seinem Auto längst noch nicht getan. Die hohen Schneeverwehungen auf der Straße mußten ebenfalls noch beseitigt werden, damit er hinausfahren konnte. Zunächst war er stocksauer. Doch als es dann langsam im Wagen warm wurde, als die Fensterscheiben nicht mehr beschlagen waren und aus dem Radio Musik erklang, die ihn an seine Jugendzeit erinnerte, da wurde seine Stimmung zusehends besser. Es gab einige Lieder, die er mit ganz bestimmten Erlebnissen oder Erfahrungen verband, und heute spielten sie einige davon. Manche Lieder erinnerten ihn an seine ersten Freundinnen, an Mädchen, in die er verliebt gewesen war, als er fünfzehn, sechzehn oder siebzehn Jahre alt war. Ihm wurde warm uns Herz, und auf einmal spürte er wieder einen Hauch der wilden und verrückten Jahre und die sehnsüchtige, oft melancholische Verliebtheit, die er gerade in diesem Alter so leidenschaftlich und tief verspürt hatte. Das erste, noch unschuldige Verliebtsein, wo sein Herz vor Freude heftig schlug, weil er ein nettes Mädchen an der Hand halten durfte. Die Aufregung beim ersten Zungenkuß. Die vielen Versuche, die Hand an die weiche Brust eines Mädchens zu legen, bis es nach unendlich langer Beharrlichkeit dann endlich doch gelang. Die Entdeckung allen Neuens an einem anderen Menschen, dieses Gefühl, erfolgreicher Eroberer zu sein und schon kurz nach diesem Erfolg zu einer neuen Eroberung aufzubrechen, zu erforschen, auszuprobieren, Siege der Liebe zu feiern und auch Niederlagen zu ertragen, selbst ins Hintertreffen zu kommen und Herzschmerz zu erleiden, all das ging ihm so durch den Kopf und machte ihn für eine gewisse Zeit sentimental, andererseits aber auch irgendwie glücklich. Dabei vergaß er fast den Straßenverkehr und die besonderen Verhältnisse, die der Schnee für die Verkehrsteilnehmer bereithielt. In einer Kurve übersteuerte er etwas und prallte seitlich leicht gegen die Bordsteinkante. Dieser Anstoß genügte, um sofort seine Konzentration zurückzuholen. Mit erheblicher Verspätung erreichte er seine Dienststelle.

Im Hausflur traf er Gerlinde. Sie sah wie immer klasse aus und strahlte ihn an. Er hatte alle Mühe, sie nicht sofort in den Arm zu nehmen und herumzuwirbeln. Er merkte, daß auch sie kurz davor war, sich ihm an den Hals zu werfen. Haki kam eilig aus ihrem Büro und verschwand gleich darauf im Zimmer von Schott und Wakaba. Das holte beide in die Wirklichkeit zurück, die sie gerade zu verlassen im Begriff gewesen waren.

„Was gibt es Neues?“ fragte er sie. Sein verschmitztes Lächeln machte sie für einen Moment verlegen.

„Alfred und Roger sind mit Staatsanwalt Jablonski bei Gericht“, sagte sie. „Jablonski hat Haftantrag für Nowak gestellt. Die müßten jetzt gerade beim Haftrichter sein.“

„Hat Nowak etwas gesagt?“

„Nein, der hat jede Aussage verweigert.“

„Wie heißt eigentlich der andere Typ?"

„Peter Röder."

„Und wo ist der?"

„Beim Haftrichter in Dortmund. Nowak wurde hier vorgeführt, weil der erste Fall mit ihm ja hier in Bochum passiert ist."

„Und sonst?"

„Die Behördenleitung ist sehr zufrieden und gratuliert zu dem Erfolg. Du möchtest dich heute nachmittag nach der Pressekonferenz dort sehen lassen. Man will wohl aus erster Hand hören, wie die Sache gelaufen ist."

„Na, wenn es denn sein muß."

„David ist mit Malte draußen am Tatort. Der Erkennungsdienst aus Dortmund ist dabei, die Spuren auf dem Bauernhof zu sichern. Die beiden wollen sich umschauen, ob für unseren Fall Beweise zu sichern sind."

„Was ist mit dem Galloper?"

„Der ist zum Sicherstellungsgelände gebracht worden. Der wird erst in den nächsten Tagen genau untersucht."

„Vielleicht finden die Kollegen ja noch etwas, das beweiswichtig ist. Vielleicht sind Blutstropfen oder geronnenes Blut von Nowaks Waffe zu finden. Wäre doch toll, wenn man zum Beispiel in seinem Kofferraum Blutreste von den beiden Ermordeten finden würde. Es ist ja teilweise unglaublich, was heutzutage aus winzigsten Spuren herauszufinden ist. Oder sie finden Pflanzenreste zwischen den Reifenprofilen, die auch an der Stelle wachsen, wo er in der Stempke geparkt hatte. Das wäre doch auch nicht schlecht." Ken sah sehr zuversichtlich aus.

„Wer weiß, was noch so alles gefunden wird", sagte Gerlinde. „Ich freue mich jedenfalls für dich, daß der Fall nun kurz vor der Aufklärung steht."

„Und ich erst. Was ist eigentlich bei euren Ermittlungen in der Kleingartenanlage herausgekommen?"

„Viel Arbeit für nichts. Tatsächlich hatte man außerhalb der Anlage in einem nahegelegenen Graben blutverschmierte Bekleidungsstücke gefunden. Wir haben dann in der Umgebung ermittelt. Schließlich stellte sich heraus, daß eine türkische Familie Lämmer und Hühner geschlachtet hatte. Die blutverschmierte alte Bekleidung hatte man in eine große Plastiktüte gepackt und dann im Graben entsorgt. Wir haben einen Bericht dazu geschrieben. Ich denke, daß ein ordentliches Bußgeld die Leute davon überzeugen wird, daß ein Graben in einem Grüngebiet keine Müllabladestelle ist. Für unsere Sache war das allerdings ein Schuß in den Ofen." Sie sah ihn mit einem tiefgründigen Lächeln an. „Kommst du nach Dienstschluß noch zu mir? Du fehlst mir. Wir waren schon drei Tage nicht mehr zusammen."

Diese Worte waren dermaßen aufreizend gesagt, daß Ken nicht widerstehen konnte. Er nickte. Gerlinde war die Freude anzusehen. Ihr Gesicht strahlte. „Dann bis heute nachmittag", hauchte sie, drehte sich aufreizend herum und marschierte wie ein Modell auf dem Laufsteg davon.

Ken sah ihr mit Vergnügen nach. Gleichzeitig aber entwickelte sich in seinem Inneren ein Widerstand, der langsam immer stärker wurde und keine ungetrübte Freude zuließ. Mehr und mehr meldete sich sein schlechtes Gewissen.

Als er sein Büro betrat, sah er als erstes ein großes Plakat auf seinem Schreibtisch. WIR GRATULIEREN! stand in Großbuchstaben darauf. Das Plakat lehnte an einer großen Sektflasche. Das verdrängte seine bedrückenden Gedanken. Dann kamen auch schon Bernd Schott und Haki herein und gaben ihm die Hand. „Das hat ja prima geklappt, letzte Nacht", sagte Schott voller Begeisterung.

„Sagen wir lieber, es ist noch mal gutgegangen. Das Ganze hätte auch völlig anders ausgehen können." Dann erzählte er noch einmal, wie sich alles entwickelt hatte.

Gerlinde kam ins Zimmer. Gespannt hörte sie zu, als er sagte: „Das Gefährlichste sind die Unwägbarkeiten. Wir hatten nicht damit gerechnet, daß in Nowaks Auto eine zweite Person mitgefahren war. Wir hatten diesen Kerl auch nicht umherlaufen gesehen. Deshalb waren wir völlig überrascht, als der plötzlich wie ein Berserker zwischen den Trennwänden auftauchte und sich mit seinem Messer auf uns stürzte. In dem Moment kippte die ganze Sache. Wir hatten auch nicht ernsthaft damit gerechnet, daß Nowak in dem Moment so schnell an eine Schußwaffe kommen konnte. Gut, auf eine solche eine Möglichkeit muß man immer vorbereitet sein, aber der zweite Angreifer, auf den waren wir absolut nicht vorbereitet. Der machte das Ganze zu einer wahrhaft brenzligen Angelegenheit."

„Gott sei Dank ist ja alles noch mal gutgegangen", sagte Bernd Schott.

„Bis auf Landers Verletzung.“ Ken sah in die Runde. „Hat der sich eigentlich schon gemeldet?“ Die anderen schüttelten den Kopf. „Dann werde ich ihn jetzt mal anrufen.“

Er sah auf den Stapel Notizzettel auf seinem Schreibtisch. Etliche Leute hatten das Bedürfnis, mit ihm zu sprechen. Sie mußten warten. Kurt Landers ging vor.

„Die Flasche Sekt köpfen wir, wenn die anderen wieder zurück sind, okay?“

„Alles klar.“

Die drei gingen hinaus. Sein Büro gehörte ihm wieder allein. Sofort griff er zum Telephon und wählte die Nummer von Landers. Maria war am Apparat. „Wie geht es Kurt?“ fragte er.

„Bis auf leichte Schmerzen im Arm ganz gut. Ich möchte mich noch einmal bei Ihnen bedanken. Ich wage gar nicht, mir auszudenken, was passiert wäre, wenn Kurt alleine da draußen gewesen wäre.“

„Dann hätte er bestimmt nicht das gemacht, was wir zusammen angestellt haben.“

„Angestellt ist das richtige Wort. Na ja, letztendlich war das Ganze ja von Erfolg gekrönt. Jetzt kann man wieder aufatmen, wo dieser Mörder endlich gefaßt worden ist.“

Diese Worte hatte er heute schon einmal gehört. Fast genau so hatte sich Katharina heute morgen beim Frühstück geäußert. Die Unruhe bei anderen Menschen war doch größer, als er gedacht hatte. „Wir haben den Mörder festgenommen und noch einen zweiten Mann.“ Das war seine ganze Aussage, als seine Frau ihn gefragt hatte, was denn passiert sei. Mit keinem Wort hatte er von dem Schußwechsel gesprochen und auch nichts von dem Zweikampf zwischen Kurt Landers und Peter Röder erzählt. Er war allgemein geblieben und hatte nur so viel von der Festnahme erzählt, wie sie wissen sollte. Er wollte sie nicht im nachhinein noch beunruhigen. Er wußte, sie hatte oft Angst um ihn. Wenn er zu viel erzählte, war ihre Angst beim nächsten Einsatz noch größer. Es reichte, was sie in den nächsten Tagen über diesen Fall in der Zeitung lesen würde. Und die anderen Fragen wie „Warum hat er die Morde begangen? Warum hat er die Pferde getötet?“ konnte er sowieso noch nicht beantworten. Diese Fragen interessierten ihn selbst. Die mußten erst noch geklärt werden. Und er hoffte, vielleicht schon bei der Vernehmung von Nowak eine erste Antwort zu bekommen.

„Sie möchten bestimmt mit Kurt sprechen", fuhr Maria Landers fort. „Er ist leider nicht da. Er ist dabei, für seine achtzigjährige Mutter ein paar Einkäufe zu erledigen. Ich werde ihm aber ausrichten, daß Sie angerufen haben." Ken bedankte sich und legte auf.

KD anrufen! stand auf einem Zettel. Den Kriminaldirektor würde er nach der Pressekonferenz treffen. Wozu also jetzt anrufen? Er nahm den nächsten Zettel.

Den Leiter MK2 aus Dortmund, Herrn Schrader, anrufen! stand da. Darunter war die Telephonnummer notiert. Ken Bergmann wählte die Nummer und hatte sofort Schrader am Telephon. Er hatte damit gerechnet, daß der andere gratulieren würde oder doch zumindest einige Worte der Genugtuung finden würde, daß der Mörder gefaßt worden war. Doch es war ganz anders. Mit ziemlich grantiger Stimme sagte Schrader: „Wegen der beiden Mordversuche brauche ich eine Äußerung von Ihnen und von dem anderen."

Kens Stimme wurde ausdruckslos und trocken: „Was ich zu sagen habe, steht in meinem Bericht. Dem habe ich nichts mehr hinzuzufügen."

„Da sind aber noch ein paar Fragen offen. Wieso waren Sie mit einem Polizeifremden am Tatort?"

„Das ist ein ehemaliger, inzwischen in allen Ehren pensionierter Kollege."

„Das ist ein Polizeifremder."

Ken Bergmann fühlte, wie sich langsam Wut in ihm aufstaute. „Wir haben uns da getroffen."

„Waren Sie da verabredet?"

„Nein."

„Wie kommt es dann, daß Sie zusammen da waren?"

„Warum ich da war, steht in meinem Bericht. Oder haben Sie ihn nicht richtig gelesen?"

Der Schuß traf. Ken merkte, wie es am anderen Ende längere Zeit ruhig blieb. Dann schien Schrader sich wieder gefaßt zu haben. „Und wieso war der andere da?" fragte er bissig.

„Da müssen Sie den anderen, nämlich unseren Ex-Kollegen, schon selber fragen. Vielleicht äußert er sich aber auch schriftlich dazu. Ich jedenfalls kann Ihnen dazu nichts sagen. Haben Sie sonst noch ein Frage?"

„Nein, das war's schon. Auf Wiederhören!"

Ken ließ sich in seinen Bürosessel zurückfallen. Die gute Laune war total verflogen. Er spürte, wie es in ihm kochte. Dieser Arsch, dachte er. Was meint der eigentlich, wer er ist! Es dauerte eine Weile, bis er sich wieder soweit beruhigt hatte, um weitere Telephonate führen zu können. Er nahm die nächste Notiz in die Hand. *Der Kollege Randers hat angerufen!*

Diese Nachricht kam Ken gerade recht. Den konnte er fragen, was mit diesem Schrader los war. Randers kannte ihn bestimmt. Er hatte auch diesmal Glück. Randers war in seinem Büro und ging sofort an den Apparat. Er freute sich.

„Herzlichen Glückwunsch erst mal", sagte er. „Das ist ja ein toller Erfolg. Da kann man wirklich nur gratulieren. Heute morgen in der Frühbesprechung hat man bei uns ausführlich über euren Einsatz berichtet. Das habt ihr gut hingekriegt."

„Wir hatten sehr viel Glück", wandte Ken ein. Seine Stimmung änderte sich schlagartig. Dieser herzliche Ton wischte allen Ärger über Schrader weg.

„Ein Quentchen Glück braucht man immer im Leben. Habt ihr schon ein Geständnis?"

„Nein. Die Vernehmungen der beiden Festgenommenen stehen noch aus. Die sind noch beim Haftrichter. Aber wir sind guten Mutes, daß wir den Fall geklärt haben."

„Das ist ja wunderbar. Das freut mich. Und ich kriege meine Sache damit auch vom Tisch."

„Ja, davon kann man ausgehen. Die Pferdemorde sind auch so gut wie geklärt. Aber ich habe da noch eine Frage", setzte Ken vorsichtig nach. „Kennst du einen Schrader bei der Kripo Dortmund?"

„Den kennt hier jeder."

Die Antwort und die Tonlage ließen darauf schließen, daß Randers nicht gerade gut auf Schrader zu sprechen war. „Ich hatte vorhin ein Telephongespräch mit ihm. Das ist nicht sehr angenehm verlaufen", fuhr Ken vorsichtig fort.

„Das wundert mich nicht. Schrader ist total frustriert."

„Wieso das?"

„Tja, wie soll ich das sagen? Er ist so was wie das schwarze Schaf der Familie."

„Aha?"

„Schrader hat die Ratslaufbahn nicht geschafft. Seitdem ist er ein Stinktier."

„Welchen Dienstgrad hat er denn?"

„Der ist Kriminalhauptkommissar." Ken Bergmann war erstaunt. Er schwieg für einen Moment. Randers mußte den Grund seines Schweigens erahnt haben, denn er fuhr fort: „Schrader kommt aus einer sehr angesehenen Familie. Er ist da das schwarze Schaf, weil er es nur zum Kriminalhauptkommissar gebracht hat. Alle anderen aus der Familie sind in der Wirtschaft bedeutende Leute oder sind Ärzte oder Rechtsanwälte oder sonst wichtige Persönlichkeiten. Schrader selbst war einer der jüngsten Kriminalhauptkommissare im Land. Der hatte bis dahin eine steile Karriere bei der Polizei hingelegt und gedacht, das ginge so weiter. Ging aber nicht. Und das macht ihn jetzt kaputt. Der schämt sich in seinen Kreisen, verstehst du."

„Eigentlich nicht. Normalerweise kann man das nicht verstehen. Ich glaube, dazu muß man sich wirklich in abgehobenen Kreisen bewegen, um so zu denken und zu fühlen."

„Schrader ist ein sehr ehrgeiziger Typ. Und er ist eifersüchtig und neidisch. Am liebsten wäre ihm gewesen, die Haupttat wäre auf Dortmunder Gebiet passiert, und er hätte den Mordfall leiten können. Dann hätte er in den Zeitungen gestanden oder wäre im Fernsehen zu sehen gewesen. In den Frühbesprechungen hat er oft genug losgelassen, wie dilettantisch ihr doch wäret. Er ist fest davon überzeugt, daß er den Doppelmord schon längst geklärt hätte."

Ken schwieg einen Moment. Dann sagte er: „Das hört sich ja fast schon gestört an."

„Man darf nichts darauf geben. Wegen seiner Art ist er auch nicht sehr beliebt."

„Das kann ich mir gut vorstellen. Und jetzt leitet er den versuchten Doppelmord an meinem Freund und mich. Da kann er ja auch keine Lorbeeren ernten, denn die Sache ist ja im Grunde klar."

„So ist es. Die Täter sind gefaßt und sitzen in der Kiste. Für die Beweisführung ist auch nicht viel nachzuarbeiten. Also hat er es mit einer Luftblase zu tun. Und das ist für ihn unter seiner Würde."

David Wakaba und Malte Petersen betraten das Zimmer. Ken Bergmann bedeutete ihnen, einen Moment ruhig im Zimmer zu warten.

„Armer Schrader“, sagte er ins Telephon. „Aber nun zu was anderem. Wenn wir die Sache endgültig bearbeitet haben, wollen wir hier eine kleine Siegesfeier machen. Dazu lade ich dich jetzt schon mal ein.“

„Danke, das ist nett. Da freue ich mich.“ Das Gespräch war beendet.

„Das war der Kollege Randers aus Dortmund. Ich habe ihn zu unserer Feier eingeladen“, sagte er. „Was gibt es?“

„Wir waren in der Werkstatt und haben dort alles auf den Kopf gestellt, aber nichts gefunden, was mit unserem Doppelmord in Verbindung zu bringen wäre“, sagte David.

„Ehrlich gesagt habe ich das auch nicht erwartet.“

David verabschiedete sich. Er hatte noch einiges zu schreiben.

„Malte, sei so nett und hak mal in Dortmund nach, wie es um die Haft von Röder steht, und wo er verbleibt.“

„Okay, mach ich.“ Petersen verließ ebenfalls den Raum, kam aber kurze Zeit später mit Alfred Müller und Roger Hein wieder herein.

„Und?“ fragte Ken Bergmann.

„Nowak hat U-Haft gekriegt“, sagte Alfred Müller.

„Und der Röder auch“, sagte Petersen. „Der bleibt erst mal in Dortmund im Polizeigewahrsam. Er wird dort wegen des Mordversuches an Kurt Landers vernommen.“

„Hat Nowak vor dem Richter eine Aussage gemacht?“

„Der schweigt wie ein Grab.“

„Also gut“, sagte Ken. „Dann werden wir als nächstes die Wohnungen durchsuchen. Nach Möglichkeit nehmen wir jede Person, die wir dort antreffen, sofort mit zur Dienststelle und vernehmen sie. Roger und Malte, ihr durchsucht die Wohnung von Peter Röder. Und nehmt Bernd mit. Alfred, Gerlinde und ich werden die gemeinsame Wohnung von Nowak und seiner Mutter durchsuchen. Haki bleibt hier und hält mit David die Stellung. Alles klar?“

Zehn Minuten später waren beide Teams auf dem Weg.

15

Marian Nowak wohnte mit seiner Mutter in einem dreigeschossigen Mehrfamilienhaus mit Flachdach, das nach 1970 als Teilgebäude einer Siedlung erbaut worden war. Jedes Haus hatte drei Eingänge. Rechts und links davon befanden sich die Wohnungen, alle fast neunzig Quadratmeter groß und mit einem Balkon ausgestattet. Zwischen den Häuserblocks befanden sich große Grünflächen, unterbrochen von Bäumen und Sträuchern. Schmale Straßen und Gehwege führten in die Siedlung, die insgesamt einen sehr gepflegten Eindruck machte.

Nowak wohnte im ersten Häuserblock in der ersten Etage. Die Kriminalisten hatten Glück. Auf ihr Klingeln hin wurde sofort geöffnet. In der Wohnungstür stand eine dunkelhaarige, schlanke Frau. Obwohl sie fast fünfzig war, wirkte sie jünger. Erstaunt sah sie die beiden Männer und die junge Frau an.

„Kriminalpolizei“, sagte Ken und zeigte seine Dienstmarke. „Mein Name ist Bergmann. Das sind meine Mitarbeiter, Herr Müller und Frau Berthier.“

„Ist etwas passiert?“

„Ja, wir sind aus einem wichtigen Grund hier. Können wir das vielleicht in Ihrer Wohnung besprechen?“

„Ja, natürlich.“ Die Frau trat zur Seite und ließ die drei Beamten ein. „Geradeaus bitte, da ist das Wohnzimmer.“

Die Wohnung war sauber und ordentlich. „Nur um sicher zu sein. Sind Sie Frau Nowak, die Mutter von Marian Nowak?“

„Ja, sicher. Was ist denn mit ihm? Ist er verletzt? Ist er tot?“ Ihre Stimme zitterte leicht. Obwohl sie ein einwandfreies Deutsch sprach, hörte man doch den harten polnischen Akzent durch.

„Nein. Wir haben ihren Sohn festgenommen, weil wir ihn verdächtigen, zwei Menschen ermordet zu haben.“ Danuta Nowak wurde blaß. Sie ließ sich auf die Couch fallen. „Es besteht der dringende Tatverdacht, daß ihr Sohn drei Pferde getötet hat. Als man ihn bei der Tat erwischte, floh er. Als er nicht mehr entkommen konnte, tötete er seine Verfolger. Dieser Fall stand in allen Zeitungen und wurde tagelang im Radio und im Fernsehen behandelt.“

Sie faltete beide Hände vor dem Mund und sah Ken Bergmann schweigend an. Es dauerte eine Weile, bis sie sich gefaßt hatte. „Ja, ich habe das im Fernsehen gesehen“, sagte sie mit leiser Stimme. „Ist es denn sicher, daß das mein Sohn gewesen ist?“

„Ja.“

„Wo ist mein Sohn jetzt?“

„Er sitzt im Polizeigewahrsam im Präsidium in Bochum.“

„Kann ich zu ihm?“

„Jetzt noch nicht. Es sind noch einige Ermittlungen zu tätigen. Sie können aber morgen mittag anrufen. Je nachdem, wie dann der Stand der Ermittlungen ist, können Sie dann mit ihm sprechen.“

Frau Nowak nickte.

„Wir müssen Ihre Wohnung nach Beweismitteln durchsuchen.“ Ken Bergmann übergab ihr den richterlichen Durchsuchungsbeschluß. „Welche Räume bewohnt Ihr Sohn?“ Frau Nowak stand auf und führte ihn in ein großes Zimmer gleich links vom Wohnungseingang. „Okay, dann fangen wir hier an. Gehört zu der Wohnung ein Keller?“

„Ja.“

„Den müssen wir auch durchsuchen.“

„Hat das Haus einen Dachboden?“

„Nein, wir haben ein Flachdach. Alle Nebenräume sind im Keller.“

„Haben Sie oder Ihr Sohn eine Garage, ein Gartenhäuschen oder sonst ein Gebäude?“

„Nein.“

„Dann bleiben Sie bitte bei der Durchsuchung dabei. Sie haben das Recht, einen Zeugen hinzuzuziehen, zum Beispiel einen Nachbarn. Möchten Sie einen Zeugen dabeihaben?“

„Nein.“

„Okay, dann beginnen wir jetzt mit der Durchsuchung.“

Es dauerte fast eine Stunde, bis alle zur Wohnung gehörenden Räume sorgfältig durchsucht waren. „Es tut mir leid, daß wir Ihnen hier einiges durcheinander gebracht haben. Aber das läßt sich leider nicht vermeiden.“

„Haben Sie etwas gefunden?“

„Nein, nichts, was mit der Tat zu tun gehabt hätte.“

„Wonach haben Sie denn überhaupt gesucht?“

„Nach blutiger Wäsche, nach blutigen Handschuhen, nach Waffen und Tatwerkzeugen, eventuell auch Aufzeichnungen, Skizzen, Photos.“

„Deshalb haben Sie auch in der Waschmaschine und im Wäschekorb nachgesehen. Ich hatte mich schon gewundert. Nein, so was würde mein Sohn hier niemals lagern.“

„Haben Sie denn schon mal solche Dinge bei ihm gesehen?“

„Nein, nicht daß ich wüßte.“

„Wann haben Sie Ihren Sohn denn zuletzt gesehen?“

„Das ist schon länger her. Er hatte mich aus Polen angerufen. Wir haben dort noch einige Familienangehörige und Bekannte.“

„Hat er denn gesagt, warum er in Polen ist?“

„Sein Auto wäre kaputt. In Polen seien die Ersatzteile viel billiger. Deshalb wollte er dort wohl welche kaufen. Mehr weiß ich nicht.“

„Ist es öfter vorgekommen, daß er für längere Zeit wegblieb?“

„Nicht oft. Nur manchmal. Er hat sich noch nicht ganz von seinen Freunden in Polen lösen können.“

„Wir möchten Sie gerne mit zur Dienststelle nehmen und zur Sache vernehmen. Deshalb möchte ich Sie bitten, sich jetzt anzuziehen.“

Gerlinde stand vor mehreren gerahmten Photos, die fast eine ganze Wohnzimmerwand einnahmen. Auf allen Photos waren Pferde abgebildet. „Sind Sie das hier auf dem Pferd?“ fragte sie.

„Ja, das bin ich. Und hier auf dem Photo, das ist mein Sohn, als er zwölf oder dreizehn Jahre alt war.“

„Ihr Sohn reitet auch?“

„Nein. Mein Sohn ist eine Memme, so sagt man doch hier in Deutschland für einen Schwächling, nicht wahr?“

„Wieso ist Ihr Sohn ein Schwächling?“

„Er war ein Schwächling. Inzwischen verstehe ich, daß er nicht mehr auf ein Pferd steigen will. Aber damals ...“ Sie zeigte auf ein anderes Bild. „Sehen Sie, hier ist mein Sohn. Da war er ungefähr vier Jahre alt. Wir waren auf der Kirmes. Da sitzt er auf einem Pony und reitet wie die anderen Kinder auch im Kreis herum. Mit diesem Pony fing alles an. Dieses Pferd hat ihn in die Hand und in den Arm gebissen, als er ihm ein Zuckerstück geben wollte. Das Pony war wild auf den Zucker, verstehen Sie? Der Biß hat ihm sehr wehgetan. Danach bekam ich ihn nur schwer wieder auf ein Pferd. Er hat immer geweint und geschrien und sich gewehrt. Ich habe wirklich sehr lange gebraucht, bis ich ihn endlich auf einem Schulpferd sitzen hatte. So nach und nach gewöhnte er sich an das Reiten. Dann setzte ich ihn auf mein eigenes Pferd.“

Sie zeigte ein anderes Photo an der Wand. „Sehen Sie hier, dieser Schimmel, das war mein Pferd. Igor hieß es. Mein Pferd war eigentlich lammfromm. Aber die Tiere merken auch, wenn jemand Angst hat. Jedenfalls ist Andreas nach zwei Tagen vom Pferd gefallen. Mein Pferd hatte gebuckelt. Wahrscheinlich hatte er es irgendwie gekitzelt. Er war vom Pferd gefallen und gegen die Bande der Reithalle geprallt.“

„Und? Was ist bei dem Sturz passiert?“

„Eigentlich nicht viel. Er hatte sich wieder nur wehgetan. Am Kopf, am Ellenbogen, am Rücken. Prellungen und Blutergüsse, wissen Sie, nichts Gefährliches. Es gehört zum Reiten dazu, daß man mal vom Pferd fällt. Aber ab jetzt hatte er noch mehr Angst."

„Das kann ich verstehen. Wie alt war er denn da?"

„Ich glaube so zehn oder elf vielleicht. Er war, glaube ich, in der fünften Klasse damals."

„Und dann?"

„Dann habe ich ihm wieder gesagt, er solle sich nicht so anstellen. Viele andere reiten, ich ja auch. Er solle wieder aufsteigen. Der hat gezittert vor Angst, können Sie sich das vorstellen?"

„Das kann ich gut! Warum haben Sie Ihren Sohn denn zum Reiten gezwungen? Was sollte das denn bezwecken?"

„Ich reite selbst seit frühester Kindheit. Reiten ist ein wunderbarer Sport. Es ist gut für Kinder, sich mit Pferden abzugeben."

„Ja, das stimmt, wenn Kinder sich dafür interessieren. Aber für Ihren Sohn war das wohl eher die Hölle."

„Heute denke ich auch anders. Aber damals, da war ich noch sehr jung. Da sah ich, wie die Kinder anderer Leute auf Turnieren ritten und Siege errangen. Ich liebe das Reiten. Ich liebe Pferde. Ohne Pferde kann ich mir ein Leben gar nicht vorstellen. Das ist bis heute so geblieben. Und es war mein Herzenswunsch, daß mein Sohn auch mal ein großer Reiter wird. Das ist so wie beim Eiskunstlaufen, wo die Eltern auch ihre Kinder zu dem Sport drängen. Ohne Druck geht nichts, verstehen Sie."

„Ich verstehe. Etwas Druck hin und wieder muß wohl sein. Aber bei Ihrem Sohn, da finde ich das schon zu stark."

„Zu stark? Damals? Was meinen Sie, wie oft ich schon vom Pferd gefallen bin und mir Blessuren zugezogen habe. Aber ich bin immer wieder aufgestiegen, habe mich nie von einem Pferd unterkriegen lassen. Aber Marian, der hatte von Anfang an die Hosen voll." Sie wandte sich Gerlinde zu. „Aber diese Probleme haben Sie ja noch nicht. Sie haben noch keine Kinder oder?"

„Nein."

„Warten Sie nur ab. Sie werden auch noch begreifen, daß man manchmal seine Kinder zum Glück zwingen muß."

„Können wir losfahren?" fragte Ken.

„Ja, ich brauche mir nur eine Jacke überzuziehen", sagte Frau Nowak.

Kurz darauf verließen sie das Haus und fuhren zurück zur Dienststelle nach Gerthe.

Während Alfred Müller alles für die Vernehmung von Frau Nowak vorbereitete, folgte Gerlinde Ken in dessen Büro. „Irgend etwas stimmt nicht mit dieser Frau", sagte sie.

„Was meinst du?"

„Ich kann es nicht so genau sagen. Aber ich glaube, ich würde mich anders verhalten?"

„Anders verhalten?"

„Ja, irgendwie mehr am Boden zerstört sein. Wenn mein Sohn als Mörder verdächtigt werden würde, da würde für mich eine Welt zusammenbrechen. Ich glaube, ich würde hysterisch oder verrückt, hätte geweint oder so was. Diese Frau wurde nur blaß, war ein wenig geschockt und dann eigentlich sehr gefaßt."

„Was hätte sie denn machen sollen? Sollte sie aus dem Fenster springen?"

Gerlinde fühlte sich gekränkt. „Quatsch! Ich meine nur, daß sie nicht richtig überrascht war. Sie muß eine Ahnung gehabt haben. Vielleicht hat sie es sogar gewußt."

„Vielleicht kommt das ja noch, das mit dem Weinen und so. Die Frau ist jetzt erst mal nur geschockt. Wer weiß, was mit ihr passiert, wenn sie erst mal zur Ruhe gekommen ist."

„Schon gut. Ich spinne etwas herum. Trotzdem, irgendwas ist faul. Und ich werde versuchen, dahinterzukommen."

Ken hatte einen Riesenhunger. Deshalb biß er kräftig in sein belegtes Brötchen, das er auf dem Rückweg in einem Bäckerladen gekauft hatte. „Weibliche Intuition oder so was?" sagte er mit kauenden Backen. „Na gut. Dann bitte ich dich, jetzt in das Vernehmungszimmer zu gehen. Alfred ist bestimmt froh, wenn noch einer von uns bei der Vernehmung dabei ist. Wie ich sehe, hast du ja wohl noch ein paar Fragen an Frau Nowak oder eine Idee, wie wir näher an die Wahrheit herankommen."

Gerlinde sah ihn erzürnt an, drehte sich um und verließ wortlos das Zimmer. Genußvoll biß Ken erneut in sein Brötchen. Zwei Räume weiter hatte Alfred Müller schon mit der Vernehmung begonnen. Die anderen drei Mitglieder der Mordkommission waren noch nicht von ihrer Durchsuchungsaktion zurück. Deshalb rief Ken noch einmal bei

Kurt Landers an. Wieder hatte er seine Frau Maria am Apparat. Sie hatten sich kaum begrüßt, da hörte er: „Er kommt gerade herein."

Maria übergab an ihren Mann. „Hallo, mein Lieber. Wie geht's?" fragte Ken. „Was macht deine Verletzung?"

„Mir geht's gut. Ich habe kaum Schmerzen. Wenn überhaupt, dann nur, wenn ich eine falsche Bewegung mache."

„Das höre ich gern."

„Ihr habt im Moment sicher viel zu tun."

„Ja, wir sind gerade dabei, so einige Maßnahmen zu treffen. Nowak und sein Partner sind beim Haftrichter gewesen. Wir haben die Werkstatt und die Wohnung von Nowak und die seines Mittäters durchsucht, Zeugen festgestellt, die nun zu vernehmen sind, Nowaks Auto beschlagnahmt und nach Spuren untersuchen lassen, Beweismittel sichergestellt und so weiter. Du weißt doch selbst am besten, welcher Rattenschwanz da dranhängt."

„Ja, das ist wahr. Das ist mir noch gut in Erinnerung. Ich will dich auch nicht weiter aufhalten. Ich habe nur eine Bitte. Als alter Kriminalist interessiert mich natürlich, was hinter den Taten steckt. Auch das, was nicht in den Zeitungen zu lesen ist."

„Ich verstehe", sagte Ken. „Ich werde dich auf dem Laufenden halten. Allerdings habe auch ich eine Bitte. Ich brauche dein Wort, daß du anderen Leuten nicht mehr erzählst als das, was sowieso öffentlich gemacht worden ist."

„Das sollte ja wohl eine Selbstverständlichkeit sein", sagte er.

„Na prima, dann ist ja alles geklärt. Ich wünsche euch noch einen schönen Tag. Bis bald."

Ken rief Staatsanwalt Jablonski an, um ihn über den Stand der Ermittlungen zu informieren. Es dauerte nicht lange, dann kamen auch Roger Hein, Bernd Schott und Malte Petersen zurück. Man sah ihnen sofort an, daß sie etwas gefunden hatten. Roger schleppte eine schwarzrote Sporttasche mit sich. Er stellte die Tasche auf einen Stuhl in Kens Büro.

„Was ist damit?" fragte Ken.

„Schau rein", sagte Roger.

Ken öffnete vorsichtig die Tasche. Da waren die Beweise, die sie suchten, zumindest ein Teil davon. Zusammenschraubbare Zinkrohre verschiedener Größen, drei Lanzenspitzen von der gleichen Bauart wie bei den Morden und eine fünfzig Zentimeter lange, selbstgebaute und angeschliffene Klinge für eine Machete. Dazu noch Stricke mit Blutanhaftungen. Das Netz um Nowak zog sich immer mehr zu. „Super! Wo habt ihr die gefunden?“

„Im Keller, hinter einer Kartoffelkiste. Ich wußte gar nicht, daß heutzutage noch jemand Kartoffeln einkellert, wo man sie doch in den Supermärkten nachgeworfen kriegt.“

„Vielleicht hat Röder die selbst geerntet. Vielleicht hat er einen Garten.“

„Danach haben wir uns erkundigt. Sonst hätten wir ja dort auch noch durchsuchen müssen. Vielleicht sagt er uns ja, wo die Kartoffeln her sind.“

„Wir führen doch keinen Kartoffelkrieg“, sagte Ken. Die anderen lachten. Ken nahm einen langen Bleistift, steckte ihn in den Schaft der Lanzenspitze, nahm diese hoch und betrachtete sie nachdenklich. Tatsächlich war sie an ihrer breitesten Stelle fast fünfzehn Zentimeter breit und etwa dreißig Zentimeter lang. „Das also ist unsere Mordwaffe“, sagte er mit gedämpfter Stimme, und als ob die Waffe ein Mensch sei, sagte er: „Wir haben dich lange gesucht.“

„Unser Täter hat gut gearbeitet. Sogar an eine Blutrinne hat er gedacht“, sagte Roger. „Und der Schaft ist lang genug, daß man ihn gut in der Hand halten kann.“

„Ganz schön schwer, das Stück“, sagte Ken und legte die Lanzenspitze wieder in die Tasche zurück. „Okay, dann bringt die Sachen zur Spurenauswertung. Vielleicht kommt ja dabei auch noch was zutage.“

Zusammen mit seinen Mitarbeitern verließ Ken das Büro. Er begab sich in das Vernehmungszimmer, wo Danuta Nowak ihre Aussage machte. Während Gerlinde Berthier Frau Nowak weiter befragte, kam Alfred Müller zu Ken und erzählte ihm in leisem Ton, was bisher von Nowaks Mutter ausgesagt worden war.

„Sein Leben hatte eigentlich keine Besonderheiten. Er hat die üblichen Kinderkrankheiten ohne Probleme überstanden. Er hatte als Kind auch keine schweren Unfälle und ist auch nicht vom Wickeltisch gefallen. In der Schule war er durchschnittlich. Mit einem Wort, er hatte eine ganz normale Kindheit wie andere auch.“ Alfred Müller zögerte einen Moment, dann fügte er hinzu: „Das heißt, eine Besonderheit gab es doch. Er hat wohl darunter gelitten, daß er keinen Vater hatte.“

„Keinen Vater?“ Ken Bergmann war erstaunt. „Warum nicht?“

„Die Mutter hat bisher ausweichend darauf geantwortet. Sie will nicht so recht mit der Sprache raus.“

„Na ja, das wird man ja wohl nicht als frühkindliche Schädigung werten, die ihm strafmildernd angerechnet würde. Aber interessieren würde es mich schon, warum es keinen Vater gibt. Ich weiß nicht, irgendwie habe ich das Gefühl, daß wir das wissen sollten.“

„Wir werden uns bemühen, das herauszufinden.“

Ein Blick auf die Uhr zeigte Ken, daß es allerhöchste Zeit war, nach Bochum ins Präsidium zu fahren. Bestimmt warteten die Pressevertreter schon auf ihn. Und zur Behördenleitung mußte er auch noch. In aller Eile begab er sich zu seinem Auto.

16

Katharina kam mit Zeitungen in der Hand ins Schlafzimmer. Sie hatte sich schnell einen Mantel übergezogen und war dann zum nahegelegenen Kiosk gegangen.

Morde in der Stempke vor Aufklärung – Kripo faßt Pferdemörder
Mordverdächtige festgenommen – Waren sie die Täter?
Ist Pferdekiller auch Doppelmörder? – Gefährliche Festnahme
Mörder gefaßt – Stempke wieder sicher

Angesichts dieser Schlagzeilen war Ken auf einmal hellwach. Während Katharina die Kinder weckte, um sie für die Schule fertigzumachen, las er, was über die Festnahme von Nowak und seinem Mittäter geschrieben worden war. Im großen und ganzen war er zufrieden.

Obwohl er noch einige Minuten im Bett hätte bleiben können, stand er auf, wusch sich und zog sich an. Katharina hatte inzwischen den Fernseher eingeschaltet und den WDR gewählt. In den Morgennachrichten wurde ebenfalls ausführlich darüber berichtet. Neben Staatsanwalt Jablonski wurde auch Ken interviewt. Obwohl die Presse immer wieder nachfragte, wer denn sein Helfer gewesen sei, vermied es Ken, den Namen von Kurt Landers zu nennen. Es sei ein pensionierter Kriminalbeamter gewesen, der bei der Festnahme geholfen hätte. Mehr könne und wolle er dazu nicht sagen. Kaum war der Fernsehbericht beendet, da klingelte das Telephon. Kurt Landers war am Apparat. „Ich hoffe, ich störe nicht“, sagte er.

„Nein, nein, die Kinder müssen zur Schule, und ich muß auch gleich zum Dienst. Du rufst bestimmt wegen des Fernsehberichtes an.“

„Ja, und wegen der Zeitungsberichte. Das ist doch eine super Publicity für euch und für die Polizei. Gratuliere. Und danke, daß ihr mich da rausgehalten habt.“

„Ohne dich wäre Nowak heute noch nicht in der Kiste. Ich finde schon, daß dir die Ehre gebührt hätte, ebenfalls genannt zu werden. Aber das wolltest du ja nicht.“

Kurt Landers lachte. „Nein, nein, so ist es besser. Glaube mir. Die Polizei muß mit ihrer Leistung im Vordergrund stehen. Das ist für das Vertrauen der Bürger sehr wichtig. Ich bin jedenfalls voll zufrieden.“

„Das freut mich. Was macht dein Arm?“

„Der fängt jetzt an zu jucken.“

„Das ist gut. Dann hat die Heilung voll eingesetzt.“

„Wir sehen uns.“

„Na klar. Ich melde mich, sobald ich etwas mehr Luft habe. Also, bis dahin.“

„Tschüs!“

Eine halbe Stunde später war Ken auf dem Weg nach Gerthe. Als er am Amtshaus aus seinem Wagen stieg, hatte er noch die Worte des Radiosprechers im Ohr, der ausführlich über die Festnahme von Nowak und Röder berichtet hatte.

Mit der Festnahme von Nowak und Röder hatte sich der Aufenthalt der MK Sumpf in Gerthe erledigt. Was jetzt zu tun war, konnte besser vom Polizeipräsidium aus erledigt werden. Ken Bergmann nahm Kontakt zur Polizeiverwaltung auf, die für den Transport der Akten und aller sonstigen Geräte zuständig war, während Haki und jedes freiwerdende Kommissionsmitglied mithalf, alles ordentlich für den Umzug zu verpacken. Ein halber Tag ging verloren, dann hatten sie sich in die eigens für die Mordkommission vorgesehenen Räume eingerichtet.

Ken Bergmann und Alfred Müller fuhren nach Dortmund, um Peter Röder im Polizeigewahrsam zu vernehmen. Wie so oft war die B1 voll, und es ging nur im Schleichtempo voran. Als sie die Schnettkerbrücke erreichten, fing es an zu nieseln. Das naßkalte Wetter war durchdringend, als sie den Dienstwagen verließen. Mit hochgeschlagenen Kragen liefen sie auf den Eingang zu. „Verdammtes Sauwetter!“ schimpfte Alfred Müller.

Es dauerte einige Zeit, bis sie Peter Röder gegenübersaßen. „Wir sind nicht hier, um Sie wegen Ihres Angriffs auf dem Bauernhof zu vernehmen“, sagte Ken. „Das machen unsere Kollegen aus Dortmund.“

Röder lehnte sich weit im Stuhl zurück, streckte die Beine von sich und kreuzte die Arme über der Brust. „Die haben mich heute morgen schon deswegen in die Mangel genommen.“

„Und?“

„War Scheiße, was ich gemacht hab. Habe ich den Dortmunder Bullen aber auch gleich gesagt.“

„Warum hast du dich überhaupt eingemischt?“ fragte Alfred Müller. Er hatte das Gefühl, daß sie besser mit Röder zurecht kamen, wenn sie ihn duzten. Röder akzeptierte es ohne Widerspruch.

„Nowak ist mein Freund. Ich hatte erst auch gar nicht begriffen, daß ihr Bullen seid. Tja, und danach war ja sowieso alles zu spät.“

Die beiden Kriminalisten ignorierten die glatte Lüge. „Kennst du Nowak schon lange?“

„Schon einige Jahre“, sagte er. „Wir haben so manchen Scheiß zusammen gemacht.“

Das glaube ich ohne weiteres, ging es durch Ken Bergmanns Kopf. Er vermied es aber, weiter darauf einzugehen. „Ich wundere mich, daß er immer noch zu Hause bei seiner Mutter lebt. Die beiden verstehen sich ja wohl sehr gut.“

„Hotel Mama ist doch immer ein guter Platz“, fügte Alfred Müller hinzu.

Röder richtete sich auf, legte die Arme auf den Schreibtisch und sah die beiden Kriminalisten fast amüsiert an. „Sehr gut? Er und seine Mutter verstehen sich sehr gut? Das ich nicht lache. Der haßt seine Alte wie die Pest. Am liebsten würde er ihr den Hals umdrehen.“

„Den Eindruck hatten wir ganz und gar nicht.“

„Habt ihr eine Ahnung. Die Alte ist schlimm. Die hat ihn doch nur gequält. Über Jahre.“

„Wie kommst du denn darauf?“

„Er hat es mir doch selbst erzählt.“

„Was hat er erzählt?“

„Das möchtet ihr wissen?“ Röder lehnte sich wieder in die alte Stellung zurück. „Und was springt für mich dabei heraus?“

Ken Bergmann sah ihn durchdringend an. „Es kommt darauf an, was du uns zu sagen hast.“

„Ich glaube, ich weiß eine ganze Menge, was euch interessieren würde."

„Ich will alles über ihn wissen", sagte Ken. „Wie er lebt, was er so macht, wofür er sich interessiert. Einfach alles!"

„Dann laßt uns einen Deal machen."

Ken Bergmann sah Alfred Müller an und dann wieder Röder. „Wir sind doch nicht auf einem arabischen Basar."

„Nee?" Röder knackte mit seinen Fingern. „Ihr wollt was von mir wissen, und ich will eine Gegenleistung dafür. Und es ist mir scheißegal, ob ihr das Basar nennt oder Tauscherei oder sonst was. Entweder kommt ihr mir entgegen, oder ich halte meine Schnauze. Klar?"

„Nun gut. Was willst du haben?"

„Ein mildes Urteil. Ich weiß inzwischen, daß ich wegen der Sache mit euch lebenslänglich kriegen kann. Das haben die Dortmunder Bullen mir gesagt, und mein Anwalt hat das bestätigt. Ich hätte nie gedacht, daß man schon für einen versuchten Mord so hart in den Knast kommen kann."

„So ist es. Was verstehst du denn unter einem milden Urteil?"

„Ein paar Jahre Bau, aber nicht lebenslänglich."

Ken Bergmann lehnte sich zurück. „Ich würde ja einiges für dich tun. Aber die Richter sind in ihrer Urteilsfindung unabhängig. Außerdem wissen wir ja auch jetzt noch gar nicht, welche Richter in einigen Monaten über deine Sache zu entscheiden haben."

„Das ist mir schon klar. Aber der Staatsanwalt, der könnte doch was machen. Daß Richter über den Strafantrag des Staatsanwaltes hinausgehen, ist doch ziemlich selten." Röder sah beide auffordernd an. „Wenn der Staatsanwalt sieben oder acht Jahre fordert, dann ist das doch genug. Die Staatsanwälte kennen doch die Richter. Die können doch einen Deal mit denen machen und die Strafe milder gestalten, weil ich eine umfangreiche Aussage gemacht habe. Wenn es nicht anders geht, würde ich auch als Kronzeuge auftreten."

„Das geht nicht", sagte Ken. „Die Kronzeugenregelung gilt nur für Terroristen."

„Aber irgendwas muß doch da zu drehen sein", sagte Röder, schon fast flehentlich.

„Wir könnten es versuchen", sagte Ken. „Wir könnten ja mal mit der Staatsanwaltschaft darüber reden."

„Wie geht es eigentlich eurem Kollegen?" fragte Röder plötzlich.

„Meinst du den, den du mit dem Messer angegriffen hast?“

„Richtig, der, der mir die Mistgabel ins Kreuz gedrückt hat. Wegen dem ich bald wegen versuchten Mordes vor dem Kadi stehe.“

„Der ist leicht verwundet.“

„Das ist gut. Das hilft vielleicht auch bei unserem Deal. Der könnte doch auch im Prozeß für mich günstig aussagen. Sprecht mit ihm. Dann kriegt ihr alle Infos über Nowak, die ich habe.“

„Ich dachte, Nowak wäre dein Freund“, sagte Alfred Müller.

„Stimmt. Aber jetzt muß ich sehen, daß ich selbst mit dem Arsch an die Wand komme. In der Not ist sich eben jeder selbst der nächste, oder? Der Nowak verschwindet wahrscheinlich für ewig in der Kiste. Ich habe aber noch die Chance, rauszukommen. Was würden ihr denn tun?“

Alfred Müller zuckte mit den Schultern. „Ich würde es erst gar nicht so weit kommen lassen, daß der Knast auf mich wartet.“

Röder kreuzte die Arme über der Brust und grinste abfällig. „Ja, ja, diesen Spruch habe ich erwartet. Was solltet ihr auch sonst sagen.“

„Also gut“, sagte Ken Bergmann, „wir werden versuchen, irgend etwas für dich zu erreichen. Aber glaube ja nicht, daß du uns verarschen kannst. Wir werden jedes Detail deiner Aussage überprüfen. Und wehe, wenn du uns austricksen willst. Dann geht der Schuß nach hinten los. Das garantiere ich dir.“

„Keine Angst“, sagte Röder. „In meiner Lage macht man keine Windeier. Ich werde mich hüten, euch gegen mich aufzubringen. Nein, nein, ihr könnt ganz sicher sein. Wenn ihr mir helft, dann helfe ich euch.“

Ken Bergmann und Alfred Müller fuhren von Dortmund aus direkt zur Staatsanwaltschaft Bochum und suchten sofort Johannes Jablonski in seinem Büro auf. Überall lagen hochaufgetürmte Akten. Jede Akte betraf ein kriminelles Delikt.

„Kommst du da überhaupt noch durch?“ fragte Alfred.

„Alles nur eine Sache der Routine und der Organisation“, sagte Jablonski. „Was führt euch zu mir?“ Kurz und präzise berichteten sie ihm von ihrem Gespräch mit Röder. „Welchen Eindruck habt ihr? Glaubt ihr, daß Röder wirklich etwas Wichtiges zu sagen hat?“

„Wir haben uns auf der Fahrt hierher ausführlich darüber unterhalten. Wir sind beide der Meinung, daß Röder viel über Nowak weiß.

Nowak hatte hier kaum Kontakte. Er ist introvertiert, ein in sich zurückgezogener Typ. Wenn es stimmt, daß er mit seiner Mutter richtige Probleme hat, dann ist Röder wahrscheinlich seine einzige Bezugsperson. Jeder braucht einen Menschen, um sich Probleme von der Seele reden zu können. Einen Zuhörer, eine echte Vertrauensperson. Ich denke, daß Röder diese Vertrauensperson für Nowak war", sagte Ken.

„Wenn das so ist, dann weiß Röder mehr über Nowak als jeder andere", unterstützte Alfred Müller seine Aussage. „Der weiß dann auch als sein Busenfreund etwas über seinen Charakter und seine Motive."

„Wir können natürlich nicht dafür garantieren", fügte Ken hinzu. „Aber was verlieren wir denn? Wenn das, was Röder uns zu sagen hat, nichts wert ist, dann brauchen wir ja auch nichts für ihn zu tun."

Jablonski holte seine Pfeife hervor, stopfte sie und zündete sie an. Wohlriechender Rauch breitete sich aus. „Also gut. Ich werde Kontakt zur Staatsanwaltschaft in Dortmund aufnehmen und versuchen, meine Kollegen von der Wichtigkeit einer strafmildernden Zusage zu überzeugen. Ich rufe euch an, sobald ich Genaueres weiß." Mehr wollten Ken Bergmann und Alfred Müller nicht hören. Sie verabschiedeten sich und fuhren zum Präsidium zurück.

Wieder in seinem Büro, rief Ken bei Kurt Landers an und berichtete ihm von dem Gespräch mit Röder. Kurt Landers zögerte lange, bis er sich dazu durchrang, Kens Wunsch zu erfüllen. „Also gut, wenn es der Sache nützt, dann will ich nicht im Wege stehen", sagte er, „obwohl ich diesen Burschen gern möglichst lange im Knast sehen würde. Immerhin hat er versucht, mich abzustechen."

Ken bedankte sich. Er nahm die Unterlagen von seinem Tisch und ließ sich in seinen Schreibtischsessel fallen. Endlich kam er dazu, die Vernehmung der Mutter durchzulesen. Nach einigen Minuten war er damit fertig. Viel Neues war dabei nicht herausgekommen. Angeblich habe Frau Nowak nichts Ungewöhnliches am Verhalten ihres Sohnes bemerkt. Aber er sei ja auch eine längere Zeit in Polen gewesen, wo sie keinen Kontakt zu ihm gehabt hätte. Zu seinem Lebenslauf hatte sie auch nur das gesagt, was man bereits wußte. Ihr Sohn hatte schon als Kleinkind Angst vor großen Tieren, besonders vor Pferden. Er hatte einige unangenehme Begegnungen mit ihnen gehabt. Das hätte für ihn ausgereicht, nicht zu reiten, obwohl sie immer davon geträumt hatte, daß aus ihrem Sohn mal ein großer Reiter werden würde. Den Namen des Vaters wüßte sie auch nicht mehr. Es sei eine flüchtige Urlaubsbekanntschaft gewesen. Sie hätte diesen Mann später nie mehr wiedergesehen.

Ken legte das Protokoll zur Seite. Ziemlich unergiebig das Ganze, überlegte er. Dabei hatte er das dumpfe Gefühl, daß mehr hinter der ganzen Sache steckte. Je länger er darüber nachdachte, je wichtiger schien es ihm, Röder zum Reden zu bringen. Hoffentlich konnte Jablonski bei der Staatsanwaltschaft Dortmund etwas erreichen. Er sah auf die Uhr. Es sah gut aus, heute würde er seit langem mal wieder pünktlich zu Hause sein, denn auch Gerlinde hatte an diesem Tag keine Zeit. Er stand auf und ging in Hakis Büro. „Gibt's noch etwas Wichtiges zu erledigen?"

Haki schüttelte den Kopf.

„Dann bis morgen."

Am Ausgang des Präsidiums traf er auf Karl Tepel. „Na, wie weit seid ihr?" fragte er. „Habt ihr noch Spuren gefunden?"

Karl Tepel schmunzelte. „Wir sind fertig. Der Bericht an euch ist unterwegs."

„Und?"

„An den gefundenen Tatwaffen waren nur Fingerspuren von Nowak zu finden."

„Und an der Sporttasche?"

„Ebenfalls nur die von Nowak, nichts von Röder."

„Das läßt darauf schließen, daß Nowak selbst die Tasche hinter Röders Kartoffelkiste versteckt hat."

„Ja, so wird es wohl gewesen sein."

Ken Bergmann bedankte sich. Er winkte Tepel zum Abschied kurz zu und ging dann zu seinem Auto. Die Scheiben waren vereist. Der Frost hatte die Fahrertür angefroren. Er mußte kräftig ziehen, um sie aufzukriegen. Es war eisig kalt im Auto. Sofort beschlugen die Scheiben von innen. Ken überlegte einen Augenblick, ob er erst die Scheiben freikratzen oder erst den Wagen starten sollte. Er entschloß sich für den Start. Er steckte den Schlüssel ins Zündschloß und drehte ihn um. Es gab einen kurzen Knack. Das war alles. Keine Zündung. Ken versuchte es erneut. Keine Zündung. Fluchend verließ er sein Auto. Inzwischen waren alle anderen Mitarbeiter des Hauses schon weggefahren. Was tun? Er ging um das Haus und betrat die Wache unterhalb der Fußgängerbrücke.

„Könnt ihr mir helfen?“ fragte er den Uniformierten hinter der Theke. „Mein Auto springt nicht an. Wahrscheinlich ist die Batterie zu schwach.“

„Ich frag mal die Kollegen“, sagte der Beamte und ging den Gang entlang nach hinten, wo sich der Aufenthaltsraum für die Polizisten befand. Es dauerte eine Weile, dann kamen zwei Polizistinnen nach vorne.

„Hast du ein Starthilfekabel?“ fragte eine junge Beamtin. Ken Bergmann wunderte sich über diese Anrede. Er kannte sie nicht. Diese Vertraulichkeit irritierte ihn für einen Moment.

„Ja.“

„Gut. Wo steht dein Auto?“

„Direkt gegenüber dem Haupteingang.“

„Alles klar. Wir kommen dorthin.“

Ken ging zu seinem Auto. Er war gerade dort angekommen, als auch schon der Streifenwagen neben ihm anhielt. Nach einigen Minuten lief der Motor seines Wagens. Er wischte seine verdreckten Hände an einem alten Putzlappen ab, entfernte das Eis von den Scheiben und fuhr dann zur nächstgelegenen Tankstelle. Er hatte Glück, man konnte ihm eine Ersatzbatterie einbauen und seine eigene Batterie an eine Ladestation anhängen.

„Morgen nachmittag können Sie die Batterie abholen“, sagte der Tankwart. Wieder einmal kam er viel zu spät nach Hause.

In sein zweigleisiges Verhältnis war eine gewisse Routine gekommen. Es belastete ihn längst nicht mehr so wie noch vor einigen Tagen. Doch ganz weg war seine Gewissenspein nicht. Doch heute war alles anders. Irgendwie fühlte Ken sich an diesem Nachmittag frei, losgelöst von notwendigen Zwängen durch seine Liebesbeziehung, die er in letzter Zeit immer mehr als Last gespürt hatte. Er hatte jeden Gedanken und jedes Gefühl an dieses Problem immer sofort verdrängen wollen, doch nie ganz beseitigen können. Keine Lügen, keine geheimen, selbst aufgezwungenen, für die Sache aber erforderlichen Aktionen, kein schlechtes Gewissen. Es war einfach schön, wieder mal unbelastet Feierabend zu haben und früh nach Hause zu kommen. Sein Gewissen gönnte ihm eine Ruhepause. Er konnte sich offen seiner Familie zuwenden.

Katharina freute sich, daß ihr Mann endlich mal wieder früher nach Hause kam. Schnell hatte sie ihm das bereitgehaltene Essen aufgewärmt. Plötzlich ertönte lauter Lärm aus dem Kinderzimmer. „Jetzt haben die sich schon wieder an die Köppe“, sagte Katharina im besten Ruhrpottdeutsch. „Es vergeht kein Tag, wo sich die beiden nicht streiten.“

„Schon gut“, sagte Ken, „ich kümmere mich darum.“ Er ging in das Kinderzimmer. „Was ist los?“ fragte er.

„Die Dana hat gesagt, es gäbe keinen lieben Gott. Warum muß ich dann immer abends, wenn ich ins Bett gehe, beten?“ beschwerte sich Ginger.

„Aber zum lieben Gott zu beten ist doch nichts Schlimmes.“

„Wenn es aber doch keinen Gott gibt?“

Ken wandte sich Dana zu. „Wer sagt denn, daß es den lieben Gott nicht gibt?“

Dana schmollte. „Die Kinder in der Schule. Sie sagen, da oben am Himmel fliegen Flugzeuge und Raketen. Da gibt es nur noch den Mond und die Sterne. Und auf dem Mond ist der liebe Gott auch nicht. Nur die amerikanische Flagge. Einen anderen Himmel gibt es nicht.“

Ken mußte schmunzeln. „Woher wollen sie das wissen?“ Angestrengt überlegte er, wie er diese Angelegenheit klären konnte. Dann fiel sein Blick auf Gingers Glaskugel, die auf der Fensterbank stand. Wenn man die Kugel schüttelte, schneite es in ihrem Inneren. Er nahm sie an sich. „Gott ist wirklich da oben. Nicht in dem Himmel, den wir sehen können, sondern in dem Himmel darüber.“

Die beiden Mädchen sahen ihn skeptisch an.

„Seht mal her“, sagte er. Er schüttelte die Glaskugel. Die weißen Flocken wirbelten durch das Wasser. „Stellt euch vor, ich wäre der liebe Gott. In der Glaskugel ist der Weltraum. All die Sterne, die ihr am Himmel seht, und noch viele mehr fliegen umher, so wie diese Flocken hier in der Kugel. Wißt ihr, was eine Milchstraße ist?“

„Ich weiß, was das ist“, sagte Dana. „In der Milchstraße sind ganz viele Sterne, alle so groß wie unsere Sonne oder noch größer. Die Milchstraße sieht aus wie ein flacher, runder Teller. Wir leben auch in einer Milchstraße auf einem ganz kleinen Planeten.“ Dana nahm den Unterteller ihrer Kakaotasse und hielt ihn Ginger hin.

„Wenn ich jetzt ganz viele Punkte auf diesen Teller machen würde, dann wären das alles Sterne in einer Milchstraße“, sagte sie zu Ginger. „Hundert Sterne, tausend Sterne, eine Million Sterne.“ Ginger staunte.

„Ja, so ungefähr ist es“, sagte Ken. „Jede dieser Flocken hier im Glas ist so eine Milchstraße. Und noch viel winziger ist die Erde in dieser Milchstraße. Da könnt ihr mal sehen, wie klein wir doch gegen den lieben Gott sind. Wir sind so klein, daß wir gar nicht sehen können, wie groß der liebe Gott ist. Und der Himmel über unserer Erde ist winzig klein, obwohl er uns groß und weit vorkommt. Der richtige Himmel aber ...“, Ken Bergmann zeigte auf die durchsichtige Hülle der Kugel, „der ist für uns riesig groß, obwohl er nur wie eine kleine Glaskugel in Gottes Hand ist. Der richtige Himmel ist so weit entfernt, daß wir ihn mit keinem Fluggerät erreichen können. Es gibt keine Rakete, die so schnell fliegen kann.“

„Und wie kommen wir dann in den Himmel?“ fragte Ginger.

„Wenn wir lieb waren und im Alter sterben, dann fliegt unsere Seele so schnell durch den Weltraum und durch die Hülle, die drum herum ist, daß wir in nullkommanix beim lieben Gott sind. Vielleicht sitzt du dann wie ein Marienkäfer auf seinem Finger. Er schaut dich dann liebevoll an und setzt dich in seinem schönen Blumengarten aus. Das wäre doch toll, oder?“

„Oh ja“, sagte Ginger, und auch Dana war begeistert.

„Deshalb laßt euch nicht von dem Glauben an den lieben Gott abbringen. Die Kinder in der Schule, die gesagt haben, daß es den lieben Gott nicht gibt, die sind nicht böse, sie haben nur nicht richtig darüber nachgedacht. So, und jetzt vertragt euch wieder.“

Ginger sprang hoch und nahm Ken die Glaskugel ab. „Komm, wir spielen Flug durch den Weltraum“, forderte sie Dana auf.

Zufrieden verließ Ken das Kinderzimmer. Er war sich nicht sicher, daß die Kinder alles verstanden hatten. Doch das Streiten hatte aufgehört. Das Problem war erst mal gelöst. Und das war ja auch was wert.

„Wie hast du die beiden Rabauken denn so schnell ruhig gekriegt?“ fragte Katharina.

„Ach, ich habe ihnen nur eine Geschichte erzählt.“

„Das muß aber eine tolle Geschichte gewesen sein.“

Ken grinste. „War es auch.“

„Vielleicht haben wir ja Glück, und es wird ein ruhiger Abend für uns beide.“

„Das hoffe ich auch.“

17

Gleich früh am Morgen betraten Ken Bergmann und Alfred Müller das Vernehmungszimmer. Nowak saß hinter dem Schreibtisch auf einem Stuhl. Seine Arme hatte er vor sich auf den Tisch gelegt. Er sah sie an.

„Mein Name ist Bergmann. Ich bin der Leiter der Mordkommission." Er trat bis an den Tisch heran. Mit ausdruckslosem Gesicht betrachtete er Nowak. „Haben Sie gut geschlafen?" Er erhielt keine Antwort. „Hat man Ihnen etwas zum Frühstück angeboten? Haben Sie etwas gegessen?"

Nowak antwortete nicht. Er starrte vor sich auf den Tisch.

Ken Bergmann ging seitlich an dem Schreibtisch vorbei. Er hatte die Hände in die Hosentaschen vergraben und sah Nowak von der Seite an. „Herr Nowak, Sie werden beschuldigt, vor drei Wochen in der Stempke drei Pferde auf einer Weide in Dortmund auf bestialische Weise getötet zu haben. Außerdem werfen wir ihnen vor, zur Verdekkung dieser Straftat zwei Menschen ermordet zu haben."

Nowak reagierte nicht. Er starrte weiterhin vor sich auf den Tisch.

„Mord ist mit lebenslanger Freiheitsstrafe verbunden. Das wissen Sie ja. Wir wollen Sie gleich zu diesem Vorwurf vernehmen. Deshalb werde ich Sie jetzt auf ihre Rechte aufmerksam machen. Als Beschuldigter haben Sie das Recht zu schweigen. Sie können jederzeit, also auch schon vor ihrer Vernehmung, einen Rechtsanwalt mit der Wahrnehmung Ihrer Interessen beauftragen. Ich weise Sie ferner darauf hin, daß Sie zu Ihrer Entlastung auch einzelne Beweiserhebungen beantragen können."

„Dann möchte ich jetzt einen Rechtsanwalt haben", sagte Nowak.

Ken Bergmann nahm das Telephon und stellte es vor ihm auf den Schreibtisch. „Haben Sie einen speziellen Anwalt?" Ken legte ihm das Telephonbuch hin. Nowak begann darin zu blättern. „Wir haben gestern die Tatwaffen gefunden. Hinter einer Kartoffelkiste in Röders Keller."

Nowak machte eine gönnerhafte Geste. „Da sehen Sie es doch, bei ihm habt ihr die Sachen gefunden. Das sind seine. Der ist der Mörder, den ihr sucht."

„Und wieso wurden dann an den Eisenteilen und an den glatten Teilen der Sporttasche nur ihre Fingerabdrücke gefunden, hm? – Nee, nee, Herr Nowak. So läuft das nicht! Das ist Ihre Tasche. Das sind Ihre selbstgebauten Waffen. Sie sind der Mörder und kein anderer!"

Nowak blätterte weiter im Telephonbuch, doch Ken Bergmann bemerkte, daß das nur oberflächlich war, daß er genau zuhörte.

„Aus dieser Sache kommen Sie nicht mehr heraus. Das muß Ihnen klar sein." Er machte eine kleine Pause. „Wenn Sie überhaupt noch eine Chance haben wollen, jemals wieder in Freiheit zu kommen, dann müssen Sie versuchen, eine Feststellung der besonderen Schwere der Tat zu vermeiden. Das heißt, Sie können im Normalfall nach fünfzehn Jahren Haft einen Entlassungsantrag stellen. Wenn aber die besondere Schwere der Tat vom Gericht festgestellt wird, dann bleiben Sie lebenslänglich im Knast, dann vermodern Sie hinter Gittern. Das ist Ihre Zukunftsperspektive. Ein Weg, die Feststellung der Schwere der Tat eventuell zu vermeiden, ist ein umfassendes Geständnis."

Nowak hörte auf zu blättern und sah ihn an. „Das hättet ihr wohl gerne."

Ken Bergmann stützte sich mit beiden Händen auf den Schreibtisch und sah ihn an. Seine Stimme war schneidend scharf. „Ja, das hätte ich gerne. Ich hätte gerne von Ihnen gewußt, wie es zu den Morden gekommen ist. Und ich hätte gerne gewußt, warum Sie Pferde abschlachten."

Nowak lehnte sich mit einem überlegenen Gesichtsausdruck zurück. Selbstgefällig sagte er: „Sie haben doch gesagt, Sie hätten genug Beweise gegen mich. Warum sind Sie dann so scharf auf ein Geständnis? Oder reicht es doch nicht so ganz, um mich in die Kiste zu kriegen?"

Ken Bergmann richtete sich auf und verschränkte die Arme vor der Brust. „Sie sind doch schon drin. Und Sie werden auch drinbleiben. Da können Sie ganz sicher sein."

„Genau! Sie kommen dahin, wo Sie hingehören!" sagte Alfred Müller.

Nowak sah ihn mit einem haßerfüllten Blick an. „Sie können mir viel erzählen", knurrte er. Dabei stieß er verächtlich die Luft aus.

„So?" Ken Bergmanns Stimme war eiskalt. „Den Zahn können Sie sich ziehen lassen, daß Sie aus dieser Sache herauskommen. Wir haben an den Tatorten und an den beiden Ermordeten Blutspuren, Haare und andere Kontaktspuren gefunden, die zweifelsfrei von Ihnen stammen. Sie haben an beiden Opfern Ihren genetischen Fingerabdruck hinterlassen. Das bedeutet, daß Sie sicher als Täter überführt sind. Begreifen Sie das endlich!"

„Scheiße!" Nowak sah nun zerknirscht zu Boden.

„So ist es!“ sagte Ken. „Scheiße!“

„Wozu brauche ich dann noch einen Anwalt? Ich bin doch sowieso erledigt.“

„So sieht's aus. Es sei denn, Sie entgehen der besonderen Schwere der Tat. Dann haben Sie eventuell noch eine Chance, irgendwann einmal entlassen zu werden. Also, was ist? Wollen Sie aussagen?“

„Nein, verdammt.“

„Okay, dann werden wir nur Ihre Personalien aufnehmen.“

Ken Bergmann ging zur Tür und holte Haki in das Zimmer. „Das ist Frau Haber-Kielmann. Sie wird alles protokollieren.“ Haki ging zu einem zweiten, etwas abseits aufgestellten Schreibtisch, auf dem ein Computer aufgestellt war. „Fangen wir also mit Ihren Personalien an.“

Nowak gab alle Daten an, die von ihm gefordert wurden. Ken Bergmann legte ihm die zweite Seite des Vernehmungsprotokolls vor. „Hier ist noch einmal die Belehrung aufgeschrieben und darunter, daß Sie keine Angaben zur Sache machen möchten. Sobald Sie das unterschrieben haben, kommen Sie wieder in Ihre Gewahrsamszelle.“

Er reichte ihm einen Kugelschreiber. Nowak unterschrieb die Belehrung, dann stockte er. „Kann ich mir das noch mal überlegen?“

„Was meinen Sie?“

„Die Sache mit den Angaben.“

„Klar. Wollen Sie erst mal eine Zigarette rauchen?“

Nowak nickte. Ken Bergmann griff in die Tasche und hielt ihm eine offene Zigarettenschachtel hin. Nowak griff zu. Ken gab ihm Feuer. Alfred Müller beobachtete das mit Staunen.

„Dann wollt ihr mich jetzt also mein Leben lang in die Kiste sperren, nur weil ich mal ausgerastet bin?“ sagte Nowak und nahm einen tiefen Zug aus der Zigarette.

„Nur mal ausgerastet? Ihr Ausrasten hat zwei Menschen das Leben gekostet! Und das war ja auch nicht das erste Mal. Nur war es diesmal einmal zuviel und zu heftig. Und das bringt Sie hinter Gitter. Wahrscheinlich für immer.“

Nowak begriff immer mehr. Er schien innerlich in sich zusammenzusacken. Man sah ihm an, daß er sich so langsam auszumalen begann, wie sein weiteres Leben aussehen würde.

„Warum haben Sie Ihre Machete am Tatort zurückgelassen?“ fragte Alfred Müller.

„Zurückgelassen? Glaubt ihr im Ernst, ich hätte sie absichtlich da liegengelassen?“

„Wie ist es dann gewesen?“

„Ich hatte die Machete zur Seite gelegt, weil ich dabei war, die Lanze auseinanderzuschrauben. Urplötzlich stürzte dieser Kerl auf mich zu. Ich kam gar nicht mehr dazu, danach zu greifen. Ich ließ die Lanzenteile in die offene Sporttasche fallen, klemmte sie mir unter den Arm und rannte, so schnell ich konnte, weg.“

„Warum haben Sie nicht einfach alles liegenlassen?“

Nowak zuckte mit den Schultern. „Keine Ahnung. Ich weiß es nicht. Irgendwie war mir die Tasche wichtig. Das war nicht überlegt, das war mehr ein unbewußte Reaktion.“

„Und dann?“

„Ich bin durch den Sumpf gerannt. Der Kerl hinter mir her. Ich rannte die Böschung hoch. Dann hatte er mich. Er riß mich am Arm herum. Die Sporttasche fiel zu Boden.“ Nowak nahm einen tiefen Zug aus der Zigarette. „Dann schlug er auf mich ein. Dabei schrie er immer: ‚Jetzt hab ich dich, du verdammtes Schwein!‘ Wir schlugen aufeinander ein. Der Kerl war verdammt stark. Irgendwann stolperte ich über die Tasche und fiel hin. Ich tastete um mich und suchte nach etwas, um mich wehren zu können. Plötzlich hatte ich die Lanzenspitze in der Hand. Der andere hatte sich gerade nach vorn gebeugt und rang nach Luft. Dadurch hatte ich die Chance, mich aufzurappeln. Als er merkte, daß ich wieder hochkam, griff er mich erneut an. Ich war ziemlich fertig. Ich sah keine andere Chance, mich zu wehren. Deshalb habe ich zugestochen, immer wieder, bis er in die Knie ging und mich nicht mehr angreifen konnte. Es war Notwehr. Ich konnte mir anders nicht mehr helfen.“

„Notwehr? Das war keine Notwehr“, sagte Ken Bergmann. „Notwehr kann man nur für sich in Anspruch nehmen, wenn man im Recht ist. Notwehr bei Unrecht gibt es nicht. Sie haben die Pferde getötet. Herr Hoffmann war wie jedermann berechtigt, Sie an der Flucht zu hindern, notfalls auch mit Gewalt. Die Gegenwehr dagegen ist keine Notwehr.“

„Ich habe trotzdem in Notwehr gehandelt. Ich war kaputt und wollte mich ergeben. Aber der andere hat ja sofort auf mich eingeschlagen. Was sollte ich tun? Sollte ich mich erschlagen lassen?“

„Sie behaupten also, der andere hätte ohne Grund zuerst zugeschlagen?“

„So ist es!“

„Das glaubt Ihnen doch kein Mensch. Es wird wohl eher anders herum gewesen sein. Sie kamen nicht mehr weiter. Der andere war schneller. Da haben Sie sich zum Kampf gestellt und Ihren Verfolger angegriffen.“

„Das ist nicht wahr!“

„Sie wollten nicht, daß man Sie wegen der Pferdemorde zur Rechenschaft zieht. Und deshalb haben Sie Ihren Verfolger angegriffen und getötet.“ Ken Bergmanns Stimme war messerscharf. „Sie haben ihn getötet, weil Sie damit Ihre Straftat verdecken wollten!“

Nowak sprang auf und schlug auf den Tisch. „Das ist nicht wahr!“ schrie er. Sein Gesicht war hochrot, die Augen waren weit aufgerissen, Schweißperlen standen auf seiner Stirn. „Ich habe ihn nicht getötet, weil ich die Pferdemorde verdecken wollte. Ich hatte mich ergeben. Trotzdem griff er mich an und schlug auf mich ein. Dagegen habe ich mich gewehrt. So war das!“

„Hinsetzen!“ fuhr Ken Bergmann Nowak an und zeigte auf den Stuhl. „Setzen Sie sich sofort hin!“ Und als Nowak dieser Aufforderung nicht gleich nachkam, sagte er nochmals mit schneidender Stimme: „Hinsetzen! Sofort! Oder ich lasse Sie in Ketten legen.“

Nowak gehorchte. Schweratmend starrte er grimmig Ken Bergmann an. „Von Ihnen lasse ich mir keinen Mord an die Beine binden“, keuchte er.

„Ach nein? Dann haben Sie die Frau auch aus Notwehr getötet?“

„Welche Frau?“

„Die Frau, die mit Hoffmann in der Stempke unterwegs war, die den Mord an Hoffmann beobachtet hatte und dann davonlief.“

„Ich habe Hoffmann nicht ermordet. Wann begreifen Sie das endlich! Und ich habe auch keine Frau ermordet!“

„Ist die etwa bei Ihrem bloßen Anblick vor Schreck zu Tode gekommen?“

„Ich habe gar keine Frau gesehen.“

„Oh doch! Auch an der Leiche der Frau wurde fremdes Blut gefunden. Ihr Blut! Wie erklären Sie das?“

„Das habt ihr doch selber an die Sachen der Frau geschmiert, um mir eins auszuwischen. Ich habe damit nichts zu tun.“

Ken Bergmann lehnte sich zurück. Diese Dreistigkeit überraschte ihn nicht. Er wußte, daß die Täter oft mit den unmöglichsten Argumenten kamen, um sich reinzuwaschen. „Machen Sie sich nicht lächerlich“, sagte er. „Aus welchem Grund sollte die Polizei Blut von Ihnen an eine Frauenleiche bringen?“

„Damit ihr einen ungeklärten Mordfall als geklärt abhaken könnt.“

Ken Bergmann sah ihn fast amüsiert an. „Ihre Dreistigkeit ist erstaunlich, das muß ich schon sagen. Aber das wird Ihnen nichts nützen. Das glaubt Ihnen nämlich kein Mensch.“

„So war es aber!“

„Nein, so war es nicht! Die Frau ist mit derselben Waffe getötet worden wie Hoffmann, nämlich mit der breiten Lanzenspitze. Wie wollen Sie das erklären? Hat sich die Polizei vielleicht schnell eine solche Lanzenspitze geschmiedet? Das wäre doch eine tolle Erklärung.“

Die Ironie in Ken Bergmanns Worten saß. Nowak rutschte unruhig hin und her.

„Also, wie war das mit der Frau? An diesem Mord kommen Sie nicht vorbei. Da hilft Ihnen nur noch ein umfassendes, wahrheitsgemäßes Geständnis, wenn Sie nicht bis zum Ende ihres Lebens im Knast bleiben wollen.“

Fast beschwörend fügte Alfred Müller hinzu: „Sie sollten es sich wirklich ernsthaft überlegen. Leute wie Sie brauchen ihr Gewissen nicht zu erleichtern, sie haben ja keines. Aber sie sind egoistisch. Seien Sie also egoistisch. Nutzen Sie Ihre vielleicht letzte Chance, irgendwann noch einmal in Freiheit zu kommen. Gestehen Sie endlich!“

Nowak wand sich wie eine Schlange, sah von einem zum anderen. Dann rang er sich durch zu sagen: „Diese blöde Kuh schrie wie eine Verrückte. Die hörte gar nicht mehr auf. Wenn sie ihre Schnauze gehalten hätte und einfach abgehauen wäre, dann wäre das alles gar nicht passiert. Aber die hörte nicht auf zu schreien. Da bin ich hinter ihr her. Ich war furchtbar wütend. Als ich sie endlich eingeholt hatte, stolperte sie. Die hat dann gesagt: „Bitte nicht“ oder so ähnlich. Als wenn ich die ganze Zeit hinter ihr hergelaufen wäre, um dann nichts zu tun. Und dann wollte sie wieder losschreien. Da habe ich zugestochen. Nur einmal, nicht mehr. Sie war sofort ruhig, fiel nach hinten um und rührte sich nicht mehr.“ Nowak starrte vor sich hin. Er atmete schwer. Dann flüsterte er: „Ich wollte doch nur, daß sie ruhig bleibt.“

Ken Bergmann sah Nowak mit festem Blick an. Atemloses Schweigen herrschte zwischen ihnen. „Okay. Das war dann ja wohl ein Geständnis. Wir machen es jetzt so. Sie erzählen uns jetzt erst mal chronologisch, wie sich alles aus Ihrer Sicht zugetragen hat. Wir werden das Wort für Wort protokollieren. Ich werde Sie nur dann unterbrechen, wenn etwas unklar ist. Einverstanden?"

Nowak nickte nur. Die Zigarettenasche fiel auf den Schreibtisch. „Entschuldigung." Nowak wischte sie mit der Hand vom Tisch. „Kann ich einen Kaffee haben?"

Ken Bergmann nickte. Er griff zum Telephon und bestellte Kaffee.

„Wo haben Sie eigentlich die anderen Sachen gelassen? Die Handschuhe, die Sie bei der Tat anhatten, die Schuhe oder Stiefel und die Bekleidung", fragte Alfred Müller.

„Woher wissen Sie, daß ich Handschuhe anhatte?"

„Weil wir keine Fingerspur an den Tatorten gefunden haben. Nicht eine. Also, wo sind die Sachen?"

„Die Handschuhe habe ich sofort nach der Tat am Gerther Markt in einen Papiercontainer geworfen. Das schien mir am sichersten zu sein. Die blutigen Kleidungsstücke habe ich verbrannt, und meine Stiefel habe ich abgespritzt und abgeputzt. An denen finden Sie auch nichts mehr."

„Das ist auch nicht nötig. Was wir haben, reicht ja. Für die Klärung des Falles hat das keine Bedeutung mehr. Höchstens für Ihre Glaubwürdigkeit."

„Wo sind die Stiefel?" hakte Ken Bergmann nach. „Ich möchte sicher sein, daß Sie hier die Wahrheit gesagt haben. Also, wo sind sie?"

Nowak atmete heftig aus. Dann sagte er: „Die Stiefel habe ich unter unserer Kellertreppe abgestellt. Da ist so eine kleine Nische."

„Okay." Ken griff zum Telephon. David war am Apparat. „Ihr müßt noch mal zur Wohnung von Nowak fahren. Im Kellergang in einer Nische unter der Treppe stehen seine Gummistiefel. Sammelt die bitte ein."

Nowak grinste abschätzig. „Sie wollen mich doch nur verarschen", sagte er schließlich. „Dieses Gequatsche über meine Glaubwürdigkeit, das ist doch Blödsinn. Sie brauchen die Stiefel, so ist es doch. Dann haben Sie ein weiteres Beweismittel."

„Wir haben am Tatort einige Fragmente von Schuh- oder Stiefelsohlen sichern können und die Schuhgröße festgestellt. Wenn die stimmt und auch das Profil der Stiefelsohle mit den gesicherten Spuren übereinstimmt, dann ist das ein weiterer Beweis für Ihre Anwesenheit am Tatort. Allerdings reichen alle anderen Beweise, die wir haben, auch so schon aus, um Sie zweifelsfrei zu überführen."

„Ich weiß. Ich hätte sonst bestimmt nicht über die Stiefel gesprochen."

Ken sah hinüber zu Haki. Sie gab zu verstehen, daß sie bereit war, alles zu protokollieren. Nowak drückte seine Zigarette im Aschenbecher aus.

„Dann legen Sie mal los", forderte Ken Bergmann ihn auf.

Nowak sah ihn fragend an. „Womit?"

„Am besten mit den Pferdemorden. Wann sind Sie losmarschiert, um sie zu töten? Und vor allem, warum?"

Nowak nahm eine erneut angebotene Zigarette, lehnte sich zurück und begann erst langsam und dann immer schneller zu erzählen.

Die Vernehmung hatte rund vier Stunden gedauert, aber immer noch waren nicht alle Fragen geklärt. Ken Bergmann und Bernd Schott waren zusammen in die Kantine gegangen.

„Wie sieht's aus?" fragte Bernd beim Essen.

„Er hat gestanden, Hoffmann getötet zu haben. Er sagt zwar, daß das Notwehr gewesen sei, aber die Tötung an sich ist klar. Fraglich bleibt, wie das rechtlich zu beurteilen ist. Das muß dann das Gericht entscheiden. Auch den Mord an Britta Köhler hat er gestanden und auch, die Pferde umgebracht zu haben. Soweit ist der Fall also geklärt."

„Aber?"

„Er sagt nichts über die Hintergründe."

„Nach vier Stunden Vernehmung würde ich auch nichts mehr sagen. Dann hätte ich nur noch Hunger und Sehnsucht nach etwas Ruhe. Sag mal, rauchst du wieder?"

„Wie kommst du denn darauf?"

„Haki und Alfred haben mir erzählt, daß du dem Drecksack Zigaretten angeboten hast."

Ken Bergmann lachte. „Die hab ich bei jeder Vernehmung in der Tasche. Man glaubt gar nicht, was so eine kleine Zigarette bei den Leuten bewirken kann."

„Nicht schlecht. Das werde ich mir merken. Wollt ihr ihn heute nachmittag weiter vernehmen?"

„Das hängt von Nowak ab, ob er dazu bereit ist. Ich könnte sowieso nicht dabeisein. Um halb drei habe ich einen Pressetermin. Ich muß der Öffentlichkeit mal wieder Rede und Antwort stehen."

„Das gibt wieder positive Schlagzeilen."

„Ich hoffe es. Weil Nowak bereit war, über seine Tat zu erzählen, habe ich die Vernehmung zur Sache vorgezogen. Er müßte allerdings noch zur Person vernommen werden. Wie ist es, möchtest du das mit einem Kollegen machen?"

„Klar. Ich will diesen Typen auch mal näher kennenlernen. Mal sehen, wie er so rüberkommt."

„Okay, er gehört dir."

Die Pressekonferenz war schneller beendet, als Ken gedacht hatte. Mit Gerlinde fuhr er in ein Café außerhalb Bochums. Anschließend machten sie noch einen kleinen Waldspaziergang. „Ich habe mich in einer Walking-Gruppe angemeldet", sagte sie. „Heute abend wollen wir walken."

„Wo?

„Am Kemnader Stausee."

„Wie viele Männer machen denn mit?"

„Wir sind nur Frauen."

„Dann sehen wir uns heute nicht mehr?"

Sie gab ihm einen Kuß. „Wir können uns morgen treffen, in Ordnung?"

Ken nickte. Eigentlich kam ihm diese Entwicklung entgegen. Er hatte sich gestern zu Hause pudelwohl gefühlt. Er brachte Gerlinde zu ihrem Auto. „Also dann, bis morgen. Und viel Spaß beim Walken."

Sie winkten sich noch einmal zu, dann trennten sich ihre Wege.

„Wie war es heute auf der Arbeit?" fragte Katharina, als Ken nach Hause kam und seine Jacke abgelegt hatte. Zusammen gingen sie ins Wohnzimmer.

„Wir haben heute Nowak vernommen."

„Und?"

„Im großen und ganzen ist die Sache klar. Wir haben den Richtigen."

„Gott sei Dank."

„Ihm den Mord an Hoffmann nachzuweisen wird allerdings problematisch."

„Warum?"

„Der Kerl behauptet, in Notwehr gehandelt zu haben."

„Das ist doch lächerlich."

„Eben nicht. Er sagt, als Hoffmann ihn eingeholt habe, da sei er stehengeblieben und hätte zu ihm gesagt, okay, du hast mich. Ich ergebe mich und komme mit. Hoffmann wäre aber so in Wut gewesen, daß er sofort auf ihn eingeschlagen hätte. Und gegen diesen Angriff habe er sich dann gewehrt."

„Das glaubt doch kein Mensch."

„Darum geht es nicht. Wir müssen ihm das Gegenteil beweisen. Er sagt, Hoffmann hätte ihn zu Boden geschlagen. Er sei fast wehrlos gewesen. Er habe um sich gegriffen und dabei die Lanzenspitze in die Hand bekommen. Damit habe er dann in seiner Not zugestochen."

„Und dann gleich mehrere Male? Das ist doch Blödsinn, was der erzählt."

„So einfach geht das nicht. Wir müssen schon sauber prüfen, wie die Sachlage ist und auch berücksichtigen, was zu seinen Gunsten sprechen könnte. Sei so nett und gib mir mal einen Whisky."

„Was, jetzt? Das Essen ist gleich fertig. Willst du wirklich vorher einen Whisky trinken?"

„Ich habe jetzt so richtig Appetit darauf."

„Na gut, wie du willst." Katharina ging zum Barfach, schenkte ein Glas Whisky ein und gab es ihm.

„Ist es wirklich so abwegig, was er erzählt hat?" sagte Ken. „Vielleicht stimmt es ja."

„Quatsch, der will sich nur reinwaschen. Der hat Hoffmann erstochen, um unerkannt zu bleiben und seine Flucht fortsetzen zu können."

„Behauptest du. Beweise es."

„Das kann ich nicht."

„Siehst du? Gibt es einen vernünftigen Grund, der seine Aussage ad absurdum führen würde? Ist es unmöglich, was er geschildert hat?"

„Nein."

„Und warum?"

„Na ja, rein theoretisch kann es schon so gewesen sein."

„Nur theoretisch."

„Nein, auch tatsächlich. Aber ich glaube das nicht."

„Warum nicht?“

Katharina konnte keine Antwort geben.

„Du haßt ihn, weil er getötet hat“, sagte Ken. „Und deshalb glaubst du ihm auch nicht. Aber das reicht nicht, um ihn zu verurteilen. In dubio pro reo! Dieser uralte römische Rechtsgrundsatz gilt heute noch im vollen Umfang. Im Zweifelsfall muß man zugunsten des Angeklagten entscheiden. Im Zweifelsfall muß man also eher einen Mörder laufen lassen, als daß man einen Unschuldigen einsperrt. So will es das Gesetz, und so ist es auch richtig. Nowaks Aussage bezüglich einer Notwehr ist nachvollziehbar und glaubhaft. Ob es tatsächlich so war, läßt sich nicht mehr beweisen, denn der andere, der das widerlegen könnte, ist tot. Deshalb könnte es passieren, daß das Gericht hier gar nicht anders kann, als Notwehr anzunehmen.“

Katharina widerstrebte zutiefst, das anzuerkennen. Doch sie wußte, daß Ken recht hatte. „Aber die vielen Stiche. Das war doch nicht nötig, um sich zu wehren.“

„Das stimmt. Und jetzt kommt die nächste rechtliche Hürde. Ist es eine Notwehrüberschreitung aus Verwirrung, Angst oder Schrecken, oder hat Nowak hier einen neuen Entschluß gefaßt, nämlich den nun ins Hintertreffen geratenen Gegner zu töten. Dann wäre es wieder Mord.“

„Das ist mir zu kompliziert, das macht einen ja verrückt.“

Ken lachte. „Recht zu sprechen ist nicht leicht. Das ist ein schwerer Job. Wir sind bei der rechtlichen Würdigung der Tat noch längst nicht am Ende. Es gibt noch so einiges dazu zu sagen. Aber du kannst ganz beruhigt sein. Spätestens bei dem Mord an Britta Köhler ist es für Nowak aus. Da geht nichts mehr mit Notwehr oder irgendwelchen Rechtfertigungsgründen. Diese Tat ist nicht zu begründen. Diese Tat setzt ihn fest.“

„Und was ist mit den Pferden? Warum hat er die umgebracht?“

„Genau das ist die Kardinalfrage. Dazu sagte er kein Wort. Da schweigt er wie ein Grab. Er trägt ein Geheimnis mit sich rum, das er auf keinen Fall preisgeben will. Es wird schwierig werden, über ihn dahinter zu kommen. Wir können nur hoffen, das sein Freund Röder etwas darüber weiß.“

Aus der Küche ertönte ein Klingelton. „Aber ich weiß jetzt etwas. Das Essen ist nämlich fertig. Und danach möchte ich etwas Erfreulicheres hören. Wie geht es eigentlich deinem Freund Kurt Landers?“

18

Am nächsten Tag fuhren Ken Bergmann und Alfred Müller erneut nach Dortmund zu Peter Röder.

„Wir können dir folgendes zusichern“, sagte Ken Bergmann. „Wenn du hier erheblich dazu beiträgst, die Hintergründe der Taten zu klären, wird die Staatsanwaltschaft Dortmund das honorieren und nicht auf lebenslänglich plädieren. Dein volles Geständnis und deine vollständige Aussage zu Nowak werden dir bei der Strafzumessung zugute kommen. Die Richter sind in ihrer Urteilsfindung zwar frei und nur dem Gesetz unterworfen. Du kannst aber davon ausgehen, daß die Richter bei so einer Sachlage den Anträgen der Staatsanwaltschaft folgen werden. Außerdem ist der Kollege, den du töten wolltest, bereit, zu deinen Gunsten auszusagen. Das ist alles, was wir dir anbieten können.“

„Das reicht mir. Damit kann ich leben. Ich wollte vor allem dem Lebenslänglich entgehen.“

„Übrigens, das vielleicht als Beruhigung für dein Gewissen, Nowak hat dich beschuldigt, der Mörder zu sein, weil bei dir im Keller die Sporttasche mit den Tatwerkzeugen gefunden wurde.“

„Was?!“ Röder sprang auf. „Dieses Schwein! Dieser verdammte Hund!“

„Na, na, nun bleibe mal ruhig. Wir haben ihm schnell klargemacht, daß das nicht hinhaut. Im Grunde handelst du ja auch nicht anders.“

Röder sah wütend aus. Er ließ sich wieder auf seinen Stuhl fallen. „So ein Dreckskerl! Jetzt ist das erst recht richtig, was ich tue. Der Sausack hat doch keine Chance mehr. Trotzdem versucht er, mir einen reinzudrücken.“ Röder grollte, dann fuhr er fort: „Bei mir ist das was ganz anderes. Ich habe ja durchaus noch eine Chance, rauszukommen. Das weiß der Nowak doch auch.“

„Na ja, der hat auch erst mal versucht, sich selbst zu retten. In der Not ist sich jeder der Nächste. Das hast du selber gesagt. Das kann man doch verstehen.“ Röder kreuzte die Arme über der Brust.

„Also gut“, sagte Ken. „Lassen wir das. Es hat ja nichts gebracht.“ Er holte seinen Kugelschreiber hervor und legte sich Papier für Notizen bereit, während Alfred Müller den Laptop einschaltete. „Dann fang mal an. Was weißt du über Nowak?“

Röder zögerte noch einen Moment, dann begann er zu erzählen. „Ihr kennt im Grunde nur das Ergebnis“, begann er, „aber nicht die eigentliche Vorgeschichte.“

„Welche Vorgeschichte?“

„Ja die, die zu der Tötung der Pferde führte. Eigentlich wollte der Marian ja gar nicht die Pferde töten, sondern seine Mutter.“

„Was? Seine Mutter? Warum?“ fragte Ken.

„Weil sie ihm wieder eine Beziehung zu einer anderen Frau kaputtgemacht hatte.“ Ken Bergmann und Alfred Müller sahen sich erstaunt an. „Ja, das war der Grund. Er hat mir erzählt, daß er an dem Tag, wo es zu den Morden in der Stempke kam, schon das Messer hinter seinem Rücken in der Hand hatte. Er hatte in der Küche einen heftigen Streit mit seiner Mutter gehabt. Es hätte nicht viel gefehlt, dann hätte er sie umgebracht. Aber dann hat er sie doch nicht abgestochen, sondern ist zur Werkstatt gefahren, hat sich seine Sporttasche geholt, und den Rest kennt ihr ja.“

„Warum gerade Pferde?“

„Ich habe das auch erst nicht verstanden, wie man diese schönen Tiere so pervers abschlachten kann. Erst als er mir seinen Lebenslauf erzählte, konnte ich es ein wenig verstehen. Aber das ist eine lange Geschichte.“

„Das macht nichts. Wir haben jede Menge Zeit. Leg los.“

„Ich kann nur das wiedergeben, was er mir erzählt hat. Gesehen habe ich davon nichts.“

„Das macht nichts. Wir werden das alles überprüfen. Wie kamst du denn zu den Informationen?“

„Eines Tages kam er völlig down und betrunken in die Werkstatt. Das ist schon ziemlich lange her. Seine Mutter hatte ihm schon damals immer wieder Freundschaften zu jungen Mädchen kaputtgemacht. An diesem Nachmittag heulte er vor Wut und Trauer. Es sprudelte richtig aus ihm heraus. Er mußte seinen Frust loswerden. Er mußte es jemandem erzählen. Und ich war derjenige, den er sich zum Zuhören ausgesucht hatte.“

Röder holte tief Atem, dann erzählte er weiter: „Marians Mutter war als junge Frau in Polen eine ehrgeizige, siegesgeile Reiterin. Für den Erfolg tat sie alles. Die war richtig fanatisch.“ Er sah die beiden Kriminalisten an. Er winkelte die Arme an, drehte die Hände nach oben, spreizte die Finger und federte die Arme auf und ab. „Die war rattengeil aufs Reiten“, sagte er mit Inbrunst. „Und sie wollte, daß ihr Sohn ein noch größerer Reiter werden sollte als sie. Aber das haute nicht hin. Marian hatte von vornherein Angst vor großen Tieren. Und die wurde noch größer, als er bei einem Besuch der Kirmes von einem Pony gezwickt wurde. Er hatte zwar keine große Verletzung erlitten, aber dieses Erlebnis war so schlimm für ihn, daß er von da an große Angst vor Pferden hatte.“ Röder machte eine kleine Pause.

„Trotzdem wurde er, als er etwas älter war, von seiner Mutter auf Pferde gezwungen. Er stand immer Todesängste aus, wenn ein Pferd mal buckelte. Das hat er jedenfalls gesagt. Passiert ist ihm dabei aber nichts.“

„Na gut, das kennen wir ja alles“, sagte Alfred Müller, während er den letzten Satz notierte.

„Dann, später, als er einmal auf dem Pferd seiner Mutter ritt, warf sich der Gaul plötzlich zu Boden und wälzte sich, obwohl er gesattelt war.“

Röder sah beide abwechselnd an. „Mit Sattel hat sich der Bock in den Dreck geworfen und rumgewälzt. Könnt ihr euch vorstellen, wie dem Marian da der Arsch auf Grundeis gegangen ist?“ Röder kniff die Lippen zusammen und nickte beiden immer wieder zu. „Fast hätte das Vieh ihn plattgemacht, weil sein Fuß eingeklemmt worden war. Marian kam aber mit einem Riesenschrecken und einem verstauchten Fuß davon. Da hatte er noch einmal richtiges Schweineglück gehabt.“

„Das kann man wohl sagen“, sagte Ken. „Und wie ging es dann weiter?“

„Nachdem einige Zeit vergangen war, zwang seine Mutter ihn wieder auf ihr Pferd. Marian war ein Pechvogel. Eines Tages ritt er in der Halle immer in die Runde, an der Wand entlang. Während dieser Zeit wurde die Schwingtür zur Halle ausgemessen, weil sie repariert werden mußte. Und gerade als er an dem Mann vorbeiritt, der beim Ausmessen war, rutschte diesem versehentlich das Maßband aus Stahl aus der Hand.“ Röder sah gespannt in die Runde. „Sirrr! machte es.“

Röder schwenkte bei diesen Worten seinen rechten Arm im Halbkreis durch die Luft. Dann blickte er seine Gegenüber erwartungsvoll an. Die Beamten blieben ruhig, hörten aber sehr aufmerksam zu. „Es gab ein sirrendes Geräusch, als das Stahlmaßband in die Rolle zurückschnellte“, fuhr Röder fort. „Dieses Geräusch erschreckte das Pferd. Es machte einen kleinen Sprung zur Seite. Marian verlor dadurch das

Gleichgewicht, stürzte vom Pferd und verletzte sich. Von da an hatte er fast Todesangst vor Pferden. Pferde spüren es wohl, wenn jemand Angst hat. Trotzdem wurde er wieder auf das Pferd gezwungen. Jedenfalls war das Pferd immer sehr unruhig, wenn Marian im Sattel saß. Und dann kam es für ihn knüppeldicke. Eines Tages sollte Marian das Pferd seiner Mutter von der Weide holen. Als er das Pferd wegführen wollte, wollte es nicht mit, sondern drehte sich blitzschnell um, riß sich los und keilte nach ihm aus. Er bekam einen vollen Tritt gegen den Bauch. Mit letzter Kraft konnte er sich zum Bauernhof schleppen. Man brachte ihn sofort ins Krankenhaus. Durch den Tritt hatte er lebensgefährliche Verletzungen erlitten. Seine Milz mußte entfernt werden, er hatte Blutergüsse in der Lunge und auch am ganzen Körper jede Menge blaue Flecken und Prellungen. Und jetzt kommt's."

Röder machte eine kurze, bedeutungsvolle Pause. „Die Schuld für den Unfall wurde aber nicht bei dem Pferd gesucht, sondern bei ihm. Er hätte besser aufpassen müssen, warf ihm seine Mutter vor, nachdem er aus dem Krankenhaus gekommen war. Er sei zu dämlich, ein Pferd von der Weide zu führen und ähnliche doofe Sprüche mußte er sich gefallen lassen, wenn seine Mutter auf ihn sauer war. Das ist doch unglaublich."

„Das ist wahr", sagte Ken zustimmend. „Die Mutter hat anscheinend das Gemüt eines Eisbergs."

„Eher wie der gesamte Nordpol. Sie hatte ihm sogar mal gesagt, daß das mit dem Tritt nicht so schlimm sei. Hauptsache, dem Pferd wäre nichts passiert. Könnt ihr euch das vorstellen? Seine Mutter liebte ihr Pferd mehr als ihren Sohn. Das ist doch nicht mehr normal."

„Das kann man wohl sagen", bestätigte Ken Bergmann.

„Die Frau hat kein Gefühl für ihren Sohn. ‚Pferde sind das Schönste, was es gibt', hatte sie ihm etwa nach einem Jahr gesagt und wieder gewollt, daß er aufsteigt. Es gab einen riesigen Streit zwischen den beiden. Marian drehte fast durch und wollte sogar seine Mutter angreifen. Andere Leute, die zufällig da waren, konnten ihn nur mit Mühe zurückhalten. Er tobte wie irre. Am selben Tag noch schlich er sich in den Stall und stach mit einer Mistgabel auf das Pferd ein. Es war so schwer verletzt, daß es getötet werden mußte. Er hat mir gesagt, daß er sich bei der Tötung des Pferdes richtig frei gefühlt hätte."

„Das kann ich nachvollziehen", sagte Alfred Müller.

„Er hatte damit zwei Fliegen mit einer Klappe geschlagen", fuhr Röder fort. „Er hatte das verhaßte Pferd beseitigt und sich an seiner

Mutter gerächt. Nach dieser Tat fühlte er eine ungeheure Erleichterung und hatte keine Angst mehr.“ Röder lachte und schüttelte den Kopf. „Diese Tat wurde nie richtig bekannt. Obwohl Marians Alte zutiefst sauer auf ihn war, wurde die Tat von ihr vertuscht. Sie wollte nicht glauben, daß ihr Söhnchen so etwas macht. Sie bemühte sich deshalb, es zu verheimlichen. Zu der Zeit hatte sie mit einem Tierarzt ein heimliches Bumsverhältnis. Der half ihr dabei. Sicherheitshalber zog sie sogar mit Marian weg in eine andere Stadt. Später holte sie sich ein neues Pferd. Aber er brauchte nicht mehr zu diesem Pferd hin. Wahrscheinlich hatte die Alte Angst davor, daß er auch das neue Pferd abmurksen würde. Tja, und später, da tötete er Pferde immer dann, wenn er mit seiner Alten Frust hatte. Dabei hatte er dann immer die Trauer und den Schmerz seiner Alten vor Augen. Das tat ihm immer gut, hat er gesagt.“

„Das ist ja eine ziemlich schlimme Geschichte“, sagte Ken Bergmann. Er konnte seine Betroffenheit nicht ganz verbergen.

„Ich bin mir auch sicher, daß seine Alte an ihn dachte, als die Pferdemorde aus der Stempke in den Zeitungen standen. Die ahnte, daß er der Täter war. Da bin ich mir ganz sicher.“

Sofort fielen Ken Bergmann die Worte Gerlindes ein, als sie die Wohnung der Mutter verlassen hatten. Vielleicht gab es sie wirklich, die vielgenannte weibliche Intuition. Jedenfalls hatte Gerlinde die richtige Ahnung gehabt.

„Nowak haßte eine Zeitlang alles Schöne. Da beschädigte er schöne Autos, besprüht schöne Häuser und ähnliches. Der hatte einen richtigen Tick. Auch seine Freundinnen waren keine Schönheiten.“

„Wer weiß, was nach solchen Erlebnissen im Kopf eines Menschen vor sich geht“, sagte Ken Bergmann. „Wir können das gar nicht ermessen.“

„Ich finde es ziemlich hart, was ihm passiert ist“, sagte Alfred Müller.

„Es war ja nicht nur das“, fügte Röder hinzu. „Was ihn auch wütend machte, waren die häufigen Störungen beim Spielen. Könnt ihr euch vorstellen, wie das ist, wenn man mitten im Fußballspiel ist, und dann hört man auf einmal den Ruf: MARIAN!, ein Ruf, so lang wie Kaugummi. Und immer wieder MARIAN! Könnt ihr euch vorstellen, wie sehr seine Alte ihn wahnsinnig machte! Und immer ging es um Pferde. Dann mußte er mit zum Reitstall. Manchmal hätte er ihr glatt den Hals umdrehen können.“

„Da kann ich schon verstehen, daß er Pferde haßt", sagte Alfred Müller. „Bei solchen Zuständen."

„Tja, das wird ein Fall für die Psychiater und Psychologen. Die müssen sich damit auseinandersetzen, ob die Tötung von Pferden eine Befreiung sein kann", sagte Ken Bergmann.

„Nicht die Tötung von Pferden. Die Tötung von Stuten", warf Röder ein.

„Was heißt das? Was wollen Sie damit andeuten?"

„Marian hat nur Stuten umgebracht! Das hat doch auch einen Grund."

„Vielleicht war das nur Zufall. Vielleicht gibt es mehr Stuten als männliche Pferde auf den Weiden", meinte Alfred Müller.

„Das werden wir sofort feststellen." Ken rief Kurt Landers an.

„Nein", sagte Kurt Landers. „Es sind sicherlich im Durchschnitt genauso viele Wallache auf den Weiden wie Stuten. Nur Hengste gibt es weniger, weil die meisten kastriert werden und dann Wallache sind."

„Sind Wallache und Stuten gemeinsam auf der Weide?"

„Selten. Meist werden Stuten und Wallache separat auf die Weide gelassen."

Ken bedankte sich für die Auskunft. „Ihr habt das über den Lautsprecher mitgehört. Das ist wohl Zufall gewesen, daß es Stuten getroffen hat", sagte Ken. „Aber noch mal zu den anderen Pferdemorden. Wurden die auch in Deutschland begangen?"

„Das ist alles in Polen passiert. Hier in Deutschland wollte er ein neues Leben anfangen und keine Pferde mehr töten. Aber dann ist es ja nun doch wieder passiert", Röder machte eine kleine Pause, „und noch viel mehr."

„Gibt es noch was, was wir wissen sollten?"

„Ich weiß nicht", wand sich Röder auf seinem Platz.

„Raus mit der Sprache! Wir haben einen Deal, daß du uns alles erzählst. Also, was soll über ihn geheimbleiben?"

„Na ja, er hat dann noch was erzählt, im Vertrauen. Ich weiß nicht, ob ich das glauben soll. Der war ja stinkbesoffen damals."

In vino veritas, schoß es Ken durch den Kopf. Im Wein liegt Wahrheit. Die alten Römer hatten in vielem recht. Auch an diesem Spruch war viel Wahres dran. Wein, überhaupt Alkohol, lockerte die Zunge. Er wußte, es hatte schon so manchen Kriminalfall gegeben, der nur geklärt werden konnte, weil der Täter im Suff geplaudert hatte. „Was hat er denn noch erzählt?“

Röder zögerte einen Moment. Dann kam es aus ihm heraus: „Seine Alte hat ihn vergewaltigt.“

„Was?“ Ken Bergmann und Alfred Müller stockte für einen Moment der Atem.

„Ich weiß nicht, wie ich es sonst nennen soll“, sagte Röder fast entschuldigend.

„Na los, erzähl schon“, forderte Ken.

„Eines Tages saßen sie zusammen in der Wohnung am Küchentisch. Marian war damals sechzehn oder siebzehn Jahre alt, hatte noch nichts mit einem Mädchen gehabt, aber gerade seine erste Freundin kennengelernt. Beide hatten gesoffen, Wodka, jede Menge. Er, weil er sich verloben wollte, sie, weil ihr Freier mit ihr Schluß gemacht hatte, und weil sie an diesem Tag von der Verlobungsabsicht ihres Sohnes erfahren hatte. Und das gefiel ihr ganz und gar nicht. Jedenfalls war Marian nach einiger Zeit voll wie ein Pißpott und ging ins Bett. Irgendwann wurde er dann wach. Seine Alte lag über ihm, splitternackt. Viel hat er nicht mitgekriegt. Einen Satz hat er aber nicht vergessen. ‚Warum soll ich dich einer anderen Frau überlassen, zum Mann kann auch ich dich machen.‘ Das sagt ja wohl alles.“

„Willst du damit sagen, daß Nowak beim ersten Mal mit seiner Mutter geschlafen hat?“

„Na klar, was denn sonst. Aber nicht er mit ihr, sondern sie mit ihm. Die Alte ist im Suff über ihn hergefallen. Irgendwann war er dann wohl soweit klar, daß er mitbekam, was passiert war. Das Ganze muß seiner Alten wohl gefallen haben. Ab da hat sie sich ihn immer wieder mal vorgeknöpft.“

„Du meinst, die Mutter hat danach immer wieder mit ihrem Sohn geschlafen?“

„Genau das. Aber das ist noch nicht alles. Sie hat auch jede Beziehung von Marian zu anderen Frauen zunichte gemacht.“

„Wie das?“

„Durch Drohungen. Sich umzubringen, zum Beispiel. Und wenn das nicht mehr zog, mit der Drohung, die andere umzubringen. Vor allem aber auch mit Verboten und Entzug von Sachen. Marian kam einfach nicht gegen sie an. Die hatte ihn voll im Griff. Solang es so lief, wie sie wollte, ging es ihm sehr gut. Er bekam fast alles. Aber wehe, wenn es nicht nach ihren Wünschen lief. Dann tat sie alles, um ihm zu schaden. Sie machte ihm die Hölle auf Erden. Das hat ihn oft furchtbar wütend gemacht. Er haßte sie manchmal abgrundtief und ekelte sich auch vor ihr. Andererseits machte er aber auch nicht ungern mit. Seine Alte ist sehr erfahren, was das Bumsen betrifft. Sie hat mit vielen Männern gepennt und dadurch viel gelernt. Er hat mir mal gesagt, daß er sich dabei nur eine andere Frau vorstellen mußte. Dann war das für ihn erträglich."

„Na ja, ihm blieb ja nichts anderes übrig, als irgendeinen Weg zu finden, mit dieser Situation fertigzuwerden", sagte Alfred Müller. „Er hat diesen Weg für sich gefunden."

„Vor allem blieb er dadurch meistens ruhig und hatte keine Wutanfälle mehr."

„Wann war Marian denn meistens wütend?" fragte Ken Bergmann.

„Wenn sie ihm wieder einmal eine Beziehung versaut hatte."

„Okay", sagte Ken. „Das reicht uns erst mal. Falls wir noch Fragen haben, melden wir uns."

„Hat sich der Deal mit mir gelohnt?" fragte Röder.

„Das kann man wohl sagen."

„Ziemlich perverse Angelegenheit", sagte Alfred Müller, nachdem sie Röder verlassen hatten und zu ihrem Auto gingen. Er hatte den Jackenkragen hochgeschlagen, beide Hände tief in die Taschen vergraben und stemmte sich gegen den Nieselregen.

Ken hatte die Schultern hochgezogen, um sich vor dem nassen Wetter zu schützen. Er fummelte umständlich den Autoschlüssel aus seiner Hosentasche hervor. „Ja, aber die Geschichte ist so alt wie die Welt", sagte er, nachdem sie eingestiegen waren. „Leider bin ich nicht so bibelfest. Aber ich habe mal gehört oder gelesen, daß nach der Sintflut die Töchter von Noah ihren alten Vater trunken gemacht und dann mit ihm Geschlechtsverkehr hatten. Oder war das ein anderer?" Ken dachte einen Moment angestrengt nach. „Na, auf jeden Fall steht so was schon in der Bibel. Oder denk mal an den Fall aus den USA vor ein paar Jahren, wo eine Lehrerin immer wieder ihren fünfzehnjährigen Schüler verführt hatte. Sexuelle Übergriffe gehen nicht nur von Männern aus. Frauen tun das auch. Denk nur mal an die Ödipus-Sage der alten Griechen. Kriegst du die noch zusammen?"

„Nicht so ganz."

Ken legte den Gang ein und fuhr von seinem Parkplatz. „Ödipus war ein Königssohn. Der hat seinen Vater getötet und dann dessen Witwe, was also seine Mutter war, geheiratet und mit ihr Kinder gezeugt.“

„Ja, aber so weit ich weiß, unwissentlich. Ihm war nicht bewußt, was er getan hatte.“

„Ja, das stimmt allerdings. Ich wollte damit ja auch nur sagen, daß der Beischlaf unter Verwandten auch keine Errungenschaft unserer heutigen leichtlebigen Zeit ist, sondern daß es das auch schon früher und zu allen Zeiten gab. Daß Geschwister miteinander schlafen, hört man ja auch ab und zu und noch öfter, daß Väter mit ihren Töchtern das Bett geteilt haben. Von Müttern und den Söhnen hört man so was seltener, was aber nicht heißen muß, daß das weniger häufig passiert. Es wird wahrscheinlich nur nicht so oft bekannt. Es bleibt geheimer.“

„Sigmund Freud hätte bestimmt seine helle Freude an unserem Fall gehabt“, sagte Alfred Müller. „Da hätte er seine Tiefenpsychologie, die Sache mit der Libido, dem Über-Ich und dem anderen Psychokram so richtig auskosten können.“

Ken grinste. „Ich stimme Freud zu, daß sehr vieles aus sexuellen Motiven passiert, auch wenn dies nicht immer gleich erkennbar ist. Oft findet das Ganze ja nur im Unterbewußtsein statt.“ Ken machte eine kurze Pause, dann sagte er mit tiefster Überzeugung: „Nowak ist für mich ein Libidinist! Er hat die Pferde aus sexuellen Trieben umgebracht. Das ist für mich so sicher wie der Sonnenaufgang im Osten.“

„Das sehe ich auch so. Zumindest hat das Sexuelle eine wichtige Rolle gespielt. Wie auch beim Verhalten der Mutter. Ihren eigenen Sohn zu gebrauchen ... Nicht zu fassen. Wie ist eigentlich die Strafandrohung für so was?“

„Keine Ahnung. Wir können ja mal nachsehen, wenn wir auf der Dienststelle sind. Aber vorher fahren wir noch bei Jablonski vorbei. Mal sehen, was der dazu sagt.“

Die warme Luft aus der Heizung eroberte den Innenraum des Fahrzeugs. Gleichmäßig ertönte das schwache Tacken der Scheibenwischer. Die beiden Kriminalisten schwiegen den Rest der Fahrt.

Staatsanwalt Jablonski hörte sich in aller Ruhe den Bericht von Ken Bergmann und Alfred Müller an.

„Fassen wir zusammen“, sagte er. „Nowak hat von klein auf viele Probleme mit Pferden gehabt. Er wurde gebissen und getreten, wurde auf ein Pferd gezwungen und seinen Freunden und Spielkameraden entzogen. Er wurde bei Spielen oft gestört oder mußte sie ganz aufgeben. Schließlich wurde er sogar lebensgefährlich von einem Pferd verletzt. Er war seiner Mutter zeit seines Lebens hilflos ausgeliefert. Er hatte ja niemanden sonst, der ihm beistehen konnte. Er hatte es nie mit einem Vater, sondern nur mit wechselnden Männerbekanntschaften seiner Mutter zu tun. Es gab keinen Gegenpol, niemanden, der seine Mutter bei seiner Erziehung in die Schranken verwiesen hätte. Er war ohnmächtig, ein Spielball in der Hand seiner Mutter. Das prägte sein Wesen, entwickelte in ihm Wut, Verzweiflung und vor allem Haß, den er irgendwann nicht mehr unterdrücken konnte. Er suchte und fand ein Ventil. Er tötete das Pferd seiner Mutter. Diese Tat befreite ihn. Er hatte sich dadurch sozusagen selbst gerettet. Das war für ihn von da an die Lösung, die Probleme mit seiner Mutter zu bewältigen.“

„Vielleicht war das auch der Grund, warum er mit Vorliebe Stuten tötete. Sozusagen aus Haß auf die Mutter oder auf alles Weibliche überhaupt“, meinte Ken.

„Wer weiß schon, was in einem menschlichen Gehirn vorgeht, welche Fehlschaltungen durch bestimmte Ereignisse entstehen, und was dann am Ende als vollendete Taten dabei herauskommen. Das Gehirn ist ein autonomes Gebilde. Das macht, was es will“, sagte Jablonski. „Das werden Psychologen näher untersuchen, hinterfragen und gerichtsverwertbar bewerten müssen. Wir kennen jetzt jedenfalls sein Motiv und wissen, aus welcher Stimmungslage heraus er gehandelt hat.“

„Wer hätte gedacht, daß die Mutter so einen unheilvollen Einfluß auf ihn hatte. Die muß ja eiskalt zu ihm gewesen sein“, sagte Alfred Müller.

„Ja, so sieht es aus“, bekräftigte Ken. „Gut, daß wir Röder ködern konnten. Ohne ihn wären wir wohl nie dahintergekommen.“

„Jetzt kann man sich so manches erklären und nachvollziehen. Immer wenn Nowak im höchsten Maße gestreßt war, ging er los, um Pferde zu töten. Er wollte immer wieder das Gefühl hervorgerufen, das er beim ersten Pferdemord gehabt hatte, nämlich eine Last loswerden und seine Mutter strafen. Das befreite und befriedigte ihn. Irgendwie irre, das Ganze, nicht wahr?“

„Kann man wohl sagen“, antwortete Ken. „Aber wie du schon gesagt hast, trotzdem auch irgendwie nachvollziehbar. Die Handlung ist in sich logisch, obwohl sie einem normalen Menschen abartig und abscheulich vorkommt. Aber es ist ja tatsächlich so, daß irre Taten trotzdem folgerichtig sein können. Der Täter fährt in die richtige Richtung, nur in einer falschen Spur.“

„Der Spruch ist gut. Den muß ich mir für ein Plädoyer merken.“

„Okay, du weißt nun Bescheid“, sagte Ken zu Jablonski. „Jetzt will ich mir mal die OP-Narbe von Nowak ansehen. Ich will möglichst sicher sein, daß Röder uns keine Märchen erzählt hat. Und dann werde ich mir eine gewissen Dame vorknöpfen.“

„Du meinst die Mutter?“

„Genau. Sie ist die Ursache für alles. Von ihr ging alles aus. Sie ist der Hauptübeltäter. Bloß, daß man sie dafür nicht vor Gericht stellen kann. Was bleibt, ist die Beischlafhandlung mit ihrem Sohn. Was gibt es eigentlich darauf?“

„Da muß ich mal eben nachsehen.“

Jablonski holte von einem Regal das Strafgesetzbuch hervor und blätterte darin herum. „Hier hab ich es. § 173, Beischlaf zwischen Verwandten. Es ist eine Freiheitsstrafe bis zu drei Jahren möglich oder eine Geldstrafe. Ich denke, sie wird mit einer Geldstrafe davonkommen.“

„Das soll mir egal sein. Jedenfalls bringe ich sie dafür vor Gericht.“

„Du machst dir diesen Fall doch nicht persönlich zueigen, oder?“

„Nein, wie könnte ich“, sagte Ken Bergmann. Doch man hörte deutlich seinen Zorn heraus.

19

Als Ken sein Büro betrat, griff er sofort zum Telephonhörer und rief den Polizeigewahrsam an. Der Polizeigewahrsam ist ein im Polizeipräsidium abgeteilter Gebäudeteil, der der vorübergehenden Aufnahme von Straftätern, hilflosen Personen, Randalierern und anderen Störern dient. Hier gibt es wie in den Haftanstalten massiv gebaute Haftzellen mit starken Stahltüren. Die Zellen haben keine bewegliche Inneneinrichtung. Geschlafen wird auf einer Matratze, die auf einem Betonsockel liegt. Die Toilette befindet sich in einer Ecke der Haftzelle und ist im Boden eingelassen, so daß die Notdurft wie in vielen südlichen Ländern verrichtet werden muß.

„Da hast du leider Pech", sagte Werner Zollmann, der Leiter des Gewahrsams. „Die Kollegen haben Nowak gerade zur Justizvollzugsanstalt gebracht."

„Verdammt! Ich wollte ihn noch mal vernehmen."

„Ist das sehr eilig, oder reicht es, wenn Nowak morgen früh aus der JVA hierhergeholt wird?"

„Nein, schon gut. Morgen früh reicht."

Das Telephon klingelte. Kurt Landers war am Apparat. „Na, wie sieht es aus mit Nowak?"

„Der ist gerade zur Krümmede in den Knast gebracht worden."

„Und sonst?" Ken erzählte, was sich ereignet hatte.

„Das ist ja ein Ding."

„So ist es. Und deshalb werde ich mir seine Mutter noch mal vornehmen."

„Aber nicht heute, oder?"

„Na klar, jetzt gleich."

„Darf ich dir als Freund einen Rat geben? Tu es nicht – nicht heute. Schlaf eine Nacht darüber. Das soll der Alte Fritz seinen Offizieren auch immer gesagt haben, wenn es um wichtige Entscheidungen ging. Und damit hatte er recht. Ich bin im Leben auch immer gut damit gefahren. Morgen sieht vieles schon ganz anders aus. Und vor allem bist du dann ruhiger."

„Vielleicht hast du recht. Ich bin wohl nicht mehr objektiv."

„So ist es. Du hast die Sache zu nahe an dich rangelassen. Es geht ja nichts verloren. Was du heute willst, kannst du morgen noch genauso gut tun, vielleicht sogar noch viel besser."

Ken überlegte einen Moment. „Ja, ich glaube, du hast recht. Ich lasse es für heute lieber. Danke, daß du mich zurückgeholt hast."

„Keine Ursache. Mach's gut."

„Du auch." Ken legte auf. Ein Spruch fiel ihm ein, den er vor vielen Jahren mal von einem Ausbilder gehört hatte. „Als Polizist hat man es mit den Abgründen des Lebens zu tun. Darüber muß man sich im klaren sein, wenn man diesen Beruf ergreifen will." Darüber war er sich nun wieder im klaren.

Ganz oben auf seinem Schreibtisch lag die Vernehmung von Nowak. Ken überflog das Geschriebene. Nowak hatte in seinem Lebenslauf von allem erzählt, nur von seiner schweren Verletzung nicht. Er vermied peinlichst alles, von dem sich ableiten lassen könnte, warum er die Pferde getötet hatte. Ohne Röder wäre es verdammt schwierig gewesen, dahinterzukommen. Das wurde Ken noch einmal ganz deutlich bewußt.

Die normale Dienstzeit war gleich vorbei. Gerlinde wartete an seinem Auto auf ihn. „Fahren wir noch irgendwo hin?“ fragte sie.

„Gern. Aber laß uns erst mal getrennt von hier wegfahren. Am besten, wir parken dein Auto im Parkhaus am Bahnhof. Dann können wir mit meinem fahren.“

„Ja, gut“, sagte Gerlinde und freute sich.

Es war spät abends, als Ken Bergmann nach Hause kam. Katharina hatte ihn mit dem Auto ankommen sehen. „Du kommst sehr spät“, sagte sie.

Ich hatte so lange auf der Dienststelle zu tun, wollte er sagen. Doch gerade als er dazu ansetzte, sagte sie: „Wo warst du? Ich habe schon vor drei Stunden auf der Dienststelle angerufen. Aber du warst nicht mehr da. Du hättest schon lange frei, sagte man mir.“

Ein heftiger Schreck durchfuhr ihn. Er spürte, wie sein Blut absackte, wie dann sein Herz zu rasen begann. Er hatte das Gefühl, blaß und rot und wieder blaß und rot zu werden. Für einen Moment verschlugen ihm ihre Worte den Atem. Er war geschockt. Gleichzeitig rasten seine Gedanken auf der Suche nach einer schlüssigen Ausrede durch das Gehirn wie das Suchprogramm eines Computers. Diese simple, einfache Frage hatte ihn völlig aus der Bahn geworfen, eine Frage, auf die er hätte eigentlich vorbereitet sein müssen, es aber in diesem Moment nicht war. Das alles spielte sich innerhalb weniger Sekunden ab, kam ihm aber unendlich lang vor. Die rasenden Gedanken stoppten. „Ich war noch in der Innenstadt. Ich wollte mir ein neues Sakko kaufen.“

Er trug eigentlich keine Sakkos. Seine zwei im Kleiderschrank waren Jahre alt und drohten, sich wegen Materialermüdung aufzulösen. Doch in diesem Moment retteten sie ihn.

„Das wird auch höchste Zeit, daß du dir mal etwas Neues zum Anziehen kaufst“, sagte sie.

Das erste, was ihn erstaunte, war, daß Katharina sofort darauf einging. Das zweite, daß sie, die eigentlich immer sehr aufgeweckt und wachsam war und ihn durch und durch kannte, nicht gemerkt hatte, in welcher Verfassung er für einen Moment gewesen war. Und drittens, daß sie nicht merkte, daß er log.

„Und?“ fragte sie.

Sofort war er innerlich wieder hellwach. Was kam jetzt? „Und was?“ Seine Gegenfrage war ein einziges Abwarten, eine Lauerstellung wie bei einem zum Sprung ansetzenden Raubtier.

„Hast du was gefunden?“

Er fühlte, wie Erleichterung von ihm Besitz ergriff. Er schüttelte den Kopf. „Nein, leider nicht. Mir hat nichts gefallen. Und was mir gefiel, das paßte nicht.“ Mit Erleichterung und Zufriedenheit spürte er, daß er sich wieder gefangen hatte.

Sie stellte ihm das Abendessen auf den Tisch und auch einen Kaffee, den er sich gewünscht hatte. Eigentlich hatte er gar keinen Hunger. Gerlinde hatte ihm schon etwas zu essen gemacht. Trotzdem aß er, um Katharina nicht zu enttäuschen.

„Und, wie war dein Tag?“ fragte sie.

Ken überlegte einen Moment, ob er mit Katharina über Röders Aussage sprechen sollte. Er entschied sich, das in abgeschwächter Form zu tun.

„Wie kann man als Mutter nur so gefühllos seinem Kind gegenüber sein“, sagte sie entsetzt.

„Da gibt es noch viel schlimmere Fälle. Du brauchst ja nur die Nachrichten zu verfolgen. Da prügelt ein Mann über Wochen oder gar Monate langsam ein Kind zu Tode. Und die Mutter schaut nur zu und macht nichts, weil sie den Mann nicht verlieren will. Oder der Fall mit den neun toten Kindern. Was bringt eine Mutter dazu, neun ihrer Kinder zu töten und in einer Tiefkühltruhe aufzubewahren? Wie ist es möglich, daß eine Mutter ihr neugeborenes Kind nackt bei minus zehn Grad in einem Wald wie Müll entsorgt und es auf grausamste Weise erfrieren läßt, wo es Babyklappen und zig andere Möglichkeiten gibt, ein Kind loszuwerden, ohne es töten zu müssen? Die Welt ist verrückt, und es gibt kaum etwas Verrücktes, was nicht schon gemacht worden ist.“

Katharina schwieg. Sie wußte, daß Ken in gewisser Weise recht hatte. Auch sie dachte ähnlich, auch sie konnte und wollte nicht begreifen, wie solche Taten möglich waren.

„Unglaublich, wie vernarrt diese Frau in Pferde und das Reiten ist. Daß der Nowak nach seinen Erlebnissen Wut auf Pferde hatte, kann ich ja verstehen", sagte sie. „Aber daß er sie deshalb umbringen muß, das verstehe ich nicht."

„Es sind gar nicht die Pferde, die er umbringt, sie sind für ihn nur das Symbol dessen, was er wirklich töten will, aber nicht töten kann."

„Du meinst, er tötet die Pferde als Ersatz für seine Mutter?"

„Ja, so ähnlich stelle ich mir seine Gedanken- und Gefühlswelt vor. Vielleicht ist das auch eine Attacke gegen die Weiblichkeit insgesamt. Aber das werde ich noch herausfinden müssen. Gleich morgen früh nehme ich mir Nowak erneut vor. Und dann kommt seine Mutter dran. Dieser Dame werde ich noch einmal kräftig auf den Zahn fühlen. Da gibt es so einiges, was sie uns noch zu erzählen hat."

Wie jeden Morgen versammelte Ken Bergmann seine Mannschaft um sich und informierte sie über den neuesten Stand der Ermittlungen in der Mordsache Sumpf. Die neuen Informationen erstaunten auch die anderen Kriminalbeamten. Mit dieser Entwicklung hatte keiner gerechnet.

Wie abgesprochen, hatte der Gewahrsamsdienst Nowak aus der Justizvollzugsanstalt, Krümmede genannt, abgeholt und in den Polizeigewahrsam gebracht.

„Dann wollen wir mal", sagte Ken, nachdem er den Anruf erhalten hatte, daß alles für eine erneute Vernehmung von Nowak bereit stand. Zusammen mit Alfred Müller und Haki ging er hinunter zu den Gewahrsamsräumen.

„Wir haben uns noch nicht genug über Ihr Motiv, die Pferde zu töten, unterhalten", sagte Ken, als er mit Alfred Müller Nowak gegenübersaß. Haki hatte wie schon zuvor die Protokollierung übernommen. „Was hat Sie zu so einer Tat getrieben?" Nowak zuckte nur mit den Schultern. „Sie müssen doch wissen, warum Sie Pferde umbringen. Der Grund dafür kann doch nicht sein, daß Sie mal als Kleinkind von einem gebissen wurden."

Nowak zuckte wieder mit den Schultern. „Keine Ahnung."

„Wirklich nicht? Oder hatten Sie vielleicht doch eine schlimmere Erfahrung gemacht?"

Nowak schüttelte den Kopf.

„Stehen Sie bitte mal auf."

Nowak erhob sich.

„So, und jetzt öffnen Sie mal Ihr Hemd und Ihre Hose, und zeigen Sie uns mal Ihren Bauch.“

„Was soll der Quatsch?“

„Das ist kein Quatsch. Wir wollen ihren Bauch sehen.“

„Am Arsch lecken könnt ihr mich.“

Die beiden Kriminalbeamten reagierten nicht auf seine Provokation. „Ihre Wahlmöglichkeiten sind beschränkt“, sagte Ken ruhig und sah Nowak dabei mit festem Blick an. „Sie haben die Wahl, uns jetzt freiwillig Ihren Bauch zu zeigen, oder aber ich hole zwei Gewahrsamsbeamte dazu, und dann werden wir das machen. Also?“

Nowak grollte. Er mahlte mit den Backenknochen und knirschte mit den Zähnen, doch er öffnete seine Hose, zog sie mit der Unterhose ein wenig herunter und zog auch Hemd und Unterhemd hoch. Beide Kriminalisten sahen die lange, senkrechte Narbe in der Mitte seines Bauches, beginnend oberhalb des Bauchnabels und endend über dem Schambein.

„Sie können sich wieder anziehen“, sagte Ken.

Nowak stopfte umständlich seine Kleidung wieder in seine Hose.

„Warum haben Sie uns das verheimlichen wollen?“

Nowak schwieg beharrlich.

„Woher haben Sie die Narbe?“ fragte Alfred Müller.

„Reden Sie schon!“ forderte Ken.

„Von mir erfahrt ihr kein Wort.“

„Ja, leider“, sagte Ken. „Leider haben Sie immer noch nicht begriffen, daß Schweigen Ihnen nur schadet. Aber Sie können beruhigt sein. Sie brauchen nicht zu reden, wir holen uns die Informationen, die wir brauchen, auch von woanders.“

Nowak sah ihn haßerfüllt an.

„Sie wurden als Jugendlicher von dem Pferd ihrer Mutter getreten. Stimmt doch, oder?“

Nowak schwieg und sah Ken nur an.

„Sie hatten dadurch einen Milzriß, Hämatome in der Lunge und jede Menge kleinerer Verletzungen erlitten. Sie schwebten in akuter Lebensgefahr. Fast wären Sie verblutet.“

Schweigen.

„Wie Sie sehen, wissen wir inzwischen einiges mehr über Sie.“

„Hat meine Alte gequatscht?“

„Wir stellen hier die Fragen. Also noch mal. Wollen Sie nicht lieber selbst aussagen? Das ist für Ihren Prozeß sicher von Vorteil."

„Ich sagte doch schon, von mir kein Wort."

„Wie Sie wollen. Später haben Sie dann das Pferd Ihrer Mutter mit einer Mistgabel abgestochen. Das kann ich verstehen. Wie war Ihnen dabei zumute?"

Nowak lehnte sich demonstrativ in seinem Stuhl zurück und kreuzte die Arme. Er kniff die Lippen zusammen und schwieg.

„Sie meinen, Sie könnten ihre Geheimnisse vor uns verborgen halten? Da muß ich Sie leider enttäuschen. Wie Sie sehen, wissen wir, wie und wann und wo Sie zum ersten Mal ein Pferd getötet haben. Und wir kennen auch den Auslöser. Aber das ist ja noch nicht das ganze Motiv für Ihre Taten, oder?"

„Na klar ist es das. Das habt ihr ja gut herausgefunden. Das könnt ihr nur von meiner Alten erfahren haben. Jahrelang hat sie geschwiegen wie ein Grab, und jetzt kippt sie um. Alle Achtung, wie habt ihr das bloß hingekriegt?"

„Sie wollen uns also immer noch nicht mehr sagen?"

„Es gibt nichts mehr zu sagen."

„Oh doch. Haben Sie sexuellen Kontakt mit Ihrer Mutter gehabt?"

Nowak sprang auf. „Verdammt, woher wißt ihr das?" Dann fiel es ihm wie Schuppen von den Augen. „Röder! Röder, dieses verdammte Schwein hat euch gefüttert. *Der* hat mich auflaufen lassen, nicht meine Alte. Dieses Mistschwein!" Nowak ließ sich auf den Stuhl fallen. Er sackte förmlich in sich zusammen.

„Hatten Sie Ihren ersten sexuellen Kontakt mit Ihrer Mutter?"

Nowak nickte mit gesenktem Kopf.

„Wir haben zwar im Vernehmungsprotokoll vermerkt, daß Sie zu dieser Frage genickt haben, lieber wäre mir allerdings, Sie würden mir eine klare Antwort geben. Deshalb frage ich Sie noch mal: War Ihre Mutter die erste Frau, mit der Sie Geschlechtsverkehr hatten?"

Nowak nickte wieder.

„Eine klare Antwort, bitte."

„Ja! Verdammt, ja!" Nowaks Antwort kam widerwillig und wütend. „Ja, sie war die erste, mit der ich gevögelt habe."

„Wie kam es dazu?"

Nowak begann zu zittern. Er wurde immer nervöser, rutschte unruhig auf seinem Stuhl hin und her. „Ich sage nichts mehr“, keuchte er. „Schluß! Schluß jetzt!“

„Eine letzte Frage noch. Ist das öfter passiert und wenn ja, wie oft?“

Nowak bekam einen hochroten Kopf. „Das ist doch scheißegal!“ schrie er. „Was geht euch das überhaupt an! Das ist Privatsache! Oder wollt ihr euch daran aufgeilen?“

Nowak wurde immer wütender. Ken merkte, daß die Fortsetzung der Vernehmung zum jetzigen Zeitpunkt keinen Sinn mehr machte. Nowak war zu aufgewühlt. Die Erinnerung an vergangene Ereignisse machte ihm offensichtlich schwer zu schaffen. Er rief im Empfang an. Kurz darauf führen zwei Beamte Nowak in seine Zelle.

Nowak lag auf der Pritsche seiner Gewahrsamszelle, hatte die Hände hinter den Kopf gelegt und starrte zur Decke. Die Vernehmung hatte ihn mitgenommen. Längst verdrängte Bilder hatten ihn eingeholt. Eine Zeitlang hatte er sie ignorieren können, doch dann war die Erinnerung stärker. Verdammte Scheißbullen, dachte er. Aus mir kriegen die nichts mehr raus!

Seine Augen glitten über die kahlen Wände und die Decke hinüber zu dem einfachen Klo. Beklommenheit überfiel ihn. Auf einmal spürte er die drückende Atmosphäre in dieser Gewahrsamszelle. Vier Schritte breit, sechs Schritte lang, nicht viel größer als eine Pferdebox. Das würde sein Lebensraum bis zu seinem Tod sein? Er begriff immer mehr, was ihn erwartete. Vor seinem geistigen Auge sah er sich, wie er als alter Mann mit eingefallenem, zerfurchtem Gesicht und grauen strähnigen Haaren tot aus seiner Zelle getragen wurde. Erst jetzt wurde ihm bewußt, wie sehr seine Freiheit beschnitten worden war. Nie hätte er sich träumen lassen, jemals hier zu landen. Die Enge drückte auf sein Gemüt. Auf einmal hatte er das Gefühl von Luftnot, obwohl ihm klar war, daß ihm hier ausreichend frische Luft zur Verfügung stand. Er spürte, wie sein Herz schneller schlug, und wie Schweiß auf seine Stirn trat. Ein Leben lang in so einer Kiste ausharren? Langsam kam Panik in ihm hoch. Ein paar Tage, vielleicht auch ein paar Monate oder Jahre, das wäre ja noch auszuhalten. Aber für den Rest seines Lebens?

Er sprang von seiner Pritsche auf. Das erleichterte ihn. Unruhig ging er auf und ab. Und warum das alles? Den Mord an Hoffmann und Köhler hatte er nicht gewollt. Das hatte sich ergeben. Die Ereignisse hatten ihn überrumpelt. Ein unvorhergesehener Zwischenfall hatte ihn in diese Zelle gebracht. Und es gab keinen Ausweg mehr.

Die können mich doch nicht verscheißern. Die halten mich wirklich für doof. Als wenn ich mir nicht selbst ausmalen könnte, daß ich nicht mehr aus dem Bau rauskomme. Alles Blödsinn, das mit der Vermeidung der besonderen Schwere der Tat. Da gibt's nichts mehr zu vermeiden. Ich Volltrottel bin im Arsch! Erledigt! Am Ende!

Nowak ging wütend auf und ab. Beide Hände hatte er in die Hosentaschen seiner Jeans gerammt. Inzwischen hatte er angefangen zu sprechen, leise, fast flüsternd.

„Verdammte Scheiße! Was hat meine Alte mit mir gemacht. Wie konnte sie mir das alles antun?" Nowak ging verbittert hin und her. „Keinen Vater. Warum hatte ich keinen Vater?" Nowak blieb abrupt stehen. „Verdammt, warum konnte keiner bei ihr bleiben? Was hat sie nur gemacht, daß die Männer nach einiger Zeit immer abgehauen sind?"

Er atmete tief und schwer.

„Verdammt!" Nowak schlug mit der Faust gegen die dicke Eisentür.

„Warum hat sie mich auf diese verdammten Pferde gequält, wo sie doch wußte, daß ich das nicht will, daß ich Angst vor diesen Riesenviechern hatte?" Seine Wut wurde immer größer. Vor seinem geistigen Auge durchlebte er noch mal die Stunde nach seiner Tat im Sumpf.

Vorsichtig war er ins Bad geschlichen. „Na, warst du schon wieder bei einer Nutte?" hörte er ihre schrille Stimme aus dem Schlafzimmer. Er antwortete ihr nicht. Sie kam heraus. „Wie siehst du denn aus?"

Mit scharfem Blick musterte sie ihn von oben bis unten.

Sie weiß es, dachte er finster. Sie weiß, daß wieder etwas mit Pferden passiert ist. Sie ist sich zwar nicht ganz sicher, aber im Grunde weiß sie es.

Er wußte nicht, wie er sich verhalten sollte, was er sagen sollte. Sollte er überhaupt was sagen? Er sah nur ihren prüfenden Blick, der auf ihm lag. Verlegen sah er zu Boden.

Was sollte er ihr antworten, wenn sie ihn fragte, wenn sie ihn beschuldigen würde?

Angst kam in ihm auf, Angst – und Haß auf diese Frau, die seine Mutter war. Er überlegte, ob er zum Angriff übergehen sollte, ob er von sich aus sagen sollte, was geschehen war. Doch sofort verwarf er diesen Gedanken wieder. Lieber abwarten, das schien ihm besser geeignet.

Sie standen sich gegenüber, zwei Armlängen voneinander entfernt. Sie gleich an der Schlafzimmertür, er an der Anrichte. Seine Hände gingen nach hinten. Er stützte sich auf der Anrichte ab und spürte plötzlich den kalten Stahl an seinen Fingern. Vorsichtig drehte er die Klinge auf der Arbeitsplatte. Es gab kein Geräusch. Er kannte dieses Messer. Es hatte eine etwa fünf Zentimeter breite, scharfe Klinge, war sehr spitz und hatte einen schwarzen Kunststoffgriff. Dieses Messer gehörte zu einem Sortiment von sechs verschiedenen Küchenmessern, die normalerweise in einem Holzklotz steckten. Vorsichtig legte er seine Hand um den Griff, knickte das Handgelenk nach hinten ab, so daß das Messer nun parallel und sehr dicht an seinem Arm anlag.

Sie sah ihn nur an. Eine ganze Zeitlang bohrte sich ihr Blick in sein Gesicht. Dann drehte sie sich um und ging wortlos wieder in das Schlafzimmer. Er legte langsam und vorsichtig das Messer zurück. Dann zog er sich um, ging hinaus, setzte sich in seinen Wagen und fuhr los, ab nach Polen.

Fast wäre es passiert, dachte er. Fast hätte ich sie umgebracht.

Wieder ging er auf und ab.

„Mich kriegt ihr nicht klein! Keiner kriegt mich klein“, murmelte er vor sich hin. „Keiner!“ schrie er dann.

Nowak ging weiter, fünf Schritte auf, fünf ab, mit gesenktem Kopf, wütend und verbittert. Plötzlich wirbelte er herum und trat aus der Drehung gegen die Eisentür. Ein lauter, dumpfer Ton dröhnte durch die Flure des Gewahrsams und machte die Beamten darauf aufmerksam.

„Der tobt ja ganz schön kräftig herum“, meinte Torsten Wegener.

„Das machen sie doch fast alle“, verbesserte ihn Klaus Schütz.

Wieder dröhnte es durch die Flure. Dann noch mal und noch mal. Einige Minuten vergingen, dann war wieder ein lauter Knall zu hören.

„Ich sehe mal nach, was da los ist“, sagte Wegener.

20

Ken Bergmanns Telephon klingelte. Der Leiter des Polizeigewahrsams, Werner Zollmann, war am Apparat. „Du mußt sofort mal herkommen“, sagte er. Ein besorgter Unterton lag in seiner Stimme. „Euer Täter dreht durch.“

„Ich komme", sagte Ken sofort. Schnell nahm er seine Jacke und eilte aus dem Zimmer. Er vermied es, den Aufzug zu benutzen, sondern lief durch das Treppenhaus. Nach wenigen Minuten war er im Erdgeschoß, wo sich die Zellen befanden.

„Der Bursche wird verrückt. Der rennt die ganze Zeit mit dem Kopf gegen die Wand", sagte Zollmann. „Dabei schreit er immer etwas in einer anderen Sprache."

Ken Bergmann sah durch den Türspion in die Zelle.

Nowak ging auf und ab und hin und her, mal im Kreis, mal von Wand zu Wand. Blut floß über sein Gesicht. Die Handrücken waren aufgeschlagen. Dann trommelte er wieder mit beiden Fäusten gegen die Wand.

„Was schreit der denn dauernd?" fragte Zollmann.

„Das wird wohl polnisch sein. Nowak ist in Polen geboren und dort großgeworden. Haben wir jemanden im Haus, der Polnisch kann?"

„Ja, ein Kollege von uns. Aber der hat heute frei."

„Vielleicht ist er ja zu Hause."

„Soll er herkommen?"

Ken Bergmann überlegte einen Moment. „Eigentlich ist ja deutlich zu verstehen, was er sagt. Hast du ein Handy hier?"

Zollmann nickte. „Ja, sicher."

„Gut. Wir rufen den Kollegen an, erklären ihm kurz die Sache und halten das Handy in die Zelle. Vielleicht kann er ja verstehen, was Nowak sagt."

„Gute Idee", sagte Zollmann. Nach wenigen Minuten war er zurück.

„Ich habe den Kollegen am Apparat. Er weiß Bescheid."

Ken Bergmann nahm das Handy.

„Hallo, Bergmann hier. Wir öffnen jetzt mal kurz die Zellentür. Vielleicht kannst du ja verstehen, was der sagt."

„Alles klar", hörte er.

Zollmann öffnete die Tür, Ken hielt das Handy in den Raum. Nowak stieß wieder mit dem Kopf gegen die Wand und schrie immer dieselben Worte. Dann bemerkte er, daß die Tür geöffnet worden war. Ken sah für einen Moment sein blutüberströmtes Gesicht, bevor Zollmann die Tür wieder schloß.

„Und, hast du verstehen können, was er sagte?" fragte Ken in das Handy.

„Natürlich, klar und deutlich. Komisch, er sagt immer wieder: ‚Ich kann doch meine Mutter nicht töten. Ich kann doch meine Mutter nicht töten.‘ Könnt ihr was damit anfangen?“

Zollmann hatte die Antwort mitgehört. Er sah Ken erstaunt und fragend an.

„Und ob“, sagte Ken. „Aber das werden wir noch genauestens abklären.“ Er sah erneut durch den Türspion. Nowak lief wieder hin und her, stützte sich an der Wand ab und schlug erneut mit seinem Kopf gegen die Wand. Das Blut rann ihm über das Gesicht. Dann trommelte er wieder mit den Fäusten gegen die Wände des Gewahrsams und schrie auf Polnisch: „Ich kann doch meine Mutter nicht töten! Ich kann doch meine Mutter nicht töten.“

„Das macht der schon die ganze Zeit so“, sagte Zollmann. „Wir müssen etwas unternehmen.“

Ken Bergmann schloß den Türspion und trat ein wenig von der eisernen Tür zurück. „Ja, das sehe ich auch so. Ein Arzt muß her.“

Die beiden gingen zurück in die Aufnahme. „Wir brauchen einen Arzt. Der soll Nowak eine Beruhigungsspritze geben oder sonst was machen. Wenn das so weitergeht, schlägt er sich den ganzen Kopf auf.“

„Ich versuche, den Polizeiarzt zu kriegen“, sagte der Kollege hinter dem Tresen.

„Habt ihr genug Leute hier?“ fragte Ken Bergmann. „Eventuell müssen mehrere Beamte ihn festhalten, wenn der Arzt da ist.“

„Das kriegen wir schon hin“, sagte Zollmann.

„Okay. Du rufst mich an, wenn es etwas Neues gibt?“

Werner Zollmann nickte. Ken verließ das PG, wie der Polizeigewahrsam im Sprachgebrauch kurz genannt wurde. Er ging sofort in sein Zimmer. Nach einer halben Stunde meldete sich Zollmann bei ihm. „Der Polizeiarzt hat Nowak untersucht. Er meinte, es wäre besser, wenn der Kopf geröntgt würde. Zwei meiner Mitarbeiter, Torsten Wegener und Klaus Schütz, bringen Nowak ins Krankenhaus. Dort wird er ärztlich weiterbehandelt.“

„Okay, die Kollegen sollen sich sofort melden, wenn sie wissen, wie es mit Nowak weitergeht.“

„Alles klar“, sagte Werner Zollmann.

Ken legte auf. Hoffentlich waren die Verletzungen Nowaks nicht zu schlimm, so daß der Arzt eine Haftfähigkeit bescheinigen konnte. Wenn nicht, dann gab es Probleme. Dann mußten sie zu jeder Vernehmung nach Fröndenberg ins Justizvollzugskrankenhaus fahren. Und das waren viele Kilometer, die zurückgelegt werden mußten und viel Zeit kosteten.

Ken Bergmann und Gerlinde Berthier saßen sich in seinem Büro gegenüber. „Wir werden uns ein paar Tage nicht sehen“, sagte Gerlinde leise. „Ich werde meine vielen Überstunden in der MK abfeiern und für ein paar Tage nach Hause an den Niederrhein fahren, zu meinen Eltern und Geschwistern. Ich muß mich dort mal wieder sehen lassen.“

Ken merkte, wie ein heißer Stich durch seinen Körper ging. Einerseits paßt es ihm ganz und gar nicht, daß sie sich für ein paar Tage trennen würden, denn die Gefahr, daß Gerlinde vielleicht einen anderen Mann kennenlernte, machte ihn ängstlich und argwöhnisch zugleich. Andererseits war er nicht unglücklich darüber, denn die Affäre mit Gerlinde hatte ihn in letzter Zeit doch mehr und mehr belastet. Vielleicht war diese Pause ja gut für eine Standortbestimmung und für eine Besinnung. Die widerstreitenden Gefühle und Gedanken waren ihm anzusehen. „Da wirst du dann wohl auch deinen alten Freund wiedersehen“, sagte er.

Gerlinde lachte. „Du bist ja eifersüchtig.“

„Ich, eifersüchtig? Blödsinn.“

„Na klar bist du das. Und das finde ich einfach schön.“ Sie gab ihm einen flüchtigen Kuß.

„Es wird sich wohl nicht vermeiden lassen, daß ich meinem Ex begegne. Aber keine Angst. Er ist ja inzwischen wohl verheiratet und Papa. Und überhaupt interessiert mich dieser Kerl nicht mehr die Bohne.“

Das Telephon klingelte. Es war Torsten Wegener. „Der Arzt hat gesagt, Nowak hat nur oberflächlich Platzwunden am Kopf. Keine Gehirnerschütterung oder Schwereres.“

„Gut. Hat er bescheinigt, daß Nowak weiter in Haft bleiben und vernommen werden kann?“

„Ja. Die Verletzungen sind nicht so stark, daß es da Probleme gäbe.“

„Gott sei Dank. Dann können wir uns ja hier weiter mit ihm beschäftigen. Wie geht es Nowak jetzt?“

„Der hat jetzt einen dicken Verband um den Kopf und leichte Verbände an den Händen. Ansonsten ist er fit. Es sah schlimmer aus, als es war. Der Arzt hat ihm eine schmerzstillende Spritze gegeben. Im Moment ist er ruhig."

„Okay, das ist gut. Dann machen wir jetzt folgendes. Bevor noch weiteres passiert, werden wir mit Nowak in die Stempke fahren. Staatsanwalt Jablonski und ich wollen uns von ihm an Ort und Stelle noch einmal den Tathergang zeigen lassen. Wir nehmen auch noch Karl Tepel vom Erkennungsdienst und eines unserer Teams mit. Wir können dann gegebenenfalls den Tatverlauf noch mal filmisch oder photographisch nachstellen. Bleibt also mit Nowak am Krankenhaus. Jablonski und ich fahren sofort raus. In spätestens zwanzig Minuten sind wir bei euch. Dann fahren wir zusammen los."

„Alles klar. Wir warten hier."

„Du mußt auf jeden Fall mit", sagte Ken zu Gerlinde. „Du mußt eventuell die Britta Köhler spielen."

„Ich wollte schon immer mal nach Hollywood. Dann kann ich ja vielleicht heute schon dafür üben."

Ken lachte.

Ken Bergmann und Staatsanwalt Jablonski fuhren vor. David Wakaba, Roger Hein, Gerlinde Berthier und Karl Tepel folgten ihnen. Als sie das Krankenhaus erreichten, waren die Gewahrsamsbeamten Wegener und Schütz gerade dabei, Nowak in den Gefangenentransportwagen einsteigen zu lassen. Torsten Wegener hob grüßend die Hand, als er die Autos herannahen sah. Auch Klaus Schütz sah hinüber. Er nahm gerade die dünne Jacke weg, die er über Nowaks Handschellen gelegt hatte, damit den Krankenhausbesuchern nicht auffiel, daß ein Straftäter hier ärztlich versorgt wurde. In diesem Moment geschah es, plötzlich und blitzschnell. Unverhofft trat Nowak Wegener in den Unterleib. Mit einem lauten Aufstöhnen krümmte der sich zusammen. Gleichzeitig schlug Nowak mit seinen mit Handschellen gefesselten Hände Klaus Schütz ins Gesicht. Sofort bildete sich eine breite Platzwunde quer über die Stirn und Nase. Eine große Menge Blut floß über die Augen und Wangen. Mit einem Aufschrei ging Klaus Schütz in die Knie.

David Wakaba war der erste, der die Situation erkannte. Sofort sprang er aus dem Auto und lief zu Klaus Schütz. Der sah schrecklich aus.

„Der hat mir das Nasenbein gebrochen", stöhnte er kaum verständlich. „Der hat mir das Nasenbein gebrochen."

Auch die anderen kamen heran. „Schnell, einen Arzt“, sagte Ken Bergmann.

Gerlinde Berthier rannte zum Krankenhauseingang.

„Das verdammte Schwein ist abgehauen!“ fauchte David Wakaba. „Na warte, der entkommt mir nicht!“ Dann rannte er los.

„Ihr kümmert euch um die Kollegen“, sagte Ken Bergmann zu Karl Tepel und Roger Hein. Dann hetzte er mit Staatsanwalt Jablonski hinter David Wakaba her.

Nowak hatte sich trotz seiner vor dem Körper gefesselten Hände einen erheblichen Vorsprung erlaufen. Inzwischen hatte er den Stadionring erreicht. Als er sich umsah, merkte er, daß er trotzdem nicht weit genug entfernt war, um sich unbemerkt irgendwo verstecken zu können. Hinter ihm kam David Wakaba angelaufen und dahinter Bergmann und der Staatsanwalt. Nowak rannte so schnell er konnte. Sein Atem hechelte, Schweiß rann ihm über die Stirn. Die gefesselten Hände erlaubten es nicht, schneller zu laufen. Immer näher kamen die Verfolger heran.

Wenn die mich kriegen, machen die mich fertig. Die machen mich platt, schoß es ihm durch den Kopf. Für ihn war klar, daß sein Angriff gegen die beiden Gewahrsamsbeamten sehr unangenehm für ihn werden würde.

Er rannte über die Fahrbahn, quer über die große Fläche, wo die Auf- und die Abfahrt der A 40 kurz vor der Spielstätte des Starlight-Express-Musicals zusammenkamen, hinüber zur Brücke, die über die A 40 führte. Vielleicht konnte er sich auf der anderen Seite verstecken. Dabei ließ er jede Vorsicht außer Acht. Autoreifen quietschten, das Geräusch vieler Hupen war in der Luft, als er blindlings über die Straße stürmte.

David Wakaba mußte einen Moment innehalten, als Autos durch Vollbremsungen umherschleuderten. Ken Bergmann und Staatsanwalt Jablonski kamen heran. Als die Autos zum Stehen gekommen waren, nahmen alle sofort wieder die Verfolgung auf. Das Ganze hatte nur wenige Sekunden gedauert. Nowak hatte inzwischen die Brücke erreicht. Doch sein Vorsprung war trotz allem zu kurz, sein Lauf zu langsam. Die Verfolger kamen immer näher heran. Er spürte sie schon im Nakken, da sprang er. Er hechtete über das Brückengeländer. Noch im Flug traf ihn der Lkw mit der Motorhaube. Blut, Knochensplitter und Gewebeteile flogen gegen die Windschutzscheibe, zertrümmerten sie und nahmen dem Fahrer die Sicht, während die Körperteile davonflogen. Der Lkw machte eine Vollbremsung, prallte gegen die Mittelleitplanke und wurde auf die Fahrbahn zurückgeschleudert. Der Anhänger brach aus und schleuderte quer über die Fahrbahn, wobei er das Zugfahrzeug mitriß. Die Fliehkraft drückte den Lkw und den Anhänger viele Meter weit vor. Fast wären sie gegen die nahegelegene Tunneleinfahrt geprallt. Grauer Qualm stieg von dem zerreibenden Reifen auf. Dann kippte der Anhänger um, rutschte noch einige Meter weiter und blieb dann auf der Seite liegen. Auch das Zugfahrzeug wäre umgefallen, hätte die Böschung an der rechten Fahrbahnseite nicht den Fall gestoppt. In schräger Lage empfing es die umherwirbelnden Fahrzeuge mit lautem Knall. In dieses Tohuwabohu hinein ertönte gleichzeitig ein Getöse und Gedröhn von quietschenden Reifen, zersplitterndem Glas, Hupen und das dumpfe Krachen und Scheppern von zusammenprallendem Blech. Auch auf der Gegenfahrbahn krachten die Fahrzeuge aufeinander und ineinander. Ein Höllenlärm lag über der A 40. Für einen Moment war es so, als ob das Chaos kein Ende nehmen wollte. Dann wurde es auf einmal ruhiger. Hier und da hörte man noch Motoren laufen. Weiter entfernt ertönte ein Dauerhupen. Der Geruch von Autoabgasen und verbranntem Gummi lag in der Luft. Dann hörte man die ersten Autotüren knallen, Hilfeschreie und das Stöhnen von Verletzten.

Die beiden Kriminalisten und der Staatsanwalt standen erschrocken und wie angewurzelt auf der Brücke. Regungslos und völlig fassungslos starrten sie hinab auf die Fahrbahn. Es dauerte eine Weile, bis sich ihre Starre gelöst hatte. Dann verständigten sie die Einsatzleitstelle. Als sie zur Fahrbahn der A 40 liefen, um zu helfen, wo sie konnten, hörten sie schon das herannahende, durchdringende Erschallen der Martinshörner von Polizei, Feuerwehr und Krankenfahrzeugen.

Etwa eine Stunde später trafen sich alle in Hakis Büro.

„Verdammt, wie konnte das nur passieren?“ sagte Jablonski, immer noch tief beeindruckt vom Geschehen.

„Keine Ahnung.“ Ken warf wütend seine Jacke in einen Stuhl. „Es ging alles so furchtbar schnell. Ein winziger Moment der Unaufmerksamkeit, und schon ist alles vorbei.“

„Das wird ein Nachspiel geben. Eine gerichtliche Untersuchung. Die Presse wird uns zerreißen“, meinte Karl Tepel.

„Damit konnte doch keiner rechnen, daß der sich gewaltsam losreißt und dann von der Brücke stürzt“, sagte David Wakaba.

„Ich kann den Kollegen keinen Vorwurf machen“, sagte Ken. „Man kann nicht immer und überall mit allem rechnen. Es gibt nun mal überraschende Momente, auf die man nicht vorbereitet ist. Für die Kollegen war keine Gefahr mehr zu erkennen. Sie standen mit Nowak vor ihrem Auto und wollten ihn einsteigen lassen. Alles war ja bisher friedlich verlaufen. Und er war gefesselt. Sie haben nie damit gerechnet, daß er plötzlich so handeln würde. Wie geht es den Kollegen überhaupt?“

„Torsten Wegener ist inzwischen wieder fit. Der Tritt in den Unterleib war zwar sehr schmerzhaft, aber ohne Folgen“, sagte Gerlinde Berthier. „Anders ist es bei Klaus Schütz. Der hat eine offene Platzwunde quer über der Stirn. Da wird wohl eine häßliche Narbe übrigbleiben. Und das Nasenbein ist auch gebrochen. Dabei hatte er noch richtig Glück. Ein oder zwei Zentimeter tiefer, dann hätte er wahrscheinlich ein Auge verloren.“

„Wir werden ihn in ein paar Tagen mal besuchen“, sagte Ken.

„Wie ist die Sache auf der A 40 ausgegangen?“ fragte Haki.

„Gott sei Dank gab es keine Toten, aber einige Verletzte“, sagte Roger Hein. „Trotz der Gefahr haben alle Autofahrer noch recht gut reagiert. Es hätte viel schlimmer kommen können. Allerdings gab es empfindliche Sachschäden. Aber Blech und Glas läßt sich ja ersetzen.“

„Und Nowak?“

„Ein paar Einzelteile, das ist alles, was von ihm übriggeblieben ist. Genau wie bei Leuten, die sich vor den Zug werfen. Von denen kann man auf hundert Meter und mehr ja auch nur noch die Reste einsammeln.“

„Per aspera ad astra“, sagte Jablonski. „Mit Nowak haben wir jedenfalls keine Arbeit mehr. Ich trauere diesem Miststück keine Träne nach.“

„Was heißt das denn?“ fragte Gerlinde.

„Per aspera ad astra?“ Jablonski holte seine Pfeife hervor. „Auf rauhen Wegen zu den Sternen. Ich glaube, dieser Typ hat einen sehr rauhen Weg dorthin gehabt.“

Ken Bergmann wollte nichts dazu sagen. Er stand auf, ging zum Fenster und starrte gedankenverloren in den Innenhof. Obwohl er Nowak für seine Taten gehaßt hatte, war er doch innerlich tief bewegt. Vor seinem geistigen Auge sah er, wie ein kleiner, völlig verängstigter und verschreckter Junge auf ein Pferd gezwungen wurde. Und der Junge weinte bitterlich.

Über den Roman

Mein Roman ist eine Wanderung zwischen Wirklichkeit und Phantasie. Ich habe von beidem reichlich Gebrauch gemacht. So sind alle Polizisten völlig frei erfunden. Gerade weil ich selbst Kriminalbeamter in Bochum war, habe ich mit größter Sorgfalt darauf geachtet, daß es nicht die geringste Übereinstimmung mit tatsächlich lebenden oder bereits verstorbenen Polizisten gibt. Jede Ähnlichkeit wäre absolut zufällig und nicht gewollt.

Auch die Handlung des Romans ist völlig frei erfunden. Es hat glücklicherweise bisher nie einen Fall von Pferdemord im Grenzgebiet von Bochum, Dortmund und Castrop-Rauxel gegeben.

Tatsächlich treiben aber Pferderipper ihr Unwesen, und es ist äußerst schwierig, ihrer habhaft zu werden. So sucht seit Jahren die Ermittlungskommission Pferd in Hannover nach diesen Tätern, die in Nord- und Ostdeutschland Pferde bestialisch gequält und getötet haben. Näheres hierzu ist unter dem Stichwort Pferderipper im Internet zu erfahren.

Die beschriebenen Örtlichkeiten sind real. Es gibt die Stempke, es gibt das wunderbare Naturschutzgebiet mit dem Sumpf, es gibt den Kalkteichhügel, den Ölbach und auch die Weide, die ich zum Schauplatz der Pferdemorde gemacht habe. Und auch die anderen Orte, die ich beschrieben habe, sind existent.

Castrop-Rauxel, im Herbst 2006 *Reinhard Bottländer*

Bücher von Reinhard Bottländer

Das As der Rasselbande, Kinderbuch (1978)
Wissen sie, was sie tun?, Kriminalerzählungen (1979)
Das As der Rasselbande und die große Chance, Kinderbuch (1980)
Polli, Pauly und Polizeihund Karo, Kinderbuch (1981)
Mit Blaulicht und Martinshorn (1981), Mitautor Volker W. Degener
Gefährliche Kundschaft (1982), Mitautor Volker W. Degener
Konrad – Die lange Flucht, Jugendroman (1982)
Die abenteuerliche Reise zur Schokoladeninsel, Kinderbuch (1986)
Das Geheimnis der Feme, Kinderbuch (1988), Mitautor Klaus W. Hoffmann
Das Geheimnis der Höhle (1988)

Anthologiebeiträge für

Das große Zittern (1979)
Nicht mit den Wölfen heulen (1979)
Sie schreiben in Bochum (1980)
100 Jahre Deutsche Bergarbeiterdichtung (1982, 1984)
Europäische Begegnungen in Lyrik und Prosa (1984)
Advent, Weihnachten, Jahreswende (1984)
Ein völlig klarer Fall (1984)
Zeitstimmen (1986)
Die Superrutsche (1987)
Augenblicke der Entscheidung (1986)